**NO
LUGAR
ERRADO,
NA
HORA
ERRADA**

TRADUÇÃO: ALDA LIMA

GREER HENDRICKS & SARAH PEKKANEN

NO LUGAR ERRADO, NA HORA ERRADA

YOU ARE NOT ALONE COPYRIGHT © 2020 BY GREER HENDRICKS
AND SARAH PEKKANEN
PUBLISHED BY ARRANGEMENT WITH ST. MARTIN'S PUBLISHING GROUP.
ALL RIGHTS RESERVED. COPYRIGHT © FARO EDITORIAL, 2022

Todos os direitos reservados.
Nenhuma parte deste livro pode ser reproduzida sob quaisquer meios existentes sem autorização por escrito do editor.

Diretor editorial **PEDRO ALMEIDA**
Coordenação editorial **CARLA SACRATO**
Preparação **GABRIELA DE AVILA**
Revisão **BÁRBARA PARENTE**
Capa e diagramação **OSMANE GARCIA FILHO**
Imagens de capa © **MAGDALENA RUSSOCKA | TREVILLION IMAGES**

Dados Internacionais de Catalogação na Publicação (CIP)
Angélica Ilacqua CRB-8/7057

Hendricks, Greer
 No lugar errado, na hora errada / Greer Hendricks, Sarah Pekkanen ; tradução de Alda Lima. — São Paulo : Faro Editorial, 2022.
256 p.

ISBN 978-65-5957-154-3
Título original: You are not alone

1. Ficção norte-americana 2. Ficção psicológica 3. Suspense I. Título II. Pekkanen, Sarah III. Lima, Alda

22-1718   CDD-813

Índice para catálogo sistemático:
1. Ficção norte-americana

1ª edição brasileira: 2022
Direitos de edição em língua portuguesa, para o Brasil, adquiridos por **FARO EDITORIAL**

Avenida Andrômeda, 885 — Sala 310
Alphaville — Barueri — SP — Brasil
CEP: 06473-000
www.faroeditorial.com.br

DE GREER
PARA ROBERT, QUE SEMPRE ME
ENCORAJA A DERRUBAR MUROS.

DE SARAH
PARA BEN, TAMMI E BILLY.

PARTE UM

1

SHAY

> NÚMEROS NÃO MENTEM NUNCA. ESTATÍSTICAS, GRÁFICOS, PERCENTUAIS NÃO TÊM SEGUNDAS INTENÇÕES NEM ESCONDEM OBJETIVOS. NÚMEROS SÃO O QUE SÃO, SÃO VERDADEIROS. APENAS QUANDO AS PESSOAS COMEÇAM A MEXER NELES, A DISTORCÊ-LOS E MOLDÁ-LOS, É QUE ELES SE TORNAM DESONESTOS.
>
> **— DOSSIÊ DE DADOS, PÁGINA 1**

Duas taças de vinho na mesinha de centro são a prova de uma noite romântica. Eu as tiro dali e enxáguo as manchas vermelhas acumuladas no fundo. O café está perfumando a cozinha com o aroma daquela torra escura que Sean me apresentou quando fui morar em seu apartamento na Murray Hill há um ano e meio.

Ao ouvir uma chave girar na fechadura, olho para trás. Um segundo depois, ele entra, tirando imediatamente os chinelos de dedo e cantarolando, como faz quando está feliz. Sean tem cantarolado muito ultimamente.

— Olá — digo, enquanto ele deixa no chão uma sacola de compras do supermercado com um buquê de tulipas roxas no topo. — Acordou cedo.

Seus cabelos ruivos estão um pouco arrepiados na parte de trás da cabeça e preciso me reprimir para não esticar o braço e passar os dedos por eles.

— Eu quis comprar algumas coisas pro café da manhã.

Ele tira da sacola ovos, croissants e morangos.

Enquanto pego a jarra de café, a porta do quarto de Sean se abre.

Quando sua namorada, Jody, entra na cozinha, ele pega rapidamente as tulipas.

— Bom dia! — diz Jody, espreguiçando-se.

Ela está usando uma samba-canção de Sean, quase inteiramente coberta por um dos grandes moletons dele. Seus cabelos cacheados estão presos num rabo de cavalo alto e as unhas dos pés, pintadas de um cor-de-rosa vibrante.

Sean lhe dá as tulipas — e um beijo. Eu viro de costas rapidamente, abro a geladeira e despejo um pouco de leite de amêndoas na minha caneca de viagem.

— Aproveitem o café da manhã — digo. — Vou trabalhar um pouco.

— No domingo?

Jody torce o narizinho petulante.

— Quero revisar meu currículo. Tenho uma entrevista amanhã.

Pego a sacola com meu notebook de cima do banco, junto à porta da frente. As sandálias de Jody estão embaixo, ao lado dos chinelos que Sean acabou de tirar. Com o dedão, afasto os calçados deles.

Depois, desço um lance de escadas e saio para a abafada manhã de agosto.

Já estou na esquina quando percebo que esqueci minha caneca de viagem na bancada da cozinha, mas resolvo me presentear com um *latte* gelado em vez de voltar ao apartamento. Ultimamente, tenho passado o mínimo de tempo possível por lá.

Isso porque os números não mentem: se um é pouco, dois é bom, três é... demais.

Abro a pesada porta de vidro da cafeteria, que está *lotada*. Não é de se admirar: 78% dos adultos americanos bebem café todos os dias, e as mulheres superam, ligeiramente, os homens. Além disso, Nova York é a quarta cidade mais cafeinada do país.

Não consigo me controlar: quase sempre vejo o mundo através de estatísticas. Não só porque, como pesquisadora de mercado, analiso dados para ajudar empresas a tomarem decisões sobre os produtos que vendem, mas porque sou assim desde pequena. Comecei a colecionar dossiês aos onze anos, enquanto as outras crianças colecionavam diários.

— Nossa, você ganhou cinco quilos desde sua última visita — disse meu pediatra quando fui fazer um exame para infecção na garganta no verão antes de começar o sexto ano.

— Shay, você é a mais alta. Pode ficar na última fila? — pediu meu professor do quinto ano no dia da foto da turma.

Nenhum deles falou aquilo num tom pejorativo, mas aqueles comentários, somados a outros que eu ouvia sempre, me fizeram perceber que números impactam como as pessoas te veem.

Eu registrava minha altura, meu peso e o número de gols que marcava em cada partida de futebol. Também coletava outros dados, como as categorias de moedas em meu cofrinho, quantos livros da biblioteca eu lia por mês, o *ranking* da votação do show de talentos que passava na televisão e a quantidade de medalhas de ouro, prata e bronze conquistadas pelo meu país nas Olimpíadas. Hoje, aprendi a aceitar, na maior parte do tempo, o meu corpo — os meus focos são a minha saúde e a minha força — e, agora, em vez do que a balança mostra, registro quanto tempo levo para correr meus dez quilômetros e quantos quilos consigo levantar.

Dou uma olhada pela cafeteria: há uma mulher debruçada sobre o notebook, digitando. Um casal sentado lado a lado, a perna dela sobre a dele, o jornal do dia aberto no colo deles. Um pai e um garoto com bonés iguais de um time de beisebol esperando o pedido no balcão.

Nos últimos tempos, as estatísticas parecem estar contra mim: tenho 31 anos e não estou namorando. Quando meu chefe me chamou na sala dele, no mês passado, achei que seria promovida. Em vez disso, ele anunciou minha demissão. É como se eu estivesse afundando lentamente num poço.

Estou me esforçando ao máximo para virar esse jogo.

Primeiro, preciso de um emprego. Depois, talvez faça um cadastro num site de relacionamentos. Sinto um vazio na minha vida que antes era preenchido pelo Sean. Antes de ele conhecer a Jody, pedíamos comida chinesa pelo menos uma vez por semana e maratonávamos alguma série na televisão. Ele está sempre perdendo as chaves, e eu já sei, pelo jeito como ele me chama, que precisa de ajuda para encontrá-las. Ele rega a planta, que batizamos de Fred, e eu pego a correspondência.

Desde que terminei com meu namorado da época da faculdade, Sean foi o primeiro cara de quem eu realmente gostei. Comecei a me apaixonar meses atrás e achei que ele sentisse a mesma coisa por mim.

Assim que o barista põe meu *latte* no balcão, eu o pego e saio.

Ainda são nove e pouco da manhã, mas o calor está intenso, opressivo e praticamente me engole a caminho do metrô da rua 33. Quando sinto que meus cabelos começam a grudar no pescoço, paro e reviro a bolsa atrás de um elástico.

Esse ato simples me custa 22 segundos.

Ao descer as escadas sujas da estação, vejo o trem que acabei de perder deixando a plataforma. Alguns passageiros, que devem ter descido agora, começam a subir os degraus na minha direção. Chego à plataforma e sinto a última brisa do trem saindo da plataforma. Uma luz fluorescente oscila no teto e uma lixeira transborda. Há apenas mais uma pessoa esperando, a uns dez metros.

Por que ele não pegou o trem que acabou de sair?

Quando a presença de alguém causa estranhamento, geralmente é por um bom motivo. Um homem de barbicha e mochila vagando na plataforma deserta do metrô numa manhã de domingo não bastaria para acelerar meus batimentos cardíacos.

Mas o jeito como ele me olha, sim.

Eu o observo pelo canto do olho, atenta a qualquer movimento brusco, enquanto meu cérebro trabalha: as escadas estão logo atrás de mim. Se ele quiser me atacar, consigo subir bem rápido – mas posso ficar presa na catraca.

Não identifico nenhuma outra rota de fuga.

O homem dá um passo lento e deliberado na minha direção.

Olho para os lados, esperando que apareça alguém por ali.

É quando vejo, afinal, que não estamos sozinhos. Uma mulher de vestido verde com bolinhas brancas está mais adiante, na direção contrária à do homem, parcialmente camuflada pela sombra de uma grande pilastra.

Eu me aproximo dela, ainda mantendo o homem em minha visão periférica. Quando ele continua caminhando rumo às escadas, sobe e finalmente desaparece, me repreendo silenciosamente pelo exagero — o sujeito deve ter descido por engano na estação errada, o que eu também já fiz. Ele devia estar olhando para a saída o tempo todo, não para mim.

Expiro devagar e olho para o mostrador de LED verde. A previsão do próximo trem é de poucos minutos. Outras pessoas começam a chegar à plataforma.

Consigo ouvir o barulho distante das rodas se aproximando — uma trilha sonora familiar no meu dia a dia — e me sinto segura.

A mulher me olha de relance e percebo que ela tem mais ou menos a minha idade e altura — um metro e setenta e oito —, mas seus cabelos são mais curtos e mais claros do que os meus.

Seu rosto é agradável; o tipo de pessoa a quem eu pediria informações se estivesse perdida.

Interrompo nosso contato visual e olho para baixo. Tem alguma coisa refletindo no concreto da plataforma. Uma joia. A princípio, imagino que seja uma pulseira, mas quando me abaixo para pegar, percebo que é um cordão de ouro com um pingente de sol radiante.

Imagino que a mulher o tenha derrubado e estou quase perguntando a ela, mas o rugido do trem aumenta.

Ela se aproxima da beirada da plataforma.

Minha mente emite um alerta: ela está perto demais!

É quando me dou conta de que ela não está ali para pegar o metrô.

Estico o braço em sua direção e grito algo parecido com Não! ou Não faz isso!, mas é tarde demais.

Nossos olhares se cruzam. O trem aparece na boca do túnel. Ela se joga.

Por uma fração de segundo, a mulher parece congelada, suspensa no ar, braços para o alto como uma bailarina.

O trem passa, as rodas rangendo freneticamente contra os trilhos, o som agudo mais alto que já ouvi.

Sinto o meu estômago embrulhar e me debruço para vomitar. Começo a tremer incontrolavelmente, reagindo ao horror, enquanto minha mente tenta, frenética, processar o que aconteceu.

Alguém está gritando sem parar:

— Chamem uma ambulância!

O trem para. Eu me obrigo a olhar. Nem sinal da mulher.

Num instante, ela existia; no outro, foi apagada. Cambaleio até um banco junto à parede e desmorono.

Durante tudo o que se seguiu — enquanto dou meu depoimento a uma detetive de semblante impassível, passo pela fita da cena do crime, sou escoltada até a rua e percorro os sete quarteirões de volta para casa — não consigo parar de ver os olhos daquela mulher. Não vi neles desespero, medo ou determinação.

Eles estavam vazios.

2

CASSANDRA E JANE

Amanda Evinger tinha 29 anos. Solteira. Sem filhos. Morava sozinha num estúdio em Murray Hill, não muito longe da estação central, e trabalhava como enfermeira na emergência de um hospital municipal, profissão tão exaustiva e acelerada que a impedia de estreitar laços com os colegas. Ela parecia a candidata perfeita — até se jogar sob as rodas de um vagão de metrô.

Duas noites após a morte de Amanda, Cassandra e Jane Moore estão sentadas num sofá no apartamento de Cassandra, em Tribeca, compartilhando um notebook.

Na sala, os móveis de linhas sóbrias são estofados em cinza-claro e creme, valorizados por algumas almofadas em tons vibrantes. As janelas, do chão ao teto, são um convite à luminosidade e oferecem vistas arrebatadoras do rio Hudson. O apartamento é moderno e elegante, bem apropriado para as duas ocupantes.

Cassandra tem 32 anos, dois a mais que Jane. É visível que as mulheres são irmãs. No entanto, Cassandra é musculosa e esguia, enquanto Jane é mais delicada e curvilínea, e tem a voz mais aguda e doce.

Jane se afasta enquanto Cassandra procura possíveis fotos de Amanda. As únicas disponíveis são recentes, tiradas nos últimos meses: Amanda sentada de pernas cruzadas numa toalha de piquenique no parque Prospect; Amanda brindando com margarita na festa de aniversário de Jane; Amanda cruzando a linha de chegada numa corrida beneficente pelas pesquisas para o câncer de mama.

Na maioria das fotos, ela está rodeada pelas mesmas seis jovens sorridentes — o grupo que as irmãs Moore têm, metodicamente, reunido. As mulheres exercem diversas profissões e têm origens muito diferentes, mas compartilham qualidades mais importantes e secretas.

— Precisamos de uma foto em que ela esteja sozinha — diz Jane.

— Espera aí.

Cassandra abre uma foto de Amanda com um gato tricolor no colo, sentada sob um raio de sol que entra por uma janela próxima.

Jane se inclina para a tela e concorda, aprovando:

— Boa. Se cortar um pouco, ninguém vai saber onde foi tirada.

As irmãs ficam em silêncio observando aquela foto. Há apenas algumas semanas, Amanda estava espalhada na poltrona cinza ao lado deste mesmo sofá — o lugar que geralmente escolhia quando ia lá. Ela havia tirado os sapatos e apoiado as pernas compridas no braço da poltrona enquanto falava sobre uma idosa, vítima de atropelamento e fuga, que ela ajudara a salvar ao longo de quatro frenéticas horas de socorro. *Hoje a filha dela nos levou biscoitos caseiros e um cartão lindo!*, contou Amanda, as palavras acompanhadas por sua exuberância habitual. *É por momentos assim que eu amo meu trabalho.*

É inacreditável que Amanda não só tenha morrido como tenha escolhido dar fim a sua vida de forma tão espetacularmente violenta.

— Eu nunca imaginei que isso pudesse acontecer — confessa, finalmente, Cassandra.

— Acho que a gente não conhecia a Amanda tão bem assim — responde Jane.

13

Aquele suicídio deixou as irmãs desesperadamente empenhadas em responder a uma série de perguntas: Onde Amanda esteve dias antes de morrer? Com quem ela conversou? Será que deixou alguma coisa, como um bilhete, explicando o porquê faria aquilo?

As irmãs revistaram imediatamente o apartamento dela, usando a chave reserva para entrar. Elas pegaram o notebook de Amanda e pediram que uma das integrantes do grupo o desbloqueasse. A mulher executou o que chamam de ataque de dicionário, passando por milhares de senhas possíveis, até encontrar a de Amanda. E então as irmãs puderam examinar as conversas da amiga. Infelizmente o celular fora destruído pelo trem e não pôde ser examinado.

Em duas horas, o prédio em que Amanda morava passou a ser vigiado. A primeira visitante, sua mãe, que pegara o trem de Delaware, foi convidada para tomar um chá com uma das amigas da filha. Ela não deu nenhuma informação nova, mesmo depois de mudar o ponto de encontro para um bar e prolongar a conversa por mais de duas horas — durante as quais consumiu quatro taças de espumante.

A cerimônia fúnebre num clube privativo em Midtown, na próxima quinta à noite, é uma medida preventiva. Foi ideia de Cassandra prestar uma homenagem simples e não religiosa. É bem provável que todos os conhecidos de Amanda apareçam.

As irmãs, que agora têm acesso aos contatos da amiga, pretendem convidar todas as pessoas com quem ela falou nos últimos seis meses.

Cassandra e Jane também planejam deixar convites impressos na portaria do prédio de Amanda, na sala de descanso das enfermeiras do hospital e no vestiário da academia que ela frequentava.

Um livro de visitas reunirá os nomes de quem comparecer.

— A gente vai superar isso, não é? — pergunta Jane.

As irmãs estão exaustas e têm leves olheiras. Cassandra até perdeu alguns quilos, ressaltando ainda mais as maçãs do rosto.

— A gente sempre supera — afirmou Cassandra.

— Vou pegar uma taça de vinho pra gente.

Jane se levanta após dar um leve aperto no ombro de Cassandra.

Cassandra agradece com um aceno de cabeça, encaixando a foto de Amanda no convite do memorial que aparece na tela do computador. Ela o revisa uma última vez, mesmo que já tenha decorado cada palavra.

— Será que isso é o suficiente? — pergunta-se, clicando em imprimir.

Se Amanda tiver revelado algo que não devia a alguém — a qualquer um — nos dias anteriores à sua morte, será que esse alguém se sentirá à vontade para comparecer à cerimônia?

A legenda do retrato de uma Amanda sorridente foi debatida pelas irmãs antes de se decidirem por uma mensagem simples e atraente: *Juntem-se a nós. Todos são bem-vindos.*

3

SHAY

ESTATÍSTICAS DA REDE DE METRÔ DA CIDADE DE NOVA YORK: MAIS DE 5 MILHÕES DE PASSAGEIROS POR DIA. ABERTO 24 HORAS, 472 ESTAÇÕES — MAIS DO QUE QUALQUER OUTRA REDE DE TRENS. SÉTIMO METRÔ MAIS MOVIMENTADO DO MUNDO. MAIS DE 1.070 QUILÔMETROS DE TRILHOS. TOTAL DE 43 SUICÍDIOS OU TENTATIVAS DE SUICÍDIO NO ÚLTIMO ANO.

— DOSSIÊ DE DADOS, PÁGINA 4

Entro no apartamento e olho ao redor, é difícil acreditar que estive fora por apenas duas horas. As tulipas roxas estão em um vaso de cobalto, a frigideira, de molho na pia. Os sapatos de Sean e Jody não estão mais embaixo do banco.

Vou direto para o banheiro e tiro minha camiseta vermelha e meu short cáqui. Em pé no chuveiro sob a água quente, só consigo pensar nela: seu rosto agradável, seu lindo vestido de bolinhas e aqueles olhos vazios.

Imagino quanto tempo vai levar até que alguém sinta sua falta. Será quando seu marido chegar em casa e se deparar com um apartamento escuro? Ou quando ela não aparecer para trabalhar?

Talvez ela não fosse casada. Talvez não tivesse colegas próximos. Pode levar um tempo para que sua ausência seja notada, assim como pode levar tempo para que alguém perceba a minha.

Naquela noite, ao me deitar, não consigo parar de repetir aquela cena na minha cabeça, começando pelo instante em que me aproximei da mulher para me afastar do cara de barbicha. Não paro de me culpar por não ter feito algo diferente; eu devia ter esticado a mão para puxá-la ou gritado antes.

Quando vi aquela mulher de rosto agradável, só pensei em como ela poderia me ajudar. Mas eu quem deveria tê-la salvado. As paredes do quarto parecem estar me esmagando no escuro.

Deito de lado e acendo o abajur na mesinha de cabeceira, pisco algumas vezes por causa da claridade brusca. Preciso dormir — tenho uma entrevista importante na Global Metrics às nove da manhã, se eu não conseguir esse emprego serei obrigada a continuar trabalhando como temporária. Tive sorte em arranjar um trabalho de meio período no departamento de pesquisa de uma tradicional firma de advocacia. No entanto, o salário não é lá essas coisas, e o plano de saúde que ainda tenho do meu antigo emprego vence em poucos meses. O problema é que não consigo descansar.

Pego o celular para ouvir alguma palestra e me distrair, mas não paro de pensar na desconhecida. Quem era ela?

Pesquiso por suicídio no metrô da rua 33 em Nova York em uma ferramenta de busca. A pequena nota que aparece não responde a nenhuma de minhas perguntas, exceto que a mulher foi a vigésima sétima pessoa no ano a pular na frente de um vagão de metrô em Nova York.

Quanto sofrimento escondido sob o frenesi da cidade. O que será que leva alguém a ultrapassar esse último e desesperado limite?

Teria sido uma tragédia repentina que a levou à beira do precipício? Ou ela também sentia que estava afundando lentamente até o fundo do poço?

Deixo o celular de lado.

Chega, digo a mim mesma. Chega de procurar semelhanças entre nós duas. Ela não representa meu futuro.

Às sete da manhã, preparo um café extraforte, visto meu terno cinza favorito e desenterro a paleta de maquiagem que ganhei da minha mãe no Natal.

Quando saio e fecho a porta, lembro que acabei não atualizando meu currículo. Mas afirmo a mim mesma que não precisava de tantos ajustes e que posso compensar arrasando na entrevista.

Enquanto caminho, ensaio como explicar a dispensa do último emprego — cinco pessoas foram demitidas, o que espero que melhore a minha imagem —, até que vejo o familiar poste verde do metrô marcando as escadas de cerâmica que levam ao subsolo.

Eu recuo como se tivesse sido eletrocutada.

— Ei, presta atenção — diz alguém ao passar por mim.

É como se meus pés estivessem presos ao chão. Vejo outros passageiros desaparecendo naquele buraco escuro como eu mesma fizera ontem — como fizera milhares de vezes antes. Só que agora minha visão está borrada e um som opressivo toma conta dos meus ouvidos. Não consigo nem andar sobre as grades de aço que estão entre meus pés e a entrada.

Quanto mais fico ali, tentando me obrigar a ir em frente, mais cresce meu pânico. Quando escuto o som abafado de um trem chegando à estação, é difícil respirar. Minhas axilas estão suadas e meus óculos escorregam pelo nariz. Pego o celular: 8h25.

Ando de pernas trêmulas até a esquina e chamo um táxi, mas é hora do rush e as ruas estão congestionadas. Já estou dez minutos atrasada quando chego à Global Metrics, abalada e nervosa. Respiro fundo e seco a palma das mãos na calça enquanto a recepcionista me acompanha até o escritório de Stan Decker, diretor de recursos humanos.

As pessoas geralmente determinam sua impressão sobre as outras nos primeiros sete segundos, então, quando o encontro, endireito as costas, dou um aperto de mão firme e o olho nos olhos — sinais que transmitem confiança.

Stan parece ter quarenta e poucos anos — os primeiros sinais de entradas surgindo na cabeça e uma grossa aliança de ouro no dedo anelar. Há diversos porta-retratos em sua mesa — todos de frente para ele, mas imagino que sejam da esposa e dos filhos.

— Então, Shay, por que acha que se encaixaria bem aqui? — começa ele, assim que nos sentamos.

É uma pergunta fácil, que eu já previa.

— Eu amo pesquisar. A influência de fatores inconscientes nos hábitos e nas decisões das pessoas sempre me intrigou. Sou formada em estatística com especialização em análise de dados. Posso ajudar sua empresa fazendo o que faço de melhor: reunindo e decifrando as informações de que precisam para criar mensagens com as quais seus consumidores-alvo se identifiquem.

Ele assente e entrelaça os dedos.

— Conte-me sobre alguns de seus projetos de maior êxito.

Outra das dez perguntas mais comuns numa entrevista.

— Na última empresa em que trabalhei, um de nossos clientes era uma empresa de iogurte orgânico que queria atrair *millennials* para expandir sua participação no mercado.

Meu telefone vibra dentro da bolsa, fazendo com que eu me encolha. Não acredito que violei uma das regras mais importantes de uma entrevista de emprego: desligar o celular.

O olhar de Stan Decker voa para minha bolsa.

— Eu sinto muito. Devo ter esquecido de desligá-lo depois de ligar para cá avisando que chegaria alguns minutos atrasada.

Fico com vontade de me bater assim que as palavras saem: por que lembrá-lo do meu atraso?

Procuro o celular dentro da bolsa. Antes que eu possa desligá-lo, uma notificação aparece na tela. Mensagem de voz de um número desconhecido com código de área de Nova York. Eu me pergunto se foi a detetive que ouviu meu depoimento ontem, ela avisou que talvez precisasse falar comigo de novo.

— O que estava dizendo sobre a empresa de iogurte? — pergunta Stan.

— Sim...

Sinto meu rosto esquentar; minhas bochechas provavelmente já estavam vermelhas como um pimentão contrastando com minha pele clara.

Tento me recompor, mas é impossível me concentrar, fico pensando na mensagem que me aguarda no celular.

É como se o telefonema tivesse despertado sons e imagens do dia anterior — o rangido das rodas do trem, o balanço do vestido de bolinhas verde-claro enquanto a mulher saltava. Não consigo parar de reviver tudo.

Eu continuo, atrapalhada, conseguindo terminar a entrevista, mas sabendo, antes mesmo de sair do prédio, que não terei retorno.

Assim que estou na calçada em frente à Global Metrics, pego o celular.

Eu estava certa: era a detetive Williams. Ela queria repassar meu depoimento por telefone. Assim que terminamos, pergunto o nome da mulher que morreu. Por algum motivo, parece importante para mim ter aquela informação.

— A parente mais próxima dela já foi avisada, então agora posso te dizer: Amanda Evinger.

Fecho os olhos e o repito silenciosamente. É um nome tão bonito. Eu sei que jamais vou esquecê-lo.

Caminho os quarenta quarteirões para casa, obrigando-me a traçar um plano para o resto do dia: atualizar meu currículo e enviá-lo para um novo grupo de recrutadores. Depois, uma corrida para garantir uma dose de endorfinas que melhorem meu humor. Também preciso comprar um presentinho para o bebê da minha amiga Melanie, que me convidou para um drinque no final da semana.

No caminho para casa, faço mais uma coisa: planejo minha rota para evitar pisar em qualquer grade de metrô.

4

CASSANDRA E JANE

Poucos dias depois de Amanda pular na frente do trem, Jane recebe uma ligação urgente: uma pessoa, que não era a mãe de Amanda, esteve em seu prédio.

Jane corre para o escritório adjacente de Cassandra com o celular na mão. É uma manhã movimentada na *Moore Public Relations*, a empresa de relações públicas das duas. Até agora, parecia um dia de trabalho comum — elas se reuniram com um promissor designer de bolsas, ajustaram os detalhes para a abertura da exposição de um artista que representam e montaram uma lista de influenciadores para promover um novo restaurante de comida asiática.

No entanto, o tempo todo, as duas estavam em alerta máximo, os celulares sempre à mão.

Stacey, que aos 29 anos é a mais jovem do grupo, está do outro lado da linha. Stacey **largou** os estudos após o terceiro ano do ensino médio, mas fez um curso rápido e **aprendeu** tanto sobre tecnologia que agora é uma cobiçada consultora de segurança **cibernética.** Com um corpo pequeno e magro, que esconde sua destreza física, e a forma de falar áspera, às vezes até mesmo profana, que disfarça sua perspicácia, Stacey é frequentemente subestimada.

As irmãs concordam que ela foi uma de suas escolhas mais valiosas.

Foi Stacey quem invadiu o notebook de Amanda. Ela também é experiente o bastante para instalar uma câmera de segurança em um poste próximo ao prédio de Amanda e acessar, remotamente, o vídeo em tempo real. Stacey tem supervisionado o prédio enquanto trabalha num café a uma quadra de distância.

Enquanto Stacey repassa as informações — ela não ficou muito tempo nem falou com ninguém — Jane entra correndo no escritório de Cassandra.

Cassandra congela os dedos compridos e elegantes acima do teclado do computador assim que repara no semblante de Jane. Ela se debruça, os cabelos se esparramando sobre os ombros estreitos.

Jane fecha a porta e põe a ligação no viva-voz.

— Estou com a Cassandra. Explique tudo desde o começo.

As irmãs Moore descobrem que às 11h05 uma mulher — trinta anos, óculos de armação de tartaruga, cabelos castanhos, alta e atlética — subiu os degraus do prédio de Amanda. Enquanto a visitante olhava para a pequena construção dividida em pequenos apartamentos, a câmera de Stacey registrava suas ações. Stacey não a reconheceu, o que despertou sua desconfiança.

A visitante não tocou nenhuma campainha. Depois de aproximadamente noventa segundos, ela deixou uma única zínia amarela no canto do degrau superior, a poucos metros do aviso plastificado sobre a homenagem organizada pelas irmãs.

Depois, ela deu meia-volta e saiu. Stacey, que já estava juntando suas coisas a fim de correr e seguir a mulher, estava longe demais para alcançá-la.

— Por favor, nos envie o vídeo imediatamente — orientou Cassandra. — Se ela voltar...

— Eu cuido disso — interrompeu Stacey. — Ela não vai escapar de mim novamente.

O vídeo é examinado assim que chega.

Cassandra pausa o vídeo no quadro mais nítido da jovem. A imagem preenche a tela do computador, assim como a imagem de Amanda preencheu recentemente.

— O tom de pele e cabelos das duas são diferentes, mas ela é alta como Amanda — observa Cassandra. — Será que é alguma parente de quem nunca ouvimos falar?

Jane dá de ombros.

— Amanda tinha seus segredos. Talvez essa mulher seja um deles.

Observando os olhos azuis e espaçados da visitante misteriosa e sua leve covinha no queixo, Cassandra se aproxima da tela. Ela traça com a ponta do dedo os traços da mulher.

A voz de Cassandra sai num sussurro suave, mas ela olha intensa e fixamente para a tela.

— Quem é você?

5

SHAY

NO ANO PASSADO, FORAM RELATADOS 552 SUICÍDIOS NA CIDADE DE NOVA YORK. APROXIMADAMENTE 1/3 FOI COMETIDO POR MULHERES, 48% DELAS ERAM SOLTEIRAS. A MAIORIA ERA BRANCA E, DENTRO DOS CINCO DISTRITOS, O MAIOR ÍNDICE DE SUICÍDIOS FOI ENTRE RESIDENTES DE MANHATTAN.

— DOSSIÊ DE DADOS, PÁGINA 6

Algumas noites depois da desastrosa entrevista de emprego, estou na cozinha de Mel, no Brooklyn, abrindo a garrafa de Perrier que levei.

Sua filhinha, Lila, cheia de cólica, está amarrada ao seu peito. Mel a balança levemente para acalmá-la enquanto sirvo um copo para cada uma de nós e tiro o queijo e os biscoitos da minha sacola de compras.

A casa de Mel é bagunçada, mas alegre, com uma almofada de amamentação em cor-de-rosa e amarelo no sofá, e fraldas de arrotar empilhadas na bancada da cozinha. Há um balanço elétrico ao lado da pequena mesa de jantar redonda e uma música dos Beatles, *Yellow Submarine*, toca ao fundo, na vitrola que o marido de Mel comprou ano passado.

Odeio ter que falar sobre o horror do suicídio de Amanda ali, mas Mel notou que tinha algo de errado. Nunca fui boa em esconder minhas emoções.

— Shay, não consigo imaginar como deve ter sido horrível — comenta ela, estremecendo, quando termino de contar a história. Ela abraça Lila mais apertado.

Não revelo que, em vez do metrô, peguei um ônibus e depois chamei um carro por aplicativo de 25 dólares para chegar até aqui. Fui mais uma vez soterrada de pânico esta noite, exatamente como quando tentei pegar o metrô para a entrevista de segunda-feira e para meu trabalho temporário ontem. Quando me aproximei daquele poste verde, meu coração pareceu explodir e minhas pernas se recusaram a avançar.

Em termos lógicos, sei que não vou testemunhar outro suicídio no metrô — as estatísticas provam como seria raro isso acontecer —, mas o que eu vi fica se repetindo na minha cabeça.

— Fui ao apartamento dela esta manhã — confesso. — O da Amanda.

Lila cospe a chupeta e Mel a coloca de volta, balançando-a mais rápido.

— Você o quê? Por quê?

Mel parece cansada, e aposto que eu também. Na noite passada, acordei com um pesadelo, o barulho do freio do metrô era a trilha de fundo. Quando não consegui mais pegar no sono, pesquisei o nome de Amanda na internet e foi assim que encontrei o endereço.

— Eu queria saber mais sobre ela. Cometer suicídio dessa forma é tão violento... tão extremo. Acho que estou tentando entender.

Mel assente, mas pela expressão em seu rosto sei que ela achou o comportamento estranho.

— Descobriu alguma coisa?

Eu brinco com o relógio inteligente no meu pulso. Minha contagem de passos quase dobrou nos últimos dias, visto que meu meio de transporte habitual está fora de cogitação.

— Haverá um serviço fúnebre amanhã à noite — digo, em vez de responder diretamente. — Estou pensando em ir.

Mel pergunta:

— Será que isso é uma boa ideia mesmo?

Entendo por que aquilo deve parecer estranho para Mel, nesse apartamento aconchegante com seu chili de três grãos esquentando no fogão e um anúncio de aulas de ioga com bebês colado na geladeira.

Amanda não teria assombrado Mel; elas não têm nada em comum.

Resisto à compulsão de mexer no meu relógio novamente. Esses relógios costumavam ser onipresentes; mas, agora, poucos ainda parecem usá-los. Entretanto, na foto de Amanda, que vi na porta de seu prédio, ela também estava com um no pulso.

Quando percebi aquilo, meu estômago embrulhou: mais um elemento em comum entre nós.

Não conto essa parte para Mel, que me conhecia melhor do que ninguém. Fomos colegas de quarto no primeiro ano na Universidade de Boston, e dividimos um apartamento quando viemos para Nova York. No entanto, nossos mundos não se cruzam mais — e não apenas por causa da geografia.

— Vamos conversar sobre outra coisa — sugiro. — Como está se sentindo em voltar ao trabalho? Já encontrou uma creche?

— Sim, descobri uma ótima a um quarteirão do escritório. Posso visitar Lila no horário de almoço todos os dias.

— Perfeito! Só me prometa que vai comer algo além de cenouras.

Mel ri e conversamos mais um pouco, mas Lila vai ficando mais agitada e barulhenta. Dá para ver que é difícil para Mel se concentrar com a filha daquele jeito.

— É melhor eu deixar você descansar.

Deixo o copo vazio na mesa e Mel pega o pequeno elefante de pelúcia que levei para Lila e o balança para mim.

— Você sabe que pode me ligar sempre que precisar.

— O mesmo vale para você.

Dou um beijo no rosto de Mel, depois me debruço para beijar a cabecinha cheirosa de Lila.

Caminho na direção de Manhattan até começar a escurecer, depois chamo um carro. Fico feliz pelo motorista estar com o ar-condicionado ligado.

Minha mãe deixou uma mensagem enquanto eu estava com Mel, então ligo para ela, que atende imediatamente.

— Oi, querida. Queria que você estivesse aqui! Estamos fazendo uma noite mexicana. Barry e eu fizemos guacamole e margaritas!

— Que ótimo! — exclamo, tentando corresponder ao seu entusiasmo.

Consigo até imaginá-la de calça jeans e camiseta sem manga, os cabelos castanhos ondulados presos por uma bandana, descansando no terraço de tijolos que Barry construiu alguns anos atrás. Minha mãe é pequena, de pele num tom de oliva, mas eu herdei o corpo esguio e os ombros largos de meu pai. Quando eu era criança, às vezes me perguntava se as pessoas que nos viam juntas percebiam que éramos mãe e filha, não só por sermos tão diferentes, mas porque ela era muito mais jovem do que as outras mães da escola.

Ela me teve aos dezenove anos. Trabalhava como recepcionista em Trenton e meu pai, que tinha 21 anos, estudava economia em Princeton. Eles se separaram antes de eu nascer. Meu pai é de uma família rica e pagava a pensão, mas só o vi algumas vezes na vida, pois ele foi estudar em Stanford e continuou morando na Califórnia desde então.

A vida da minha mãe é tão diferente: ela trabalhou para uma construtora e, quando eu tinha onze anos, se casou com Barry, que era mestre de obras.

— O que você tem feito? — pergunta ela. — Não falei com você a semana toda.

— Ela deve estar ocupada demais cochilando naquele trabalho temporário — grita Barry, ao fundo, antes que eu possa responder.

Barry é o principal motivo para eu não visitar minha mãe com a frequência que deveria.

Eu finjo rir do comentário. Um minuto depois, quando Barry a chama para comer, fico feliz pela desculpa para desligar.

Tiro os óculos e esfrego a ponte do nariz, colocando-os de volta e me recostando no banco para admirar o horizonte de Manhattan enquanto atravessamos a ponte. Eu não me canso daquela vista, mas no crepúsculo, com os majestosos edifícios erguendo-se contra o céu tingido de roxo e laranja, é ainda mais bonita.

Todos os anos pessoas são atraídas até esta mesma ponte para apreciar aquela mesma vista e dar um passeio relaxante.

Ou para saltarem para a morte.

O pensamento me atravessa como uma corrente elétrica.

Afasto os olhos das vigas de aço e da escuridão cintilante do rio lá embaixo, voltando minha atenção para o tapete de borracha do carro até a ponte ficar para trás.

6

CASSANDRA E JANE

Uma hora antes do início do serviço fúnebre de Amanda, cinco mulheres se reúnem em uma sala particular do *Clube Rosewood* para lamentar a entusiasmada enfermeira de pronto-socorro que monitorava seus passos diários a fim de compensar os doces que tanto amava comer.

Elas estão sentadas em sofás e poltronas num semicírculo, conversando baixinho. Uma delas chora, os ombros tremendo, enquanto outra a conforta, esfregando suas costas.

São as mesmas mulheres que estavam com Amanda nas fotos de Cassandra.

Apenas uma não está lá; ela não vai a cerimônia porque tem uma missão importante esta noite.

Cassandra e Jane examinam a sala. Está tudo no lugar: o bar no canto está abastecido com bastante álcool — o que vai soltar as línguas. O bufê com sua tábua de queijos e alguns sanduíches. A fotografia ampliada de Amanda segurando o gato tricolor apoiada em um cavalete. Aberto sobre uma pequena mesa ao lado, o livro de visitas.

Cassandra fecha a porta, vai até o centro da sala e fica em silêncio por um instante. Seu vestido preto de seda é justo, marcando o corpo alto e esbelto. O único toque de cor é seu batom vermelho.

De alguma forma, a tensão e a pressão dos últimos dias não afetaram sua beleza marcante e não convencional. Na verdade, seus traços parecem ainda mais bem esculpidos, e seus olhos âmbar, mais hipnotizantes.

— Sei que a morte de Amanda foi tão desoladora para cada uma de vocês quanto para mim e Jane — começa Cassandra. Ela abaixa ligeiramente a cabeça. — Amanda era uma de nós.

As mulheres murmuram, concordando. Cassandra levanta a cabeça e olha para uma de cada vez:

Stacey, pequena, brigona, inteligente, dona de pelo menos dez camisetas de super-heróis, temperamento explosivo e uma lealdade aparentemente interminável.

Daphne, 32 anos, dona de uma loja chique no West Village e de uma sofisticação inata que torna fácil imaginá-la encantando estilistas e selecionando os modelos que mais devem atrair seus clientes. Ela sempre parece pronta para fotos; as madeixas loiras escovadas no salão duas vezes por semana e a maquiagem impecável.

E, finalmente, Beth, uma advogada de defesa de 34 anos vinda de Boston e que sempre parece sobrecarregada e um pouco agitada — a bolsa cheia de recibos amassados, barras de granola comidas pela metade, elásticos de cabelo e moedas perdidas —, mas dona de uma intuição aguçada e excepcional sobre as pessoas.

Cassandra admira muito essas mulheres. Elas são inteligentes, leais e têm algo mais em comum: todas superaram obstáculos que vão de demissões a cânceres devastadores.

— Eu simplesmente não consigo acreditar — confessa Beth.

Apesar da tensão trazida por seu trabalho, Beth costuma rir com facilidade. Hoje, as lágrimas brilham em seu rosto.

— A última vez em que fui à casa dela, ela fez o cheesecake de caramelo mais incrível que já comi — continua, com seu sotaque acentuado. — Vocês sabem como Amanda era com seus doces. Nós combinamos de assistir ao filme novo da Julia Roberts. Ainda estou em choque. Não paro de pensar no que deveria ter feito de diferente, que deveria ter me empenhado mais em fazê-la falar comigo.

— Olha, eu sei que as coisas saíram do controle — diz Jane. — Não é segredo que Amanda ficou perturbada com a nossa... experiência.

— Todas nós queríamos que ela tivesse vindo falar com a gente em vez de se afastar — diz Cassandra, pigarreando. Hora de recuperar o foco do grupo. — Não queremos assustar ninguém, mas precisamos considerar a possibilidade de Amanda ter falado com alguém sobre nosso grupo.

O que as irmãs não contaram às outras é que o cordão de Amanda — aquele que Cassandra desenhara e mandara fazer — não desaparecera sob as rodas do trem. Havia um dispositivo de rastreamento dentro do pingente em formato de sol que as irmãs davam a todas as mulheres. Era uma precaução para protegê-las durante o trabalho, às vezes perigoso, que realizavam — mas talvez fosse também resultado de uma leve premonição. Com exceção das irmãs, nenhuma integrante do grupo sabe que os cordões não são simples joias.

Quando, alguns dias após o suicídio, as irmãs verificaram a localização do rastreador de Amanda, esperavam não ver nada — o colar certamente havia sido destruído.

Mas um marcador cinza na tela do celular de Jane mostrou que o rastreador estava em um pequeno prédio residencial a poucos quarteirões de distância da estação da rua 33.

Cassandra empalideceu quando Jane deu a notícia e a puxou pelo braço.

— Quem? — sussurrara. — Para quem Amanda teria dado o cordão?

Havia mais de vinte pessoas morando naquele prédio. Qualquer uma delas poderia estar com o colar.

Agora, Jane distribui cópias de uma foto da jovem com óculos de armação de tartaruga que deixara uma única flor na porta de Amanda.

Stacey olha para a foto e levanta a cabeça de repente.

— Ei, isso é do vídeo que gravei no outro dia — constata, cruzando os braços e parando de falar. A mecha de cabelos loiros que ela muda a cada poucos dias agora está roxa, e seus lábios apertados.

Stacey não costuma estar entre as mais falantes do grupo e, dado seu histórico e os eventos recentes em sua história pessoal, não é surpresa que ela se sinta desconfortável neste ambiente sofisticado.

— Alguém mais já viu essa mulher? — pergunta Jane.

Uma por uma, todas balançam a cabeça enquanto examinam a foto.

— Isso foi tirado no prédio da Amanda? — pergunta Beth. — Eu reconheço a entrada.

Cassandra confirma com a cabeça.

— Sim, essa mulher foi ao prédio da Amanda ontem e deixou uma zínia amarela na entrada.

Jane olha para os arranjos sobre a mesa do bufê e a lareira, compostos por dezenas e dezenas de zínias amarelas — ideia de Cassandra. Se aquelas flores significassem alguma coisa e a visitante misteriosa aparecesse hoje, poderiam provocar uma reação.

Daphne — a sócia do *Clube Rosewood,* que reservara a sala para a ocasião — levanta a mão, sua pulseira, cara, escorregando pelo pulso. Até pouco tempo atrás, Daphne também usava lenços caríssimos, mas ela não suporta mais ter nada, exceto cordões delicados, em volta do pescoço.

— Foi com essa mulher que vocês acham que a Amanda falou? — pergunta Daphne, a voz tensa de ansiedade.

— Ainda não sabemos se Amanda falou com alguém — confessa Cassandra —, mas precisamos descobrir qual é a ligação dela com essa mulher.

— É estranho que ela esteja rondando logo depois da morte de Amanda — observa Stacey, batendo levemente com o pé no chão de madeira.

— Eu concordo — diz Beth.

Jane assente.

— Podemos prever algumas das pessoas que estarão presentes hoje, como a mãe e a tia de Amanda, é claro. Talvez alguns colegas de trabalho. E talvez essa mulher misteriosa. Ou Amanda pode ter falado com outra pessoa totalmente diferente. — Ela faz uma pausa. — É aí que vocês entram.

— Misturem-se — instrui Cassandra. — Puxem conversa, perguntem de onde as pessoas conhecem Amanda, se a viram recentemente, se ela parecia diferente. Se algo lhes parecer estranho, não só uma resposta, mas qualquer coisa que ouvirem por alto, venham falar comigo ou Jane imediatamente.

Cassandra olha pela sala, novamente parando em uma mulher de cada vez. Jane observa o efeito que Cassandra exerce sobre o grupo — é como se seu olhar transmitisse a todas uma energia vibrante. Algumas até endireitam as costas ou começam a assentir.

— E se alguém nos perguntar como nós conhecemos Amanda? — pergunta Daphne.

— Boa pergunta — diz Jane.

— Vamos ver... Ela frequentava reuniões do Al-Anon por causa da mãe — lembra Cassandra. — Seria natural tê-la conhecido ali... Não! Não vamos por esse caminho. Ela gostava da ioga às terças de manhã na academia da rua 42, então...

Cassandra balança a cabeça.

— Não, também não funciona. Pode aparecer alguém da academia. Vamos contar a história do clube do livro. Todo mundo concorda?

— Claro — diz Daphne.

Jane continua:

— Não nos conhecemos há muito tempo, mas nos tornamos amigas íntimas. É mais fácil dizer a verdade. O último livro que lemos foi *Orgulho e Preconceito*.

Stacey pigarreia.

— Hum, não sei bem se sou um tipo que frequenta clubes de leitura.

— Não se preocupe se não tiver lido esse livro — responde Cassandra. — Muita gente frequenta esses clubes só pelo vinho e pelo bate-papo.

Pela primeira vez na reunião, uma risada percorre a sala. Então Beth pergunta:

— Devemos adicionar outros detalhes? Como aquelas barrinhas de limão que ela fazia? Dizer que as levava para os encontros?

— Claro, seria um bom toque — concorda Cassandra. — Também estamos de luto aqui. Nossa perda e nossa dor são reais. Lembrar as qualidades que tornavam Amanda tão especial vai nos ajudar a homenageá-la.

Ela olha para o relógio e continua:

— Temos um pouco mais de tempo. Por que não lembramos um pouco dela em particular agora?

Ela afunda em uma poltrona vazia, cruzando as pernas. Jane se senta ao seu lado.

A voz rouca de Cassandra assume um tom tranquilizador. Seus dedos estão entrelaçados no colo. Seu afeto comedido ao recomeçar é prova de seu autocontrole:

— Uma perda como a que sofremos pode causar rompimentos. Vamos prometer, aqui e agora, não permitir que isso aconteça. Sem Amanda, é mais importante do que nunca estarmos alinhadas...

Cassandra estica o braço e dá as mãos para Jane e Beth, que estão mais perto dela. As duas, por sua vez, dão as mãos para Daphne e Stacey, formando um círculo para ouvir as palavras de Cassandra:

— Vamos nos lembrar do motivo de termos nos unido. Vamos acolher a segurança que temos em nossa irmandade.

7

AMANDA

Dez dias antes

Amanda estava deitada na cama, os joelhos dobrados junto ao peito e os olhos bem fechados.

Lembranças recentes pipocavam em sua mente: o homem sorridente brindando com ela. O gosto amargo do uísque pinicando sua língua. Os dois de mãos dadas, cambaleando ligeiramente do bar até o Central Park. Uma brisa entrecortando a noite de verão, arrepiando seus braços nus.

Um zumbido alto interrompeu a visão e ela levantou a cabeça. Tinha alguém no saguão interfonando com insistência para seu apartamento.

Amanda ficou tensa, mal ousando respirar.

Ela tapou os ouvidos com as mãos, mas a campainha insistente ainda ecoava em sua mente.

Elas nunca vão parar, pensou.

Então o barulho cessou de repente.

Amanda olhou ao redor: as cortinas estavam fechadas, as janelas, trancadas, a porta, acorrentada. Todas as luzes estavam apagadas. Ela não saía há dias; o lugar poderia parecer vazio para qualquer um que estivesse observando.

Talvez ainda houvesse tempo de se salvar.

Seus pensamentos estavam embaralhados devido à falta de sono e comida, mas ela tentou formular um plano: a ligação que precisava fazer, os suprimentos que levaria, o caminho mais seguro para chegar até onde queria.

Ela estava quase convencida de que poderia dar certo quando um ruído suave e arrepiante retumbou no ar.

Alguém batia ritmadamente na porta. Em seguida, o som de uma chave girando na fechadura.

Então uma pessoa dizendo baixinho, quase num sussurro:

— Sabemos que você está aí, Amanda.

8

SHAY

CERCA DE 50% DAS PESSOAS QUE TENTAM SE MATAR O FAZEM NUM IMPULSO. UM ESTUDO COM SOBREVIVENTES DE TENTATIVAS DE SUICÍDIO DESCOBRIU QUE MAIS DE 1/4 PENSOU EM SUAS AÇÕES POR MENOS DE CINCO MINUTOS.

— DOSSIÊ DE DADOS, PÁGINA 7

Na quinta-feira, escolho um vestido preto simples para ir ao trabalho temporário, embora ainda não tenha decidido se vou mesmo ao memorial fúnebre.

Pelo menos é o que digo a mim mesma.

Meu supervisor sai mais cedo, para jantar com um cliente, mas fico mais um pouco até terminar de revisar alguns novos materiais para o site da empresa. Ele não me pediu para fazer aquilo, mas acho que olhar mais uma vez não faria mal. Sinalizo um erro de digitação em uma das folhas e entro em sua sala, onde deixo a folha sobre a mesa e pego um chocolate do pote de vidro que ele deixa ali para as visitas. Depois, pego o elevador até o saguão e saio.

Uma tempestade de fim de tarde lavou as calçadas e amenizou o calor opressivo. Eu deveria ir ao supermercado — não tenho mais nada na geladeira —, depois ir para casa e colocar minhas roupas para lavar.

Contudo, quando me dou conta, já estou caminhando na direção do memorial fúnebre. O endereço é fácil de lembrar, um palíndromo — os números são iguais lendo de trás para a frente.

Quinze minutos depois estou entrando no *Clube Rosewood*. Por trás da fachada simples, a grandeza do interior é surpreendente. Tapetes grossos e estampados cobrem o chão e uma impressionante escada em espiral leva ao segundo andar. Há pinturas em molduras douradas nas paredes, cada uma com uma placa embaixo.

Leio uma rapidamente — JOHN SINGER SARGENT, 1888 — quando um jovem de terno cinza se aproxima de mim:

— Veio para o memorial fúnebre? — pergunta ele num tom autoritário e, ao mesmo tempo, acolhedor.

— Sim — respondo, me perguntando como ele sabia. Talvez seja o único evento da noite.

— Segundo andar — orienta ele, me apontando a escada. — A sala fica à esquerda.

Só vou ficar alguns minutos, digo a mim mesma ao subir silenciosamente as escadas. Não consigo identificar bem o que estou procurando. Acho que espero descobrir alguma coisa que alivie minha culpa e encerre aquele capítulo da minha vida.

Quando chego no alto, viro à esquerda. A porta da sala mais próxima está aberta e posso ver as pessoas lá dentro, aparentemente menos de vinte. Eu tinha imaginado fileiras de cadeiras com alguém na frente elogiando Amanda. Achei que poderia entrar sem ser notada e me sentar no fundo.

Foi um erro ter vindo até aqui. Eu não faço parte desse grupo, não importa o que diga aquele folheto na porta do prédio de Amanda.

Antes que eu possa dar um passo para trás, uma mulher se aproxima. Mesmo em uma cidade cheia de modelos e atrizes, ela se destaca, e não é apenas sua beleza — ela irradia algo indefinível, uma aura quase magnética. A mulher tem mais ou menos a minha idade e nós duas estamos de vestidos pretos, mas ela parece habitar um outro mundo.

— Seja bem-vinda — diz ela em uma voz ligeiramente rouca, oferecendo a mão para me cumprimentar.

Em vez de apertar minha mão, ela a envolve com as dela. Apesar do ar-condicionado, sua pele está quente.

— Obrigada por ter vindo.

Tarde demais. Agora preciso continuar com isso.

— Obrigada por me receber.

Ao dizer aquilo, percebo como não faz sentido. Não é como se ela tivesse me convidado pessoalmente, mas ela continua segurando minha mão.

— Meu nome é Cassandra Moore.

Ela tem olhos amendoados num tom de castanho-dourado e maçãs do rosto altas e definidas. Seus ombros estão jogados para trás numa postura tão perfeita que quase posso imaginar um livro sendo perfeitamente equilibrado em sua cabeça.

Percebo que a estou encarando, então respondo rapidamente:

— Shay Miller.

— Shay Miller. — Cassandra de alguma forma faz meu nome parecer exótico. — E de onde você conhecia a Amanda?

Não posso contar a verdade, porque ela provavelmente vai achar estranho, assim como Mel achou. Então eu pigarreio e olho pela sala freneticamente.

Percebo duas coisas: a primeira é que, com exceção de dois homens, as outras pessoas na sala são mulheres — e quase todas têm mais ou menos a minha idade.

A segunda é o pôster de Amanda com um gato tricolor no colo.

— Nós íamos ao mesmo veterinário — invento. — Nós duas tínhamos gatos.

Cassandra solta minha mão.

— Entendo.

Imediatamente me arrependo de ter mentido. Por que não falei apenas que morávamos no mesmo bairro?

Antes que eu possa fazer a mesma pergunta a ela e descobrir de onde conhecia Amanda, ela continua:

— Por que não pega uma bebida e alguma coisa para comer? Tem bastante coisa ali. — Ela aponta para o canto, onde vejo um bar e um bufê. — Ah, e não esquece de assinar o livro de visitas.

Eu sorrio e agradeço.

— Shay — ela chama, quando eu me afasto.

Olho para trás e mais uma vez me impressiono com sua presença vibrante.

— Foi muita gentileza sua vir esta noite. Estávamos esperando mais gente, mas as pessoas andam tão ocupadas hoje em dia... Estamos todos tão desconectados, distantes uns dos outros, mas você arrumou um tempo para vir.

As palavras dela fazem mais do que levar embora o constrangimento e a vergonha que eu sentia instantes atrás, elas me dão a sensação de pertencimento.

Endireito a postura, vou até o bar e peço uma água mineral. Depois, perambulo pela sala. Não há nenhum material escrito sendo distribuído nem qualquer outra fotografia de Amanda. Que homenagem estranha.

Fico surpresa ao notar o grande buquê de zínias amarelas ao lado do retrato. *Essa aqui*, lembro-me de pensar depois de ignorar os lírios e rosas e finalmente selecionar uma flor para deixar em sua porta. Meu coração acelera. Por que escolhi aquela flor específica em vez de todas as outras na lojinha de esquina onde parei a caminho do apartamento de Amanda? Talvez ela também comprasse naquela loja. Será que aquela era sua flor preferida?

Eu me obrigo a parar de olhar e assino o livro de visitas, conforme Cassandra pediu. Escrevo meu nome completo — Shay Miller — mas deixo o espaço do endereço em branco. Aquelas informações devem estar sendo reunidas para a família, talvez para que possam enviar um agradecimento pela presença ou simplesmente manter contato com os amigos dela.

Largo a caneta e vou até a foto de Amanda, que fico olhando por um longo tempo.

A impressão que tive no metrô é confirmada: ela parecia uma boa pessoa.

Eu queria ter te ajudado, penso. *Eu queria ter notado antes. Eu sinto muito.*

Sinto uma lágrima escorrer pelo meu rosto e percebo uma coisa: na foto, Amanda está usando um pingente dourado em uma corrente fina. Um pingente em formato de sol.

Fico arrepiada quando me dou conta: é o cordão que encontrei na plataforma do metrô.

Onde ele está?, pergunto-me. As horas seguintes ao suicídio são um borrão. Talvez eu tenha guardado na bolsa. Enfio a mão na bolsa e tento procurá-lo discretamente, mas não toco em nenhuma ponta pequena e afiada.

Provavelmente o deixei cair com o choque, mas, por precaução, resolvo procurar melhor mais tarde.

A esta altura, duas outras mulheres se aproximaram do retrato.

— Vou sentir falta dela sempre caçoando do meu sotaque de Boston — diz uma.

— Sim, ainda consigo ouvi-la imitando você — acrescenta a outra.

Uma terceira mulher se aproxima e abraça as outras. Tirando o fato de todas parecerem ter cerca de trinta anos, fisicamente elas não têm quase nada em comum. A mulher com sotaque quase parece uma cama desarrumada — a camisa amarrotada, os cabelos ruivos desgrenhados e um punhado de guardanapos de papel amassados na mão. A segunda é pequena e parece durona, com uma mecha roxa nos cabelos louros. A terceira é o tipo de mulher que estampa capas de revista — das unhas às delicadas alças das sandálias nude, ela está perfeitamente arrumada.

O carinho entre o trio é tangível. E Amanda — novamente, parecendo tão diferente de todas elas — obviamente fazia parte do grupo.

Talvez elas tenham sido da mesma irmandade na faculdade.

Eu me pergunto se Amanda, que claramente tinha amigas tão leais, teria pedido ajuda para alguma delas, que obviamente se importavam profundamente com seu bem-estar. Mas também imagino que, seja lá o que ela estivesse enfrentando, era pesado demais, mesmo com o apoio dos outros.

Observo as três assentindo juntas novamente e conversando mais, então a de mecha roxa se vira para mim, estreitando os olhos. As outras duas fazem o mesmo.

Afasto-me rapidamente com medo de ser abordada para falar sobre Amanda. Mesmo que Cassandra tenha me recebido tão bem, ainda sou uma impostora.

Quando começo a me dirigir à saída, aparece outra mulher no meu caminho.

— Você está bem? — Ela abre um sorriso simpático, fazendo uma covinha surgir na bochecha direita. — Eu me chamo Jane. Você conheceu minha irmã Cassandra agora há pouco.

Eu teria imaginado que elas eram parentes: ambas têm não só os mesmos cabelos pretos e a pele luminosa como o mesmo magnetismo. Jane é menor que a irmã, com traços mais suaves e uma voz mais delicada.

— Obrigada. — Aceito o lenço que ela oferece e o passo sob os óculos para secar meus olhos. — Eu acho que... Eu só queria ter ajudado a Amanda.

Jane se aproxima e sinto o cheiro adocicado de seu perfume floral.

— Eu sei — diz ela, sua voz compreensiva. — Estamos lidando com muitos sentimentos hoje. Pelo menos eu com certeza estou.

Talvez todo mundo se questione após um suicídio, penso.

Eu daria qualquer coisa para voltar atrás na mentira que contei sobre como conheci Amanda, mas, como não posso, agora falo a verdade.

— Eu não a conhecia muito bem, mas não consigo parar de pensar nela. Acho que vim para descobrir mais sobre a Amanda.

— Entendi. — Jane inclina a cabeça para o lado como se tivesse acabado de pensar em alguma coisa. — Sabe, algumas de nós vamos sair para beber depois. Você deveria ir com a gente.

— A-ah — gaguejo, tão surpresa com o convite que mal consigo falar. — Eu, er, eu já tenho planos.

Ela parece decepcionada.

— Que pena. Sei que acabamos de nos conhecer, mas tenho a sensação de que podemos ter muito o que conversar.

Antes que eu possa responder, Cassandra interrompe sua conversa com uma mulher mais velha chorosa segurando uma taça de vinho que parece ser a mãe de Amanda. Ela abraça a mulher e depois vem até nós duas, me olhando fixamente.

Cassandra segura meu braço e não solta.

— Minha irmã e eu sabemos o que é passar por uma perda. Se quiser conversar é só entrar em contato. Uma das coisas mais essenciais que podemos fazer é conversar com alguém.

— Eu gostaria muito.

Cassandra abre um sorriso largo e verdadeiro.

— Tome.

Ela me entrega um cartão de visita. As letras pretas em relevo destacam-se nitidamente contra o retângulo branco: CASSANDRA MOORE. Em vez de qualquer informação de contato comercial, há apenas um número de telefone e um endereço de e-mail.

— Espero vê-la novamente, Shay.

Cassandra solta meu braço, mas continuo sentindo o calor de sua mão em meu antebraço nu. De repente, não quero mais ir embora.

Não se trata mais da ligação que sinto ter com a Amanda. Agora, se trata da ligação que eu desejo ter com suas amigas.

9

CASSANDRA E JANE

Durante o breve encontro, Cassandra e Jane descobrem duas coisas sobre Shay.

Ela é uma péssima mentirosa; seu rosto ficou vermelho e ela evitou fazer contato visual quando inventou a história sobre o veterinário.

E sua ligação com Amanda é estranha e preocupante.

Imediatamente após o memorial, Shay vai até um bistrô e se senta no bar. Ela é observada por Valerie, a sexta e última integrante do grupo — a única que não compareceu à homenagem.

Antes de se mudar para Nova York, Valerie foi atriz em Los Angeles. Ela agora trabalha na empresa de Cassandra e Jane e as auxilia em diversas questões profissionais, bem como pessoais.

Não há muito risco de Shay perceber que está sendo observada. Valerie é um camaleão; esta noite, está usando um vestido azul-marinho simples e cabelos presos num rabo de cavalo baixo. Ela está sentada perto de uma mesa alta de bar, que está ocupada por um grupo de turistas, misturando-se facilmente.

A princípio, a história de Shay sobre já ter planos parece verdade. Porém, à medida que os minutos passam e ninguém se junta a ela, fica óbvio que era mais uma mentira. Shay toma uma cerveja, come um hambúrguer e, de vez em quando, olha o celular.

Depois de cerca de uma hora, ela sai do restaurante. O recibo do cartão de crédito que assinou foi rapidamente recolhido pelo barman antes que seu nome pudesse ser confirmado.

Shay caminha 38 quarteirões até seu apartamento em passos rápidos e enérgicos, sem parar em nenhuma das várias estações de metrô que encurtariam a viagem.

É mais um detalhe curioso. Talvez o metrô desperte nela uma lembrança sombria sobre Amanda.

Shay desaparece em um prédio residencial de tijolos brancos e cinco andares. O mesmo prédio onde, segundo o dispositivo de rastreamento das irmãs, está o cordão de Amanda.

Valerie continua vigiando a entrada, mas Shay não sai mais, mantendo consigo todos os segredos que possa ter sobre Amanda.

Valerie está levantando o celular para tirar uma foto de um homem entrando no prédio — talvez um vizinho que possa fornecer informações úteis —, quando uma chamada de Cassandra aparece na tela.

— Estou com a Daphne — começa Cassandra.

Valerie automaticamente aperta o telefone ao ouvir o tom de voz de Cassandra.

— Uma detetive deixou um recado para ela enquanto estávamos no memorial perguntando se Daphne podia ligar de volta para responder a algumas perguntas.

Valerie respira fundo.

— Sobre Amanda?

— Não. Sobre um homem chamado James, com quem Daphne teve um encontro às cegas dez meses atrás.

10

DAPHNE

Dez meses antes

Daphne estava no saguão do pequeno restaurante italiano, ajustando o lenço vintage em volta do pescoço. Não importa quantos primeiros encontros ela já tivesse tido, ela sempre ficava ansiosa.

Ela escolhera um vestido de lã branco e botas de salto alto do showroom da sua boutique no West Village e fizera uma escova na hora do almoço. Acho que vocês vão se dar bem, dissera Kit, a cliente que marcara o encontro às cegas. James foi da mesma fraternidade que meu marido na faculdade. Os dois voltaram a se falar recentemente. Ele é um cara bem divertido.

A porta se abriu e um homem alto de ombros largos entrou.

— Você deve ser a Daphne. — Ele abriu um sorriso largo e se inclinou para beijar seu rosto. — James.

Ele era tão atraente quanto Kit tinha dado a entender. Além disso, James foi tão elogioso e simpático nas mensagens trocadas entre os dois que Daphne sentiu que a noite prometia. Ele disse que adorara o nome dela e sugeriu que jantassem em um restaurante que fosse conveniente para ela.

— O nhoque daqui é delicioso — disse James enquanto a *hostess* os levava até uma mesa perto da lareira.

Outro ponto a favor: muitos caras teriam sugerido um encontro apenas para um drinque, mas James parecia querer realmente conhecê-la.

— Vamos pedir uma garrafa de vinho? — perguntou ele.

Daphne concordou e ele escolheu um vinho branco. Ela preferia vinho tinto, mas deixou passar.

Enquanto um garçom enchia seus copos de água, James começou a contar uma história engraçada sobre o casamento de seu amigo com Kit, se lembrando de como o vocalista da banda não apareceu.

— Então nós nos revezamos cantando.

— O que você cantou?

Ele começou a rir tanto que foi contagioso. Sua risada era maravilhosa — calorosa e convidativa.

— Conta!

Ele mal conseguiu responder de tanto rir:

— *My heart will go on.*

— Celine Dion? Mentira!

— *Near, far, wherever you are...* — cantou James em falsete.

— Por favor, me diz que alguém filmou isso!

Daphne finalmente se recompôs, tomando um gole do vinho, que era bom, afinal de contas. James foi solícito, oferecendo um pouco do seu nhoque para ela provar e convencendo-a a contar histórias sobre suas clientes.

Estava sendo, pensou Daphne, seu melhor primeiro encontro em muito tempo. Quando James pegou a garrafa de vinho para encher sua taça, ela disse:

— Só um pouquinho.

Ela precisava acordar cedo no dia seguinte para abrir a loja.

— Vamos lá. — Ele encheu a taça. — É final de semana.

Quando James pôs a garrafa de volta na mesa, ela notou como seus dedos eram grossos e pareciam fortes.

Durante o jantar, nada disparou o alarme de Daphne. Essa foi uma das piores partes. Mais tarde, ela repassaria aquela noite obsessivamente em sua cabeça, se perguntando se deixara passar alguma pista. Um sopro de perigo que passara despercebido.

Quando a conta chegou, James a pegou tão rapidamente que Daphne não teve nem chance de se oferecer para dividi-la, o que o fez parecer um cavalheiro.

Ao saírem do restaurante, James perguntou:

— Posso te acompanhar até sua casa?

Por um breve momento, Daphne se perguntou como ele sabia que ela morava nas proximidades. Então ela se lembrou que James escolheu um restaurante em um local conveniente para ela. Naturalmente ele deduziu que fosse perto da sua casa.

James falava de forma relaxada enquanto os dois caminhavam, parando para acariciar um poodle enquanto o sorridente proprietário observava. E então ele pegou a mão de Daphne, seu toque era firme e bem-vindo.

Quando chegaram ao prédio, Daphne já esperava um beijo de boa-noite.

— Foi ótimo — disse ela na entrada do prédio.

Ela o olhou, sentindo-se um pouco tímida. Ela era exigente e não beijava um homem há meses.

— Obrigada pelo jantar.

James se aproximou e a beijou, lenta e suavemente. Ela pôs as mãos nos ombros dele, que a puxou mais para perto. O beijo se prolongou, a língua dele separando provocativamente seus lábios.

Era tão bom ser tocada. Ser desejada.

Quando eles se separaram, ela sorriu.

— Obrigada mais uma vez — disse, virando-se para entrar no saguão.

— Ei — chamou James, fazendo-a olhar para trás. — Você se importa se eu usar seu banheiro bem rápido?

Que pedido estranho...

— Desculpe, foi aquela última taça de vinho — explicou ele com uma risada.

Como dizer não àquele homem tão simpático que acabara de levá-la para jantar; um homem que gostava de cachorros e segurava a porta para ela?

— Certo.

Daphne sentiu-se um pouco constrangida ao passar pelo porteiro, Raymond, que a cumprimentou sem nenhuma indicação de surpresa por ela estar subindo com um desconhecido, embora Raymond nunca a tivesse visto voltar para casa tarde assim com um homem.

O porteiro provavelmente vira o beijo; eles estavam na frente do saguão que tem janelas de vidro.

— Boa noite — disse ela para Raymond.

— Boa noite — acrescentou James.

James apoiou a palma da mão nas costas de Daphne no caminho até o elevador. Tão baixo que roçou seu traseiro.

Daphne enrubesceu, perguntando-se se Raymond também estava assistindo àquela parte.

Ela levou a mão até as costas e afastou a mão de James.

Os dois ficaram lado a lado enquanto o elevador subia até o décimo andar. Aquela conversa tão natural parou de fluir. James estava olhando para a frente, sem sorrir.

Será que ele esperava mais?

Eles flertaram a noite toda, mas isso não significava que ela queria transar com ele tão cedo.

Daphne resolveu deixar a porta do apartamento aberta e ficar esperando ao lado. Ela poderia apenas indicar o caminho para o banheiro — havia um no corredor. Depois ela o faria ir embora; James entenderia a mensagem.

E foi exatamente o que Daphne começou a fazer. Ela ouviu a descarga do vaso, a torneira da pia sendo aberta — lembrando-se das mãos fortes dele — e depois viu James sair.

Ela estava com metade do corpo para fora. Era impossível alguém não entender aquele sinal.

James se aproximou. Daphne se mexeu um pouco para deixá-lo passar, ainda com um pé no apartamento e outro no corredor, mas ele parou bem na sua frente.

Agora ele também estava na soleira da porta.

James se inclinou para beijá-la novamente. Numa fração de segundo, Daphne resolveu permitir; parecendo ser a maneira mais fácil de se livrar dele.

Foi quase como se ela estivesse beijando um homem diferente; o beijo não foi delicado como o anterior e James pressionou o corpo contra o dela. Daphne sentiu o cheiro do alho do nhoque em seu hálito.

Sua cliente, Kit, disse que o marido retomara o contato com James há pouco tempo. O quão bem eles o conheciam exatamente?

Daphne nem conhecia Kit muito bem, ela se deu conta. Então ela se afastou.

— Obrigada mais uma vez.

Mas James não se mexeu.

O corredor estava bem iluminado, mas o apartamento, não. O rosto de James estava metade na sombra, metade na luz.

— Precisa mesmo acabar?

O coração de Daphne começou a bater mais forte, mas ela se forçou a sorrir.

— Preciso acordar cedo.

Daphne viu algo surgindo nos olhos dele que, finalmente, fez seus instintos dispararem o alerta que vinha sussurrando desde que James pedira para subir.

— Estou cansada. — A ansiedade em sua voz era nítida. — Mas eu te ligo.

— Claro que liga.

Só que ele não se moveu.

Daphne foi tomada pela adrenalina, não havia ninguém por perto. O porteiro estava a dez andares de distância. Ela rezou para ouvir o barulho do elevador anunciando a chegada de um vizinho, mas o corredor estava deserto.

James continuou olhando-a, imperturbável.

— Então... — Ela vacilou. — Está ficando tarde.

Assim que ele parasse de bloquear a porta, Daphne a fecharia e rapidamente trancaria. Ela também ligaria para Raymond para ter certeza de que James realmente saíra do prédio.

Depois do que pareceu uma eternidade, James finalmente levantou o pé e saiu para o corredor, mas ele não virou as costas para ela. Em vez disso, ele se moveu para o lado. Pelo menos ele não estava mais na soleira.

Daphne saltou de volta para dentro do apartamento e começou a fechar a porta, mas James esticou o braço e empurrou a porta violentamente enquanto as palmas das mãos de Daphne ainda estavam nela. Ela cambaleou para trás, desestabilizada pelo empurrão.

Foi James quem trancou a porta.

Nos dias seguintes, Daphne pegou o telefone meia dúzia de vezes para ligar para a polícia, mas sempre desligava antes de discar.

Ela ainda sentia as mãos de James envolvendo seu pescoço enquanto ela ficava ali, imóvel. As palavras dele repetiam-se na sua cabeça: eu sei que você gosta assim, com violência.

A única prova que restara era um leve hematoma no pescoço. Ela imaginou um promotor perguntando: *Você pediu para ele parar?*

Seria a palavra dela contra a dele. Até o porteiro os viu se beijando, e definitivamente a viu levando-o até o elevador. Daphne sabia que o sistema legal havia falhado com outras mulheres. Ela não podia confiar que a justiça seria feita com ela.

Uma noite, já tarde, ela enviou uma mensagem para James: *Espero que você apodreça no inferno.* Depois disso ela o bloqueou. Parecia uma reação inconsequente, mas ela não sabia mais o que fazer.

A princípio, Daphne não contou para ninguém. Ela não tinha irmãos nem era próxima dos pais, que a tiveram tarde. Eles não estavam tentando ter filhos e não pareciam particularmente satisfeitos em criar um, mesmo que se tratasse de uma menina quieta e autossuficiente.

Ela tentou se distrair em longas e exaustivas corridas pelo West Side Highway e começou a perder peso. Comer passou a ter pouco apelo. Quando passava pelo saguão, Daphne não conseguia olhar nos olhos de Raymond.

Então, um dia, algumas semanas após o ataque, uma campainha soou na loja. Daphne costumava trancar a porta quando estava sozinha e deixava uma placa instruindo os clientes a tocar.

Era uma tarde devagar de terça-feira em um dia de inverno lamacento, mas, de alguma forma, a neve suja e cinzenta e o sal nas calçadas não sujaram as botas de couro das duas mulheres que entraram. Daphne não as conhecia, mas supôs imediatamente que eram irmãs.

— Já passamos pela sua loja um milhão de vezes e sempre tivemos vontade de entrar — confessou Cassandra.

— Já vi que este lugar vai ser meu novo vício! — exclamou Jane, acariciando uma pilha de suéteres de cashmere.

As três ficaram quase uma hora conversando descontraidamente enquanto experimentavam roupas e tomavam o champanhe que Daphne oferecia às melhores clientes. As irmãs eram muito mais simpáticas do que a maioria das clientes que entravam e pareciam interessadas em conhecê-la de verdade.

Quando começou a guardar as compras nas lustrosas sacolas da loja, Daphne estava se sentindo um pouco mais leve, como se a presença daquelas mulheres cordiais, entusiasmadas e fortes tivesse, de alguma forma, criado uma barreira contra as emoções que lhe faziam tão mal.

— Voltaremos em breve, Daphne! — prometeu Jane.

E elas voltaram, poucos dias depois.

Mais ou menos uma semana depois, as duas convidaram Daphne para tomar um drinque na casa de Jane. Foi um convite natural e espontâneo, como uma extensão das bebidas e da conversa que tiveram na loja.

Daphne não tinha a intenção de revelar sobre o ataque de James; afinal, ela mal as conhecia. Mas alguma coisa nas duas — Daphne não conseguia definir o que era — transmitia confiança. Elas pareciam saber exatamente o que dizer para fazê-la se abrir. Sentada no sofá e acariciando Hepburn, a linda gatinha tricolor de Jane, Daphne se sentiu menos sozinha.

Os olhos de Cassandra escureceram.

— James é um criminoso. Ele estuprou você, Daphne.

Jane, que havia passado o braço em volta dela, perguntou:

— O que podemos fazer para te ajudar?

— Não sei — sussurrou Daphne. — Eu só quero que ele pague pelo que fez.

Mais tarde, as irmãs disseram a Daphne que, naquele mesmo instante, souberam que ela era uma delas.

Era um grupo de cinco mulheres: primeiro Cassandra, Jane e Valerie, depois Beth — que Valerie conheceu porque eram vizinhas de prédio. Pouco depois, Beth inseriu Stacey.

O voto foi unânime: Daphne se tornaria a sexta integrante.

11

SHAY

```
ESTRATÉGIAS PARA ALIVIAR ATAQUES DE PÂNICO:
INSPIRE PELO NARIZ CONTANDO ATÉ CINCO, SEGURE A RESPIRAÇÃO CON-
TANDO ATÉ CINCO E EXPIRE PELA BOCA CONTANDO ATÉ CINCO.
CONTE DE FORMA DECRESCENTE DO 100 AO 0.
    CONCENTRE-SE EM QUATRO COISAS QUE VOCÊ PODE VER, TRÊS COI-
SAS QUE VOCÊ PODE TOCAR, DOIS CHEIROS QUE VOCÊ PODE SENTIR E
UMA COISA QUE PODE SABOREAR.
    *TENTATIVAS DE ENTRAR NO METRÔ SEM TER UM ATAQUE DE PÂNICO:
    12 (NENHUMA BEM-SUCEDIDA)
                              — DOSSIÊ DE DADOS, PÁGINA 11
```

Pensei que ir ao memorial fúnebre para Amanda traria uma sensação de encerramento e de que as coisas iriam melhorar.

Mas elas pioraram.

Quase duas semanas se passaram desde que a vi saltar em frente ao trem e ainda não consigo me aproximar do metrô. Ficar em casa não ajuda. Sean raramente fica na casa de Jody, já que ela mora num quarto minúsculo com duas outras meninas, então os dois estão sempre por perto, cozinhando ou aninhados no sofá vendo TV.

Eu caminho ou pego ônibus sempre que possível, mas às vezes táxis são a única alternativa — como no outro dia, quando meu ônibus quebrou e eu estava atrasada para o trabalho. Essas corridas estão limpando minha conta bancária.

A geografia agora direciona minhas escolhas: é como se a minha vida estivesse se afunilando, me deixando cada vez menos opções. Em vez de visitar o Jardim Botânico do Brooklyn no final de semana, o que sempre me trouxe paz, fui a um parque menor a alguns quarteirões de casa. Minha aula favorita de CrossFit é no SoHo, mas comecei a frequentar uma pequena academia a apenas algumas ruas.

Às vezes, quando enfio a mão na bolsa, penso ter sentido o arranhão de uma ponta minúscula e afiada e me convenço de que encontrei o cordão de Amanda. Mas é apenas a tampa do protetor labial, a curva na haste de meus óculos de sol ou a costura irregular do forro. Já virei a bolsa do avesso mais de uma vez, mas não encontrei o pingente. Eu me pergunto se ele ainda estaria refletindo em algum canto da estação de metrô da rua 33.

Sabendo que pesadelos me esperam, tenho horror da hora de dormir. O pior deles me fez acordar encharcada de suor: eu estava descendo apressada a plataforma do metrô, tentando desesperadamente impedir Amanda de pular, sabendo que não chegaria a tempo. Assim que tentei segurar seu braço, alcançando apenas o vazio enquanto ela se afastava, ela se virou para olhar para mim.

Mas, em vez de seu rosto, eu estava olhando para o meu.

Foi isso que me levou a finalmente pegar o telefone e marcar uma consulta com uma psicóloga. Eu adoraria dizer que a selecionei com base em credenciais acadêmicas ou indicação de alguém, mas a verdade é que escolhi uma terapeuta coberta pelo meu plano e cujo consultório fica a apenas oito minutos a pé.

Minha primeira sessão com Paula, a psicóloga, foi sobre estabelecer metas. Eu estava um pouco nervosa ao entrar no pequeno consultório da rua 24, mas me lembrei de como fazer terapia é comum: 42% dos americanos já fizeram. Quanto aos *millennials*, um em cada cinco faz terapia, embora esta seja minha primeira vez.

Paula me sugeriu pensar num pequeno objetivo no qual trabalhar e achou minha escolha viável.

— Vai ser um bom primeiro passo — disse.

Eu sorri, confiante de que finalmente estava no caminho certo.

Agora, no início da segunda sessão, enquanto mexo distraidamente num pequeno jardim de areia zen e Paula lê as anotações da última sessão, sinto como se aquela esperança tivesse se dissipado.

Ela finalmente levanta a cabeça e sorri.

— Certo. Você alcançou seu objetivo? Tocar no corrimão verde da entrada do metrô?

Larguei o ancinho do jardim zen e cruzei os braços, esfregando as mãos pelos braços nus.

Estou ciente da atenção de Paula em mim, mas não consigo olhá-la nos olhos quando balanço a cabeça negativamente.

— Só cheguei até a beira da grade.

Sinto um nó na garganta ao confessar aquilo.

Ela anota alguma coisa no caderno e tira os óculos de leitura.

— Está tentando as outras técnicas das quais falamos?

Levanto a mão esquerda para mostrar o elástico azul em volta do pulso. Paula me orientou a puxá-lo com força quando o pânico começasse a aumentar. Vai te distrair, prometeu. Foi um dos muitos recursos que ela sugeriu, desde um diário da gratidão até o combate à minha fobia, divididos em uma série de etapas.

Nenhum deles está funcionando. A única coisa que ajudou foi o remédio que comprei em um site canadense suspeito. Tomei o primeiro na noite passada. A droga me ajudou a esquecer um pouco e me deixou tão grogue que não ouvi o despertador, mas pelo menos foi melhor que os pesadelos.

Conversamos um pouco mais sobre como tornar meu objetivo mais alcançável.

— Talvez você possa olhar algumas fotos de metrôs no computador. Isso pode ajudar a te dessensibilizar. Depois, talvez, tente caminhar sobre a grade da estação.

Mesmo que eu concorde com a cabeça, já sei que não vou conseguir fazer aquilo. Meu coração dispara só de pensar.

O que está acontecendo comigo?, quero gritar.

Tento reprimir a hesitação que aposto que estará nítida na minha voz antes de perguntar:

— Eu estava me perguntando quanto tempo acha que vai levar para eu me sentir melhor. Tenho outra entrevista de emprego semana que vem. Se eu for contratada, precisaria pegar três ônibus para ir ao trabalho.

Paula fecha o caderno e olha discretamente para o relógio sobre a mesa.

— Shay, você chegou aqui por causa de um incidente específico, mas acredito que esteja acontecendo algo mais profundo.

Sinto um aperto no estômago por ela ter razão. Tentei obter alguma perspectiva para o que testemunhei analisando dados e enquadrando a tragédia em fatos: mais de duas dúzias de pessoas pularam na frente de um trem da cidade só este ano. Cem pedestres foram vítimas fatais de atropelamentos de carro no ano passado, junto com dezenas de motociclistas. Pular de um prédio alto é a quarta forma mais comum de cometer suicídio em Nova York, e homicídios ocorrem diariamente.

Existem testemunhas de quase todas essas mortes horríveis; li algumas de suas citações nos jornais. Embora outros espectadores certamente também sejam impactados — como poderiam não ser? —, pergunto-me se ficaram tão traumatizados quanto pareço estar.

Talvez não seja o que eu testemunhei a causa disso tudo, penso, afundando na poltrona diante de Paula. Talvez a tragédia daquela manhã abafada de domingo e o azar que a precedeu tenham simplesmente acionado algum tipo de interruptor que estava só esperando ser acionado.

— Eu adoraria ter um cronograma específico para uma cura, mas não tenho — diz Paula.

— Mas tipo, semanas? Meses?

— Ah, Shay. — Paula parece realmente lamentar. — Não existe solução rápida na terapia.

E, simplesmente assim, a pouca esperança que eu tinha pareceu ainda mais remota.

Volto para casa com o vestido de verão e as sapatilhas que usei no trabalho, esperando que Sean e Jody tivessem saído e que eu pudesse ficar com o sofá só para mim. Só tenho energia para fazer pipoca de micro-ondas para o jantar e assistir a uma bobagem qualquer na TV.

Quando entro no apartamento, um de meus desejos foi concedido: está vazio.

Vou para o quarto tirar o vestido e puxo um short do alto da pilha de roupas lavadas, hesitando quando percebo que é o mesmo que eu estava usando no dia em que Amanda morreu.

Mas esse desafio eu posso superar.

Os bolsos estão amontoados pela máquina de lavar, então, enquanto entro na cozinha para pegar um antiácido, enfio distraidamente os dedos neles para desamassá-los, e paro imediatamente de andar.

Procurei na bolsa várias vezes, virando-a de cabeça para baixo e do avesso, passando a mão na costura, mas nunca pensei em olhar no bolso do short que estava usando naquele dia.

Antes de tirar a mão do bolso, já sei o que encontrei.

Estava aqui o tempo todo, na minha frente. Esperando ser encontrado.

Se eu tivesse me livrado do short para evitar a lembrança, jamais teria encontrado.

O cordão é mais pesado do que eu me lembrava. Talvez porque sinto que o objeto agora carrega o peso de todas as emoções experimentadas desde que o peguei pela primeira vez.

Devo tê-lo enfiado no bolso em algum momento depois daquele passo de Amanda para a beirada da plataforma e o barulho do trem se aproximando. Deve ter sido a última coisa que fiz antes de tudo mudar.

Sinto como se não conseguisse respirar.

Fico olhando para o cordão dourado com o pingente em formato de sol pendurado em meus dedos.

O cordão que agora tenho certeza de que pertencia a Amanda.

12

CASSANDRA E JANE

As irmãs estão vasculhando a vida de Shay — varrendo a internet atrás de cada fragmento de suas pegadas eletrônicas, dissecando sua rotina, investigando seus contatos e esmiuçando seu passado.

Pelo perfil do LinkedIn, descobrem que Shay teve três empregos desde que se formou na Universidade de Boston, mas que agora está num trabalho temporário em um escritório de advocacia de Wall Street. Ao rastrear as conexões em seu perfil nas redes sociais, descobrem que sua melhor amiga, Mel, mora no Brooklyn e acaba de ter um bebê.

Elas conseguem ainda mais informações seguindo Shay, como seu gosto pelo falafel do restaurante grego a alguns quarteirões de seu apartamento e que ela malha quase todos os dias.

— Sean, o colega de apartamento, está em um relacionamento sério — relata Stacey após seguir Sean até um bar onde encontrara a namorada para um *happy hour.* — Ele está tentando abrir uma empresa de mentoria para o vestibular.

O escrutínio das duas chega à família de Shay: sua mãe, Jackie, não tem a menor vergonha de postar fotos de biquíni, e o padrasto passa as horas vagas incrementando seu carro antigo.

O que as irmãs ainda não sabem é como aquela mulher misteriosa — que claramente faz de tudo para não se aproximar de uma estação de metrô — está ligada à Amanda.

— Ela não pode ser da família, senão teria cumprimentado a mãe da Amanda no memorial. Também não pode ser amiga íntima, porque nem estava nos contatos dela — conclui Cassandra.

Não existe ligação entre a vida das duas. Elas não cresceram na mesma cidade nem frequentaram a mesma faculdade.

— Elas moravam perto uma da outra — observa Cassandra quando o carro contratado para a noite estaciona na entrada de uma galeria de arte no Chelsea. — Seis quarteirões de distância.

As irmãs tomam cuidado ao conversar, caso o motorista esteja prestando atenção: nada de nomes ou detalhes que possam identificar alguém.

— Isso não significa que se conheciam. Nova York pode ser uma cidade de estranhos. — Jane mantém o tom leve, como se as duas estivessem fofocando sobre conhecidos. — Você sabe o nome de todos os seus vizinhos? Ou de todas as pessoas que fazem ioga com a gente?

Cassandra admite que a irmã está certa, com um gesto de cabeça, enquanto o motorista abre a porta traseira.

No momento, Shay é mais preocupante até mesmo que a investigadora que entrou em contato com Daphne para perguntar sobre seu encontro com James.

Daphne ficou mal com a ligação, mas as irmãs a treinaram bem e ela se portou lindamente durante as breves perguntas da policial.

Daphne disse à detetive, uma mulher chamada Marcia Santiago, que saiu uma única vez com James no outono anterior. Ela o achou bonito e charmoso. Eles terminaram a noite romântica no apartamento dela.

Então veio a pergunta complicada: *Por que você enviou uma mensagem tão hostil para um homem de quem diz ter gostado?*

Daphne deu uma resposta ensaiada: *Ele prometeu me ligar e não ligou. Fiquei chateada.*

A detetive Santiago a observou por alguns demorados e inquietantes segundos. Então fechou seu bloco de notas, avisando que poderia ter mais algumas perguntas no futuro. Isso foi há duas semanas. Não houve mais contato.

Não existe motivo para se preocupar quanto à polícia ainda estar investigando qualquer elo entre Daphne e James.

Cassandra e Jane agradecem ao motorista, saem do *sedan* e caminham em direção à porta da galeria.

A brisa amena do início de setembro sopra nos ombros de Cassandra, à mostra em seu top vermelho justo. Ela está usando leggings de couro macio e sandálias de salto alto. O vestido justo de Jane acentua seu corpo ampulheta, e suas delicadas pulseiras de ouro e platina tilintam quando ela abre a porta.

A galeria está realizando uma exposição para Willow Tanaka, uma jovem e promissora artista de técnica mista que as irmãs representam. Willow saiu na edição desta semana de uma revista de arte.

Vários convidados olham quando as irmãs entram — ombros para trás, sorrisos ofuscantes a postos, completamente à vontade naquele ambiente culto e sofisticado. Elas sabem quais roupas usar, a forma correta de comer as ostras oferecidas pelo garçom e como se livrar com elegância de conversas improdutivas.

Ao ver Cassandra e Jane ali, ninguém jamais imaginaria os detalhes que compõem a história das duas: o pai morreu quando Jane ainda era recém-nascida e a mãe das duas teve que batalhar para sobreviver. As meninas usavam roupas de segunda mão e jantavam sanduíches de manteiga de amendoim sozinhas enquanto assistiam à TV.

Mas as irmãs têm uma coisa que dinheiro não compra, uma coisa mais forte que perseverança e mais poderosa que determinação. Foi o que levou Cassandra e Jane para a faculdade — em meio a bolsas de estudos, empréstimos e empregos de meio período — e a levar uma vida invejável numa das cidades mais deslumbrantes do mundo.

Cassandra aceita a taça de champanhe que um garçom lhe oferece e olha para a colagem à venda por dezessete mil dólares que está pendurada na parede.

A tela, uma das quinze em exibição, retrata a beira d'água. Ondas fortes e espumosas se chocam contra rochas cinzentas sob um céu desolador. É delicada, mas forte e cru — pelo menos à primeira vista.

Quando elas viram o trabalho de Willow num pequeno apartamento perfumado de aguarrás que também servia de estúdio, ficaram hipnotizadas. Dispostos em camadas em meio às pinceladas, havia objetos curiosos: uma pena, uma tecla de máquina de escrever, um cogumelo seco.

Willow está a apenas alguns metros de distância agora, conversando com um possível comprador. Ela é tão atraente quanto suas criações: os cabelos curtos tingidos de loiro-platinado em contraste com o delineador vermelho espesso nas pálpebras e o vestido preto.

— Aquela é a minha preferida — diz Cassandra à irmã, apontando para uma peça que mostra as montanhas de Kiso.

A colagem exibe os olhos de um baiacu, um oleandro e o mercúrio prateado de um termômetro, todos tecidos tão perfeitamente pelas pinceladas que são necessários alguns minutos para distingui-los.

Como acontece em todo o trabalho de Willow, os elementos, aparentemente díspares, têm um denominador comum: estão ligados à morte. Até a tecla é da máquina de escrever de um *serial killer.*

Sem as informações relevantes, porém, aqueles elementos parecem inofensivos.

Talvez haja uma lição aqui, pensa Cassandra. Elas têm reunido fatos sobre Shay, mas estão perdendo o ingrediente invisível que liga todas as partes.

Shay também parece inofensiva. Mas será que ela é?

Os pensamentos de Cassandra são interrompidos quando Willow corre para abraçar as duas.

— Saúde — diz Jane, levantando sua taça de champanhe e entregando uma para Willow. — A noite está sendo um sucesso.

— As críticas vão ser excelentes — acrescenta Cassandra.

As irmãs querem saborear o momento, mas o alerta para mensagens de Valerie — diferente dos sons atribuídos a todas as outras mensagens de seus contatos — apita em ambos os telefones.

Valerie está vigiando Shay — ou, mais precisamente, o rastreador no cordão que Shay de alguma forma obteve de Amanda.

Cassandra e Jane não se olham, mas um fio de energia pulsa entre as duas. Cassandra murmura uma desculpa qualquer para Willow enquanto Jane vira de costas e tira o celular da bolsa ao mesmo tempo em que uma segunda mensagem chega.

Ela acaba de sair da casa com o cordão.

Em seguida: *Ela está indo na direção dos bairros. Estou a 20 minutos do local. Pegando um táxi.*

Enquanto Cassandra espia por cima do ombro de Jane a tela, chega uma nova mensagem: *Ela passou a cafeteria agora, está indo em direção ao metrô.*

É o exato trajeto que Amanda fez em seu último dia de vida.

As irmãs abrem caminho até a porta — acenando para uma conhecida, deixando as taças de champanhe sobre uma mesa vazia, esquivando-se de um homem que para na frente delas com um sorriso —, nunca parando, mas nunca demonstrando quão apressadas estão em sair.

Por que agora, tantos dias após o suicídio, Shay está tirando o cordão do lugar? Ainda mais importante: para onde ela o está levando?

Elas estão quase na saída quando alguém puxa Jane pelo braço.

— Queridas! Vocês não estão indo embora tão cedo, estão? A noite está só começando!

É Oliver, dono da galeria e a única outra pessoa aqui, além de Willow, que Cassandra e Jane não podem rejeitar. As irmãs entraram no ramo ao investir em uma pintura abstrata para a entrada de seu novo escritório. Foi Oliver quem a vendeu — e se apaixonou pelas duas, anunciando: *Eu serei sua fada-madrinha!*

Oliver, um britânico magro, costuma dar sofisticados jantares íntimos, atraindo uma mistura das pessoas mais relevantes na cidade. Além de Willow, ele conectou as irmãs a outros dois bons clientes.

— Venham comigo — comanda ele, gesticulando para o aglomerado de gente. — Vocês precisam conhecer uma pessoa!

Novamente, o som idêntico apita nos dois celulares. É quase imperceptível em meio ao murmúrio das dezenas de conversas na galeria, mas é a única coisa que as irmãs conseguem ouvir.

Jane respira fundo. Cassandra aperta a alça da bolsa com mais força.

Mais um apito. As irmãs sentem a tensão aumentando não apenas em si mesmas, mas uma na outra.

— Sinto muito, mas precisamos correr — diz Jane a Oliver.

— Acho que estou ficando enjoada — alega Cassandra, pondo a mão na barriga. Seu rosto está completamente pálido, corroborando a mentira.

— Pobrezinha, vá descansar um pouco então — diz Oliver, soprando beijos para as duas.

Na segunda tentativa, elas conseguem sair sem interrupções e imediatamente leem as últimas mensagens de Valerie:

Na rua 49. Acabei de ver Shay atravessando a rua.

Onde vocês duas estão??

Desci do táxi. Estou bem atrás dela agora.

Jane liga para o motorista e o instrui a buscá-las imediatamente.

Então Cassandra responde: *Estamos no Chelsea, chegando o mais rápido possível.*

— Depressa! — exclama Jane, andando de um lado para o outro na calçada e esticando o pescoço para ver se o motorista está chegando.

Mas o trânsito está congestionado — é hora do rush — e nada do carro.

Será que Shay, com seu jeito tímido e sua vida tranquila, está brincando com elas? Ela poderia destruir tudo que as irmãs construíram.

A mensagem final chega. Jane agarra o braço da irmã enquanto Cassandra sussurra:

— Não.

Shay acabou de entrar em uma delegacia.

13

SHAY

> A SOLIDÃO TEM AFETADO CADA VEZ MAIS PESSOAS, QUASE COMO UM VÍRUS. CERCA DE 40% DOS AMERICANOS RELATAM SE SENTIR ISOLADOS REGULARMENTE — O DOBRO DOS CERCA DE 20% DA DÉCADA DE 1980. UMA PESQUISA REVELOU QUE A GERAÇÃO Z (NASCIDOS DE 2001 ATÉ HOJE) É A MAIS SOLITÁRIA, SEGUIDA PELOS MILLENNIALS (NASCIDOS ENTRE 1980 E 2000 — A MINHA GERAÇÃO).
>
> — DOSSIÊ DE DADOS, PÁGINA 15

Nunca entrei em uma delegacia antes, mas a televisão me preparou para aquilo: dois bancos velhos junto às paredes do corredor, o chão composto de quadrados de linóleo desgastados e um policial uniformizado me observando por trás de uma divisória de vidro.

Ele me olha fixamente conforme me aproximo, mas espera que eu comece a falar.

— Meu nome é Shay Miller. Falei com a detetive Williams hoje cedo e ela me pediu para deixar isto aqui.

Procuro na bolsa o envelope branco contendo o cordão da Amanda. Escrevi *Detetive Williams* do lado de fora para que não se perdesse uma segunda vez.

Estou prestes a deslizá-lo pela abertura inferior do vidro quando o policial diz:

— Espere aí.

Ele pega o telefone e se vira ligeiramente, de modo que não consigo ouvir sua conversa.

O homem desliga e se vira de volta para mim.

— A detetive Williams está vindo.

— Ah...

Pela nossa conversa mais cedo, presumi que só deixaria o cordão para que ela o devolvesse à família de Amanda. Talvez ela queira recebê-lo pessoalmente.

Olho para trás e observo os bancos de madeira compridos repletos de arranhões. Eles são parafusados ao chão.

Eu fico esperando mais alguns instantes, então me sento na beirada do banco mais próximo, ainda segurando o envelope. Posso sentir a corrente de metal e o pingente detalhado através do papel fino.

Antes de ligar para a detetive, fiquei olhando para aquela joia por um bom tempo. Ainda me parecia um sol escaldante, os raios disparando em todas as direções. O dourado é forte, mas delicado. Parece caro, e achei que a família de Amanda gostaria de tê-lo de volta como recordação.

Notei mais uma coisa: a corrente estava quebrada.

Talvez por isso tenha caído do pescoço de Amanda naquele dia. Contudo, a caminho da delegacia, comecei a pensar em outras possibilidades: alguém poderia ter arrancado de seu pescoço ou ela mesma poderia ter feito isso.

— Shay?

Levanto a cabeça e vejo a detetive Williams passando pela porta de segurança. Sua pele é escura e sem rugas, os cabelos crespos num corte rente. Ela está usando um terninho azul impecável — semelhante ao cinza que usava quando a conheci — e tem no rosto a mesma expressão impassível de quando me interrogou na plataforma logo após o suicídio.

— Venha comigo, por favor.

Eu enrugo a testa. O que mais ela poderia querer comigo?

Sigo a detetive por um corredor que dá em diversas salas pequenas e vazias — provavelmente onde suspeitos são interrogados — até uma área aberta cheia de mesas e cadeiras. O lugar tem cheiro de batata frita. Vejo um saco de batatas na mesa de um policial que está jantando e preenchendo formulários ao mesmo tempo.

— Sente-se.

Ela aponta para uma cadeira. As palavras poderiam ser um convite, mas pelo tom entendo como uma ordem.

Detetive Williams dá a volta até o outro lado da mesa e se senta também, aproximando a cadeira, seus movimentos lentos e deliberados.

Quando ela pega um caderninho e uma caneta da gaveta de cima e me fita com os insondáveis olhos castanho-escuros, minha boca fica seca.

Não consigo ignorar a impressão de estar em apuros.

A detetive não pode suspeitar que eu tive algo a ver com a morte de Amanda. Pode?

Ela abre na primeira página em branco do caderno.

— Conte-me novamente como percebeu que o cordão pertencia a Amanda Evinger.

— Eu vi uma foto no memorial...

Então me dou conta: a detetive Williams deve estar se perguntando por que fui ao memorial fúnebre de uma mulher que não conhecia.

Não fiz nada ilegal, penso freneticamente. Eu só estava no lugar errado na hora errada.

Mas estou segurando um cordão arrebentado que era da Amanda e eu estava ao seu lado quando ela saltou para a morte. Será que quando estiquei o braço para tentar segurá-la, alguém achou que eu a estava empurrando?

Minha respiração está tão ofegante que fico com medo de aquilo parecer um indício de culpa. Williams está esperando sem dizer uma palavra.

— Sei que parece estranho — deixo escapar. — Eu só senti uma... uma ligação com ela, porque eu estava lá antes de ela... — Eu mal consigo dizer as palavras. — Foi só isso. Fui dar meus pêsames.

A detetive escreve alguma coisa no caderninho. Estou desesperada para ver, mas não consigo ler as letras minúsculas e apertadas — muito menos de cabeça para baixo. Ela parece levar uma eternidade escrevendo.

Então ela levanta a cabeça novamente. Não consigo identificar se ela acreditou no que eu disse.

— Como soube sobre o evento?

Eu me encolho por dentro, apavorada. Estou me enterrando em um buraco cada vez mais fundo. Meu lábio superior e minha testa suam. Meu coração está batendo tão forte que desconfio que a detetive Williams consiga vê-lo pulsando por baixo da minha camiseta — mais uma prova da teoria que ela pode estar construindo. Duvido que pessoas inocentes entrem em pânico assim.

— Preciso de um advogado? — pergunto, a voz trêmula.

— Por que você precisaria de um?

Eu subo meus óculos pelo nariz e engulo em seco.

— Olha, eu só... Eu encontrei o endereço dela depois que você me contou o nome dela. Fiquei curiosa e vi que morava perto de mim. Então comprei uma flor e deixei na porta do prédio. Foi lá que vi o aviso sobre o memorial.

Eu me pergunto se a detetive já sabe que deixei aquela zínia amarela e que menti para as pessoas no serviço fúnebre sobre como conheci Amanda.

Ela me observa por um bom tempo, sem hesitar.

— Quer me contar mais alguma coisa? Ainda tem rondado o prédio dela?

Eu nego com a cabeça.

— Não, só fui aquela vez. — Estou quase chorando. — Isso é tudo, eu juro.

Ela fecha o caderno e estende a mão. Por um momento, acho que ela está se oferecendo para me dar a mão, mas ela só quer o envelope. Entrego-o a ela, percebendo como agora está amassado e úmido das minhas mãos suadas.

— Por enquanto, isso é tudo.

Ela se levanta e faço o mesmo, as pernas fracas de alívio.

Enquanto voltamos pelo corredor, a detetive me faz uma última pergunta:

— Você ainda parece bem abalada com tudo isso, tem alguém com quem conversar?

Não, não tenho ninguém, penso uma hora depois, sentada diante de uma cadeira vazia numa mesa para dois do meu restaurante grego favorito, a poucos quarteirões de casa.

Depois de sair da delegacia, parei em uma *delicatessen* para comprar uma caixa de cervejas — a favorita de Sean, a qual também gosto. Lembrei-me de que ele disse alguma coisa sobre Jody ter que sair e fiquei com esperanças de pegá-lo em casa sozinho.

Passei levemente os dedos pelo cartão de Cassandra Moore enquanto puxava meu cartão de crédito, encaixado na abertura da carteira atrás dele.

— Ah, esqueci da laranja — falei para o caixa, correndo de volta para pegar uma.

Nós sempre bebíamos cerveja com uma fatia de laranja no gargalo da garrafa para dar um sabor extra, pelo menos desde que um barman nos serviu uma daquela forma.

Na época, fiquei curiosa sobre a origem do enfeite, então fiz minha pesquisa. O cofundador do bar teve essa ideia depois de observar alguns bartenders servindo cerveja com rodelas de limão. Embora os americanos não bebam mais tanta cerveja como antes, o consumo quase dobrou nos últimos anos.

Enquanto pegava a sacola do caixa, imaginei Sean e eu sentados no sofá conversando como costumávamos fazer. Sean é tão gentil quanto analítico. Ele não me julgaria. Ele tentaria me ajudar.

No entanto, assim que destranquei a porta do apartamento, ouvi risadas. As sandálias prateadas de Jody estavam debaixo do banco — ao lado de dois pares de sapatos que não reconheci.

— Quer sangria? — perguntou Sean após me apresentar ao outro casal na sala. — Foi a Jody que fez. Só estamos tomando um drinque antes de sairmos para jantar.

— Tem bastante — acrescentou Jody, mas seu tom não foi muito simpático.

Olhei para a bela jarra de vidro e os guardanapos cor-de-rosa estampados com *HORA DO HAPPY HOUR!* em letras douradas.

— Obrigada — respondi, animada. — Eu adoraria, mas também tenho planos.

Enfiei a caixa de cerveja com sacola e tudo na geladeira e saí o mais rápido possível.

Três semanas atrás, jantei no mesmo restaurante grego em que estou sentada agora.

Daquela vez, o lugar parecia quente e acolhedor. O restaurante pertence a uma família, e Steve, o patriarca, me trouxe uma segunda taça de vinho de cortesia, como às vezes faz com clientes assíduos. Ele me perguntou sobre o livro de Malcolm Gladwell que eu estava lendo no celular. Expliquei a ele sobre a regra das dez mil horas de Gladwell: um indivíduo precisa trabalhar em algo por dez mil horas antes de se especializar naquilo. Steve brincou dizendo que, como as receitas que ele usava foram herdadas da avó, elas cumpriram a "regra do século". Enquanto eu comia meu falafel quente e saboroso, disse a ele que concordava.

Não tive pressa em terminar, as conversas das mesas próximas pairando confortavelmente ao meu redor.

Esta noite, estou comendo o mesmo prato, tomando o mesmo vinho branco barato, sentada a apenas algumas mesas de distância.

Outra estatística do meu dossiê: a porcentagem de adultos que comem sozinhos foi estimada em 46 a 60 por cento. Alguns estudos mostram que comer sozinho está mais fortemente associado à infelicidade do que qualquer outro fator, exceto transtornos mentais.

Isso nunca me incomodou antes.

Enquanto pego o falafel e uma garfada do espinafre refogado que costumo devorar, me pergunto se Sean, Jody e o outro casal já saíram. Só quero tomar um remédio e me enfiar debaixo das cobertas.

Estou prestes a pedir à garçonete que embale o resto da comida para viagem e me traga a conta quando uma mulher passa por mim, avisando:

— Desculpe! Desculpe!

Eu me viro para olhá-la se aproximando de uma mesa de quatro outras mulheres, dando a volta para abraçar uma de cada vez. Elas têm cerca de quarenta anos e parecem confortáveis juntas, como velhas amigas.

— Não se preocupe, já pedi uma vodca tônica com uma porção de limão extra para você — diz uma.

— Você sempre foi a minha favorita — rebate a mulher.

Elas continuam a brincar, inclinando-se umas para as outras, a voz de cada uma se sobrepondo à da outra, as risadas calorosas ecoando.

Um garçom me entrega a conta e, desta vez, quando puxo meu cartão da carteira, puxo também o cartão de Cassandra.

Trechos do memorial passam pela minha cabeça — as três mulheres observando a foto de Amanda com os braços em volta uma da outra. A covinha de Jane quando ela sorriu para mim; o calor da mão de Cassandra em meu antebraço nu quando afirmou que eu podia ligar para ela quando quisesse.

As palavras de Cassandra ecoam em minha mente: *Uma das coisas mais essenciais que podemos fazer é conversar com alguém.*

Eu não dava valor ao que tinha: o namorado da faculdade que queria se casar comigo; Mel pulando na minha cama enquanto conversávamos; até os colegas de trabalho do meu último emprego, que se reuniam para um *happy hour* nas noites de quinta.

Um por um, todos eles ficaram para trás.

Traço com os dedos as letras em relevo no cartão de Cassandra. Jane me convidou para tomar um drinque com elas naquela noite.

Eu daria qualquer coisa para voltar atrás e mudar minha resposta para sim.

14

SHAY

EM UM ESTUDO COM TESTEMUNHAS DE SUICÍDIOS, 60% DOS ENTREVISTADOS RELATARAM PENSAR NO ACONTECIMENTO SEM QUERER. JÁ 30% TINHAM REAÇÕES FÍSICAS QUANDO SE LEMBRAVAM DO EVENTO, INCLUINDO SUOR, NÁUSEAS E DIFICULDADE PARA RESPIRAR. QUASE 100% DISSERAM QUE A EXPERIÊNCIA IMPACTOU DE FORMA SIGNIFICATIVA SUAS VIDAS.

— DOSSIÊ DE DADOS, PÁGINA 17

Faço minha costumeira vitamina de banana e manteiga de amêndoas para o café da manhã e saio de casa às oito como sempre faço nos dias em que trabalho no emprego temporário. Meu almoço está na bolsa — um sanduíche de peru, uma maçã e um pacote de pretzels. Parei de fazer terapia porque, mesmo pelo plano de saúde, as sessões com a Paula eram caras, mas estou tentando fazer algumas coisas que ela sugeriu. Na semana passada consegui até descer metade da escadaria para o metrô — o da estação perto do trabalho.

Também peguei o telefone de um novo recrutador que Jody disse que seu irmão havia usado.

Agradeci por aquele contato, mas suspeito que os motivos de Jody não tenham sido completamente altruístas. Tenho certeza de que ela só quer que eu saia mais de casa, assim Sean e ela podem ficar mais tempo a sós.

Além disso, tem o seguinte: alguns dias atrás, Jody estava secando os pratos na cozinha — ela é uma organizadora profissional e nossa casa está muito mais arrumada desde que ela apareceu — e tirou um pano de prato de uma gaveta. O pano tinha um logotipo de uma maratona de 10 km.

— Quem foi o louco que correu nisso aqui? — perguntou ela, agitando-o no ar.

Uma pontada interna me fez refletir antes de responder.

Mas Sean respondeu:

— Nós dois corremos juntos. Em agosto passado, não foi, Shay? Cara, nós ficamos acabados.

— E ainda assim, não sei como, consegui cambalear heroicamente até a barraca da cerveja — brinquei.

Jody deu uma de suas risadinhas agudas, mas pareceu ficar tensa. Ela continuou limpando a cozinha, jogando fora os hashis não usados de algum restaurante japonês que pedimos para viagem e o leite de amêndoas que Sean e eu bebíamos — Jody preferia leite semidesnatado —, embora eu tivesse acabado de usá-lo e ainda houvesse uma boa quantidade na garrafa.

Encontrei uma desculpa para sair dali, o que passei a fazer muito bem. Quando fechei a porta do quarto, eliminando aquela imagem de Jody limpando as bancadas, agora vazias, não pude deixar de me sentir como mais um pedaço de tralha do qual ela queria se livrar.

Jody me passou o contato do recrutador logo depois daquilo.

Pretendo ligar para ele na hora do almoço.

Ao seguir para o ponto de ônibus, percebo a mudança na cidade: é início de setembro e Manhattan, que fica vazia em agosto, está movimentada de novo. Pessoas com copos de café para viagem se apressam pelas calçadas com fones de ouvido, crianças pequenas com mochilas novas caminham de mãos dadas com os pais ou as babás até a escola.

O ar está denso e quente e o céu está cinza, pesado com mais uma chuva de final de verão. Sinto uma gota cair na minha cabeça e decido voltar para buscar um guarda-chuva.

Então eu a vejo.

Os cabelos castanho-dourados balançam sobre os ombros, seu vestido verde de bolinhas se agita suavemente conforme ela anda.

Amanda.

Não consigo respirar, pensar ou me mover. Então, como se uma corda nos ligasse, começo a andar também, seguindo seus passos.

Não é ela, penso, lutando contra o medo gélido que invade o meu corpo, mas eu já vi aquele vestido tantas vezes em meus pesadelos. O tom verde-uva, o formato simples e levemente acinturado. É idêntico.

Duas mulheres em Nova York podem ter o mesmo vestido, mas quais são as chances de terem a mesma cor e corte de cabelo e a mesma constituição física? Os dados não fazem sentido.

Meu peito está apertado, mas continuo andando — não posso perdê-la de vista. O vestido de bolinhas é como um farol, ziguezagueando pela multidão de ternos escuros e capas de chuva, levando-me a uma esquina, em direção à estação de metrô da rua 33.

Será que estou sonhando?, pergunto-me, freneticamente. Um daqueles pesadelos que parecem reais mesmo depois de você acordar?

Puxo com força o elástico no meu pulso e sinto a dor ao soltá-lo. Mais algumas gotas de chuva me atingem e sinto o cheiro do crepe de uma barraquinha na esquina. É tudo real.

Então ela também deve ser.

O mundo parece oscilar e girar, mas eu insisto, quase cambaleando, o olhar fixo nela como se fosse a única pessoa em toda a cidade.

Ela continua avançando sem, em nenhum momento, olhar para trás. Sem pressa, mas nunca parando; seus passos firmes como um metrônomo. Estou pouco atrás dela e, embora pudesse alcançá-la se corresse, estou apavorada pela possibilidade de ver seu rosto.

Começa a chover mais forte, as gotas cobrindo meus óculos e embaçando minha visão. Eu cubro a testa com as mãos, enxugando a umidade.

Ela está perto da entrada da estação agora.

Já vejo o poste verde-floresta e as escadas mergulhando para aquele buraco escuro. Eu aperto o passo e escorrego na calçada molhada, virando o tornozelo. Arranho a palma da mão ao me apoiar no chão e me levanto de volta. Guarda-chuvas se abrem ao redor e eu a perco de vista.

Para onde ela foi? Viro o rosto de um lado para o outro, procurando, desesperada. Então eu a vejo.

Ela está dando o primeiro passo para descer as escadas do metrô.

Eu tento gritar *Pare!*, mas minha voz está presa na garganta e sai como um sussurro rouco.

Seguro no poste do metrô, tão tonta que minha visão fica borrada novamente. Quero correr atrás dela, puxá-la dali, mas meu corpo me boicota e é como se desligasse. Sinto-me envolta em cimento novamente. Completamente imobilizada.

Lágrimas escorrem pelo meu rosto e se misturam à chuva. Minhas roupas estão coladas na pele. Pessoas apressadas não param de passar por mim loucas para entrar na estação e se proteger da chuva.

A essa altura, ela já quase desapareceu completamente. Estico o pescoço para dar uma última olhada antes que o buraco a engula.

Ela sumiu.

Começo a hiperventilar, minha respiração alta e rouca. Eu me encolho, cobrindo os ouvidos com as mãos, incapaz de fazer qualquer coisa exceto aguardar o guincho do vagão do metrô.

Então a chuva para abruptamente.

Há alguém ao meu lado, segurando um grande guarda-chuva sobre nós.

Eu viro o rosto e pisco até conseguir enxergar melhor. A pessoa entra em foco.

Cassandra Moore.

— Eu... Eu... — gaguejo.

Ao lado dela está sua irmã Jane, olhando para mim com a mesma preocupação.

— Shay — diz Cassandra com sua voz baixa e rouca. — Você está bem?

Parece um milagre: as únicas duas pessoas que conheço que também conheceram Amanda estão bem ao meu lado.

Cassandra segura meu cotovelo, me estabilizando. Seus olhos — castanhos com risquinhos dourados, como os de um tigre — parecem cheios de apreensão e bondade.

— Amanda — respondo, ofegante. — Eu... Eu acabei de vê-la. Ela entrou no metrô.

Eu aponto, mas as irmãs continuam me olhando fixamente.

— Quem? — pergunta Cassandra.

— Amanda? Não pode ser... — diz Jane.

— Por favor — imploro. — Você pode... Alguém pode ir procurá-la?

— Shay — começa Jane, mas meus soluços a interrompem.

— Precisamos ajudá-la — sussurro.

Cassandra me encara sem piscar. Então ela faz algo extraordinário.

— Espere aqui. — Ela me entrega seu guarda-chuva. — Eu vou olhar.

Eu a vejo descer em passos rápidos, suas pernas nuas aparecendo sob a capa de chuva com uma faixa amarrada na cintura.

Ao longe, ouço o barulho do trem se aproximando.

Depressa, penso, embora reconheça a impossibilidade do que acabei de ver.

— Não pode ter sido alguém parecido com a Amanda? — pergunta Jane.

Eu balanço a cabeça. Estou batendo os dentes.

— Era igual a ela... Eu juro que a vi, tenho certeza... Mas como?

Eu continuo sob o guarda-chuva de Cassandra, meu estômago embrulhando ao ouvir os freios do trem. Então, segundos depois, ouço o trem partindo, o estrondo de suas rodas ficando cada vez mais fraco.

53

Não aconteceu nada. Foi só uma parada comum.

Estou quase começando a me perguntar se alguma parte daquilo tudo realmente aconteceu, se minha mente me traiu, mas Jane ainda está de pé ao meu lado. Minha saia e blusa estão encharcadas e estou segurando o cabo de madeira lisa do enorme guarda-chuva de Cassandra.

Ela reaparece, subindo as escadas — primeiro apenas partes de seus cabelos pretos sedosos, depois seus traços fortes e simétricos, e finalmente seu corpo esguio.

— Está tudo bem, Shay. — Ela põe a mão no meu braço como fez no memorial. Seu toque é a única fonte de calor em meu corpo. — Não vi ninguém parecido com Amanda lá embaixo.

— Tem certeza? — pergunto desesperadamente, embora meus batimentos cardíacos estejam diminuindo. As irmãs estão ajudando o mundo a parar de girar.

Vejo Cassandra olhar rapidamente para Jane antes de balançar a cabeça.

— Acho que não, mas talvez eu a tenha perdido de vista. Ela pode ter entrado no metrô antes de eu chegar.

Impossível; só chegou um trem entre o momento em que a mulher desceu as escadas e agora.

Começo a tentar explicar novamente o que vi, mas antes de chegar à parte sobre o vestido de bolinhas, eu paro. Pode até fazer sentido ter visto uma mulher parecida com Amanda, mas usando exatamente a mesma roupa? Eu pareceria louca — especialmente considerando minhas roupas encharcadas e os cabelos desgrenhados e colados no meu rosto. Resolvo apenas concordar com a cabeça.

— Você deve ter razão. — Eu engulo em seco. — Eu sinto muito... Não sei o que aconteceu.

Cassandra passa o braço pelo meu.

— Nossa reunião desta manhã foi cancelada. Está com pressa?

— Estávamos indo tomar um chá — acrescenta Jane. — Tem um café na esquina. Por que não vem com a gente?

Eu olho atordoada para as duas. Depois disso tudo, ainda querem que eu vá com elas? É mais do que um ato de gentileza — é um presente.

Quais são as chances de encontrar Cassandra e Jane neste exato momento; as chances de as duas e Amanda de alguma forma cruzarem minha vida novamente? Parece impossível, porém, aqui estão elas.

Eu me atrasaria para o trabalho, mas, quando vejo, estou aceitando. Vou ligar e dizer que tive uma emergência, mas que compensarei hoje à noite.

Eu não vou recusar um convite dessas duas novamente.

15

CASSANDRA E JANE

Shay — trêmula, despedaçada e instável — segura o braço de Cassandra, enquanto as irmãs a levam, pela atmosfera agora enevoada e úmida de chuva, até um café.

A *hostess* indica uma mesa perto da janela.

— Na verdade, podemos ficar naquela ali? — Cassandra aponta para uma mesa mais escondida. — É mais aconchegante. Nossa amiga está encharcada.

A mesa também oferece mais privacidade, visto que há mais alguns clientes no lugar. A anfitriã sorri para Cassandra.

— É claro.

Depois que Shay se senta, Cassandra tira a capa de chuva e a coloca sobre os ombros de Shay.

— Você deve estar congelando neste ar-condicionado. Quer comer alguma coisa?

Shay recusa com a cabeça e Cassandra desliza para o banco oposto, de modo que as duas irmãs estejam de frente para ela.

Em pouco tempo, com o casaco apertado em volta do corpo e uma caneca fumegante de chá de camomila nas mãos, Shay para de tremer.

No entanto, ela ainda parece frágil e atordoada — exatamente como as irmãs a queriam. As pessoas ficam mais propensas a revelar segredos quando estão vulneráveis.

— Você deve sentir muita falta da Amanda — começa Jane delicadamente. — Nós duas, pelo menos, sentimos. A gente fala dela o tempo todo.

Shay baixa os olhos para a xícara de chá. Apesar do óbvio frio que ainda está sentindo, seu rosto fica vermelho.

— Er, na verdade...

A tensão invade o corpo de Cassandra. Jane se empoleira na ponta do banco, as unhas cravadas na beirada de madeira. Apesar disso, se dependesse do semblante das irmãs, ninguém desconfiaria. Shay precisa se sentir segura e calma.

— Não sei por que a morte dela está me afetando tanto.

Shay começa a dizer mais alguma coisa, mas levanta a xícara e toma um gole.

Cassandra suspira, tão lenta e suavemente que não sai nenhum som. Jane não move um dedo. Shay está à beira de algo crucial; não seria bom influenciá-la na direção errada.

Shay continua olhando fixamente para a xícara. As irmãs esperam, sem ousar sequer olhar uma para a outra.

— Amanda e eu não éramos amigas — sussurra Shay. — Eu não a conhecia.

Por fora, as irmãs não reagem — um esforço tremendo, visto que ambas estão, no mínimo, perplexas. Se for verdade, como Shay poderia saber onde Amanda morava? Por que se sentiu compelida a deixar uma flor na entrada do prédio dela? E por que parecia tão assombrada por sua morte?

É evidente que Shay se sente culpada — ela está quase se encolhendo. Será que é por estar contando mais uma mentira?

Há muita coisa em jogo ali. Para as irmãs, pode ser a única chance de obter respostas. Um movimento em falso e Shay poderia se calar ou fugir.

— Ah!? — Cassandra diz aquilo tão baixo que quase poderia ser um sopro. — Mas você disse que vocês iam ao mesmo veterinário.

Shay levanta o olhar atormentado para fitar Cassandra e depois Jane.

— Sim, er, eu a vi lá uma ou duas vezes, mas não foi exatamente por isso que fui ao memorial. Eu estava do lado da Amanda na plataforma do metrô quando ela... quando ela morreu. Não consigo tirá-la da cabeça. Eu penso nela o tempo todo. Não consigo parar de me perguntar o que a levaria a fazer uma coisa daquelas.

Shay se recosta no banco, os ombros caídos como se esperando ser repreendida.

Parte da tensão se esvai do corpo de Cassandra. Jane solta o aperto no banco.

Shay só estava no lugar errado na hora errada. A mente das irmãs começa a disparar, juntando as peças.

— Ah... Amanda sofreu de depressão intermitente ao longo de toda a vida — diz Jane delicadamente.

— Então como você descobriu sobre o memorial fúnebre? — pergunta Cassandra, enchendo a caneca de Shay.

Cassandra está tremendo levemente de tanta tensão, então rapidamente esconde as mãos embaixo da mesa.

Shay não parece ter notado; ela ainda está piscando para conter as lágrimas.

— Passei no apartamento dela para deixar uma flor, só como uma homenagem. Foi quando vi o aviso...

— Mas como você sabia onde ela morava? — interrompe Jane.

Cassandra dá um tapinha discreto na mão da irmã: *Vá com calma.*

— Uma detetive me interrogou no metrô depois... bem, depois do que aconteceu. De qualquer forma, na última vez em que conversamos, ela revelou o sobrenome de Amanda e, a partir daí, descobri o endereço dela.

Com a menção à detetive, Jane arfa discretamente. Pelo que Shay disse, ela teve várias conversas com a polícia, além de sua recente visita à delegacia.

Antes, havia uma pergunta urgente: como Shay conheceu Amanda?

Agora, há uma ainda mais importante: o que Shay contou à polícia?

Elas já sabiam que Shay tinha deixado o cordão na delegacia. O pontinho cinza no telefone de Valerie permaneceu naquele local mesmo depois de Shay sair do prédio. Sua movimentação pelo resto daquela noite fora tão normal que elas ficaram curiosas: se Shay tivesse revelado algo bombástico na delegacia — se tivesse descrito os eventos que levaram ao suicídio de Amanda —, ela certamente teria parecido mais arisca. Ela não teria caminhado tranquilamente para casa sozinha. Ela não teria atravessado uma passagem silenciosa e escura entre dois edifícios sem olhar para trás uma única vez.

Shay interpreta mal o silêncio na mesa.

— Estão com raiva de mim? Eu sinto muito por ter enganado vocês. Eu só não sabia o que dizer quando apareci no memorial.

Jane balança a cabeça.

— Não estamos com raiva. Nós jamais julgaríamos você por isso.

— Foi muito gentil da sua parte ir prestar suas condolências — acrescenta Cassandra.

Shay parece mais melancólica.

— Lembro-me de pensar em como Amanda parecia alguém de quem eu seria amiga.

Mais peças se encaixam: nos dias em que Shay trabalha, ela vai até um banco na hora do almoço, tira um sanduíche embrulhado em papel-alumínio da bolsa, e come sozinha. Quando ela pega o ônibus para o trabalho ou caminha para a academia, não conversa com ninguém pelo fone do celular — ela geralmente parece imersa nos próprios pensamentos. Ela passa quase todas as noites em casa.

Shay é desesperadamente solitária.

Cassandra guarda essa importante observação para debatê-la com Jane mais tarde, embora suspeite que a irmã já tenha chegado à mesma conclusão, considerando que os pensamentos delas costumam funcionar em sintonia.

— Amanda era uma pessoa muito boa — diz Cassandra. — Vocês alguma vez conversaram no veterinário?

— Não, na verdade não. E meu gato morreu ano passado, então...

— Ah. Bem, você teria gostado da Amanda, e ela de você.

Jane toma um gole de chá antes de mudar o rumo da conversa.

— Não foi à toa que você entrou em pânico ao ver aquela mulher entrando no metrô agora há pouco.

— Não consigo andar de metrô desde aquele dia. Até me aproximar da escada ficou difícil... Aquela mulher se parecia tanto com Amanda. Acho que imaginei tudo.

Cassandra e Jane se olham. As irmãs notaram quando os olhos de Shay se encheram de lágrimas diante da fotografia de Amanda no memorial fúnebre e, mais tarde, quando a viram atravessar a rua várias vezes, pelo visto para evitar as grades do metrô. Ela também foi observada saindo de um consultório que mais tarde foi identificado como de uma terapeuta.

A ilusão que as irmãs criaram foi tão eficaz quanto esperavam. A esta altura, Valerie está voltando para casa a fim de se livrar da peruca e dos saltos que adicionaram vários centímetros à sua estatura, remover a maquiagem bem aplicada que fez seu nariz parecer mais estreito e os olhos maiores, e trocar o vestido de bolinhas comprado pela internet. Em minutos, Valerie terá se transformado de sósia de Amanda a uma mulher normal na casa dos trinta anos — bonita, mas esquecível — que se misturaria facilmente a uma multidão. A apresentação acabou. O vestido ficará guardado no fundo do armário de Valerie, caso seja necessário novamente.

Se Shay tivesse respondido a todas as perguntas não formuladas das irmãs, elas lhe deixariam em paz. Cassandra fingiria que também pensara ter visto Amanda outro dia e que se sentira um pouco perturbada depois. Jane acrescentaria: suponho que isso seja comum, imaginar coisas assim depois de uma morte.

Mas elas não o fizeram. Em vez disso, Jane aperta a mão de Cassandra por baixo da mesa. Cassandra entende o sinal: o encontro planejado com Shay não amarrou as últimas pontas soltas em torno da morte de Amanda da maneira que elas esperavam. Elas não tinham como simplesmente terminar o chá, sair dali e nunca mais pensar naquilo.

Shay ainda alega ter visto Amanda pela primeira vez no veterinário, o que as irmãs Moore sabem que é mentira.

Ela diz que mal conhecia Amanda, mas, de alguma forma, estava com o cordão.

Sobre o que mais Shay está mentindo?

Cassandra olha para o celular de Shay, virado com a tela para baixo na mesa. Ela se pergunta que informações o aparelho poderia conter.

Stacey poderia hackeá-lo rapidamente; ela é especialista em instalar *spyware* em celulares, o que já provou ao grupo.

Não foi por acaso que Cassandra e Jane entraram na boutique de Daphne logo depois que ela enviara uma mensagem curta e grossa — *Espero que você apodreça no inferno* — para um homem chamado James Anders.

As irmãs estavam observando James há muito tempo. Monitorando-o. Registrando sua programação e seus hábitos — como as idas rotineiras a um bar chamado *Twist* quase toda quinta-feira à noite. Depois, graças ao *spyware* que Stacey instalara no celular dele, numa noite em que James saiu de perto do aparelho por um tempo, passaram a ler suas mensagens.

Enquanto pensavam nas diferentes maneiras de punir James, aquela mensagem chegou simultaneamente no celular dele e nos computadores delas.

Intuitivamente, Valerie soube que só podia ser de uma mulher machucada por James; as irmãs já sabiam de pelo menos mais um caso em que ele tentara cometer estupro.

Stacey rastreou o número do remetente e o encontrou vinculado a uma loja chamada Daphne's, pertencente a uma mulher solteira de trinta e poucos anos. Pouco depois, Cassandra e Jane visitaram a loja e fizeram amizade com a dona.

Daphne não demorou muito para baixar a guarda. Quando o fez, as suspeitas das irmãs sobre o que James havia feito foram confirmadas. E assim elas levaram Daphne para seu grupo.

Cassandra precisa se esforçar para tirar os olhos do celular de Shay. Que pena Stacey não estar com elas; seria uma bela oportunidade de vasculhar os segredos de Shay. Será preciso criar outras oportunidades.

16

STACEY

Quatorze meses antes

A manteiga derreteu na frigideira com um chiado.

Stacey colocou três fatias de queijo prato no pão integral, olhando para o celular vibrando no balcão de linóleo lascado. A mensagem dizia: *Preciso da ração pro cachorro agora.*

Ela pôs o sanduíche na frigideira e lambeu os dedos antes de pegar o aparelho para responder: *em quinze minutos.*

O viciado fissurado por sua dose de crack teria que esperar. Stacey não tinha comido nada o dia todo.

Através da parede fina do apartamento ela ouviu a filha da vizinha cantando uma música do filme *A Escolha Perfeita* com sua voz aguda enquanto batia em alguma coisa ritmicamente.

— Pare de bater essas colheres — explodiu a mãe.

Stacey virou o sanduíche. A parte de baixo já estava dourada e o queijo começando a derreter para fora do pão. Seu estômago roncou. Ela tirou um copo de plástico com o logotipo do *Philadelphia Eagles* do armário. Seu namorado, Adam, continuava perdidamente fiel ao time de sua cidadezinha natal, embora os dois morassem no Bronx há anos. Ela encheu o copo de refrigerante até a borda.

Amanhã é sábado, dia de visita à prisão. Isso significava uma viagem de ônibus de duas horas na ida e na volta, com as mesmas esposas, filhos e namoradas de aparência cansada que ela via todos os meses. Ela passava uma hora com Adam, suas mãos entrelaçadas sobre o tampo de uma mesa, acompanhados pelos olhares vigilantes dos guardas.

A menina continuava cantando.

— Eu já disse pra calar a boca — ordenou a mãe, embora sem muita irritação na voz; pelo menos se comparado a outras vezes.

De vez em quando, Stacey via hematomas na garota, que parecia ter uns oito anos. Uma vez ela apareceu até com um gesso no braço. Stacey tentou perguntar a respeito, mas a criança saiu correndo como um ratinho acuado.

— Você só me mandou parar de bater, não disse que eu não podia cantar — retrucou a menina.

Stacey pressionou a espátula no sanduíche.

O viciado mandou mais uma mensagem para o celular de Adam: *Vai demorar? Meu cachorro tá com fome.*

Stacey assumiu os clientes de Adam enquanto ele estava fora, não ampliando os negócios, só ganhando o suficiente para pagar o aluguel até arranjar um emprego de verdade, um emprego que pagasse pelo menos um salário mínimo. Ela se inscreveu em dezenas de vagas, mas uma mulher como ela, que largara os estudos no ensino médio, fora rejeitada por uma família de classe média, e sem muitos atrativos, não recebia muitas oportunidades.

Ela tomou um longo gole de refrigerante e olhou para a parede. O apartamento ao lado estava quieto. Até a música havia parado.

Stacey estava colocando o sanduíche no prato quando ouviu o grito. Ela fechou os olhos e cerrou os dentes.

— Eu vou parar! Não! — gritou a menina.

Stacey apertou o cabo da frigideira mais forte ao ouvi-la gritar de novo.

Então o grito alto e agudo cessou.

A ausência de som era ainda mais alarmante.

Stacey ficou arrepiada e não hesitou: apenas pegou a frigideira e saiu correndo, invadindo o apartamento vizinho. Era possível ver claramente o que estava acontecendo na cozinha: a mãe de olhos arregalados mergulhando a cabeça da filha em uma pia cheia de água suja e pratos.

— Larga ela! — berrou Stacey, balançando a frigideira como um taco de beisebol.

Ela acertou a cabeça da mãe, que caiu no chão da cozinha.

A menina tirou a cabeça da pia, respirando com dificuldade e depois começando a tossir, a água escorrendo pelo rosto e pela camisola de princesa que a menina vestia.

Stacey levantou a frigideira para acertar a mãe novamente, mas a menina implorou para que ela parasse.

Quando Stacey levantou o rosto, a garotinha havia fugido pela porta escancarada do apartamento, como provavelmente já fizera inúmeras vezes como mecanismo de sobrevivência em sua vida curta e violenta. Stacey voltou para seu apartamento, deixando a mãe caída no chão. Ela ainda nem tinha terminado o sanduíche quando dois policiais uniformizados irromperam pela sua porta.

Ela tentou explicar sobre a menina, mas a mãe alegou que Stacey a havia roubado e agredido. O fato de haver um saquinho de crack na bancada, pronto para ser vendido ao cliente de Adam, não a ajudou em nada.

No dia seguinte, Stacey estava encostada no banco duro que lhe servia de cama, olhando para o nada, quando um guarda bateu nas barras da cela e anunciou que ela tinha visita.

Stacey piscou, surpresa, pois ninguém sabia o que tinha acontecido, já que nem usara seu direito a um telefonema. Não havia como falar com Adam; seu pai e duas irmãs alpinistas sociais não falavam com ela há anos — desde que levara Adam, chapado, à festa de aniversário de seu sobrinho, e ele enfiou uma grande colher no bolo e pegou o primeiro pedaço. Já sua mãe, que mantinha contato em segredo com ela apesar das objeções do pai, estava nos primeiros estágios de Alzheimer.

Stacey deixou o guarda algemá-la e conduzi-la até a pequena sala onde os presidiários recebiam visitas.

Uma mulher de cabelos ruivos curtos e crespos esperava ao lado da mesa.

— Oi, Stacey, sou sua defensora pública — disse, seu sotaque forte de Boston acompanhando as palavras. — Meu nome é Beth Sullivan.

Apesar da excelente advogada de Stacey, as provas contra ela eram fortes. Beth ainda conseguiu reduzir a sentença para quatro meses de prisão, uma vez que não havia resquícios de drogas no sistema de Stacey — ela nunca usara nada —, e o promotor também não conseguiu provar que ela realmente pretendia vender o crack.

— Que palhaçada — disse Beth ao ouvir o veredito. — Você salvou a vida da menina.

Beth contou a Stacey que se tornara advogada para dar voz às pessoas que não tinham, mas, em vez disso, via culpados sendo soltos e inocentes acabando atrás das grades. Ao invés de dar alguma coisa a alguém, algo fora tirado dela: sua confiança no sistema judicial.

— Acho que vocês deviam conhecer a Stacey — disse Beth às irmãs Moore em uma de suas reuniões. Desde que Valerie apresentou Beth a Cassandra e Jane, as quatro se tornaram um grupo unido.

Quando Beth levou Cassandra e Jane para conhecer Stacey na prisão, elas ficaram imediatamente intrigadas pela pequena loira cujo olhar estava, constantemente, observando o ambiente enquanto conversavam. Era como se Stacey precisasse estar preparada para o que poderia se aproximar, como se estivesse acostumada a ser vista como uma presa.

— Ela merece outra chance — disse Cassandra a Jane enquanto as três observavam os guardas reunirem as prisioneiras no final da hora de visita. — Beth tinha razão.

Quando Stacey foi solta, imaginou que qualquer oportunidade — agora como criminosa fracassada, condenada, e cujo namorado nojento tinha partido para outra com uma tiete de prisioneiro que ele conheceu na internet — seria ainda mais improvável.

Em vez disso, um pequeno apartamento a esperava. Lençóis macios e limpos — celestiais em comparação com os panos ásperos da prisão — estavam dobrados sobre o sofá-cama. Na geladeira tinha frutas, iogurte e pão. Cassandra e Jane, que acompanharam Beth em diversas visitas à prisão, souberam das proezas de Stacey com computadores e a contrataram para ajudá-las no escritório.

Assim que Stacey provou quão boa era, recebeu das irmãs referências louváveis e rapidamente arranjou um emprego como consultora, insistindo em devolver cada centavo que Cassandra e Jane gastaram com ela. Mesmo assim, Stacey se considerava eternamente em dívida com ambas.

Ela perdera uma família, mas encontrara outra.

17

SHAY

> MULHERES RELATAM TER, EM MÉDIA, OITO AMIGAS ÍNTIMAS. ESTUDOS DESCOBRIRAM QUE, SOB ESTRESSE, ELAS TENDEM A PROCURAR ESSAS AMIGAS. EM VEZ DE SIMPLESMENTE EXPERIMENTAR A REAÇÃO "FUGIR OU LUTAR", BASEADA NA ADRENALINA, MULHERES TAMBÉM EXPELEM O "HOR-MÔNIO DA UNIÃO", A OXITOCINA. O FENÔMENO FOI DENOMINADO "BUSCA DE APOIO".
>
> — DOSSIÊ DE DADOS, PÁGINA 18

Descobri muita coisa sobre Cassandra e Jane Moore esta manhã: desde o sabor de chá que elas tomam — jasmim para Cassandra e rosas para Jane — a como as sobrancelhas de Jane se erguem levemente quando ela presta atenção no que alguém diz, e como Cassandra gesticula de forma graciosa com seus dedos finos.

Ao se despedirem de mim com um abraço, Cassandra me disse para ficar com a capa de chuva, visto que ela estava com o guarda-chuva.

— É só me mandar uma mensagem depois e para combinarmos de você me devolver — disse ela, pouco antes de as duas correrem para o meio-fio e chamarem um táxi.

Naturalmente, um táxi vazio parou em segundos.

Sentada no ônibus a caminho do trabalho, fiquei me perguntando se não era melhor ter confessado tudo e admitido que eu não tinha gato nenhum. Pelo menos desfiz uma parte da mentira ao revelar que estava ao lado de Amanda quando ela pulou, e que foi por isso que sua morte me afetou tanto. Mas eu estava tão transtornada quando elas me encontraram agarrada ao poste do metrô; imagina ter que admitir que inventei a história sobre o veterinário? Eu pareceria uma mentirosa patológica.

Especialmente para essas mulheres; não só sofisticadas e envolventes como também bem-sucedidas. Quando pesquisei o nome delas na internet, descobri que abriram a própria empresa de relações públicas de luxo com apenas vinte e poucos anos, e representam alguns nomes que até eu conheço. Cassandra tem 32 anos e Jane, trinta, então minha idade me coloca entre as duas — o que torna suas realizações ainda mais impressionantes.

Também descobri que a aula de ioga que Cassandra faz exige mais força bruta do que mentalidade zen.

— De cachorro olhando para baixo à prancha — comanda o instrutor do estúdio, se aproximando para ajeitar minha pose.

Estou usando a legging e a regata que levei para a aula de *spinning* que pretendia fazer aquela noite. Depois de encontrar o recibo para um pacote de dez aulas neste estúdio de ioga no bolso da capa de chuva de Cassandra — junto com uma latinha de pastilhas de canela —, resolvi mudar meus planos.

Quando liguei para o estúdio e reservei uma vaga na aula de Ashtanga Yoga das oito da noite, afirmei a mim mesma que seria aterrador e relaxante — exatamente o que eu precisava depois da angústia daquela manhã. Mas esse não é o verdadeiro motivo para eu estar aqui.

Cassandra e Jane são poderosas, confiantes e atraentes — tudo o que eu não sou.

Acho que eu só queria ver como é estar no lugar delas.

Passo a língua sobre a superfície dos dentes, ainda sentindo o leve gosto de canela. A lata de pastilhas estava quase cheia, então eu sabia que Cassandra não daria falta de só uma.

— Preparando para o Savasana — continua o instrutor.

Olho para a mulher ao meu lado para saber qual pose é aquela, e me deito de costas com as palmas das mãos voltadas para cima.

— A palavra de hoje é gratidão. Permitam-se pensar em algo ou alguém a quem você queira agradecer.

Ele toca um sino quatro vezes, as notas nítidas e delicadas reverberando na sala.

Cassandra e Jane, penso imediatamente. Se elas não tivessem aparecido magicamente na entrada daquela estação hoje de manhã, não sei o que seria de mim. Eu estava desmoronando e elas me colocaram de volta no lugar.

Sei que mulheres requisitadas e especiais como elas não precisam de mim como amiga, mas não consigo esquecer o som daquela palavra quando Cassandra disse à *hostess* que queria uma mesa mais quente para sua amiga.

Até seus nomes soam como mantras.

Fecho os olhos e sinto meu corpo derretendo sobre o tapete.

Quando o instrutor toca o sininho de novo, me levanto devagar e recolho minhas coisas do armário, inclusive a capa de chuva de Cassandra. Ela me manteve aquecida ao longo do dia, mas sei que, assim como a companhia das irmãs, não será minha para sempre.

Desbloqueio o celular e escrevo uma mensagem sem pressa: *Queria agradecer novamente a vocês por hoje. Se não for um incômodo, posso devolver a capa amanhã.*

Eu fico olhando para o celular por pelo menos um minuto, mas não recebo resposta.

Já são quase nove e meia quando chego em casa. Eu subo de escadas até o 2C e procuro minhas chaves na bolsa. Antes que eu possa destrancar a porta, Sean a abre.

Eu dou um passo para trás, surpresa.

— Ah, está saindo?

— Na verdade, não, eu estava esperando por você. — Ele pigarreia. — Tem um minutinho para a gente conversar?

— Claro.

Sean não me olha nos olhos. Está falando em um tom mais formal do que o habitual. Ele parece não saber o que fazer com as mãos, então finalmente entrelaça os dedos diante do corpo.

Isso indica que vêm más notícias por aí.

— Quer uma cerveja? Eu ia abrir uma.

Eu não quero, mas pego duas da caixa que comprei na outra noite, enquanto Sean fatia a laranja que jogo para ele.

— E aí, como estão as coisas?

Ele vem até o sofá e eu sinto meu coração subir até a boca.

No entanto, quando ele finalmente me diz o que é, me obrigo a sorrir. Eu até o abraço.

— Sem problemas. Eu entendo e estou feliz por você.

Sean sugere que fiquemos no sofá assistindo a um filme como costumávamos fazer.

— Claro. Eu não jantei, então você escolhe alguma coisa para vermos enquanto vou comprar um lanche.

Assim que chego à esquina, desabo contra a lateral de um prédio, cobrindo o rosto com as mãos.

O contrato de Jody termina mês que vem. Eles querem morar juntos. *Eu sinto muito. Sei que você tem passado por muita coisa com o trabalho e tudo mais*, dissera Sean. *Eu e ela podemos procurar outro apartamento...*

Respondi que eu me mudaria. *Você mora aqui desde sempre. O apartamento é seu. Leve o tempo que precisar*, respondeu ele.

Sem emprego. Sem relacionamento. Sem lugar para morar.

Eu fico ali por um bom tempo, sem saber o que fazer, tentando engolir o nó na garganta.

Então escuto um sino — um som nítido e fraco que reverbera pelo ar, uma reminiscência do sininho da aula de ioga.

Enfio a mão na bolsa e pego o celular. Há uma mensagem nova na tela: *Claro, pode passar para deixar a capa ou pode tomar um drinque comigo e com a Jane na quinta-feira e eu pego com você. Bjs, C.*

Releio a mensagem duas vezes. Então me endireito e me afasto do prédio.

Eu me obrigo a esperar mais trinta segundos antes de responder: *Claro, eu adoraria tomar um drinque com vocês!*

Minha respiração ficou mais equilibrada; meu desespero está diminuindo.

Enquanto caminho até o mercadinho da esquina para pegar alguns sacos de pipoca de micro-ondas, me pergunto por que elas estariam interessadas em passar mais tempo comigo. Então eu lembro que Amanda não parecia tão glamourosa quanto Cassandra e Jane, mas as três eram amigas íntimas.

Talvez haja espaço para mim no mundo das irmãs Moore.

18

SHAY

> TENDEMOS A GOSTAR DE PESSOAS QUE CONSIDERAMOS PARECIDAS CONOSCO. QUANTO MENOS INFORMAÇÕES TEMOS SOBRE ALGUÉM, MAIS IMPORTANTES ESSAS SEMELHANÇAS PERCEBIDAS SE TORNAM PARA INFLUENCIAR A NOSSA OPINIÃO.
>
> — DOSSIÊ DE DADOS, PÁGINA 19

Passei a manhã inteira e parte da tarde procurando apartamentos na internet, e até fui visitar alguns. O primeiro tinha ratoeiras no saguão velho e uma poça d'água embaixo da geladeira. O segundo — descrito como "pitoresco" — era tão pequeno que eu não teria espaço para nenhum outro móvel além da minha cama de casal e uma cômoda.

Se eu não fosse encontrar Cassandra e Jane para alguns drinques à noite, teria ficado completamente desmoralizada e ansiosa.

Depois de olhar os apartamentos, paro numa loja de roupas. Nas duas vezes em que estive com as irmãs, suas roupas eram chiques, mas sem esforço para estar na última moda. Embora o tipo de roupa que elas usem esteja muito além do meu orçamento — a capa de chuva que Cassandra me emprestou, segundo minha pesquisa na internet, custa mil e duzentos dólares —, posso ao menos me apresentar um pouco melhor.

Peço ajuda à vendedora, que monta um visual para mim da cabeça aos pés, incluindo sapatos e pulseiras. Ela também me mostra um lindo par de brincos combinando, mas recuso porque minhas orelhas não são furadas. O total me faz estremecer, mas entrego meu cartão de crédito mesmo assim.

Depois, passo numa loja de maquiagens e peço algumas dicas a uma vendedora. Ela acaba exagerando — a sombra está forte demais e o contorno nos lábios fica estranho —, mas compro um brilho e pego alguns lenços para suavizar a maquiagem antes de sair.

Volto para casa para deixar as sacolas e me trocar, depois esbanjo, pedindo um carro por aplicativo para ir até nosso ponto de encontro. Está quente e não quero aparecer suada e arruinar todo o meu esforço. Confiro o menu do restaurante pelo celular para escolher o que quero beber.

Eles servem uma margarita de pimenta jalapeño que parece deliciosa, mas só vou pedir se eu for a primeira. Caso contrário, seguirei o pedido das Moore — as pessoas tendem a se sentir mais à vontade com quem faz escolhas semelhantes às delas. Desde minha calça preta justa e blusa fina sem mangas, meu delineador acobreado, até a unha que eu mesma fiz — não posso fingir que tudo não foi pensado para fazer essas mulheres gostarem de mim.

Há milhares de estudos revelando que indivíduos atraentes e bem cuidados são vistos como pessoas com qualidades positivas não relacionadas à aparência — elas são percebidas como mais inteligentes, interessantes e confiáveis. Isso, às vezes, é chamado de efeito halo.

Talvez seja por isso que me preparei mais para esta noite do que para qualquer outro encontro da minha vida, reunião de escola, entrevista de emprego ou até mesmo o casamento da Mel, em que fui madrinha. Espero que seja o suficiente.

O carro para no meio-fio e eu saio. Cassandra me passou um endereço e nome do bar, mas não vejo nenhuma placa indicando onde fica.

Então vejo uma porta preta com números em prata: 242. Isso corresponde ao endereço que recebi.

Abro a porta e vou até a *hostess*. Ainda está claro do lado de fora, mas o ambiente é escuro e acolhedor. Em vez das mesas habituais, é como estar na sala de estar de alguém — vários grupos de sofás e cadeiras. A mobília é eclética, mas até eu vejo que tudo combina com tudo.

— Você tem reserva? — pergunta a moça.

Eu abro um sorriso radiante.

— Na verdade, vim encontrar algumas amigas.

Então escuto meu nome vindo do outro lado da sala:

— Shay! Aqui!

Cassandra e Jane estão de pé atrás de uma mesa baixa e redonda no fundo, acenando e sorrindo. Eu corro em direção a elas, que abrem os braços para mim antes mesmo que eu as alcance.

— Que bom que você veio! — diz Jane.

— Você está *linda*! — acrescenta Cassandra.

Sinto minha pele me trair, corando novamente, mas desta vez é de prazer. Uma vez li que elogios sinceros são poderosos porque ativam os centros de recompensa no cérebro, resultando na mesma sensação de ganhar dinheiro.

Fico especialmente grata por ter me esforçado, pois Cassandra está usando um vestido chique com um cinto fino de crocodilo, e Jane uma jaqueta de couro creme com jeans escuro e saltos altos. Há alguns homens em uma mesa próxima, e vejo um deles virando o rosto para observá-las. As irmãs nem parecem notar; esse tipo de coisa deve acontecer com elas o tempo todo.

Elas se sentam de frente uma para a outra e eu fico no meio.

— Ah, antes que eu me esqueça!

Entrego a Cassandra uma sacola de uma loja chique de roupas esportivas. Eu a ganhei ano passado ao comprar meias de corrida numa promoção e a guardei porque era muito mais bonita que as de plástico ou de papel que outras lojas costumam usar.

A capa de chuva de Cassandra está caprichosamente dobrada no interior. O recibo de ioga e as pastilhas estão no bolso esquerdo, onde encontrei.

— Obrigada! — exclama Cassandra, quase como se eu tivesse lhe dado um presente, não simplesmente devolvido algo que ela me emprestara.

66

— Seus braços são tão sarados! — comenta Jane. — Isso explica a sacola. Seu *personal* é o mesmo da Michelle Obama?

— Obrigada. — Eu rio, um pouco envergonhada. — Que lugar legal.

Está lotado, mas as mesas são distantes o bastante para oferecer privacidade.

— Espere até experimentar os coquetéis — responde Jane. — Nós amamos o Moscow Mule deles.

Eu nem sei quais são os ingredientes, mas quando o garçom chega, é isso que eu peço. Cassandra se inclina para mim e pergunta:

— Então, como você está?

Melhor do que me sentia há muito tempo, penso. Todas as minhas preocupações com o trabalho, situação de vida, até minha nova fobia, se apaziguaram de repente. Fiquei tão distraída me preparando para esta noite que me esqueci um pouco daqueles problemas.

— Estou bem. Obrigada mais uma vez pelo outro dia. Eu não tinha dormido bem e estava passando por uma fase difícil.

— Todas nós já passamos por isso. — Jane toca meu antebraço. — Há alguns meses, um banqueiro de investimentos com quem achei que ia me casar terminou comigo. Eu não conseguia nem sair da cama, mas esta aqui... — ela aponta para Cassandra com o polegar — ... continuou me levando café com leite na cama e me arrastando para o trabalho. Se não fosse por ela, eu ainda estaria enfiada debaixo das cobertas.

É difícil imaginar alguém terminando com Jane, penso, observando seus lábios carnudos abrirem um sorriso, revelando dentes brancos e perfeitos. Cassandra balança a cabeça e diz:

— Ei, é para isso que as irmãs servem. Bom, para isso e para roubar suas roupas favoritas.

Nós rimos daquilo, e meu pequeno colapso no outro dia não parece mais tão humilhante.

— Três Moscow Mules — anuncia o garçom, servindo as canecas de cobre enfeitadas com limão e raminhos de hortelã fresca.

Cassandra levanta a dela.

— Saúde.

Eu bato minha caneca contra as delas e tomo um gole. É gelado e refrescante, com um toque gostoso de gengibre.

A regra número um para fazer as pessoas gostarem de você é perguntar sobre elas mesmas. Então, eu lanço minha pergunta:

— Vocês trabalham aqui perto?

Eu já sei o que elas fazem. A esta altura, já entrei no site de sua agência e até pesquisei sobre alguns de seus clientes: uma designer de bolsas, um dono de galeria e um jovem ator com um papel em um filme independente prestes a ser lançado.

Elas falam um pouco sobre a empresa e perguntam sobre mim. Descrevo meu trabalho como analista de dados e explico que estou num cargo temporário em um escritório de advocacia. Tento passar a impressão de estar de olho em várias oportunidades e de que é apenas uma questão de tempo antes de escolher um trabalho novo e empolgante.

Cassandra e Jane se inclinam para mim, ouvindo atentamente. Jane não para de sorrir, sua covinha à mostra, enquanto Cassandra assente de forma encorajadora.

Mas algo estranho começa a acontecer: à medida que falo sobre minhas possíveis oportunidades, começo a acreditar que elas vão se materializar. Eu me sinto mais expansiva; mais autoconfiante. É como se a confiança e o sucesso das duas fossem contagiantes.

O garçom reaparece com mais três canecas de cobre.

— Outra rodada, cortesia dos cavalheiros ali.

Eu olho para a mesa dos homens. Um deles levanta a taça para nós.

— Saúde, meninos — diz Cassandra, e depois olha para mim.

É como se ela estivesse agradecendo a alguém por segurar a porta aberta — graciosa, mas completamente indiferente. Isso também deve acontecer com elas o tempo todo.

Começo a tomar mais um drinque. Sinto-me quente e feliz, mas não sei se devido ao álcool ou se estou apenas extasiada pela companhia.

Cassandra deixou uma lua crescente vermelha perfeita na borda de sua caneca. Uma das diferenças entre as irmãs é que Cassandra parece preferir um visual mais dramático, enquanto Jane é mais discreta. O batom de Jane deixa uma leve marca cor-de-rosa, como o meu.

Até as joias de Cassandra são impressionantes: um anel robusto com uma pedra ônix na mão direita e brincos de ouro compridos. Mas o cordão no qual ela está mexendo é...

Preciso olhar uma segunda vez.

É uma corrente de ouro simples com um pingente de sol. Fico chocada demais para falar.

Primeiro, Amanda desapareceu; depois, tive a impressão de vê-la entrando no metrô. Então entreguei o cordão dela para a polícia; e agora ele está aqui.

Cassandra percebe que estou boquiaberta e afasta a mão, deixando-me olhar melhor.

— Seu cordão... é...

Cassandra olha para baixo como se nem tivesse pensado no que estava usando.

— ... Amanda tinha um igual — digo, finalmente.

É a única explicação possível.

Jane arregala os olhos.

— Na verdade, não. Nós duas tínhamos cordões iguais, mas emprestei o meu para Amanda. Nossa mãe nos deu de Natal quando éramos adolescentes.

Cassandra sorri, parecendo tentar se lembrar.

— Mamãe dizia que éramos seus raios de sol. Acho que gostamos deles por causa disso, embora não sejamos mais tão próximas dela.

Com minha cara de surpresa, ela dá de ombros.

— Passamos por uma separação na família anos atrás.

Jane acrescenta melancolicamente:

— Acho que o meu se foi junto com Amanda.

Sinto-me afundar na cadeira. Eu entreguei o cordão de Jane para a polícia. Preciso contar, explicar que eu não tinha como saber.

Eu engulo em seco.

— Eu acho... Isto é, eu sei onde o cordão pode estar.

— Sabe? — pergunta Jane, surpresa. — Como?

— Um pouco antes de Amanda... Antes de eu notar a presença dela, o vi no chão da estação. Eu esqueci que estava com ele até alguns dias atrás.

Jane se debruça sobre a mesa e segura minha mão.

— Está com ele? Eu daria qualquer coisa para recuperá-lo.

Cassandra está sorrindo para mim como se eu tivesse acabado de resolver todos os seus problemas.

— Só pode ser o destino.

— Acontece que, como achei que o cordão era da Amanda, o levei para a polícia.

Eu fico esperando as irmãs ficarem chateadas, talvez até com raiva, mas elas parecem estranhamente aliviadas. Jane suspira lentamente e cruza as pernas de volta. Cassandra toma um longo gole de seu drinque antes de finalmente continuar:

— Faz sentido.

— Posso tentar pegá-lo de volta para você — deixo escapar.

— Pode? — pergunta Jane, surpresa.

— Posso voltar à delegacia e explicar à detetive Williams que me enganei, que o cordão não era da Amanda. O que não deixa de ser verdade.

Lembro-me da detetive Williams me guiando por aquele corredor longo e silencioso, mas reajo à pontada de medo que ameaça surgir. O medo já interferiu demais na minha vida. Não tenho mais espaço para ele.

— Seria ótimo — diz Cassandra.

— Eu ficaria muito feliz — acrescenta Jane.

Estou sentindo alguma coisa — endorfinas ou talvez o segundo drinque — que me faz sentir capaz de qualquer coisa esta noite.

Estou desesperada para saber mais sobre as irmãs e sobre Amanda — descobrir os detalhes íntimos que não estão disponíveis na internet. Pergunto como elas a conheceram. Tive a impressão de que a conheciam desde a infância, talvez por Cassandra e Jane terem sido as anfitriãs da homenagem e estarem abraçando uma mulher que parecia ser a mãe da Amanda.

Mas quando pergunto se eram amigas da família, Cassandra e Jane parecem surpresas.

Jane balança a cabeça.

— Não, ela era de Delaware. Nós a conhecemos aqui em Nova York mesmo.

Cassandra interrompe:

— É engraçado, nós nem conhecíamos Amanda há tanto tempo, mas nos demos bem logo de cara.

Concordo ansiosamente com a cabeça, inclinando-me para a frente.

— Ela teve uma infância difícil — revela Jane. — Ninguém se importava muito com ela, o que torna ainda mais admirável o fato de ela ter virado enfermeira para ajudar outras pessoas. O pai morreu quando ela tinha cinco anos e a mãe começou a beber muito e nunca mais se casou. A pobrezinha costumava voltar da escola e encontrá-la desmaiada no sofá. Então ela começou a fazer o próprio jantar quando ainda era bem pequena.

— Talvez nossa identificação tenha sido forte porque Jane e eu também não temos pais — supõe Cassandra. — É difícil entender isso quando se é próximo da família e tem avós e primos que você adora... Mas pessoas um pouco mais sozinhas no mundo costumam se reconhecer.

Aquelas palavras martelam na minha cabeça. Ela está falando do meu anseio mais profundo.

— De certa forma, Amanda virou uma irmã — finaliza Cassandra.

Com aquelas poucas palavras, Cassandra acabou de articular tudo que eu queria — não só nos últimos tempos, mas em toda a minha vida: um lugar ao qual pertencer. Um lar que nada tem a ver com uma estrutura física, e sim com um sentimento de amor e aceitação.

— Eu sei — sussurro. — Sou filha única e não sou muito próxima dos meus pais também.

Eu nunca dissera aquelas palavras antes. Acho que nunca quis admiti-las, nem mesmo para mim.

Jane e Cassandra se olham, então ambas se voltam para mim com o que parece um interesse maior.

— Não sabia que tínhamos tanto em comum — confessa Jane.

Suas palavras pairam entre nós como uma teia de aranha. Aqui estou com essas duas mulheres incríveis que parecem estar se transformando em amigas. Parece que as estatísticas são verdadeiras: emoções e experiências pessoais em comum aumentam a sensação de proximidade.

Conversamos por mais uma hora. E eu fico surpresa com o interesse das irmãs sobre a minha vida — desde minha fraqueza por chocolate até como Jody claramente se sente desconfortável com minha presença na vida de Sean.

O tempo todo, me agarro ao fato de que agora tenho um motivo para vê-las novamente.

Tentei fazer minha aparência espelhar a delas esta noite.

Mas é muito mais forte saber que os aspectos mais profundos e ocultos de nós três também combinam.

19

CASSANDRA E JANE

Vinte anos antes

— Cassandra, este é o seu quarto — disse o padrasto, abrindo a porta e revelando algo que parecia saído de uma revista para adolescente: a peça central era uma cama de dossel branca coberta por um edredom cor-de-rosa com babados e almofadas decorativas.

Havia também uma cômoda branca lustrosa e uma mesinha combinando. As paredes eram cobertas por tinta num tom pastel — tão fresca que ainda dava para sentir o cheiro.

— Jane, o seu fica aqui.

Ele atravessou o corredor e abriu outra porta, revelando um quarto idêntico.

As irmãs se entreolharam antes de partirem em direções diferentes, as meias deslizando silenciosamente sobre o carpete grosso. Elas nunca tinham ficado em quartos separados, mas sabiam o que era esperado delas antes mesmo de sentirem as cotoveladas da mãe:

— Obrigada! — disseram em coro.

— É tão lindo — acrescentou Jane.

O padrasto assentiu — um homem de poucas palavras — e se virou para descer as escadas, que rangiam alto com seu peso.

Os elegantes quartos eram só o começo das mudanças por vir: a mãe já havia mencionado roupas novas, uma transferência para a escola particular da cidade e aulas de piano.

— Por que vocês não se arrumam? Vamos jantar às seis — instruiu a mãe, correndo para alcançar o novo marido. — Vou fazer linguado de Dover com aspargos.

Até a mãe de Cassandra e Jane estava diferente. Ela usava palavras mais elaboradas e tinha parado de fumar. Passara a fazer as unhas no centro da cidade, em vez de pintá-las em casa. Ela também gesticulava muito mais com a mão esquerda — aquela com o enorme diamante.

Cassandra olhou para Jane e deu de ombros. Era como se sua mãe tivesse sido substituída por uma personagem de TV. Mas seu padrasto não era nenhum galã de novela; seus olhos ligeiramente saltados e lábios carnudos lembravam um sapo.

— O que é linguado de Dover? — sussurrou Jane, fazendo as duas começarem a rir.

Houve outra grande mudança: elas agora tinham um meio-irmão, um adolescente bonito de cabelos dourados e corpo atlético que passava finais de semana alternados com elas. Até seu apelido — Trey, porque ele foi o terceiro homem da família a herdar o mesmo nome do avô e do pai — era legal.

71

Na primeira vez em que o viram, as irmãs estavam sentadas na beira da piscina no quintal, mergulhando os pés na água fria com cloro. Ele correu pelo pátio e saltou para o fundo da piscina. Quando reemergiu, as duas estavam rindo e sacudindo as gotas dos cabelos.

— Ei — disse ele, nadando sem esforço —, vamos ver quem consegue prender a respiração debaixo d'água por mais tempo?

Naqueles dois finais de semana por mês, Trey dava vida à casa — que mais parecia um museu quando o padrasto das duas estava por perto. Trey as levantava e carregava nos ombros e cochichava segredos sobre o pai, como o de que ele guardava um frasco de pílulas para ereção na mesinha de cabeceira. Na sala de jogos do porão, onde havia um grande bar de madeira e uma tv gigante, Trey as ensinou a jogar sinuca, debruçando-se sobre elas e ajustando o ângulo dos tacos.

— Não tenham pressa — dizia ele.

Trey roubava doses de uísque ou tequila do bar e oferecia-lhes o copo, rindo ao ver as irmãs tomarem os menores goles possíveis e fazerem caretas.

Ele elogiava a mãe delas e sempre abria as portas para ela, conquistando-a imediatamente. Ele chamava o pai de "senhor" sem qualquer indício de sarcasmo. Quando Trey via a faxineira atrapalhando-se para carregar o aspirador de pó pesado escada acima, ele se levantava para ajudá-la. Os adultos o adoravam.

— Trey é um verdadeiro cavalheiro — dizia a mãe delas. — Eu não poderia ter pedido um enteado melhor.

Então, alguns meses depois de se mudarem, Cassandra e Jane encontraram um pequeno pardal caído no pátio após se chocar contra as portas de vidro.

— Coitadinho! — gritou Jane.

Cassandra assumiu o comando.

— Ele está olhando pra gente, precisamos fazer alguma coisa.

As duas correram para dentro e encontraram uma caixa de sapato resistente — sua mãe tinha comprado um monte de pares novos àquela altura —, que começaram a encher de toalhas de papel.

— Podemos dar minhocas para ele comer — sugeriu Cassandra quando o meio-irmão apareceu com o uniforme de lacrosse de suas partidas de sábado à tarde.

— Comer que minhocas?

Trey tirou o leite da geladeira e bebeu direto da caixa.

— Encontramos um passarinho — revelou Cassandra. — Ele está machucado, então fizemos um ninho para ele.

— O nome dele é Piu-Piu — acrescentou Jane.

Trey deixou o leite na bancada e as seguiu para fora da casa.

O pássaro estava exatamente na mesma posição, os olhos escuros e brilhantes olhando para os três. As meninas se agacharam ao seu lado.

— Será que podemos pegá-lo no colo? — perguntou Jane.

Mas nenhuma das duas se movimentou.

— Vocês são tão bobas. — Trey riu. — Querem ajuda?

— Você pode colocar o Piu-Piu na caixa? — perguntou Cassandra.

Trey se aproximou do pássaro, abaixando-se e olhando para ele.

— Oi, carinha.

Então ele ergueu o pé — ainda com as chuteiras de lacrosse — e o baixou.

Um estalo nauseante.

Jane e Cassandra ficaram encarando a cena, sem compreender, enquanto seu meio-irmão dizia:

— Ele ia morrer mesmo.

Trey deu meia-volta e foi embora, deixando-as ajoelhadas no pátio de pedra, enquanto o choque se transformava em lágrimas.

Elas choravam de soluçar ao envolver o corpo do passarinho em mais uma camada de papel toalha e escrever PIU-PIU com canetinha na caixa que pretendiam usar como maca, mas que agora se tornara um caixão. Decoraram-no com desenhos de flores e arco-íris e escolheram para ele o local mais bonito do jardim, à sombra de uma roseira amarela.

Depois que terminaram de alisar a terra sobre o túmulo, Cassandra e Jane deram as mãos.

— Sentimos muito — disse Cassandra. — Devíamos ter protegido você.

Depois daquilo, elas passaram a evitar o irmão o máximo possível, mas ele ainda ia atrás das duas. Ele puxava e soltava a alça do sutiã de Cassandra e, quando passava por Jane no corredor, gritava: Jane-sem-jeito passando! Embora tivesse o próprio banheiro, Trey entrava no banheiro que Cassandra e Jane dividiam quando se preparavam para dormir.

— Só estou procurando o remédio para dor de cabeça — dizia ele, abrindo a porta sem bater.

Sempre parecia acontecer quando uma delas estava no chuveiro; Trey devia ouvir o som da água corrente. As irmãs tentavam se cobrir enquanto ele as olhava pelo vidro ondulado.

Mas elas não precisaram evitar Trey por muito tempo. Dezessete meses depois que sua mãe entrou no vestido longo de renda branca — como se fosse seu primeiro casamento — e chorou lindamente ao fazer seus votos, seu padrasto as expulsou de casa e pediu o divórcio.

As mudanças e o caos em suas vidas as uniram ainda mais, especialmente quando a mãe se tornou uma pessoa amarga e ainda mais distante. Cassandra e Jane, enredadas por segredos e semelhanças, nunca deixaram ninguém entrar na bolha protetora que construíram em torno de sua irmandade. Elas estavam sempre juntas. Apoiando uma à outra. Defendendo uma à outra. Amando uma à outra.

Protegendo uma à outra.

20

SHAY

> EXISTEM 1,3 MILHÃO DE PADRASTOS NOS ESTADOS UNIDOS. MAIS DE 1.300 NOVAS FAMÍLIAS SE FORMAM A CADA DIA, E MAIS DE 50% DAS CRIANÇAS COM MENOS DE 13 ANOS VIVEM PELO MENOS METADE DOS SEUS DIAS COM UM DOS PAIS BIOLÓGICOS E UM PADRASTO OU MADRASTA.
>
> — DOSSIÊ DE DADOS, PÁGINA 21

Vinte anos antes

Em meu décimo primeiro aniversário, que caiu num sábado, mamãe me levou para fazer compras no shopping. Ela disse à vendedora de uma loja de departamentos que eu precisava de uma roupa especial para uma ocasião especial. Eu não era o tipo de garota que sonhava com babados cor-de-rosa ou tules — preferia futebol e enigmas matemáticos. No entanto, quando experimentei o vestido azul-royal na altura do joelho com a faixa na cintura, me senti especial.

Fui usando-o da loja direto para o salão de beleza, onde minha mãe e eu nos sentamos em grandes poltronas reclináveis de couro e fizemos pés e mãos. Um pouco mais tarde, quando paramos na casa onde agora morávamos com Barry, vi meu padrasto em uma escada de alumínio, usando calça jeans desbotada e uma camiseta do Bruce Springsteen e martelando uma telha solta. Senti Barry me encarando enquanto eu caminhava em direção à porta.

— Bem-vinda de volta, engomadinha — gritou ele para mim.

Assenti, constrangida, sem levantar os olhos.

Eu ainda estava usando o vestido de veludo macio quando mamãe me chamou para jantar — meu prato favorito: espaguete com almôndegas — e abri um guardanapo no colo tomando cuidado para protegê-lo.

Minha mãe geralmente servia Barry primeiro, mas naquela noite ela encheu meu prato antes.

— Ei, querida, pode colocar um pouco mais de molho vermelho na minha massa?

Barry era do Bronx e falava molho vermelho em vez de molho de tomate. Depois de ouvi-lo usar o termo pela primeira vez, o anotei em meu dossiê junto com outras diferenças regionais, como fonte — a palavra que uma colega de turma, que era de Rhode Island, usava para bebedouro —, soda, em vez de refrigerante, e autoestrada, que é como as pessoas da costa oeste e especialmente da Califórnia chamam as rodovias.

— Claro — disse minha mãe, servindo mais molho sobre o espaguete.

Barry virou duas cervejas no jantar, e eu já o vira jogar fora uma lata vazia antes de se sentar. Duas cervejas por noite não eram incomuns. Já três ou mais significavam problemas: ele estava com raiva do patrão que não pagava bem o suficiente, do idiota no carro importado que o cortara no caminho de volta para casa, dos políticos que não paravam de cobrar impostos de seu dinheiro suado.

Quando minha mãe foi à cozinha buscar a sobremesa, Barry a seguiu e voltou com mais uma lata: o anel fez um estouro quando ele a abriu.

— Parabéns pra você... — começou a cantar minha mãe.

Ela estava trazendo uma travessa com uma dúzia de cupcakes com cobertura de chocolate: mais um de meus pratos favoritos. Fechei os olhos, desejei ganhar um cachorrinho para abraçar e cuidar e apaguei as velas.

— Vamos ver se o seu desejo foi atendido! — exclamou ela alegremente. — Venha, o presente que seu pai mandou está no quintal.

Ela deixou a travessa na mesa. Eu estava tão ansiosa que não me importei em esperar para comer os cupcakes de aparência tão deliciosa.

Minha mãe me deu a mão enquanto caminhávamos, ainda se movendo com a graciosidade da dançarina que foi um dia. Eu já estava cinco centímetros mais alta que ela e alcançando Barry rapidamente. As únicas características que herdei dela foram a covinha no queixo e o nariz estreito e ligeiramente arrebitado. Em compensação, Barry — baixo e musculoso, cabelos escuros e grossos, pele morena — e ela combinavam perfeitamente.

Havia uma bicicleta vermelha de dez marchas com um grande laço no assento encostada na garagem.

— Surpresa! — exclamou minha mãe.

Senti meus olhos arderem — um cachorrinho seria meu melhor amigo e sempre me faria companhia —, mas logo me recompus, mordendo o lábio inferior com força para minha mãe não perceber.

— Posso dar uma volta agora?

Minha mãe olhou para meu vestido.

— Que tal se a gente comer a sobremesa, e depois você se trocar e ir? Ainda vai estar claro.

Barry não havia se movido quando voltamos, ainda segurando sua lata de cerveja com a mão esquerda. Ele tinha perdido a ponta do mindinho em um acidente com uma serra circular num projeto de construção anos atrás e não tinha mais a unha.

— Gostou do seu presente?

Algo em seu tom de voz parecia uma advertência. Assenti e me sentei, arrumando cuidadosamente o guardanapo para evitar olhá-lo nos olhos. Pelo que eu ouvia Barry comentar sobre a pensão paga por meu pai, eu suspeitava que era uma quantia muito boa.

— Eu tive uma bicicleta quando era criança, mas eu mesmo paguei por ela. Ganhei o dinheiro entregando jornais.

— Barry — disse minha mãe baixinho. — Vamos comer a sobremesa.

Ela colocou o primeiro cupcake no prato dele, o segundo no meu e, por último, um no dela.

Os cupcakes tinham bastante cobertura e granulados coloridos. Lambi um pouco, saboreando o doce — aquela era minha parte favorita.

No exato instante em que abri a boca para dar uma grande e gratificante mordida, Barry voltou a falar.

— Se vai usar um vestido assim, é melhor dispensar os cupcakes.

Eu congelei. Então, cuidadosamente, coloquei o doce de volta no prato.

— Barry! Isso não foi legal! — Minha mãe se virou para mim. — Querida, é seu aniversário. Coma quantos quiser.

Barry abriu os braços como se não tivesse tido a intenção de fazer mal.

— Ei, só estou tentando ajudar. Homens não gostam de garotas maiores que eles.

Não consegui conter as lágrimas. Mesmo que eu não tenha emitido nenhum som, minha mãe as viu escorrendo por meu rosto. Ela se levantou num salto, o rosto vermelho. Eu nunca a ouvira gritar com meu padrasto, mas ela explodiu:

— O que deu em você? Não fale com ela desse jeito!

— Tá tudo bem — falei baixinho ao me levantar.

Barry nem olhou para mim; seu pedido de desculpas foi apenas para minha mãe:

— Sinto muito, querida. Não sei o que me deu. Tive uma semana difícil.

Corri para o quintal e subi na bicicleta. Ao passar pela janela da sala de jantar, vi Barry puxando minha mãe para seu colo, acariciando seu pescoço com o nariz. Ela não estava sorrindo, mas estava deixando que ele fizesse aquilo.

Pedalei sem rumo, até começar a escurecer, e eu voltar para casa. Deixei a bicicleta na garagem e entrei sem fazer barulho. Barry estava assistindo à tv na sala de estar, mas minha mãe estava me esperando no andar de cima. Ela me deu um abraço apertado e sussurrou:

— Barry realmente sente muito. Deixei um cupcake e um copo de leite na sua mesa.

Eu comi, mas não estava nem de perto tão bom quanto aquela primeira lambida.

Estou tão perdida naquela lembrança de aniversário que me vejo caminhando, quase inconscientemente, até a delegacia.

Ao passar por uma vitrine, vejo meu reflexo. Minhas costas estão curvadas para a frente e meus braços cruzados. Eu sei o que estou fazendo; estou tentando me diminuir. Esse é o legado que Barry me deixou, embora, depois daquele aniversário, ele tenha tido o cuidado de guardar suas farpas para momentos em que não havia mais ninguém por perto.

Eu paro e me viro para me olhar de frente. Descruzo os braços, deixando-os caídos ao lado do corpo. Endireito as costas e os ombros.

Eu reivindico a mulher que era apenas alguns minutos antes, quando estava com Cassandra e Jane.

As palavras de Barry são suprimidas pelas palavras de Jane: *Seus braços são tão sarados! Seu* personal *é o mesmo da Michelle Obama?*

Chego à delegacia e entro, passando pelos bancos de madeira. Desta vez, a policial na entrada é uma mulher. Ela levanta os olhos para mim, mas não fala nada, e aí me lembro novamente de como este lugar é intimidante.

— Oi. Eu gostaria de falar com a detetive Williams.

— Ela não está.

Fico desanimada, mas me recomponho e pergunto se posso deixar um recado.

A policial assente e eu encontro uma caneta e um recibo velho solto na minha bolsa. *Por favor, me ligue*, rabisco. *O cordão não era da Amanda.*

Anoto o número do meu celular, caso a detetive não o tenha mais.

Caso o cordão esteja com a mãe de Amanda, já tenho um plano em mente. Posso pesquisar sobre ela, descobrir seu telefone e endereço e explicar o que aconteceu.

Não vou contar às irmãs Moore o trabalho que tive para recuperá-lo. Vou apenas dar a boa notícia.

21

CASSANDRA E JANE

As irmãs mentem apenas quando é absolutamente necessário.

Fazer Shay sentir-se melhor era essencial, por isso Cassandra inventou a história sobre o coração partido de Jane — quando na verdade foi Jane quem terminou o relacionamento com o banqueiro que exigia tempo demais dela.

A única outra coisa que elas inventaram dizia respeito à verdadeira dona do cordão desaparecido; o de Jane estava guardado em seu porta-joias.

Shay pareceu ansiosa para recuperá-lo. As irmãs esperavam ter notícias dela em breve — especialmente porque Valerie seguiu Shay quando ela saiu do bar e a viu indo para a delegacia, na certa para buscar o cordão.

Apesar disso, Shay não entrou em contato pelo resto da noite. E as horas viraram dias, e ela ainda não aparecera. Assim que Shay deixara o cordão na delegacia, as irmãs pararam de monitorar a localização do pingente. Elas não queriam correr o risco de deixar pegadas eletrônicas caso a polícia detectasse o rastreador.

Quando a assistente de Cassandra e Jane bate na porta durante uma reunião de estratégia para avisar sobre uma ligação urgente, por um momento as duas pensam: Shay.

Em vez disso, era Daphne na linha, ofegando tanto que mal conseguia falar:

— Kit, a cliente que armou meu encontro com James... Ela... ela acabou de ligar. A polícia foi falar com ela. Eles perguntaram sobre...

— Espera — interrompe Cassandra.

Stacey tinha avisado que aquela linha podia não ser segura, Daphne parece entender.

— Desculpa. — Ela ainda está rouca, mas suas palavras são mais cautelosas agora. — Kit está vindo para cá, para a loja.

Cassandra e Jane tinham combinado de almoçar com uma nova colunista de um jornal importante, mas não podiam deixar Daphne lidar com aquele assunto sozinha. Cassandra liga para o restaurante e altera a reserva de três pessoas para duas, enquanto Jane sai correndo atrás de um táxi.

Quando Kit entra na loja, apoiando os enormes óculos escuros no alto da cabeça, Jane está em um canto, vasculhando a prateleira de casacos de outono. Não há nenhum outro cliente na pequena boutique. Kit abraça Daphne.

— Dá pra acreditar? — exclama ela, sua voz facilmente audível no espaço pequeno. — Estava indo para o pilates e, quando abro a porta, me deparo com um homem parado no corredor com o punho levantado!

Daphne assente e cruza os braços. Obviamente, sua reação discreta não era o que Kit estava procurando.

— Ele só estava prestes a bater, mas mesmo assim me deu um baita susto. Enfim, depois ele mostrou o distintivo. É maior ao vivo do que parece na TV, isso eu garanto. Ele fez um monte de perguntas, como de onde conhecíamos o James, blá, blá, blá, e depois quis saber sobre o seu encontro com ele. Não é estranho?

— Cuidado — sussurra Jane, baixinho demais para qualquer uma das duas ouvir.

— Por que o detetive perguntaria isso? Eu só saí com ele uma vez.

— Eu sei! E foi há séculos! Você disse que ele era fofo, mas que não era muito seu tipo. E James também nunca falou de você. Eu expliquei tudo isso para o policial...

Um estrondo alto na parte de trás da loja chama a atenção das duas.

— Sinto muito! — exclama Jane. — Eu sou tão desastrada!

Daphne corre para ajudar Jane, que está ajoelhada ao lado do torso caído de um manequim enfeitado com lenços e cintos entrecruzados.

— Não se preocupe com isso — diz Daphne.

Quando Daphne começa a pegar os acessórios do chão, Jane percebe que as mãos dela estão tremendo. Kit para ao lado delas, praticamente vibrando de impaciência.

— Estou tentando encontrar algumas coisas para usar no trabalho — explica Jane. — Você pode me ajudar?

— Claro. — Daphne se levanta e apoia o meio manequim de volta na mesa. — Você prefere vestido ou calça?

— As duas coisas. Eu basicamente preciso de um guarda-roupa totalmente novo.

Kit olha de Jane para Daphne algumas vezes, a decepção estampada no rosto.

— É melhor eu ir andando. Te ligo mais tarde!

Daphne e Jane observam Kit sair, então Daphne desaba em uma poltrona ao lado de uma mesa.

— Não acredito que a polícia ainda está perguntando por mim. — Seu rosto está tenso e pálido.

A polícia certamente captara a enorme discrepância na história de Daphne: James nunca mais entrou em contato depois do que ela descreveu como uma noite íntima que terminou em seu apartamento. Ela alegara que foi aquele o motivo da mensagem raivosa desejando que James apodrecesse no inferno. Mas Kit deu uma versão diferente daquela noite. Segundo ela, Daphne afirmara que o encontro foi bom, mas que os dois não tinham química.

Este detalhe minúsculo e irritante poderia fazer tudo vir à tona.

— Você está lidando muito bem com a situação — garantiu Jane, pondo a mão no ombro de Daphne. — Eu juro que não tem nada com que você deva se preocupar.

Era mais uma mentira necessária; elas não podiam deixar Daphne começar a perder o controle como Amanda perdera.

22

SHAY

MUITAS PESSOAS MENTEM A FIM DE PARECEREM AGRADÁVEIS E COMPETENTES EM UMA CONVERSA. UM FAMOSO ESTUDO DESCOBRIU QUE, DURANTE UMA CONVERSA DE DEZ MINUTOS, 60% DAS PESSOAS MENTEM PELO MENOS UMA VEZ. SE VOCÊ FOR CONTAR UMA MENTIRA PREMEDITADA, VEJA COMO FAZER:

FAÇA COM QUE SEJA VEROSSÍMIL.

PRATIQUE, REPETINDO-A EM VOZ ALTA.

MANTENHA A HISTÓRIA CURTA.

SEJA CONFIANTE.

— DOSSIÊ DE DADOS, PÁGINA 24

Jody só ia se mudar no final do mês, mas, quando entro em casa, sua presença está por todos os lados: há novas almofadas floridas enfeitando o sofá de couro rachado marrom e um pôster de Monet acima do banco onde deixamos os sapatos. Uma foto dela e de Sean num porta-retrato prata enfeita a mesinha de centro. Ainda ontem, tudo o que havia ali era um conjunto de porta-copos.

Tudo isso me lembra — como se eu precisasse — que meu tempo aqui é limitado. Passei duas horas do dia revirando sites de apartamentos. Quando finalmente encontrei um que parecia promissor e liguei para a corretora, disseram que um novo inquilino havia assinado o contrato uma hora depois da publicação do anúncio.

Eu escuto a voz de Jody enquanto tiro os sapatos. Sean e ela estão no quarto de porta fechada, mas as paredes são finas.

— Chama-se regra de um minuto. — A voz de Jody soa um pouco mais alta e estridente do que o normal. — Se demorar menos de um minuto, você deve fazer imediatamente. É por isso que há pratos na pia e roupas jogadas nas cadeiras.

Posso imaginar Sean passando as mãos pelos cabelos ruivos. Ele não é um cara bagunceiro, mas, às vezes, deixa a sacola dos recicláveis encher demais ou esquece produtos não perecíveis em sacos de supermercado na bancada por algumas horas.

A voz dele é mais grave e suave, mas acho que consigo detectar uma certa irritação:

— ... trabalho... só quero descansar...

Se leva apenas um minuto, por que você simplesmente não faz, Jody?, penso.

— Bom, eu não consigo descansar com essa bagunça!

Jody está definitivamente mal-humorada.

Um arrepio de excitação percorre meu corpo. É a primeira vez que os ouço brigar — se os dois terminarem, não precisarei mais me mudar.

Escuto o estrondo da voz de Sean novamente. Depois, Jody ri. Em um piscar de olhos, o momento se foi.

Sean é tão bom em responder com piadinhas rápidas.

É uma das coisas de que mais gosto nele.

Troco a calça e a blusa que usei para trabalhar por tênis, legging e uma camiseta velha. Adoro correr à margem do rio nessa época, quase outono.

Pego meus fones de ouvido e amarro um casaco leve em volta da cintura. Antes de sair, faço mais uma coisa: ligo para a detetive Williams.

Ela não respondeu ao bilhete que deixei. Liguei algumas vezes ontem, mas ela estava em campo e fiquei com vergonha de deixar recado novamente. A mulher deve estar lidando com assassinatos e roubos. Retornar minha mensagem deve ser o último item da sua lista de prioridades.

Desta vez, no entanto, ela atende.

Estou com meu pequeno discurso pronto, mas ele sai mais rápido do que eu gostaria. Fico nervosa só de ouvir a voz dela.

— Oi, é a Shay. Só estou ligando porque o cordão que entreguei a você não era da Amanda, afinal. Era emprestado de uma amiga. Posso passar aí e pegá-lo de volta?

Quando a detetive Williams não responde, só consigo imaginar o que está pensando de mim. Ela me alertara para deixar tudo aquilo de lado e sugerira que eu procurasse ajuda profissional.

O silêncio é tão esmagador que começo a balbuciar.

— Eu... Eu sei que parece estranho, mas encontrei umas amigas dela. Nós começamos a conversar e elas me disseram que o cordão não era da Amanda. Eu realmente preciso devolvê-lo, eu prometi que...

— Espera aí. — Sua voz é tão autoritária que estremeço. — Você está conversando com as amigas da Amanda?

— Eu só esbarrei com elas na rua... Nós nos reconhecemos do dia do memorial.

A detetive Williams parece irritada.

— Olha, Shay, pare de falar com as amigas da Amanda. E eu já enviei o cordão para a mãe dela. Você precisa esquecer isso tudo.

Seu tom de voz tem um caráter definitivo.

Estou num beco sem saída. Penso na cara de felicidade da Jane quando garanti que conseguiria recuperar o cordão. Lembro-me de Cassandra dizendo: *Só pode ser o destino.*

— Sinto muito — digo à detetive pouco antes de ela desligar.

O pedido de desculpas não é por incomodá-la, mas porque não vou esquecer isso assim tão fácil.

— Oi, meu nome é Melissa Downing — digo para a mulher na recepção do hospital. — Gostaria de falar com a Amanda, enfermeira do pronto-socorro.

A mulher arregala os olhos.

— Ah... — Ela hesita e quase consigo ver seu cérebro tentando pensar no que dizer. — Posso saber do que se trata?

Eu forço um sorriso. *Faça com que seja verossímil.*

— Eu vim parar aqui há algumas semanas e ela era a enfermeira de plantão. Ela cuidou de mim e foi tão maravilhosa que eu voltei para agradecer.

Estou com um buquê nas mãos, zínias amarelas novamente.

Evito esconder boca, peito ou barriga — são sinais de que alguém está mentindo.

— Entendi. Pode aguardar um instante?

— Claro.

Recuo um pouco e me sento em um dos bancos de plástico, tomando cuidado para parecer indiferente.

Demora mais do que um instante. Eu espero naquela cadeira por pelo menos quinze minutos observando a mulher na recepção primeiro murmurar ao telefone, depois voltar a trabalhar no computador, evitando olhar em meus olhos.

A TV no canto da sala está ligada num canal de notícias, mas sem som, com as legendas ligadas. Há outras pessoas esperando, mas nenhuma parece estar em grande perigo. Mesmo assim, escuto os gemidos fracos de alguém não muito longe, depois um homem gritando.

81

A pessoa deve ser extraordinariamente compassiva para trabalhar num ambiente assim — sem mencionar competente. Ao pesquisar algumas estatísticas sobre enfermeiras antes de vir, encontrei um estudo mostrando que 98% das enfermeiras de hospitais descrevem seu trabalho como mental e fisicamente exigente.

Será que Amanda era uma delas? Testemunhar tanto sofrimento e tantas mortes o tempo inteiro deve ser terrível. Já um artigo revelava que enfermeiras são 23% mais propensas a cometer suicídio do que as mulheres em geral — talvez porque muitas tenham fácil acesso a doses letais de medicamentos.

Amanda devia ter o mesmo fácil acesso, mas, mesmo assim, ela escolheu pular na frente de um trem.

Anotei todas essas informações em meu dossiê. Mesmo que o suicídio faça um pouco mais de sentido para mim agora, o método, não.

— Melissa?

Não reajo até ouvir o nome sendo chamado uma segunda vez. Quando olho para cima, vejo uma enfermeira de uniforme cor-de-rosa. Ela está de cabelos presos em um rabo de cavalo, sem maquiagem e parecendo completamente exausta. Tenho ainda mais respeito pela profissão agora — enfermeiras são tão mal pagas quanto professoras.

— Ah! Desculpe, eu estava distraída.

Eu me levanto e a olho com curiosidade, esperando que ela entenda que eu esperava ver Amanda.

— Meu nome é Gina. Eu era supervisora da Amanda. Por que não conversamos aqui? — Ela me leva a um canto relativamente tranquilo. — Você foi paciente dela?

— Sim — minto. — Apendicite.

Eu havia preparado aquela história porque sabia que seria altamente improvável um funcionário do hospital dar qualquer informação pessoal sobre Amanda se soubesse minha verdadeira ligação com ela.

Ela balança a cabeça afirmativamente. Fico grata por ninguém ter procurado meu nome no sistema para verificar se estive mesmo internada ali.

— Lamento por ter que lhe contar isso, mas Amanda faleceu há algumas semanas.

Por um instante, sou pega de surpresa por como ela diz aquilo de forma direta. Então me dou conta de que ela deve dar aquele tipo de notícia o dia todo.

— Meu Deus! O que aconteceu?

— Foi repentino e inesperado.

Gina põe uma mecha solta atrás da orelha. Ela olha para um homem que passa pela porta, com a perna enfaixada, apoiado no braço de uma mulher mais jovem, e se volta para mim.

— Tenho certeza de que ela teria gostado da sua visita. Ela se importava de verdade com cada paciente.

Balanço a cabeça como se não acreditasse e olho para as flores que estou segurando.

— Eu ia dar isso a ela. A Amanda salvou a minha vida.

Escuto o lamento triste de uma ambulância parando do outro lado das amplas portas de vidro. Não tenho muito tempo; Gina provavelmente já me deu mais do que podia. Então levanto a cabeça e pestanejo.

— Eu gostaria de escrever para a mãe dela, a senhora Evinger. Acho que seria bom enviar um cartão de condolências e contar como Amanda foi uma enfermeira maravilhosa.

Gina começa a responder, mas um anúncio chiado pelo interfone a interrompe.

— Por que não deixa um cartão na recepção? Nós o encaminharemos.

Ela se afasta um pouco de mim.

Eu imaginava que Amanda usasse o sobrenome da mãe, visto que Cassandra e Jane disseram que ela não tinha se casado novamente após a morte do pai. Além disso, Gina não me corrigiu quando falei sra. Evinger, então sei que a informação está correta. Mas ainda preciso de mais detalhes.

— Pode me dizer o nome da mãe dela? Assim posso deixar um bilhete mais pessoal.

O alto-falante interrompe de novo, quase me impedindo de ouvir a resposta distraída de Gina:

— Hum, é Ellen... Espere, não, é Eleanor. Deixe o bilhete na recepção e eu o encaminharei.

Eleanor Evinger.

Já sei que ela é de Delaware. Não pode haver muitas com o mesmo nome. Só preciso encontrar a certa.

23

VALERIE

Em vez de arrumar a casa antes da chegada de sua visita, Valerie começa a bagunçar tudo.

Ela revira ligeiramente o conteúdo das gavetas da cômoda e mistura roupas de verão e inverno no *closet* de seu apartamento. Ela tira o vestido de bolinhas verde-claro de um cabide no fundo e o esconde em uma sacola embaixo da cama. Espalha pares de sapatos no chão e joga alguns casacos leves nas costas de uma cadeira.

Não foi difícil marcar um horário com a organizadora profissional. No telefonema inicial, Valerie disse que estava livre nos finais de tarde ou à noite. E era verdade — Cassandra e Jane afirmaram que aquela tarefa era muito mais importante do que qualquer pendência no escritório de relações públicas.

Jody sugeriu quatro horas da tarde do dia seguinte.

— Meus clientes veem mais resultados quando reservamos uma janela de três horas. Mais do que isso fica cansativo.

— Estou animada — respondeu Valerie pelo celular, sorrindo para Jane e Cassandra, que estavam inclinadas para ouvir de perto. — Tenho certeza de que vai me ajudar muito.

Apesar da promessa de recuperar o cordão, Shay ainda não tinha dado notícias. Além disso, a polícia parecia estar chegando cada vez mais perto de Daphne. As irmãs precisavam partir para a ofensiva — talvez a namorada de Sean, Jody, pudesse dar algumas informações sobre sua misteriosa colega.

Agora, menos de 24 horas depois, Valerie dá uma última volta pelo apartamento, guardando fotos pessoais e correspondências contendo dados que possam identificá-la. Ela também pretende pagar em dinheiro.

A roupa de Valerie combina com a personagem de recém-divorciada abastada e um pouco ociosa: sapatilhas, calça jeans um pouco gasta e uma camiseta de duzentos dólares. Como precaução adicional, ela prende os cabelos em um coque bagunçado para que o comprimento e corte não possam ser identificados, e usa óculos de grau falsos.

Valerie desce até o saguão dez minutos antes da hora marcada. Quando Jody chega, ela a recebe com um sorriso caloroso e começa a falar sobre o tempo enquanto as duas passam pelo porteiro.

A maioria dos visitantes se apresenta aos porteiros e diz o nome de quem foram visitar, mas aquilo não pode acontecer hoje. Valerie não está usando seu nome verdadeiro.

Ela aperta o botão do sexto andar e se vira para Jody com um sorriso no rosto. Jody é exatamente como ela imaginava — pequena, animada, com um ar de profissionalismo ligeiramente afetado. Shay a descreveu bem para Cassandra e Jane, incluindo o rabo de cavalo alto que balança quando Jody anda.

— Puxa, Deena, sua casa é linda! — exclama Jody assim que Valerie destranca a porta e dá as boas-vindas a ela. — Adorei a paleta de cores. E essas bancadas de granito?! Sua cozinha é um sonho.

— Obrigada.

Jody se aproxima de um vaso branco na bancada da cozinha contendo peônias coloridas. O vaso é num formato de mão virada para baixo, com um punho oco onde encaixar os caules das flores.

— Que vaso legal! Se importa de me dizer onde o comprou? Estou sempre procurando coisas diferentes para recomendar aos meus clientes.

— Ah, eu ganhei de presente.

— Eu ameeeei.

Depois de conversarem por mais alguns minutos, Valerie leva Jody até o *closet*.

— Como pode ver, preciso de ajuda.

— Ah, não está tão ruim; devia ver alguns dos *closets* com que já trabalhei! A primeira coisa que vamos fazer é pegar tudo o que você tem e colocar na cama.

— Até sutiãs e calcinhas?

— Tudo!

— Desde que me divorciei, em outubro passado, ninguém vê minhas calcinhas. — A parte do divórcio é verdadeira; a data, não. Valerie e o marido se separaram há mais de uma década.

— Ah, eu sinto muito.

— Obrigada, mas não sinta. — Valerie injeta um tom de confiança na voz enquanto abre as gavetas da cômoda, empilhando camisetas e meias em cima da colcha. — Estou feliz por ter me livrado dele.

— Bom, já foi tarde, então. Agora vamos nos livrar de mais coisas indesejadas!

Elas riem juntas daquilo. A primeira semente já foi plantada.

As duas começam a separar as roupas em três pilhas conforme orientação de Jody: guardar, doar ou jogar fora, e consertar ou alterar. Elas conversam o tempo todo, e Valerie vai tecendo pequenos detalhes sobre sua vida — alguns reais, outros fictícios — e fazendo perguntas a Jody também.

Jody é franca e tagarela, contando como se tornou organizadora profissional — não é tão fácil, você precisa de certificação e tudo mais — e revela que está prestes a ir morar com o namorado.

Depois de encher alguns sacos de lixo reforçados e restarem apenas os itens da pilha para guardar, Valerie sugere uma taça de vinho. Jody hesita, embora sem muita convicção.

— Ah, vamos lá, já passou das cinco horas. Não vai me deixar beber sozinha, vai?

— Talvez apenas uma.

Valerie traz duas taças e uma garrafa aberta de um bom vinho. Ela as enche até a borda e entrega uma a Jody.

— Saúde! A novos começos.

Jody dá um gole.

— Pronta para seguir para os acessórios?

— Vamos nessa.

Elas continuam conversando enquanto separam os sapatos de Valerie, depois as bolsas.

Jody está admirando uma carteira metálica quando Valerie olha para a cama e enruga a testa. Ela pega um suéter bege da pilha.

— Isso aqui, na verdade, devia ser jogado fora. Foi um presente do meu ex e não quero ficar com algo que me faça lembrar dele. Eu estava usando esse suéter quando o flagrei me traindo.

— Ah é?

Jody toma outro gole de vinho. É nítido como ela fica curiosa pela história.

— Dá para acreditar que aquele idiota transou com a nossa vizinha? Ela nem era tão bonita. Eles alegavam ser apenas amigos. — Valerie usa os dedos para colocar aspas na palavra *amigos* e balança a cabeça.

É mentira, mas Valerie é muito convincente: ela contrai a mandíbula e transmite uma frieza momentânea pelos olhos.

— Que horror! — Jody coloca a taça de vinho na cômoda e começa a dobrar uma camiseta. — Você realmente não fazia ideia?

— Bom, olhando para trás, havia alguns sinais. Os dois adoravam golfe, o que eu odeio, e jogavam juntos de vez em quando. O que você acha? Homens e mulheres podem ser amigos de verdade?

— Bem... — Jody achata agressivamente outra camiseta contra a cama. — Meu namorado mora com outra mulher, e eles são apenas amigos. Pelo menos, ele é apenas amigo dela. Mas, para mim, ela é secretamente apaixonada por ele.

— As mulheres sempre sabem. Então, como ela é? Essa colega de apartamento?

Jody guarda as camisetas em uma gaveta da cômoda e dá de ombros. Ela pega a taça de vinho novamente e toma um gole generoso.

— Ela é legal. Isto é, ela não tem muita vida social, embora...

Valerie sorri, encorajando-a.

— Vamos, ponha para fora.

— A verdade é que ela é meio esquisita.

— Hummm, esquisita como?

Jody abaixa a voz, embora elas estejam sozinhas.

— Ela carrega um caderno estranho para todo lado. Quando o vi pela primeira vez, pensei que fosse um diário, mas uma vez ela o esqueceu...

— Aposto que você não resistiu e deu uma espiada. Eu, pelo menos, não resistiria.

Valerie completa a taça de Jody.

— Achei que ela escrevesse sobre o Sean. Ou sobre mim. Mas não era nada disso.

Valerie fica tensa e espera Jody continuar.

— Ela anota umas estatísticas malucas.

— Estatísticas? Como assim?

— Não tenho certeza se é assim que se chamam, mas coisas sobre fobias e quantas pessoas cometem suicídio. Também há uma página inteira sobre enfermeiras. Por exemplo, qual porcentagem de enfermeiras comete suicídio e a que tipo de drogas elas têm acesso antes de acabarem com a própria vida. Quer dizer, quem pesquisaria coisas assim?

Valerie está chocada demais para responder. Felizmente, Jody presume que o choque esteja relacionado à sua revelação.

— Eu acho que ela está obcecada com a morte. É bem assustador, e eu preferiria que ela se mudasse.

— Sim, dá para entender por quê.

Valerie vira de costas sob o pretexto de encher a taça novamente, mas quer ganhar tempo para se recompor.

Agora ela está louca para apressar Jody e poder ligar logo para Cassandra e Jane, mas não dá. Jody pode ser um recurso importante no futuro. Valerie precisa se comportar normalmente pelos próximos trinta minutos, até que o horário combinado entre as duas chegue ao fim.

Elas passam o tempo restante conversando, tomando mais vinho e guardando as roupas.

No entanto, o tempo todo, a mente de Valerie está sendo consumida por perguntas.

Por que Shay continua obcecada pelo suicídio de Amanda? O quanto Shay realmente sabe sobre o que aconteceu com Amanda Evinger?

24

SHAY

QUASE 500 MILHÕES DE CORRESPONDÊNCIAS SÃO ENTREGUES DIARIAMENTE E 146 BILHÕES TODOS OS ANOS. FURTO DE CORRESPONDÊNCIA É UM CRIME PENALIZADO COM ATÉ CINCO ANOS DE PRISÃO E MULTA DE ATÉ 250 MIL DÓLARES. ALGUMAS ESTIMATIVAS INDICAM QUE UMA EM CADA TRÊS PESSOAS TEM SUAS ENCOMENDAS ROUBADAS DE SUA CASA. PARA COMBATER ISSO, ALGUNS DEPARTAMENTOS DE POLÍCIA USAM PACOTES "ISCAS", COM LOCALIZADORES GPS ESCONDIDOS, DEIXADOS NAS PORTAS DE VOLUNTÁRIOS. ASSIM QUE ALGUÉM TIRA O PACOTE DO LUGAR, A POLÍCIA RECEBE UM ALERTA E PASSA A RASTREÁ-LO.

— DOSSIÊ DE DADOS, PÁGINA 25

Encontro várias mulheres com o nome de Eleanor Evinger, mas apenas uma delas tem a idade certa. Pesquisando um pouco mais, descubro um site que confirma que ela é a mãe da Amanda.

Eleanor mora em Wilmington, Delaware, a cerca de duas horas de Manhattan.

Em meu próximo dia de folga, alugo um carro, coisa que fiz poucas vezes antes.

Como saio da cidade após a hora do rush, não pego muito trânsito. Dirijo a noventa quilômetros por hora pela rodovia no sentido sul. Escuto uma palestra de um cara chamado Daniel Kish para me distrair não só dos problemas que me trazem uma enorme e constante dor de cabeça — minha falta de emprego, a procura por um apartamento —, mas também do que estou prestes a fazer: uma visita surpresa a uma mãe em luto.

Meu plano é ser sincera com a mãe de Amanda, pois tenho contado mentiras demais, que só pioram as coisas e me enredam e enrolam cada vez mais. Vou simplesmente explicar que quando encontrei o cordão pensei que fosse de Amanda, mas que, na verdade, a joia não era dela. Parece fácil quando estou ensaiando.

Também parece um pouco insensível, mas não sei mais o que fazer.

Duas horas depois, viro na rua Pine. O bairro tranquilo tem casas de tijolos quase idênticas, ocupando os dois lados da rua. Encontro a casa certa — com uma pequena varanda de madeira — e paro no meio-fio do outro lado da rua.

Pego o buquê de zínias que mantive fresco com uma toalha de papel úmida enrolada em volta dos caules — agora associo aquela flor a Amanda — e saio do carro. Pego meu blazer, que parece mais respeitoso do que apenas a camisa lisa que estou usando, e ajeito os cabelos para trás.

A primeira coisa que noto é a aparência suja do gramado, como se não tivesse sido capinado ou aparado nas últimas semanas. Há um balanço de madeira para duas pessoas, a tinta está descascando.

É parecida com a casa em que minha mãe e Barry moram — a casa para a qual nos mudamos quando eu tinha dez anos —, exceto pelo fato de Barry cuidar meticulosamente do jardim. Vejo alguns dentes-de-leão brancos crescendo na calçada da frente e imagino Amanda pequena, arrancando um e soprando a penugem para longe. Exatamente como eu costumava fazer.

A pontada de culpa que senti antes cresce. Eu me obrigo a continuar andando.

Abro a porta de tela da varanda, me encolhendo com o rangido alto. Pretendo dar alguns passos até a porta da frente e bater.

Mas não consigo não espiar dentro da casa primeiro. Está entulhada, com uma cadeira de balanço e outras peças de mobília, incluindo uma mesinha lateral coberta de correspondências, revistas e jornais. A lixeira perto dela está quase transbordando.

No canto, dormindo em um sofá de vime, está a mulher que vim visitar. A mãe de Amanda. Eu a reconheço do memorial fúnebre — ela estava sentada em uma cadeira perto da foto da filha e aceitou o abraço de Cassandra. Sua boca está ligeiramente aberta e ela está deitada de lado com as mãos sob o queixo. Na mesa à sua frente há uma garrafa quase vazia de espumante, uma taça de vinho tombada e um sanduíche comido pela metade. Escuto o zumbido de uma mosca sobrevoando o sanduíche.

Vê-la assim me traz uma sensação voyeurística; existe uma certa intimidade em ver alguém dormir. Ela parece tão vulnerável e tão mais velha do que os cinquenta e poucos anos que imagino ter.

Eu devia ter ligado para avisar que estava vindo, mas depois me dei conta de que o elemento surpresa não daria a ela tempo para fazer muitas perguntas. Ou pior, me dizer para não vir.

Aproximo-me mais um passo, mas logo paro. Ser acordada de repente por uma estranha em sua varanda é assustador demais.

Talvez fosse melhor voltar para o carro e esperar. O problema é que ela não parece estar apenas tirando uma soneca — eu poderia ter que ficar horas esperando.

Estou pensando em algumas alternativas, como pigarrear alto ou sair e bater na porta da varanda, quando olho para as pilhas de correspondência novamente. Parecem estar se acumulando ali há algum tempo.

88

Já enviei o cordão de volta para a mãe de Amanda, dissera a detetive Williams.

Eu chego um pouco mais perto, minha respiração ficando superficial.

O item no topo é um catálogo embalado em plástico. Eu vejo os cantos dos envelopes abaixo, mas é impossível adivinhar o que contêm.

A detetive pode ter enviado no envelope que dei a ela, ou, talvez, colocado a joia em um envelope grosso forrado de plástico bolha.

Eu olho para a mãe de Amanda. Ela ainda não se mexeu e respira de forma lenta e uniforme. Deixo as flores na mesinha de centro com cuidado, ao lado do vinho.

Então dou mais um passo para perto da mesa, a poucos centímetros de sua cabeça.

Minha mão paira sobre o catálogo. Se eu pegar o que quero, não terei nenhuma explicação plausível para justificar.

Encaixo os dedos embaixo do catálogo e o levanto devagar. Não há lugar para colocá-lo, então o seguro com a mão esquerda enquanto confiro a próxima correspondência: uma conta de água.

O envelope pode estar em qualquer lugar; as cartas não estão organizadas por nenhum critério. Espero que esteja no alto, com as correspondências mais recentes, mas pode nem estar aqui.

A mosca zumbe a alguns centímetros do meu nariz e eu me encolho, espantando-a com a mão.

A sra. Evinger faz um barulho baixinho, levando-me a prender a respiração. Ela só precisa abrir os olhos para me ver pairando sobre ela, mas continua dormindo.

Pego a conta de água e a junto ao catálogo. Então, levanto as outras correspondências rapidamente. Com cada uma, fico ciente de estar me afundando cada vez mais.

É como se eu tivesse entrado no chamado efeito "bola de neve", que pesquisei há um tempo. Basicamente significa que pessoas que cometem pequenos atos de desonestidade acham mais fácil contar mais mentiras. À medida que suas invenções se acumulam, a própria ansiedade e vergonha começam a desaparecer.

Quando conheci Cassandra, menti para ela. Depois, quando tomei chá com ela e Jane, menti sobre usar o mesmo veterinário que Amanda. Depois disso, inventei uma história no hospital, e também menti para Gina. Agora isso.

Será a última vez, prometo. Isso termina aqui.

Quando tento puxar uma revista, a pilha tomba. Uma dúzia de cartas e contas deslizam para o chão, fazendo barulho.

Eu me encolho ao ver a mãe de Amanda se virar para o outro lado. Ela levanta um dos braços e, por um instante, fico apavorada achando que ela vai me agarrar. Mas ela simplesmente o joga acima da cabeça, passando tão perto de mim que as pontas de seus dedos quase tocam minha perna.

Depois de alguns segundos angustiantes, examino o que caiu no chão. Duas correspondências em lindos envelopes em tons pastéis, devem ser de condolências.

Sou varrida por uma onda de vergonha, mas não posso parar — não quando já estou tão perto. O cordão só pode estar aqui. Além disso, a detetive Williams é tão ocupada que provavelmente nem ligou para avisar que o estava enviando. Nesse caso, a mãe de Amanda nunca vai saber que ele existiu.

Pego mais seis ou sete envelopes. É quando vejo um envelope comprido e branco com o endereço do remetente impresso no canto superior esquerdo: NYPD – 17ª Delegacia, Nova York, NY - 10022.

Estico o braço e lentamente o pego do chão. O envelope é leve, mas posso sentir algo duro por dentro do papel fino.

Se fosse importante para ela, ela já o teria aberto, digo a mim mesma.

Lentamente, deixo a pilha de correspondências que está na minha mão esquerda de volta sobre a mesa. É impossível não fazer barulho com aquilo e eu me encolho de apreensão, mas a mãe de Amanda não se mexe.

Guardo o envelope na bolsa.

Abrir a correspondência de outra pessoa, quanto mais roubá-la, é um crime federal. Mas não estou roubando, tento me convencer. O cordão nunca pertenceu a Amanda.

Eu olho para as correspondências espalhadas pelo chão. Não posso arriscar fazer mais barulho recolhendo-as, então simplesmente deixo como está. Talvez ela pense que uma rajada de vento as derrubou de cima da mesa.

Dou passos curtos e silenciosos em direção à porta. Quando chego nela, olho para trás e observo a mãe de Amanda em seu vestido solto. Sou tomada pela tristeza. A pobre mulher perdeu o marido, a filha, e parece ter se perdido também.

Ela está totalmente sozinha.

Eu queria poder passar algumas horas aqui, limpando sua varanda e levando um copo de água gelada para ela. Não compensaria o que fiz, mas seria uma forma de me desculpar.

Eu abro a porta, me preparando para o rangido.

Quando saio, o ar parece mais fresco do que na varanda de tela bagunçada com cheiro de sanduíche velho.

Conforme volto rapidamente até o carro, espero, a cada passo, ouvir a mãe de Amanda me chamar. Minhas mãos estão tremendo quando tiro a chave da bolsa.

Ao abrir a porta do carro, percebo que deixei as flores sobre a mesa. Estou prestes a arriscar voltar para buscá-las quando ouço alguém chamar:

— Olá!

Olho para trás, meu coração martelando. Uma mulher de jeans e camisa de flanela, cabelos curtos e brancos, está ajoelhada no jardim beirando a calçada. Ela é obviamente a vizinha do outro lado da rua. A mulher se levanta e se aproxima de mim, que dou um passo instintivo para trás.

— Você é amiga da Amanda? Lamentamos muito pelo que aconteceu.

Ela claramente quer conversar; talvez até tenha visto Amanda crescer neste bairro. Não posso conversar com ela.

— Sinto muito, mas estou com muita pressa. — Eu entro no carro. — Prazer em conhecer você.

Eu aceno pela janela aberta enquanto me afasto.

Pelo espelho retrovisor, a vejo olhando para mim.

Expiro lentamente e acelero, virando a esquina cantando pneu. Eu dirijo mais alguns quarteirões, paro, e pego meu telefone.

Peguei o cordão de volta com a polícia, escrevo para Cassandra e Jane. *Ficarei feliz em devolvê-lo quando quiserem!*

Guardo o celular de volta e piso no acelerador, desta vez mais de leve.

Minha promessa de parar de mentir durou menos de dez minutos.

25

AMANDA

Dois meses antes

— Mãe, eu tenho que ir — disse Amanda junto com o barulho da sirene de uma ambulância que se aproximava. — Meu intervalo acabou.

Não tinha acabado, mas ela queria desligar. As palavras arrastadas de sua mãe faziam o estômago de Amanda se contrair automaticamente. Além disso, ela tinha coisas muito mais urgentes para fazer hoje do que ouvir as reclamações da mãe sobre o filho do vizinho que bloqueou a entrada da garagem novamente.

Amanda enfiou o celular no bolso do uniforme.

É agora ou nunca, pensou, sentindo um aperto no coração.

Ela caminhou de volta para o hospital, acionando as portas de vidro automáticas do pronto-socorro.

O segurança uniformizado atrás da mesa a cumprimentou com a cabeça.

— Hoje está pegando fogo.

Amanda estremeceu antes de perceber que ele estava se referindo à temperatura lá fora.

— Acho que daria para fritar um ovo na calçada — respondeu ela, passando o cartão de identificação para entrar no pronto-socorro.

Amanda torceu para o guarda não perceber que sua mão estava tremendo.

Tudo parecera tão simples no apartamento de Jane, sentada ao lado de Cassandra, sentindo as outras olhando para ela. *Eu posso fazer isso*, ela oferecera. *Sem problemas.*

Puxa, Amanda, você é a melhor, respondera Cassandra, debruçando-se para um abraço rápido. Ela sentiu os cabelos sedosos de Cassandra roçarem sua bochecha e as notas de alecrim e menta de seu shampoo. Amanda sabia exatamente qual era a marca;

ela deu uma espiada no chuveiro e no armário do banheiro de Cassandra uma vez, curiosa sobre os produtos que ela usava.

Amanda tinha mais cinco minutos de intervalo.

Faço isso todos os dias, ela se lembrou enquanto se dirigia à sala de remédios que guardava o arsenal de narcóticos do hospital. Em outros departamentos, as enfermeiras costumavam ministrar os medicamentos em horários pares — dez da manhã, meio-dia, duas da tarde e assim por diante. Isso significava que os trinta minutos antes desses intervalos de tempo eram os horários mais concorridos, pois as enfermeiras corriam para buscar os diversos remédios de que seus pacientes precisavam.

No pronto-socorro, as coisas eram diferentes; não existia previsibilidade aqui.

Agora a sala estava vazia, mas a qualquer momento outra enfermeira poderia entrar. Depressa.

Seu corpo estava gelado quando ela tocou com a ponta do dedo o teclado e digitou seu número de identificação. Ela pegou o frasco de sulfato de morfina líquida para o paciente vítima de queimadura que dera entrada hoje mais cedo; ele precisaria tomar mais uma dose em breve. Até então, Amanda não tinha feito nada de errado.

Agora vinha a parte complicada; o momento em que ela passaria dos limites.

Ela fechou os dedos em volta de um segundo frasco de morfina, que guardou junto com o primeiro no bolso do uniforme.

Amanda fechou o armário e saiu da sala, caminhando rapidamente até seu armário no final do corredor, o sapato que usava rangendo no piso de linóleo lustroso.

Seu peito estava apertado; havia gente observando por todo o hospital, dos guardas aos demais funcionários e àqueles monitorando as câmeras. No entanto, ninguém tinha motivo para vigiá-la, uma enfermeira que trabalhava ali há tantos anos e com a maior dedicação.

Ela empurrou a porta da sala de descanso. Sua sorte continuava em alta: não havia ninguém lá.

Amanda abriu o armário e pegou um frasco vazio de enxaguante bucal para viagem de sua lancheira. Com cuidado, ela transferiu sessenta miligramas de morfina, tentando controlar o tremor. Depois, ela recolocou o frasco de enxaguante ao lado do bisturi que embrulhara em uma toalha mais cedo.

Amanda sentiu uma euforia crescendo por dentro, apaziguando sua ansiedade ao se imaginar enviando a mensagem de texto para Cassandra e Jane assim que saísse do hospital: *Consegui!*

Cada uma das sete integrantes do grupo tinha habilidades especiais, mas apenas Amanda poderia realizar essa tarefa específica. A morfina líquida anestesiava a dor e também causava sonolência extrema. A dose roubada seria usada visando exatamente esses efeitos.

Ela movimentou a mão, segurando o frasco quase cheio de morfina, em direção ao bolso do uniforme.

— E aí, garota? Com fome de novo?

Amanda se atrapalhou com a garrafa, quase deixando-a cair. Ela a segurou com mais força e a passou pelas costas enquanto se virava.

— Gina! Que susto!

A supervisora estava olhando para ela de forma estranha?

Amanda tentou sorrir.

— Só estou pegando um lanche.

Gina foi até o próprio armário e disse:

— Eu também.

Ela sacou uma barrinha de granola, a desembrulhou e desabou no banco entre as fileiras de armários.

— Viu o cara que quase arrancou o polegar cortando um pão? — perguntou, balançando a cabeça entre mordidas na barrinha.

— Outro? Geralmente eles aparecem aos domingos. — Amanda se virou e enfiou a mão no bolso, esperando que seu corpo tivesse obstruído a visão de Gina. — Vejo você lá fora.

Amanda deu um passo em direção à porta.

Agora Gina definitivamente estava olhando para ela de um jeito estranho.

— E o seu lanche?

Amanda sentiu o rosto esquentar e deu de ombros, tentando inventar uma piadinha rápida, sem sucesso.

— Não estou com tanta fome — ela finalmente respondeu.

Ela saiu apressada da sala antes que Gina pudesse dizer mais alguma coisa.

26

CASSANDRA E JANE

Esperava-se que a noite fosse um sucesso para as irmãs Moore. Seria a estreia de um filme com um de seus clientes, um ator chamado Dean Bremmer, que estava ficando conhecido como um jovem Denzel Washington.

No entanto, em vez de tomar champanhe em suas salas enquanto se maquiavam, as irmãs passaram as horas antes da estreia pensando em estratégias.

Daphne ligara duas vezes hoje, sua voz ansiosa mais aguda e mais alta, convencida de que uma viatura estava vigiando-a no trabalho. No entanto, quando Valerie desistiu de reconfirmar os RSVPS para a estreia e correu até a loja no West Village, a viatura não estava mais lá. As irmãs concordaram que não devia ser nada. O policial podia estar fazendo uma série de coisas, inclusive simplesmente descansando.

Mesmo assim, Cassandra e Jane não conseguem jantar.

— Vou pular a estreia de Dean e ficar de olho no telefone — diz Jane.

Cassandra concorda que uma delas deve estar acessível o tempo todo; é como se elas estivessem num campo minado.

Depois que Cassandra vai embora — os cabelos presos em um rabo de cavalo alto, já que ela cancelara o horário no salão, e os saltos que planejava usar esquecidos ao lado do sofá do escritório —, Jane se senta diante de sua mesa cromada com tampo de vidro e tenta pôr em dia a papelada acumulada, mas é impossível se concentrar. Cada vez que seu celular vibra com uma mensagem de texto ou e-mail, ela estremece.

Em seguida, um som agudo interrompe o silêncio: a linha do escritório está tocando. Embora o horário de funcionamento já tenha encerrado, Jane verifica o identificador de chamadas: Hospital Municipal, o antigo local de trabalho de Amanda.

Jane coloca seu fone de ouvido e aceita a chamada imediatamente.

É Gina, supervisora de Amanda no pronto-socorro. Assim que ela explica que a mãe de Amanda lhe deu o número da firma de relações públicas, Jane relaxa.

— No início da semana esvaziamos o armário da Amanda. A mãe dela demorou alguns dias para me retornar a ligação. Ela pediu que eu perguntasse se você e sua irmã poderiam buscar os pertences de Amanda. Não é muita coisa: algumas roupas, um guarda--chuva e alguns produtos de higiene pessoal.

— É claro.

Jane podia até imaginar o desenrolar da conversa: a mãe de Amanda tem estado disposta a delegar a responsabilidade de tudo para as Moore, desde limpar o apartamento de Amanda até organizar e pagar pelo memorial fúnebre. E as irmãs estão mais do que dispostas a assumir a responsabilidade por qualquer coisa relacionada a Amanda.

— Posso passar aí hoje à noite — oferece Jane.

— Já estou quase saindo. Você pode passar amanhã?

— Claro.

Gina era uma das poucas pessoas fora do grupo para quem Amanda às vezes mandava mensagens — encaminhando um meme engraçado sobre enfermeiras ou acertando detalhes sobre o presente para o recém-nascido de alguma colega. Gina não compareceu ao memorial porque estava de plantão.

Este telefonema era uma oportunidade.

— Ainda não consigo acreditar que ela se foi — diz Jane.

— É, eu também não.

— Eu fico achando que deveria ter percebido alguma coisa, mas não notei nada diferente nela. Você notou?

Gina hesita um pouco e Jane escuta os ruídos do hospital pelo telefone: a estática precedendo um anúncio no alto-falante, uma sirene distante, vozes subindo e baixando.

— Ela parecia um pouco... *estranha* não é bem a palavra certa, mas é a única que me ocorre agora. Acho que comecei a notar algumas semanas antes de ela morrer.

— Hum...

Jane pega um bloco de notas amarelo e uma caneta. Ela não poderia transcrever a conversa no computador e arriscar que Gina ouvisse o clique das teclas.

— Depois, bem pouco tempo antes de acontecer, ela andava agindo de forma muito estranha. Ela cometeu alguns erros, o que não era comum. E em nosso último plantão juntas, ela saiu correndo no meio do turno. Nunca mais a vi depois disso.

Jane não ousa se mexer.

— O que será que estava acontecendo?

— Eu realmente não faço ideia. Foi tão diferente de como ela normalmente agia.

Gina suspira. Jane também.

— É uma perda terrível. Ela era uma enfermeira maravilhosa. É fácil ficar exausta ou erguer uma barreira entre você e seus pacientes para não sofrer caso eles não sobrevivam. Mas Amanda não fazia isso.

— Eu sei. Ela realmente se importava, especialmente com os oprimidos do mundo.

Jane larga a caneta e se levanta. Seu copo de água está vazio, então ela se dirige ao pequeno bebedouro perto da recepção para enchê-lo.

— Outro dia mesmo, uma mulher trouxe flores para agradecer a ela por ter salvado sua vida.

— Que gentileza.

Jane abre a torneira, pensando em como vai encerrar o dia, já que está distraída demais para trabalhar muito: abrindo uma garrafa de vinho em casa e depois falando com Daphne.

— Sim, ela parecia muito impactada pela morte da Amanda.

Jane congela e fecha a torneira, embora o copo esteja apenas pela metade. Ela volta rapidamente para a mesa, esforçando-se para manter o tom de voz despreocupado:

— É mesmo?

— De qualquer forma, é melhor eu ir...

— Desculpe — interrompe Jane, a caneta pairando sobre a página novamente. — A mulher com as flores era alta, de cabelos castanhos, com uma armação de óculos de tartaruga?

Jane percebeu a surpresa de Gina do outro lado da linha.

— Como você sabe?

Jane aperta a caneta. Shay, ela escreve, sublinhando o nome com tanta força que a caneta rasga a página.

— É uma longa história e vou te explicar tudo, mas pode me contar brevemente o que mais ela fez?

Jane sente o estômago apertado enquanto espera a resposta.

— Na verdade, nada. — Agora Gina parece confusa. — Ela só pediu o endereço da mãe da Amanda dizendo que enviaria um cartão de condolências.

Jane fecha os olhos.

— Você deu o endereço para ela?

— Não, eu disse que não poderia dispor dessa informação, mas que encaminharia a carta a ela.

Jane já está pegando sua bolsa e seu casaco.

— Não quero te assustar, mas essa mulher tem feito coisas bem estranhas. Ela apareceu na homenagem que fizemos para Amanda e mentiu sobre como a conhecera. Não acredito que ela tenha sido uma paciente e não sei o que ela pode estar escrevendo para a mãe de Amanda, mas definitivamente não é um cartão de condolências.

— Nossa, sério? Tá brincando? Eu não fazia ideia. Ela foi tão convincente.

— O nome dela é Shay Miller. Se ela aparecer de novo, por favor, me ligue imediatamente, tá?

— S-H-A-Y? Ela me deu um nome diferente, que começava com M, eu acho. Espere um pouco, vou até o computador verificar uma coisa.

Gina fica em silêncio por alguns instantes e então continua:

— Não temos nenhuma Shay Miller cadastrada como paciente aqui. Dei uma olhada nos registros.

— Vou tentar falar com a mãe da Amanda agora mesmo. Ela não pode abrir aquele cartão.

— Espere. — Gina hesita. — Pensando bem, ela acabou não deixando nenhum cartão.

— Tem um repórter do canal de entretenimento vindo para cá — informa Cassandra a Dean Bremmer, o ator de 22 anos ao seu lado. — Ele vai fazer duas perguntas. A primeira é como foi trabalhar com Matthew McConaughey. Depois, ele vai perguntar o que em seu personagem mais atraiu você. Fique tranquilo; você já respondeu a perguntas iguais a essas dezenas de vezes.

Dean concorda com a cabeça.

— Será que com o tempo isso fica mais fácil?

— Com certeza.

Cassandra sorri para ele.

As luzes fortes da câmera tinham acabado de iluminar Dean quando Cassandra sentiu um puxão em seu cotovelo.

Jane se inclina para seu ouvido. Um espectador imaginaria que ela está apenas sussurrando para a irmã sobre o filme.

— Acabei de falar com Gina, uma das colegas de trabalho da Amanda, e depois liguei para a mãe dela.

Cassandra sorri, como se estivesse encantada em ouvir aquilo.

— Como foi trabalhar com Matthew? — pergunta o repórter a Dean.

— Nossa, um pesadelo total! — Dean cai na gargalhada, exibindo um sorriso radiante.

Cassandra assente para Dean enquanto Jane sussurra novamente.

— Shay foi ao hospital há alguns dias e fingiu ter sido paciente. Ela estava atrás do endereço da mãe da Amanda.

Cassandra enrijece quase imperceptivelmente.

O repórter faz a segunda pergunta, aprovada com antecedência por Cassandra:

— O que o atraiu nesse personagem complicado e, às vezes, até irritante?

— Era tudo uma questão de entender a verdade dele — responde Dean com seriedade.

Jane continua:

— Gina não passou o endereço. Telefonei para a mãe da Amanda no caminho para cá. Shay não entrou em contato, mas ela disse que hoje, quando acordou de um cochilo, havia um buquê de flores na varanda da frente.

— Eu não entendo — murmura Cassandra. — Alguém deixou um buquê para a mãe de Amanda, mas não tentou falar com ela?

Jane fala cinco palavras no ouvido da irmã:

— Um buquê de zínias amarelas.

27

SHAY

UMA DAS MELHORES MANEIRAS DE FAZER ALGUÉM GOSTAR DE VOCÊ É PEDINDO A PESSOA QUE LHE FAÇA UM FAVOR. EM UM ESTUDO REALIZADO NOS ESTADOS UNIDOS E NO JAPÃO, PESSOAS QUE PENSAVAM ESTAR TRA-BALHANDO NUM PROJETO EM GRUPO RELATARAM QUE GOSTAVAM MAIS DE ALGUÉM QUANDO A PESSOA PEDIA AJUDA DELAS COM AS TAREFAS. ISSO É CHAMADO DE EFEITO BENJAMIN FRANKLIN. O FENÔMENO RECEBEU ESSE NOME DEVIDO À FORMA COMO ELE USAVA A TÁTICA PARA ATRAIR UM RIVAL POLÍTICO, PEDINDO-LHE UM LIVRO EMPRESTADO DE SUA BIBLIOTECA.

— DOSSIÊ DE DADOS, PÁGINA 32

Quando o interfone toca, pressiono o botão para Cassandra e Jane entrarem.

Estou segurando o cordão com pingente de sol de Jane, pensando em como não consegui contar a verdade: que tive o trabalho e a despesa de alugar um carro e dirigir quatro horas e meia para recuperar a joia. Isso me faria parecer desesperada. Além do mais, como admitir que eu basicamente o roubei de volta?

Olho o meu apartamento, observando como não é sofisticado. Cogito descer para encontrá-las, mas me parece falta de educação.

Sean e Jody estão esparramados no sofá, os pés dela no colo dele, assistindo a um filme da Tina Fey. Eles nem se mexem com o som do interfone, provavelmente achando que pedi comida chinesa. Não recebo visitas há meses, desde que Mel apareceu para jantar antes de ter o bebê.

— Ei, er, tem alguém subindo para...

Há uma única batida forte na porta.

Eu abro e vejo as irmãs parecendo recém-saídas de uma passarela. Cassandra está usando um tubinho estampado preto e branco e Jane um minivestido de camurça acinturado e botas acima do joelho. Seus cabelos estão sedosos e arrumados, apesar de estar ventando. A imagem das duas paradas na minha porta estreita com a pintura descascando quase parece uma miragem.

— Entrem — digo, sorrindo.

Seus saltos batem contra o chão de madeira e o leve aroma de seus perfumes florais se mistura no ar.

Jody se senta imediatamente, puxando o elástico de seu cabelo para soltar o rabo de cavalo, sua atenção não está mais no filme. Sean desliga a TV e olha de uma irmã para a outra.

— Cassandra, Jane, este é meu colega de apartamento, Sean, e a namorada dele, Jody.

— Prazer — diz Jane.

— De onde vocês se conhecem?

A perplexidade de Jody é evidente. E eu não tenho ideia de como responder.

Cassandra dá um de seus sorrisos ofuscantes e responde:

— Ah, nos conhecemos há algumas semanas e viramos amigas imediatamente.

Jody olha para mim como se nunca tivesse me visto antes — ou talvez apenas nunca tenha me visto sob esta perspectiva: alguém cuja companhia é desejada por essas mulheres interessantes e misteriosas.

— Aqui.

Entrego o cordão a Jane.

— Você é demais — responde ela, me abraçando forte.

Cassandra pega a corrente e a prende no pescoço da irmã. O pingente repousa no espaço nu entre as saboneteiras de Jane.

— Perfeito — diz Cassandra.

— Querem beber alguma coisa? — oferece Sean.

Ele e Jody estão de pé agora.

Vejo Cassandra e Jane absorvendo tudo: as taças de vinho combinando na frente de Sean e Jody, o cobertor que estava cobrindo os dois e a absoluta falta de outro cômodo onde conversar no apartamento.

— É muita gentileza sua — diz Jane —, mas teremos que recusar.

Fico com o coração apertado. Quando elas forem embora, vão levar com elas a luz que trouxeram. Provavelmente vou passar a noite sozinha no quarto, procurando apartamentos na internet novamente. Mas essa não é a pior parte: agora que devolvi o cordão, não tenho mais desculpa para encontrá-las novamente.

Sinto um nó se formando na garganta, mas engulo em seco.

Estou prestes a agradecer-lhes por terem vindo quando Cassandra passa o braço em volta da minha cintura.

— Espero que não se importem se roubarmos a Shay.

Uma hora depois, estou em um apartamento pequeno, mas elegante, sentindo que minha sorte está finalmente começando a mudar.

O prédio de quatorze andares com porteiro na rua 12 tem tudo que uma mulher solteira em Nova York precisa e muito mais, incluindo uma pequena academia no porão.

A cozinha bem projetada conta com uma máquina de café expresso e um liquidificador incrível, além dos pratos, potes e panelas de sempre.

Na sala de estar, um sofá de canto fica de frente para a TV de tela plana e as estantes embutidas estão repletas de romances e biografias. Há um suporte de ferro para plantas contra o parapeito da janela contendo várias orquídeas de aparência delicada, e um pequeno aquário com peixes de cores vibrantes.

— O quarto principal fica ali, mas este é o quarto de hóspedes que você usaria — diz Jane, abrindo uma porta.

Quando as irmãs avisaram a Sean e Jody que estavam me roubando, achei que íamos sair para beber novamente. Em vez disso, elas revelaram que tinham uma surpresa para mim: um trabalho para tomar conta de uma casa, se eu quisesse.

Agora entro no quarto, sabendo que não preciso nem olhar para dizer sim. Eu já ficaria feliz dormindo no sofá.

A cama de casal está coberta por um edredom branco e travesseiros macios. É tão aconchegante que me pergunto se vou precisar do meu remédio para dormir. Uma janela com assento embutido dá para a rua salpicada de chuva lá embaixo. No canto, uma pequena escrivaninha encostada na parede, e na mesinha de cabeceira, uma vela e um vaso com uma tulipa vermelha.

É o tipo de lugar que eu alugaria pra passar a noite nos aplicativos de viagem.

— Tem um *closet* vazio — avisa Cassandra, gesticulando na direção do armário. — E um banheiro de hóspedes com chuveiro.

— É perfeito — respondo.

— Lamento que ela não vá pagar pelo serviço, mas você estaria nos fazendo um favor, de verdade — diz Cassandra.

— Está brincando? Eu estou nas nuvens!

Voltamos para a cozinha e me imagino fazendo meu café sem precisar vestir um roupão ou ter medo de ouvir algum barulho íntimo vindo de Sean e Jody no quarto.

— Foi o destino... — opina Jane, recostando-se na bancada de granito.

Tudo ali é tão limpo e organizado. Embora seja temporário, parece um novo começo. Mal posso esperar para ir para casa e fazer as malas.

— Basta alimentar os peixes e regar as orquídeas dia sim, dia não. As flores são um pouco temperamentais, então é só colocar um cubo de gelo no solo — orienta Cassandra.

— Fico feliz em fazer qualquer outra coisa que sua amiga precise. Limpar os tapetes? Reformar a cozinha?

Elas riem, e eu acrescento:

— Espero que a irmã da sua amiga melhore logo.

— Acho que ela vai — responde Cassandra enquanto saímos e ela tranca a porta. — E ela ficará feliz em saber que sua casa estará sendo bem cuidada.

Quando saímos do prédio, me despeço das irmãs com um abraço. Eu fico ali por mais alguns instantes, sentindo as últimas gotas de chuva caindo em minha pele como se estivessem me renovando também.

28

BETH

Vinte e dois meses antes

O tamborilar suave do chuveiro no quarto ao lado era calmante como uma chuva leve. Beth estava deitada na cama com os cobertores quentes enrolados em volta de seu corpo, ouvindo aquele ritmo suave.

Ela poderia ficar aconchegada ali por mais duas horas, cochilando a manhã toda. Seu primeiro processo judicial do dia só estava na pauta das onze da manhã. A ideia era tentadora. Desde o início da quimioterapia, mais de um mês antes, a exaustão esgotara sua energia que habitualmente sobrava.

Mas ela também não fazia amor com Brett, seu marido, desde que iniciou os tratamentos. Fazia ainda mais tempo desde o último banho dos dois juntos, o que costumava ser uma de suas preliminares para fazer amor.

Então Beth se levantou e vestiu a camisola de flanela de mangas compridas, se olhando no espelho de corpo inteiro atrás da porta do armário. Era possível ver os contornos de sua caixa torácica e os ossos do quadril. Seu corpo, um dia curvilíneo, estava quase irreconhecível.

Ela deu um passo em direção ao banheiro, perguntando-se por que estava nervosa. Brett e ela estavam juntos há cinco anos, casados há três; eles tinham começado a falar sobre formar uma família — embora essas conversas tenham sido suspensas assim que o médico ligou com os resultados da mamografia. Não foi a primeira crise que eles enfrentaram. Brett a apoiou quando seus pais se recusaram a comparecer ao casamento, visto que Beth ignorara os desejos deles e chamara um juiz de paz em vez do padre da família para realizar a cerimônia. Depois, quando editora após editora rejeitara a coletânea de poesias de Brett, foi a vez de Beth apoiar o marido. Ela não apenas o encorajou a continuar escrevendo como concordou em se mudar de Boston para o Brooklyn, assim ele poderia mergulhar nos círculos literários. Considerando que seu emprego de meio período como instrutor em uma oficina de escrita o deixava com mais tempo livre, Brett preparava o jantar, enquanto Beth pagava a maior parte das contas.

Eles eram, pensava Beth com frequência, um bom time.

Ela abriu a porta do banheiro devagar. O vapor se espalhou pelo quarto e Beth inalou o cheiro doce e fresco do shampoo. Os óculos de Brett estavam na beirada da pia. Dava para ver sua silhueta pálida e esguia pela porta de vidro fosco do box. Ele estava com a cabeça e o pescoço curvados para baixo como um ponto de interrogação.

Brett não estava se movendo; ele estava apenas parado ali, deixando a água cair em sua cabeça.

Talvez ele esteja se concentrando na metáfora perfeita para seu novo poema, pensou Beth.

Ela sentiu uma onda de ternura pelo homem sensível e criativo que amava palavras e que ficava feliz em se perder em pensamentos durante os oitenta quilômetros que fazia de bicicleta nos dias de folga. Ele só assistia ao canal de história e a antigos filmes em preto e branco; ele fazia as palavras cruzadas com caneta tinteiro. Brett era muito diferente dela, que odiava exercícios e adorava comédias românticas para escapar do peso de seu trabalho como defensora pública, mas também era isso que os fazia dar certo.

Ela respirou fundo e abriu a porta do chuveiro, Brett estava olhando para o ralo.

Ou, mais precisamente, para o tufo de cabelos ruivos que o obstruíam.

Beth colocou instintivamente a mão na cabeça. Seus cabelos estavam mais ralos em alguns pontos do que outros, mas ela ainda tinha alguns.

— Ah, oi — disse Brett, finalmente. Ele a olhou nos olhos, depois desviou. — Estou quase saindo, é todo seu.

Beth sabia que era difícil para o marido ver seu sofrimento. Ultimamente, ele a tocava com cuidado, como se temendo que ela pudesse quebrar. Ele colocava sopa de legumes caseira em uma garrafa térmica para Beth levar para o almoço — uma das poucas coisas que ela conseguia segurar no estômago — e até começara a dormir no sofá para ela descansar melhor.

Mas ela não queria que Brett a visse como uma inválida ou paciente hoje. Ela queria que ele a visse como uma mulher.

Beth não sabia como dizer aquilo; era ele quem tinha o dom com as palavras. Então, ela simplesmente deu um passo para o lado para deixá-lo sair do chuveiro.

Quando Beth passou o condicionador por seus cachos, um emaranhado se soltou em suas mãos. Ela respirou fundo, trêmula. Vai crescer de novo, garantiu a si mesma. É temporário.

Ela fechou o chuveiro, se enrolou num roupão pesado — Beth estava sempre com frio agora — e usou um punhado de lenços de papel para recolher os cabelos do ralo e jogá-los na lixeira.

No dia seguinte, ela se encontrou com alguns clientes — uma mulher flagrada oferecendo seus serviços a um policial disfarçado durante uma operação contra prostituição e um adolescente de dezenove anos acusado de agressão — e, enquanto tomava sua sopa no intervalo do almoço, agendou um horário para comprar uma peruca. *Talvez ela surpreendesse Brett aparecendo loira*, pensou.

Mas ele a surpreendeu primeiro.

Dois dias depois, ela chegou em casa do trabalho e chamou:

— Brett?

Não houve resposta. Não estava tocando o Wagner que ele tanto adorava nem havia aquele cheiro de batata-doce ou de pão vindo do forno.

No quarto, a mesinha de cabeceira geralmente bagunçada estava vazia. O antigo relógio de ouro que sempre ficava ali não estava mais.

Havia um bilhete apoiado na cômoda que os dois compartilhavam.

> QUERIDA BETH,
> EU SINTO MUITO. NÃO CONSIGO FAZER ISSO. NÃO POSSO SER O QUE VOCÊ PRECISA. VOCÊ MERECE ALGUÉM MELHOR. EU SEMPRE VOU TE AMAR.
>
> BRETT

Ela leu as palavras meia dúzia de vezes, mas continuavam não fazendo sentido.

Beth não derramara uma lágrima quando seus pais a repreenderam por ser tão diferente — por se casar fora da fé católica, por ser liberal, por sempre falar o que pensava. Ela não desmaiara quando o oncologista confirmou seu câncer de mama em estágio ii.

Contudo, enquanto relia as palavras no papel áspero que reconheceu ser do caderninho de couro que comprara para Brett escrever seus poemas, Beth desabou e chorou de soluçar.

Algumas semanas depois, enquanto se esforçava para carregar as compras de mercado pelo saguão — agora Beth só tinha estômago para água tônica, pão e pudim —, as garrafas pesadas da bebida rasgaram um dos sacos de papel.

Uma delas rolou pelo chão de ladrilhos, parando abruptamente sob o tênis de uma mulher mais ou menos da sua idade, usando roupas pretas de ginástica.

— Posso te ajudar? — ofereceu ela, se abaixando para pegar as compras de Beth.

— Agradeço muito — aceitou Beth, olhando para a sacola rasgada. Ela teria que fazer duas viagens para subir com tudo sozinha e estava exausta. — Eu moro no 3F.

— Sem problemas, vizinha — disse a mulher, endireitando-se e olhando-a diretamente nos olhos.

Beth teve a sensação súbita de que a mulher viu quem ela realmente era — além das roupas largas e do lenço cobrindo a cabeça agora careca, ela enxergava seu âmago, via tudo: seu câncer, sua traição, sua solidão.

— Prazer. Meu nome é Valerie. Me mudei de Los Angeles para cá há poucos meses.

29

SHAY

> CERCA DE 1/3 DOS FERIMENTOS OCORREM EM CASA, E UMA DAS ÁREAS MAIS PERIGOSAS É A COZINHA. DOIS DOS FERIMENTOS MAIS COMUNS NA COZINHA SÃO QUEIMADURAS E CORTES COM FACA. SE UMA FERIDA CONTINUAR SANGRANDO DEPOIS DE VOCÊ APLICAR PRESSÃO DIRETA POR ENTRE CINCO A DEZ MINUTOS, TALVEZ PRECISE DE PONTOS.
>
> — DOSSIÊ DE DADOS, PÁGINA 34

A lâmina corta minha pele tão rapidamente que começo a sangrar antes de sentir dor.

Pego uma toalha de papel e enrolo na ponta do dedo, estremecendo.

O corte não foi tão feio, eu só estava fatiando um pimentão-vermelho para minha salada com uma faca pequena, mas preciso de um pouco de pomada e de um curativo.

Atravesso o quarto até o banheiro de hóspedes, mas o armário do espelho sobre a pia está vazio. Minha *nécessaire* de produtos de higiene pessoal está cheia — eu trouxe analgésicos, absorventes, shampoo e todo o resto que achei que pudesse precisar, mas esqueci de itens de primeiros socorros.

Já dá para ver uma mancha vermelha vazando pela toalha de papel, embora eu a tenha dobrado. Se eu continuar fazendo pressão sobre o corte, o sangramento vai parar e poderei me virar sem curativo.

O problema é que eu estava usando a faca numa tábua de corte que encontrei apoiada na pia. E uma vez li uma estatística horrível que nunca consegui tirar da cabeça: tábuas de cozinha podem conter 200% mais bactérias fecais do que um assento de vaso sanitário.

Acho que eu poderia correr até a farmácia para comprar uma pomada antibacteriana, mas acabei de colocar a massa na panela de água fervente e nem sei onde fica a drogaria mais próxima.

Existe uma outra opção: volto para a sala de estar e olho para a porta fechada do quarto principal. Deve haver um banheiro naquele quarto, porque Cassandra descreveu o banheiro que estou usando como o de hóspedes.

As irmãs Moore não me disseram, pelo menos não explicitamente, para não entrar lá. *Com certeza, entrar apenas para pegar uma pomada e um curativo não fará mal algum*, penso.

Mesmo assim, sinto-me estranhamente relutante.

Enquanto atravesso a sala de estar, me dou conta do silêncio absoluto. As paredes são de gesso espesso e o piso é coberto por um carpete suntuoso. É tão diferente do apartamento que divido com Sean, onde os ruídos dos apartamentos vizinhos e da rua permeiam o ar com tanta regularidade que eu mal os percebo.

Seguro a maçaneta da porta do quarto principal, me perguntando como ele deve ser. Então, me ocorre que Cassandra e Jane nunca citaram o nome da dona do apartamento. Acho que não preciso saber, mas é estranho usar as canecas e dormir nos lençóis de uma pessoa estranha sem nem mesmo aquela simples formalidade.

Hesito, ainda com a mão na maçaneta de metal frio. *Eu vou entrar e sair em no máximo dois minutos*, digo a mim mesma. *Além disso, vou deixar tudo exatamente como encontrei, ninguém precisa ficar sabendo.*

Um som de chocalho alto vem da cozinha. Eu recuo e me viro para olhar.

É o meu celular, vibrando contra o granito da bancada. Corro até ele e vejo Jane Moore piscando na tela.

Estou sorrindo antes mesmo de atender.

— Shay! — Sua voz doce borbulha na linha. — Que bom ter conseguido falar com você! O que está fazendo?

— Só estou preparando o jantar. — Eu aperto a toalha de papel com mais força em volta do dedo. — E você, tudo bem?

— Tudo ótimo, mas Cassandra e eu estávamos pensando em você e em sua fobia com o metrô. Aí nos demos conta de que não há nenhum ponto de ônibus perto do apartamento.

Não consigo acreditar que Cassandra e Jane perderam um tempo pensando na minha situação.

No entanto, elas têm razão: minha rota para o trabalho temporário esta manhã foi cheia de voltas. Há uma estação de metrô a apenas uma quadra do apartamento, o que tornaria o trajeto muito mais fácil.

— Ah, não se preocupe — afirmo, dando uma risadinha.

Apoio o celular entre orelha e ombro para deixar as mãos livres, desenrolo a toalha de papel do dedo e abro a torneira da pia, deixando a água fria escorrer pelo corte.

— Tivemos uma ideia.

A voz de Jane é gentil e convidativa; é como se ela estivesse me contando um segredo.

— Espero que não estejamos sendo muito intrusas, mas nós temos uma amiga que pode te ajudar, ela é realmente incrível. Enfim, ela nos ajudou com um assunto pessoal com o qual estávamos tendo dificuldades há muito tempo. Algumas outras amigas nossas também já recorreram a ela em tempos difíceis. Aposto que ela também poderia te ajudar.

Já tentei terapia — olho para o elástico de Paula — e não adiantou. Não sei se um encontro com a amiga delas seria mais eficaz.

Mas quando abro a boca, me surpreendo falando:

— Seria ótimo.

Cassandra e Jane já fizeram tanta diferença na minha vida, e em tão pouco tempo, penso, olhando pelo apartamento calmo e adorável. *Talvez elas encontrem uma saída para meu medo do metrô também.*

— Você está livre amanhã de manhã? Aposto que ela poderia te encaixar.

As mulheres Moore não perdem tempo. Mencionei uma situação de vida difícil e elas logo encontraram um apartamento temporário para mim. Agora, estão lidando com minha fobia.

Amanhã eu não trabalho; estou totalmente livre.

Eu planejava passar o dia procurando apartamentos para alugar. Estar aqui — esparramada no sofá, cantando no chuveiro — só evidenciou como me sinto limitada com Jody e Sean por perto o tempo todo. Estar com uma das amigas de Cassandra e Jane seria quase tão bom quanto estar com elas.

— Claro, eu estou livre, sim. Adoraria conhecê-la. Como ela se chama?

— Humm? Ah, Anne. Enfim, como está o apartamento? Encontrando tudo de que precisa?

Agora meu dedo parou de sangrar e de doer.

Há um sabonete antibacteriano perto da pia. Posso simplesmente lavar as mãos e manter uma toalha de papel limpa em volta dele esta noite. Vou comprar uma caixa de curativos amanhã.

— O apartamento é perfeito. Eu não preciso de nada. Eu estava fazendo macarrão, depois vou me jogar no sofá e assistir a um filme.

— Vou fazer o mesmo.

Nós conversamos mais um pouco e Jane promete dar à Anne meu número para combinarmos o encontro amanhã.

Um pouco mais tarde, depois de enxaguar o prato de macarrão e colocá-lo na lava-louças, passo pelo quarto principal a caminho do meu para buscar o carregador do celular, já quase sem bateria.

Então paro abruptamente a meio metro de distância da porta fechada.

Há uma pequena mancha de sangue no chão de madeira brilhante, em frente à porta.

Corro de volta para a cozinha, umedeço uma folha de papel toalha para limpar o sangue, me ajoelho perto da porta e começo a esfregar. A mancha sai imediatamente.

Continuo agachada e penso em como, se tivesse entrado naquele quarto, poderia ter pingado sangue no chão — ou pior, em um tapete caro — e talvez eu nem percebesse.

Mas a dona do apartamento certamente perceberia.

Passo os olhos pela porta, verificando principalmente a maçaneta. Está tudo limpo.

Então volto à cozinha, para jogar a toalha de papel fora, pensando: *Graças a Deus Jane ligou naquele exato momento.*

30

CASSANDRA E JANE

Stacey espera Valerie mandar uma mensagem avisando que o apartamento está vazio antes de entrar no saguão do prédio com uma caixa de ferramentas em uma das mãos e um boné de beisebol na cabeça.

— Sou a empreiteira da Valerie Ricci — diz ela ao porteiro, que foi instruído a aguardar sua chegada.

Ele entrega a chave reserva e em poucos instantes Stacey está subindo pelo elevador de serviço.

Ela terá cerca de uma hora para trabalhar enquanto Valerie, que hoje está se passando por uma mulher chamada Anne, distrai sua hóspede.

As instruções dadas à Stacey foram claras: instale uma câmera adicional atrás do sofá onde a convidada de Valerie gosta de usar o notebook, no qual será instalado um programa espião de teclado que enviará às irmãs tudo que ela digitar. Pegue a sacola que está debaixo da cama do quarto principal. Encontre o caderninho de capa de couro da hóspede e fotografe cada página, garantindo que as palavras estejam bem legíveis.

Stacey não perguntou por que Valerie convidaria alguém para ficar em sua casa e depois invadiria a privacidade da pessoa, tampouco por que Valerie estava usando o nome Anne.

Sua admirável lealdade é mais forte com as irmãs do que com qualquer outra pessoa, exceto talvez Beth — a advogada de defesa que o tribunal lhe designou quando Stacey fora acusada de agressão e porte de drogas.

Quando Valerie e Shay terminam o percurso até a estação de metrô da rua 33, uma hora e meia depois, Stacey já está em um metrô diferente, indo para o escritório de Relações Públicas Moore.

Assim que ela chega, Jane a acompanha até o escritório de Cassandra.

— Não nos interrompa a menos que seja uma emergência — instrui Cassandra a sua assistente, que não resiste e olha furtivamente para Stacey, na certa curiosa sobre a mulher baixinha e arrogante com uma mecha verde-esmeralda nos cabelos e uma caixa de ferramentas de metal.

Assim que a porta é fechada, Stacey puxa um notebook da caixa e o abre, revelando a primeira página do caderninho de Shay. Sem precisar de pedidos, ela se afasta e dá às irmãs privacidade para conferir o conteúdo.

Eles leem as anotações rapidamente:

Cerca de 40% dos americanos relatam se sentir isolados...

Em um estudo com testemunhas de um suicídio...

Se você for contar uma mentira premeditada, veja como fazer...

Alguns departamentos de polícia usam pacotes "iscas", com localizadores GPS escondidos...

Cassandra arregala os olhos e fita Jane.

Desde que as irmãs examinaram pela primeira vez a fotografia de Shay na porta de Amanda segurando aquela zínia amarela, Shay parece ter diferentes personalidades, indo de ameaçadora a inofensiva e vice-versa. Ela é uma ilusão de ótica, como aquela famosa imagem em preto e branco que alterna entre duas ilustrações diferentes — uma velha e uma jovem — dependendo de como os traços do artista são interpretados.

Esta nova evidência não ajuda em nada a solidificar as imagens contrastantes.

A farsa de Shay como paciente do hospital não foi registrada no caderno, tampouco a visita bizarra à casa da mãe de Amanda para deixar um buquê de flores. Por que fazer aquela viagem longa para uma tarefa simples que poderia ter sido feita por um florista? Shay está obcecada por Amanda e suicídios; talvez ela tenha ido para Delaware para cavar mais fundo a história de Amanda.

Shay é altamente questionadora e excessivamente analítica. Sua curiosidade e determinação em dar sentido a fatos aparentemente díspares são perigosas.

As irmãs têm muito o que conversar, mas não querem falar sobre aquilo na frente de ninguém, nem mesmo de Stacey.

— Pode nos enviar o arquivo completo? — pede Jane.

Stacey assente e se reaproxima. Ela dá alguns cliques.

— Feito. Aqui está a sacola que estava embaixo da cama.

Cassandra pega a sacola de compras e a enfia embaixo da mesa.

— Você é incrível, Stacey. Obrigada.

Stacey, desconfortável com elogios, dá de ombros.

— Ah, instalei a câmera adicional na saída de ar-condicionado. Se alguém usar um notebook no sofá será possível ver a tela.

Enquanto Stacey se prepara para sair — ela tem um dia cheio pela frente, com três clientes agendadas em sequência —, Jane pede:

— Dê notícias sobre a consulta da sua mãe na semana que vem.

As irmãs garantiram à mãe de Stacey uma consulta com um importante especialista em Alzheimer na cidade em que ela cresceu, na Filadélfia. Com apenas 56 anos, a mãe de Stacey não reconhece mais a filha.

— Obrigada. — O tom de voz de Stacey parece estranhamente brando. — Espero que ele consiga ajudá-la.

Stacey esconde bem sua dor, já que poucas pessoas percebem que ela carrega aquele peso.

Stacey deixa a porta aberta ao sair, então Jane corre para fechá-la.

Agora, as duas precisam examinar cada palavra do caderno de Shay, mas elas mal começaram quando recebem um telefonema de Oliver, dono da galeria.

— Meus amores! Aconteceu uma coisa muito estranha. Uma policial acabou de entrar na galeria. No começo achei que poderia ser uma *stripper*, mas não é meu aniversário. Além disso, vocês saberiam que ela não faz exatamente meu tipo.

Oliver interrompe a própria risada quando percebe que as irmãs não o acompanharam. Jane aperta a mão de Cassandra com força. Cassandra olha fixamente para a frente, sua expressão decidida.

— Enfim — continua Oliver, parecendo vencido —, ela perguntou sobre aquela sua linda amiga, Daphne, que vocês encaminharam para cá alguns meses atrás. Perguntou a que horas ela veio e quanto tempo ficou. Felizmente, eu tinha uma cópia do recibo da pequena aquarela que ela comprou e até uma selfie no meu celular que Daphne sugeriu que eu mandasse para vocês. Ela está com algum tipo de problema, meus anjos?

Pela primeira vez, as irmãs não sabiam como responder àquela pergunta.

31

SHAY

O TERMO DÉJÀ-VU SIGNIFICA "JÁ VISTO", E ATÉ 70% DA POPULAÇÃO RELATA JÁ TER EXPERIMENTADO A SENSAÇÃO. AS TAXAS PARECEM SER MAIS ALTAS ENTRE PESSOAS DE 15 A 25 ANOS E A FREQUÊNCIA DAS EXPERIÊNCIAS DIMINUI COM A IDADE. QUANDO SE TRATA DO QUE DÉJÀ-VU REALMENTE É E SUAS CAUSAS, EXISTEM MAIS DE 40 TEORIAS - DE REENCARNAÇÃO A FALHAS EM NOSSOS PROCESSOS DE MEMORIZAÇÃO.

— DOSSIÊ DE DADOS, PÁGINA 36

Sou uma pessoa diferente neste apartamento.

À noite, me alongo no bem-vindo silêncio do quarto de hóspedes, com suas paredes de um azul suave e suas cortinas blecaute.

Eu trouxe meu frasco de remédios para dormir por precaução, mas ele permanece intocado sobre a mesinha de cabeceira. Não preciso mais do sonífero para dormir.

Além disso — e mal posso acreditar —, eu voltei a andar de metrô.

Esta manhã, fiz minha vitamina de banana com manteiga de amêndoas favorita usando o liquidificador na bancada da cozinha — o que fica perto de um vaso estranho em formato de mão de cabeça para baixo. Depois, encontrei Anne, a amiga de Cassandra e Jane, na esquina. Presumi que ela seria uma das mulheres que vi no memorial fúnebre, mas não a reconheci. Ela não tinha nenhuma característica muito marcante: cabelos castanhos, nem compridos nem curtos, num meio-termo entre ondulados e lisos. Seus olhos também eram castanhos, a cor mais comum, e ela estava usando calça preta e blusa preta — como metade das mulheres em Nova York.

Ela veio na minha direção com um grande sorriso no rosto. Eu imediatamente gostei dela.

— Que bom te conhecer! — exclamara Anne.

Detectei um leve sotaque do sul enquanto conversávamos. Anne tinha uma personalidade exuberante, gesticulando muito e falando rápido. Ela era casada, tinha dois filhos no primário, segundo me contou, e largou o emprego em um escritório de advocacia após o nascimento do segundo filho. Isso explicava seu tempo livre no meio de um dia de semana para me ajudar.

— Há quanto tempo você conhece Cassandra e Jane?

— Aquelas duas? — Ela jogou a cabeça para trás e riu. — Acho que as conheço desde sempre!

Começamos a caminhar até o poste verde que marcava a estação da rua 33 e continuamos descendo as escadas de concreto.

— Vamos nessa! — exclamou ela, segurando minha mão.

Eu nem tive tempo para hesitar; fui puxada junto com ela.

— Está indo bem!

Ela manteve a conversa fluindo enquanto passávamos pelas catracas e caminhávamos até a plataforma. Meu pânico aparecia e ia embora como uma série de ondas, mas ela me ajudou a combatê-lo.

Ela me pedia para respirar ou me distraía com perguntas como: Qual foi o prato mais exótico que você já comeu?

Assim que o trem entrou ruidosamente na estação, Anne brincou:

— Esta estação treme mais que meu vibrador!

Aquilo não me fez rir, e sim gargalhar. A tensão presa dentro de mim se quebrou, como um estalo. Quando me dei conta, estávamos entrando no vagão juntas, exatamente como eu tinha feito milhares de vezes antes.

Como eu agora sabia que faria milhares de vezes novamente.

— Espero te ver de novo em breve! — disse Anne, me abraçando ao nos despedirmos numa esquina.

Acenei enquanto a observava se afastar e continuei um tempo parada ali, quase sem acreditar.

Em uma semana, Cassandra e Jane mudaram totalmente minha vida.

Eu precisava manter esses laços. Eu queria contar a elas como foi o meu dia, quando lhes agradecesse por me apresentarem Anne. Eu queria parecer ocupada e interessante como elas.

Quando Anne desapareceu de vista, corri para meu apartamento temporário na rua 12, arrumei minha sacola de academia e peguei o metrô para minha aula favorita de CrossFit, no SoHo.

— Por onde você andou, Shay? — perguntou a instrutora ao me ver na primeira fila de novo.

— Só um pouco indisposta — menti. Então compensei com uma verdade: — Já estou melhor.

Todo aquele tempo perdido traçando rotas e sentada em ônibus lentos voltou a ser meu. Vou recuperar minha vida.

Decido usar um pouco desse tempo em alguns sites de encontros hoje à noite mesmo. Posso transformar isso em uma história engraçada para ouvir Jane e Cassandra rindo novamente.

Quando chego em casa, tomo um banho quente e visto um moletom limpo. Coloco uma pizza vegetariana congelada com massa de couve-flor no forno, pego uma cerveja e me sento no sofá. Começo a coletar dados, tentando analisar quais sites de namoro são melhores para mulheres na casa dos trinta anos em busca de um relacionamento duradouro. Eu anoto tudo no meu caderno. Não crio um perfil — preciso de fotos melhores do que as que eu tenho no celular —, mas pelo menos já comecei.

Eu me levanto do sofá, sentindo a bem-vinda dor nas coxas resultantes do treino intenso de mais cedo, e caminho até o espelho pendurado na entrada para dar uma boa olhada na minha aparência. Tiro os óculos e aperto os olhos.

Eu poderia experimentar lentes de contato novamente. Mel me encorajou, dizendo que eu não devia esconder meus lindos olhos. No entanto, depois que peguei uma infecção que os deixou vermelhos e doloridos, voltei aos óculos.

Inclino a cabeça para o lado. É quando alguma coisa no canto do espelho me chama a atenção. Eu me aproximo e confirmo: o apartamento não está exatamente como estava quando saí esta manhã.

Já estou aqui há horas, mas só agora — com a sala de estar e os quartos atrás de mim em determinado ângulo — percebo que a porta do quarto principal parece um pouco entreaberta.

Ponho os óculos de volta e vou até lá.

É quase imperceptível, mas a porta definitivamente não está bem fechada como na noite anterior; tenho certeza. Eu fiquei aqui mesmo com a mão na maçaneta por vários segundos.

Será que eu poderia ter deixado a maçaneta de uma forma que ela abriria sem querer?

Eu sei que não.

Alguém deve ter entrado no apartamento. Eles podem até estar aqui agora.

Eu recuo, rápido.

— Olá? — grito, hesitante.

Nada.

Então me forço a considerar os fatos: estou aqui há várias horas e não aconteceu nada. Eu até tomei banho. Não ouvi nenhum som, não há nada fora do lugar. Talvez o zelador tenha vindo olhar o aquecedor ou algo assim. Eu não teria sido avisada, apenas a dona do apartamento.

Só por segurança, mando uma mensagem para Cassandra e Jane: *Oi, pessoal, espero que estejam bem. Está tudo ótimo aqui, só queria que soubessem que encontrei a porta do quarto principal entreaberta. Talvez seja bom verificar com o zelador se ele entrou quando eu não estava.*

Quase imediatamente, vejo que Cassandra começa a responder.

Ah, esquecemos de te avisar! Foi o zelador, sim, ele precisava olhar uma infiltração. Estava tudo bem.

Suspiro de alívio e caminho de volta para fechar a porta do quarto principal. Então eu volto para o espelho no corredor.

Eu tiro meus óculos novamente e puxo os cabelos para cima com a outra mão, cogitando cortá-los. Uso esse estilo liso até o meio das costas desde que estava na escola. Imagino agora como ficaria em camadas e na altura dos ombros.

É quando sinto uma sensação muito estranha — algo semelhante a um *déjà-vu* — enquanto estou ali, virando o rosto de um lado para o outro. Estou sem óculos e meus cabelos estão mais minguados por causa do banho. Eu pareço alguém, mas não consigo identificar quem.

Começo a pensar nas possibilidades: talvez alguém da faculdade? Uma ex-colega? Uma atriz de TV?

Finalmente, desisto de tentar descobrir. Solto os cabelos de volta, afofando-os, e coloco os óculos. Simples assim, volto a me parecer comigo mesma.

32

CASSANDRA

Ela está parecendo a Amanda.

Cassandra encara o monitor do computador, sua pele formigando.

Shay está olhando quase diretamente para a câmera instalada acima do espelho da entrada.

Cassandra aproxima o rosto da tela, mal respirando. Semanas atrás, conforme alternava entre a foto de Shay segurando a zínia amarela e a imagem de Amanda com o gato tricolor, ela notou uma semelhança passageira — a altura, o formato do rosto.

Agora, porém, com os cabelos para cima e sem os óculos, Shay quase poderia se passar por irmã de Amanda.

Cassandra tira um *print* para registrar Shay naquele momento.

Quando Cassandra clicou no ícone de acesso às câmeras no apartamento de Valerie, logo após Shay mandar a mensagem sobre a porta que Stacey deve ter deixado entreaberta, ela esperava ver Shay usando o computador ou escrevendo o seu dossiê.

Em vez disso, o rosto de Shay está tão perto que ela quase parece estar olhando de volta para Cassandra pelo monitor.

Em sua imaginação, Cassandra altera ainda mais o visual de Shay, clareando um pouco os cabelos e cortando-os em camadas um pouco abaixo dos ombros. Em vez do moletom folgado, ela visualiza Shay de vestido — com o tipo de modelagem feminina e fluida de que Amanda gostava.

Cassandra analisa Shay, seu coração acelerando quando a mulher vira o rosto de um lado para o outro. Amanda não tinha olhos tão espaçados nem a leve covinha no queixo, mas com as roupas certas, o cabelo certo, o treinamento certo...

Ela pega o celular e liga para Stacey, que atende imediatamente.

— Pode me fazer um rápido favor? — As palavras de Cassandra são breves e diretas. — Consegue acessar o calendário da Shay?

— Um minuto. — A linha fica silenciosa, exceto por alguns toques rápidos num teclado. — Pronto. Do que precisa?

— De uma captura de tela do mês de agosto.

Quase antes de Cassandra terminar a frase, Stacey responde:

— Feito.

Cassandra abre a imagem do calendário, percorrendo-o com os olhos atrás de uma data específica.

Ela prende a respiração quando a encontra.

Ela está quase com medo de olhar.

Uma das ameaças que o grupo enfrenta é o interesse da detetive Santiago pela ligação entre Daphne e James.

A outra é Shay e sua implacável investigação sobre a vida de Amanda.

Pode existir uma forma de juntar essas ameaças e eliminá-las ao mesmo tempo.

Cassandra lê as entradas para uma data específica: Trabalho, dentista, correr 10 km.

Ela suspira lentamente. Sua pele formiga.

Está tudo se encaixando tão bem que é quase como se a cadeia de eventos tivesse sido predeterminada — como se uma força invisível tivesse guiado Shay até a plataforma do metrô da rua 33 para que estivesse ao lado de Amanda naquela fatídica manhã de domingo.

Inicialmente, as irmãs acreditaram que Shay seria a pior pessoa possível com quem se envolver após o suicídio. Agora, parece que é justamente o oposto.

Ela é perfeita.

Todo esse tempo, elas têm tentado descobrir quem era Shay.

Agora as irmãs devem concentrar todos os seus esforços em quem Shay poderia ser.

PARTE DOIS

33

SHAY

> SEGUNDO ESTUDO REALIZADO, UMA MULHER COMUM GASTA CERCA DE 313 DÓLARES POR MÊS COM A APARÊNCIA E POR VOLTA DE 250 MIL AO LONGO DA VIDA. MULHERES SÃO MAIS PROPENSAS A ESBANJAR EM TRATAMENTOS FACIAIS, SEGUIDOS DE CORTES DE CABELO E, EM TERCEIRO LUGAR, MANICURES E PEDICURES. OUTRO ESTUDO DESCOBRIU QUE CERCA DE 3/4 DAS MULHERES TINGEM O CABELO. E 88% AFIRMAM QUE SEUS CABELOS INFLUENCIAM SUA AUTOCONFIANÇA.
>
> — DOSSIÊ DE DADOS, PÁGINA 41

— Você está... perfeita — diz Jane, parecendo um pouco surpresa.

O cabeleireiro, Philip, desabotoa minha capa preta e a puxa para o lado. Ele passa as mãos por meus cabelos enquanto me olho, boquiaberta, no espelho.

— Não ficou linda? — pergunta Philip para Cassandra e Jane, claramente buscando aprovação.

Que diferença fez tirar dez centímetros, cortar em camadas e clarear dois tons.

— Consigo imaginar você direitinho com esta cor aqui — dissera Jane quando entramos no salão, tirando da bolsa uma página arrancada de uma revista.

Eu entregara a referência para Philip, que igualou o tom perfeitamente, acrescentando algumas mechas mais claras ao redor do rosto, me transformando numa versão mais arrumada e bonita.

— A cor dos seus olhos está bem mais realçada! — exclama Cassandra, se aproximando de mim para ver melhor.

Philip também fez minhas sobrancelhas, mais uma vez por sugestão de Cassandra.

— Sobrancelhas definidas emolduram o rosto — explicou.

Todos aqueles truques de beleza fizeram uma grande diferença.

Como a maioria das outras coisas boas que têm acontecido comigo ultimamente, foi tudo graças a Cassandra e Jane.

Aquilo começou de forma tão simples: quando Cassandra me ligou algumas noites atrás dizendo que eu poderia ficar no apartamento mais uma semana, conversamos um pouco. Eu acabara de receber um e-mail do chefe de recursos humanos da *Agência Avenues* me chamando para uma segunda entrevista. Cassandra não poderia ter me encorajado mais.

— O que mais você tem feito? — perguntou.

Contei sobre minha pesquisa por um site de encontro, fazendo parecer só uma brincadeira.

— Só espero não acabar no freezer de alguém.

Cassandra riu.

— Eu sempre tive curiosidade sobre esses sites. Em qual está se cadastrando?

— Estou pensando no *Cupido*. Pelo visto, muita gente se inscreve em mais de um ao mesmo tempo, então talvez eu escolha mais alguns. Agora só preciso de fotos melhores. Minha foto profissional não pode competir com todas as fotos de biquíni que ando vendo neles.

— Ah, para, você é linda — respondeu Cassandra, rindo. — Mas se realmente quiser uma repaginada, precisa deixar a gente te ajudar! Jane e eu amamos fazer isso. Já fizemos em várias clientes nossas.

Eu nem tinha mencionado uma mudança de visual — estava pensando só em passar um delineador, escolher uma roupa legal e talvez aparar as pontas dos cabelos.

Mas o entusiasmo de Cassandra despertou algo em mim, uma espécie de empolgação pelas possibilidades.

Quem seria melhor para me orientar nisso do que mulheres deslumbrantes como Cassandra e Jane Moore?, pensei, enquanto ela me dizia que tentaria marcar um horário no sábado com um cabeleireiro que conhecia.

— Mesmo se estiver lotado, ele vai dar um jeito de te encaixar. E não se preocupe com o preço: nós enviamos tantas clientes pra ele que sempre nos dá um enorme desconto.

Agora, quando me olho no espelho — com Cassandra e Jane atrás de mim, me olhando com sorrisos de aprovação —, penso em como me sinto outra pessoa desde que comecei a cuidar do apartamento.

Talvez seja natural começar a aparentar ser outra pessoa também.

Deixo uma gorjeta generosa para Philip, já que ele se recusa a cobrar pelo serviço. Quando saímos do salão, Jane passa o braço pelo meu.

A próxima parada é uma consulta a um optometrista. Depois de um rápido exame oftalmológico e um teste de visão, ele me dá uma amostra de lentes de contato e avisa que meu pedido ficará pronto na semana seguinte. Fico surpresa em como é fácil colocá-las.

Quando volto para a recepção, onde Jane e Cassandra estão experimentando óculos de sol, me sinto um pouco nua. Talvez eu não usasse óculos apenas para melhorar minha visão; talvez eles fornecessem um escudo atrás do qual eu me escondia.

Cassandra abaixa o grande óculos de sol que está experimentando e fica boquiaberta, enquanto Jane dá um assobio que arranca uma risadinha do paciente esperando para entrar.

Fico vermelha de vergonha com a atenção delas, piscando, embora as lentes sejam tão maleáveis e finas que não consigo senti-las.

O dia está lindo e decidimos atravessar o parque High Line atrás de um local para tirar as fotos para os sites de namoro.

— Quem sabe eu não experimento também — sugere Cassandra, o que me parece absurdo.

Enquanto caminhamos, diversos homens olham para trás tentando dar uma segunda olhada nas duas. Tudo o que as irmãs precisariam fazer para garantir dezenas de encontros é parar na esquina.

Antes de chegarmos ao parque, vejo um gato cinza enroscado na vitrine de uma pequena livraria. Sinto um aperto no estômago, torcendo para que as irmãs não o vejam e perguntem sobre meu gato fictício — não quero alimentar ainda mais aquela mentira idiota. Não sei por que simplesmente não admiti que nunca tinha visto Amanda antes do dia em que ela morreu, mas agora é tarde demais.

Então aponto uma churrascaria coreana do outro lado da rua.

— Aquele lugar parece bom.

Alguns segundos depois, passamos pela janela da livraria e consigo respirar novamente.

Passamos mais algumas horas juntas, saboreando picolés de um vendedor de rua e experimentando chapéus de um quiosque.

As irmãs continuam sugerindo poses enquanto tiram fotos minhas com os celulares.

— Levanta o queixo e sorria, gata! — diz Jane, me fazendo rir.

Por fim, encerramos o que parece ser mais uma comemoração num dia normal para elas: dividindo uma garrafa de vinho rosé e uma tábua de queijos em um café ao ar livre, rindo das potenciais descrições para meu perfil.

Eu zombo de mim mesma, um pouco mais solta com o vinho:

— Eu sou um achado e tanto. Que tal: "Desempregada, sem-teto de 31 anos em busca de amor" para a bio?

Elas riem comigo, então Cassandra coloca a mão sobre a minha.

— Precisa parar de pensar assim, Shay. Você é um achado. É gentil, engraçada, inteligente. Qualquer homem teria sorte em sair com você.

Jane concorda com a cabeça. Meu peito fica apertado — como se estivesse cheio e não conseguisse conter todas as emoções ganhando força dentro de mim. Eu abaixo o rosto e agradeço.

— A gente te manda as melhores fotos mais tarde! — diz Cassandra, enquanto as duas entram num táxi e eu fico parada no meio-fio, acenando.

Sigo em direção ao metrô e, ao passar por um restaurante com janelas de vidro do chão ao teto, vejo meu reflexo. Estou andando com a coluna mais reta e os ombros para trás — como Cassandra. Meus cabelos estão lisos e cheios de brilho, balançando acima de meus ombros.

Percebo mais uma coisa: um cara, do outro lado do vidro, sentado sozinho em uma mesa, me admirando.

117

A temperatura deve cair na próxima semana e finalmente vai parecer outono. Resolvo passar pelo meu apartamento para pegar uma jaqueta mais quente e as botas de couro que gosto de usar com minha calça jeans. Também quero buscar meu terno preto para a segunda entrevista em vez de repetir o cinza da primeira.

É estranho subir as escadas de novo depois de uma semana longe. Parece que estou voltando de uma ausência muito mais demorada. Quando viro o corredor e alcanço a porta, eu hesito em entrar. Estou com a chave na mão, mas talvez seja melhor bater.

Chego a um meio-termo, batendo na porta enquanto a destranco.

— Olá! — anuncio ao entrar e tirar, por instinto, minhas sapatilhas, as que comprei na Zara.

Sean passa a cabeça pela porta da cozinha assim que percebo que o banco que ficava ao lado da porta sumiu.

— Oi! — Ele enxuga as mãos em um avental listrado azul que nunca vi e me olha com mais atenção. — Uau, você está… diferente.

Eu toco nas pontas dos meus cabelos.

— É, eu resolvi que estava na hora de mudar. — Aponto para meus olhos. — Estou usando lentes de contato também.

Jody aparece usando uma versão listrada em amarelo do mesmo avental.

— Amei seu cabelo! — exclama ela, batendo palmas. — Onde você cortou?

— Cassandra e Jane me levaram ao salão delas. No centro da cidade.

Reparo como Jody arregala os olhos com a menção às irmãs, mas não dou mais detalhes.

Eu olho para minhas sapatilhas e Sean acena com a cabeça para o *closet*.

— Estava ficando um pouco bagunçado, então começamos a guardar nossos sapatos ali dentro.

— Ah.

Começo a ir para meu quarto. Jody com certeza não perdeu tempo marcando território.

— Bom, eu só vim buscar algumas coisas. Vou cuidar do apartamento por mais uma semana.

Fico esperando que Sean acompanhe Jody de volta à cozinha, mas ele não o faz. Em vez disso, ele vai atrás de mim.

— É estranho não ter você por aqui. Quer tomar uma cerveja semana que vem para colocarmos o papo em dia?

Mesmo que eu esteja ansiosa para conhecer alguns caras legais na internet, ver Sean parado na minha porta, com aquele avental bobo e os cabelos ruivos espetados na nuca de novo traz de volta aquele frio no estômago. Lembro-me da estatística que anotei no dossiê quando comecei a me apaixonar por Sean: 40% dos casais começam como amigos.

As probabilidades não eram ruins, mas não estavam a nosso favor.

— Claro — respondo. — Semana que vem seria ótimo.

Sean sorri, mas antes que possa dizer mais alguma coisa, Jody o chama da cozinha.

— Vou te mandar uma mensagem — promete ele.

Eu deito um porta-terno na cama e penduro meu terninho preto. Arrumo o resto das coisas que queria e, por impulso, pego minha paleta de maquiagem no banheiro.

Quando saio de novo, olho para a cidade que parecia estar contra mim não muito tempo atrás. Ela agora parece mais leve e gentil. Retângulos amarelos de luz saem das janelas dos prédios próximos, a agitação do trânsito e das pessoas é confortável e familiar, e escuto uma salsa animada vindo de uma minivan parada no meio-fio.

Embora eu tenha caminhado quilômetros pelo parque suspenso com as irmãs, sinto--me leve e energizada.

A entrevista de emprego é na segunda-feira. Desta vez vou entrar lá com mais confiança. Não porque decorei os dados sobre a melhor maneira de causar uma boa impressão, mas porque finalmente estou me sentindo confiante para valer.

Tenho mais coisas boas com que me animar: Cassandra e Jane sugeriram um jantar semana que vem.

Além disso, vou sair para beber com o Sean.

De repente, tenho uma vida social.

Estou quase conseguindo um emprego.

Assim que eu receber as fotos de hoje, vou dar os retoques finais nos meus perfis dos sites de namoro.

Minha onda de azar finalmente acabou.

Só falta encontrar um apartamento.

34

CASSANDRA E JANE

O fantasma de Amanda está com elas no apartamento.

Jane caminha pela sala empoeirada, seus passos ecoando. Cassandra fica de costas para a janela, olhando para o espaço que antes abrigava o sofá azul e as cortinas florais de Amanda, e que agora contém apenas lembranças.

Ela quase sente o cheiro de canela, baunilha e manteiga que permeava o ar. Ela pode ver Amanda se atirando no sofá, apoiando os pés no colo de Beth, reclamando que seu plantão de 12 horas ainda lhe renderia um joanete. E Amanda reforçando como o banheiro era pequeno: *Não consigo nem abrir a porcaria da porta sem batê-la na privada!*

Cassandra balança a cabeça, tentando espairecer. Elas precisam manter o foco.

— Não é melhor arrumá-lo para ficar mais bonito? — pergunta Cassandra. — Alguns móveis, talvez uma camada de tinta?

Jane pensa no assunto, mas balança a cabeça.

— Não podemos fazer parecer bom demais para ser verdade.

— Que tal o seguinte para o anúncio: *"Estúdio aconchegante na cobiçada região de Murray Hill. Perto de metrôs, restaurantes e lojas".*

— Falta um último detalhe.

Mais uma vez, elas estão usando palavras como isca, assim como fizeram quando criaram o aviso da homenagem a Amanda.

Cassandra sorri e completa:

— Disponível imediatamente.

— Perfeito. Valerie vai postar no site de aluguel hoje à noite.

As irmãs esvaziaram o estúdio de Amanda nas semanas após sua morte. Agora, elas fazem uma verificação final, espiando nos armários da cozinha e abrindo a máquina de lavar louça.

Cassandra abre o forno. Há uma forma de bolo solitária na grade inferior.

— Ela realmente amava suas sobremesas.

Cassandra puxa a forma e a encaixa debaixo do braço.

Não há mais nenhum pertence de Amanda no local.

Jane assente e diz:

— No começo, achei que ela poderia ser fraca demais. A enfermeira de aparência delicada com suas assadeiras.

— Mas ela tinha um lado B.

Cassandra se lembra de como elas ouviram falar sobre a enfermeira do pronto-socorro de Valerie, que parara no hospital após fraturar o tornozelo ao tropeçar no meio-fio.

Amanda estava de plantão no dia. Enquanto cuidava de Valerie, ela contou sobre outro paciente, um adolescente espancado que dera entrada horas antes. Os pais do menino o expulsaram de casa depois de ele revelar que era gay, e ele estava dormindo na rua quando fora atacado. Mesmo depois de saberem que o filho estava em coma induzido, os pais se recusaram a ir visitá-lo.

Eu adoraria ir atrás dos pais dele com um taco de beisebol, confessara Amanda. *E depois ir atrás de quem fez isso com ele.*

Valerie olhou com mais atenção a enfermeira envolvendo cuidadosamente seu pé e sua perna com uma gaze. Dois dias depois, Amanda estava em um restaurante almoçando uma salada. Valerie entrou no restaurante instantes depois dela, fingindo surpresa ao vê-la. As duas acabaram dividindo uma mesa e conversando.

Tenho uma boa impressão da Amanda, relatara Valerie para Cassandra, Jane, Beth, Stacey e Daphne no encontro seguinte. *A esta altura, todas já passaram um tempo com ela. Acho que ela é uma de nós.*

Vamos votar, sugeriu Jane. *Quem for a favor, levanta a mão.*

Stacey foi a última, mas quando o fez, foi unânime — a regra para seguir para o próximo passo.

A votação não significava que Amanda seria convidada para o grupo. Significava apenas que as seis tinham resolvido testá-la.

Agora, Jane põe a mão no braço de Cassandra, trazendo-a de volta ao presente.

— Pronta?

Cassandra confirma.

Então elas saem, deixando as lembranças de Amanda para trás.

Embora o mercado de aluguel esteja disputado, este apartamento em particular permanecerá vago até Shay enviar uma proposta. O envelope com cinco mil dólares em dinheiro que as irmãs entregaram ao senhorio mais cedo vai garantir isso.

— O nome dela é Shay Miller — informou Cassandra ao homem, que o anotou no verso do envelope. — Ela será a inquilina ideal.

35

SHAY

> APARTAMENTOS PARA ALUGUEL COMPÕEM 63% DO TOTAL DE MORADIAS DA CIDADE DE NOVA YORK, MAS ISSO NÃO SIGNIFICA QUE SEJA FÁCIL ENCONTRAR UM. A TAXA DE VACÂNCIA É NOTORIAMENTE BAIXA. NO ANO PASSADO, FOI DE 3,63% — QUASE METADE DA MÉDIA NACIONAL, QUE É DE 6,9%.
> — DOSSIÊ DE DADOS, PÁGINA 42

O apartamento é surreal.

A apenas alguns quarteirões do apartamento que divido com Sean, o estúdio tem um formato em L com uma parte mais escondida, o que é perfeito, pois acabo de descobrir que adoro morar sozinha.

Não é grande, mas é arejado e tem uma janela ampla voltada para o sul da cidade. O aluguel é surpreendentemente acessível — apenas duzentos dólares mais caro do que venho pagando.

Além disso, hoje aconteceu mais uma coisa que me faz pensar que o destino está conspirando para me colocar neste apartamento.

Não consegui o emprego na Agência Avenues, eles escolheram outra pessoa.

Mas recebi uma oferta ainda melhor.

Uma funcionária de recursos humanos da Quartz Inc. me mandou uma mensagem, a empresa precisa de um pesquisador autônomo, quarenta horas por semana, por um salário mais alto que o do meu último emprego.

Antes de ligar para ela, pesquisei sobre a Quartz, sediada em Palo Alto, na Califórnia. A pequena, mas inovadora, empresa de marketing e publicidade é comandada por um cara que iniciou sua carreira nessas superempresas de tecnologia.

121

Depois de conversarmos, ela ligou para sua supervisora, Francine DeMarco, que me ofereceu o cargo ao final de uma entrevista de quase uma hora.

Não pude deixar de perguntar por que eles precisavam de alguém em Nova York quando a Califórnia tinha tantos analistas de dados. Acho que fiquei com um pouco de medo de ser substituída por alguém da região.

Francine riu e respondeu:

— Estamos procurando dezoito pessoas e precisamos que todas elas comecem o mais rápido possível. Ainda não foi anunciado, mas a Quartz acabou de fechar um projeto enorme. Precisamos de muita gente.

Ela também deu a entender que o trabalho poderia se transformar em um emprego fixo.

Eu começo na próxima segunda-feira.

Agora, estou mais uma vez clicando nas fotos do site de apartamentos para alugar, analisando o banheiro minúsculo — típico de Nova York — e os eletrodomésticos surpreendentemente modernos na cozinha. Não é tão luxuoso quanto o lugar do qual estou cuidando, mas tem tudo de que preciso.

Disponível imediatamente.

Eu poderia me mudar neste fim de semana.

Só tem um probleminha, que a princípio eu não tinha notado — cliquei nas fotos antes de fazer qualquer outra coisa —, mas quando li os detalhes, reconheci o endereço imediatamente: é o antigo apartamento de Amanda.

Acho que faz sentido que, algumas semanas após sua morte, o lugar tenha ficado disponível. Também faz sentido eu encontrá-lo, visto que estou vasculhando sites de aluguel quase todos os dias.

Mas eu conseguiria morar lá?

É isso que pergunto ao Sean quando nos encontramos para beber na noite seguinte.

— Um bom estúdio praticamente virando a esquina por esse preço? — Ele assoviou. — Seria loucura deixar passar.

— Provavelmente já foi alugado. — Pego o celular e entro no site, que salvei nos favoritos, mas o apartamento de Amanda continua disponível.

— Olha, eu entendo que pode ser estranho para suas amigas novas te verem lá. — Sean se recosta na cadeira, espalhando as pernas como homens altos fazem. — Mas quando se trata de imóveis em Nova York, não há regras. Você pode passar seis meses procurando e não encontrar mais nada tão bom assim.

Tomo outro gole da minha cerveja, pensando nas ratoeiras, manchas de infiltração e no choro do bebê vindo pelas paredes finas do último apartamento que fui olhar. Sean tem razão.

— A questão é que consigo me imaginar morando lá.

Tento não pensar em como é um pouco inquietante minha vida estar se cruzando com a de Amanda mais uma vez.

Quando a garçonete se aproxima, Sean pede mais uma rodada.

— É por minha conta. — Ele brinda com o copo no meu. — Parabéns pelo novo trabalho. — Ele ri e continua: — Ainda não consegui me acostumar a te ver sem óculos.

— Eu também. Toda hora vou empurrá-los pelo nariz, mas eles não estão lá.

— Você está bonita. Não que já não fosse.

Estou usando a roupa que comprei para ir tomar alguns drinques com Cassandra e Jane, mas troquei a sapatilha por minhas botas de couro. Acho que, mesmo sabendo que Sean está com Jody, eu ainda queria ficar bonita para ele.

Você também está bonito. Mas não digo isso.

— Olha, se eu fosse você faria o seguinte — continua Sean, me lembrando de como sempre gostei de seus conselhos gentis e diretos —: ligue para suas amigas. Se elas tiverem um problema com isso, você continua morando comigo até encontrar outra coisa. Talvez elas não se importem nem um pouco. De repente vão até ficar felizes por você.

Ele está prestes a dizer mais alguma coisa quando seu celular, que está sobre a mesa, vibra com a chegada de uma mensagem. Eu automaticamente olho para a tela e vejo o nome de Jody.

— Desculpe, só um segundinho.

Sean escreve alguma coisa rapidamente.

Eu me pergunto se Jody sabe que saímos juntos. Se eu pelo menos não tentar alugar o apartamento de Amanda, voltarei a morar com eles em alguns dias. Ouvindo-a rir, vendo os dois aninhados no sofá, passando na ponta dos pés pela porta fechada do quarto.

— Acha que devo sondar Jane e Cassandra agora?

Será um pouco estranho ligar para elas na frente do Sean, mas se eu não ligar, tenho medo de perder a chance.

— Claro. — Sean deixa o telefone na mesa virado para cima. — Vou ao banheiro rapidinho.

Eu ligo para o número de Cassandra. Enquanto escuto tocar, olho para baixo e vejo a resposta de Sean para Jody: *Volto logo.*

Desvio o olhar rapidamente. Eu não precisava ser lembrada de que Sean foi apenas emprestado para mim por algumas horas.

Cassandra atende à ligação e escuto o barulho da rua ao fundo.

— Oi, Shay! Tudo bem? Jane e eu estamos indo para a ioga.

— Oi. Er, eu tenho uma pergunta meio estranha. Fico um pouco desconfortável só de perguntar, mas preciso da opinião de vocês sobre uma coisa.

— Claro, pode falar.

— Encontrei um apartamento para alugar.

Brinco distraidamente com os pacotes de açúcar e adoçante no suporte de metal da mesa enquanto penso no que mais dizer.

— Que ótimo! — Eu a escuto dizer alguma coisa ao fundo, depois a resposta um pouco abafada de Jane. — Incrível, onde fica?

— Agora é que vem a parte estranha.

Não há como tornar aquilo mais fácil, principalmente porque elas estão com pressa. Sean também já está voltando do banheiro.

— Eu não percebi no início, mas é o antigo apartamento de Amanda.

A reação é um silêncio mortal, sinto meu estômago embrulhar.

— Ah.

É impossível avaliar o tom de Cassandra.

Sean se senta na minha frente. Ele ergue as sobrancelhas e levanta o polegar num sinal de positivo, depois o abaixa.

Eu dou de ombros.

— Não sei nem se eu me sentiria confortável com isso, mas queria checar com vocês primeiro...

— Humm, uau — diz Jane. Sua voz soa mais próxima agora, como se Cassandra estivesse segurando o celular entre elas. — É uma situação delicada.

— Eu nem deveria ter perguntado — respondo rapidamente. — Não é uma boa ideia.

— Espera aí, Shay — diz Cassandra. — Só ficamos surpresas... Mas acho que faz sentido que o proprietário já tenha colocado para alugar. Dá para entender como você acabou encontrando justo ele; você tem procurado todos os dias.

Não me lembro de ter contado aquilo a ela, mas devo ter. Porque não é mentira.

— Posso encontrar outra coisa.

— A questão é que é dificílimo arranjar um bom estúdio em Manhattan — alerta Jane. — Amanda adorava aquele cantinho, era tão aconchegante.

Sean toma outro gole de cerveja e se inclina para mim. Percebo que ele está curioso para saber a reação delas, então inclino o telefone para mais perto dele.

— Jane, acho que a Shay devia tentar — diz Cassandra. — Alguém vai morar lá mesmo, por que não ela?

Eu prendo a respiração.

— Na verdade, fico feliz em saber que alguém de quem gostamos vai morar lá — diz Jane. — Você já não consegue ver a Shay voltando de uma corrida e fazendo uma de suas vitaminas de banana naquela cozinha?

Sean sorri e me dá uma leve cotovelada. Ele conhece bem meu vício em vitaminas de banana.

— Totalmente! — exclama Cassandra. — Shay, precisa alugá-lo antes que outra pessoa passe na frente. O que está fazendo ligando pra gente? Vá ligar para o proprietário!

Eu rio, tão aliviada que meu corpo fica fraco.

— Tudo bem, tudo bem. Vou fazer isso agora.

— Manda uma mensagem avisando se conseguiu! — pede Cassandra.

Qualquer traço de desconforto ou surpresa desapareceu de seu tom de voz; ela está transbordando de empolgação.

— Vai ter que fazer uma festa quando mudar!

— Com certeza — respondo. — Aproveitem a ioga!

Eu olho para Sean, incrédula.

— Pelo visto correu tudo bem — diz ele. — Acho que você tem mais uma ligação para fazer.

Quando terminamos nossa cerveja e saímos, estou com horário marcado para visitar o apartamento: nove da manhã do dia seguinte.

Leve um cheque para o depósito caução, instruiu o senhorio. *Se estiver realmente disposta, eu gostaria de fechar o acordo lá mesmo.*

— Parece que está dando tudo certo — observa Sean, me dando um abraço de despedida.

Dou meia-volta e ando na outra direção, imaginando minha cama naquele cantinho em L e a cozinha toda arrumada com minha chaleira e frigideira no fogão e minha tigela de frutas na bancada.

Também já posso me visualizar abrindo a porta e recebendo Cassandra e Jane.

36

CASSANDRA E JANE

Sete meses antes

— Entrem, entrem! — disse Amanda, abrindo a porta.

— Acabei de ganhar cinco quilos só com o cheiro que está aqui! — exclamara Jane, aos risos, enquanto as irmãs Moore abraçavam Amanda e tiravam os casacos.

Amanda tinha preparado um banquete para o encontro: tarteletes de limão, brownie com caramelo, cookies de chocolate e torta de morango. O cheiro no apartamento era celestial.

— Já estou sentindo a manteiga se instalando nos meus quadris — resmungou Beth, depois de inspirar profundamente e pegar um cookie.

As seis integrantes do grupo estavam presentes: Cassandra, Jane, Valerie, Beth, Daphne e Stacey.

Durante a primeira meia hora, elas tomaram vinho, devoraram os doces e fizeram todo tipo de pergunta, interrogando Amanda sobre sua infância, seus relacionamentos e o que ela fazia nas horas livres.

Então, tudo começou.

— Adivinhem o que eu descobri outro dia? — Beth olhou para o grupo, seu semblante revelando que não era boa coisa. — Meu ex vai fazer uma leitura de poesia semana que vem.

— Tá brincando? — comentou Cassandra, embora as irmãs já soubessem daquilo.

— Uma amiga em comum postou nas redes sociais — explicou Beth. — Parei de segui-la imediatamente, mas era tarde demais. Não consigo tirar os detalhes da cabeça.

— Que história é essa? — perguntou Amanda.

Beth contou toda a história do ex-marido para Amanda, começando com o diagnóstico de câncer de mama e terminando com o abandono.

Amanda pegou a mão de Beth, mas a expressão em seu rosto era de raiva — aquela mistura de frieza e bondade que Valerie detectara no pronto-socorro.

— Já vi muita gente fazendo besteira quando algum ente querido está sofrendo — disse Amanda —, mas essa é uma das piores histórias que já ouvi.

— Beth se mudou para cá por causa desse cara, o apoiou todos esses anos enquanto ele ficava sentado numa cadeira escrevendo suas rimas irrelevantes, e no final ele a deixa sozinha — resumiu Cassandra, observando Amanda com atenção. — Ela teve que ir e voltar da químio em um carro de aluguel. Estava pesando quarenta e cinco quilos.

— Não tinha ninguém para ir com você? — perguntou Amanda, incrédula.

— Alguns amigos se ofereceram, mas, às vezes, eu mal conseguia sair da cama. Eu estava doente, magoada, deprimida e simplesmente não queria que ninguém me visse daquele jeito. Eu não conseguia juntar energia para atuar. Valerie morava no meu prédio na época e, um dia, quando eu estava atrapalhada com as compras do mercado, ela me ajudou. No dia seguinte, ela bateu na minha porta para ver como eu estava.

Valerie interrompeu:

— Ela sabia que eu não aceitaria não como resposta.

Beth afastou o prato, embora não tivesse dado nem uma mordida na torta que servira para si mesma.

— Fiquei tanto tempo com raiva. Achei que tivesse superado, mas a ideia de que ele pode estar fazendo sucesso... E escuta mais esta: eu ainda tenho que pagar pensão alimentícia para ele.

— Isso é inacreditável — indignou-se Amanda.

Beth balançou a cabeça.

— O que eu não daria para vê-lo dar com os burros n'água. — A voz dela tremia. — Aparentemente, o título de um dos poemas é "Câncer".

Jane esfregou o ombro de Beth.

— Sinto muito, querida.

— Devíamos aparecer lá e começar a vaiá-lo — sugeriu Valerie.

Cassandra tomou um gole de vinho. Seu tom de voz era contemplativo.

— Seria uma pena se alguém o avisasse que o horário da leitura mudou e ele chegasse tarde demais para fazê-la.

O teste havia começado.

Jane sorriu.

— Ou se ele ficasse tão enjoado que tivesse que sair do palco.

Beth jogou a cabeça para trás e riu.

— Seria a justiça sendo feita! Perfeito. Mas como poderíamos fazer isso acontecer?

Ninguém disse nada. Era importante ver se Amanda levaria aquilo adiante.

Amanda deu uma mordida num brownie de caramelo puxa-puxa. Ela não parecia incomodada com o silêncio repentino, ela parecia estar pensando.

— Xarope de ipeca — sugeriu ela. — As pessoas davam aos filhos para induzir o vômito quando engoliam algo venenoso. Seu uso não é mais recomendado, mas ainda existe.

Cassandra sentiu um formigamento nas veias. Mais tarde, conversando sobre aquele momento com Jane e Valerie a caminho de casa, ela descobriu que as duas tinham sentido o mesmo.

Valerie se inclinou para mais perto, os olhos castanhos brilhando.

— Como faríamos isso?

— Colocando um pouco na bebida dele — respondeu Amanda, dando de ombros. — Um pouquinho já faz efeito. Em excesso é perigoso, mas uma pequena quantidade já deixa a pessoa violentamente enjoada. Tipo, vomitando sem parar e correndo para o banheiro. Seria preciso tomar cuidado.

— Mas como arranjar um pouco? — perguntou Cassandra.

— É vendido sem receita. Eu poderia comprar em uma farmácia — disse Amanda.

As outras mulheres se olharam.

Amanda não sabia, mas acabara de passar em seu teste com louvor.

37

SHAY

A PROBABILIDADE DE DUAS PESSOAS TEREM APARÊNCIAS COMPLETAMENTE IGUAIS EM ALGUM LUGAR DO MUNDO — OU SEJA, COM TODAS AS OITO CARACTERÍSTICAS FACIAIS MENSURÁVEIS IDÊNTICAS — É EXTREMAMENTE RARA: PERTO DE UMA EM UM TRILHÃO. NO ENTANTO, COMO AS PESSOAS VEEM TODO O ROSTO DE QUEM ESTÃO OLHANDO EM VEZ DE REPARAR EM CADA PARTE INDIVIDUALMENTE, COSTUMAM ENCONTRAR CORRESPONDÊNCIAS IMPRESSIONANTES ENTRE PESSOAS QUE NÃO TÊM MUITAS SEMELHANÇAS FACIAIS MENSURÁVEIS DE FATO.

— DOSSIÊ DE DADOS, PÁGINA 44

Deixo a água quente escorrer pelas minhas costas e pego o sabonete líquido de lavanda. Enquanto esquento ainda mais a água do chuveiro, olho para a minha mão sobre a grande torneira de prata. Ontem, após terminada a mudança, fui à manicure. Minhas unhas cor-de-rosa em formato oval não parecem minhas.

Aquelas são mãos de alguém mais elegante e feminino, como Amanda.

Amanda provavelmente ficava neste exato local, abrindo a mesma torneira, todos os dias. Incluindo no dia em que morreu.

Afasto a mão da torneira, me enxáguo rapidamente e enrolo uma toalha no corpo. Meu roupão ainda está em uma das caixas empilhadas perto do armário.

Eu visto um moletom, prendo os cabelos úmidos em um rabo de cavalo e coloco meus óculos, já que tudo que pretendo fazer esta noite é pedir o jantar e terminar de esvaziar as caixas.

Para afastar o desconforto persistente que senti no chuveiro, ligo meu celular num minúsculo alto-falante portátil e escolho uma lista de músicas pop para tocar.

Peço uma pizza média com cogumelos e pimentões. Depois, mando uma mensagem rápida para meu novo senhorio lembrando-o de deixar a chave da caixa de correio do saguão. Há duas fileiras com dez pequenas caixas — uma para cada inquilino do edifício. Já preenchi um formulário de mudança de endereço no correio, então devo começar a receber correspondências a qualquer momento.

Em seguida, pego uma tesoura e rasgo o lacre da caixa de mudança mais próxima. Começo a encher as gavetas da cômoda com minhas camisetas e suéteres, partindo em seguida para o armário. Penduro os casacos e estou começando a guardar as calças quando a campainha toca.

É um pouco mais baixa que a do meu antigo apartamento, e, por um instante, confundo com a música que estou ouvindo. Então ela toca novamente.

Vou até a porta da frente e espio pelo olho mágico.

Estava esperando ver o entregador da pizza, mas é uma mulher com uma garrafa de vinho na mão. Ela deve ter uns quarenta anos, tem o rosto redondo e um olhar caloroso.

— Oi, vizinha. Eu me chamo Mary.

— Oi. Shay.

Ela me entrega a garrafa de Merlot.

— Obrigada. — Não sei se ela quer que bebamos juntas, então pergunto: — Quer entrar?

Abro um pouco mais a porta, mas Mary balança a cabeça, sorrindo.

— Ninguém quer receber visitas no dia da mudança. Eu só queria dar as boas-vindas ao prédio.

Ela aponta para a porta aberta do outro lado do corredor.

— Estou aqui caso precise de uma xícara de açúcar ou algo assim.

Então Mary olha para o que está atrás de mim: a sala de estar e jantar, já ocupada pelo sofá que eu trouxe do apartamento que dividia com Sean, e uma pequena mesa redonda com duas cadeiras que comprei numa promoção.

A expressão em seu rosto muda e a tristeza toma conta de seus olhos.

— Eu sei o que aconteceu com a mulher que morou aqui antes de mim — deixo escapar. — Isto é, caso vocês tenham sido amigas. Só quero que saiba que sinto muito...

Mary suspira profundamente.

— Eu conhecia Amanda. Não é como se fôssemos amigas próximas, mas de vez em quando tomávamos uma taça de vinho e, às vezes, quando eu viajava, ela alimentava meu gato.

A voz de Mary parece sumir enquanto me lembro das mentiras que contei a Cassandra e Jane — sobre conhecer Amanda porque íamos ao mesmo veterinário e sobre meu gato morto fictício.

Começo a ser tomada por uma sensação de pavor.

— A Amanda também tinha um gato, não tinha? — deixo escapar.

Ela estava segurando um gato tricolor na foto da cerimônia; tenho certeza. Foi a origem da mentira da qual tanto me arrependo, a mentira que não para de crescer.

Mary parece surpresa.

Agora sou tomada por um pressentimento e um aperto no peito.

— Não. Amanda não tinha animais de estimação.

Claro que ela não tinha, penso. Em todas as conversas que tive com Jane e Cassandra, ninguém nunca mencionou Amanda deixando um animal.

Só que alguma coisa ainda não faz sentido.

— O seu gato — continuo, quase freneticamente — tem pelagem tricolor?

Talvez Amanda estivesse segurando o gato de Mary na foto. Mary poderia ter tirado a foto.

Mary balança a cabeça, parecendo confusa. Ela olha para trás e chama:

— Felix!

Em seguida, ela faz um som de clique com a língua. Escuto um miado baixinho, e um pequeno gato cinza atravessa a porta aberta e para ao lado de Mary.

— Este é o Felix. — Mary o pega no colo. — Ele foi abandonado; o encontrei do lado de fora no meio da noite no inverno passado. Precisei deixar comida lá fora durante duas semanas para que ele confiasse em mim o suficiente para me deixar pegá-lo. Enfim, vamos deixar você continuar o que estava fazendo. Vejo você em breve!

Mary volta para seu apartamento. Eu fecho minha porta e me recosto contra ela, respirando com dificuldade.

Cassandra devia saber que é impossível eu ter conhecido Amanda num veterinário, mas ela não pareceu nem um pouco surpresa com minha história. Ela não fez perguntas, nem me desmentiu. No dia em que tomamos chá, aumentei a mentira alegando que meu gato havia morrido. Jane também pareceu engolir a história sem nunca questionar nada.

129

As irmãs sabiam que sua querida amiga Amanda não tinha gato.

Então elas também devem saber que eu estava mentindo o tempo todo.

38

SHAY

OS ÍNDICES DE ANSIEDADE E DEPRESSÃO ALCANÇARAM OS NÍVEIS MAIS ALTOS DE TODOS OS TEMPOS EM DIVERSOS PAÍSES — INCLUINDO NOS ESTADOS UNIDOS. EXERCÍCIOS FÍSICOS, ASSOCIADOS A TERAPIAS E MEDICAÇÕES, PODEM AJUDAR A COMBATER QUESTÕES DIFÍCEIS DE SAÚDE MENTAL PORQUE ESTIMULAM A PRODUÇÃO DE ENDORFINAS E ENCEFALI-NAS. PARA OBTER UMA EFICÁCIA MÍNIMA, SÃO NECESSÁRIOS TRÊS OU MAIS TREINOS POR SEMANA DE NO MÍNIMO TRINTA MINUTOS CADA.

— DOSSIÊ DE DADOS, PÁGINA 46

Cassandra e Jane podem ter resolvido não me confrontar por mentir sobre o veterinário por diferentes motivos.

O mais provável, no entanto, é gentileza.

Quando aumentei aquela invenção, logo depois de esbarrar por acaso com as duas na tempestade, eu estava bem abalada.

Elas provavelmente não queriam me envergonhar e fazer com que eu me sentisse ainda pior.

Naquele dia, quando vi o que agora sei ter sido apenas uma ilusão, cheguei ao fundo do poço. Eu estava sob muito estresse, sem contar os efeitos colaterais do remédio para dormir, que poderiam estar me confundindo. Já ouvi histórias sobre episódios de sonambulismo — pessoas cozinhando ou até dirigindo carros — devido a esse remédio. Portanto, não é exagero pensar que ele também tenha me afetado.

Mas não o tomo há algumas semanas. Eu não preciso dele; quero ver o mundo de forma clara agora. Ontem foi minha primeira noite no apartamento novo. Mesmo que eu ainda não tenha cortinas nem persianas — colei papel pardo na janela do quarto para impedir a entrada de luz —, dormi oito horas ininterruptas.

Passei a maior parte do dia me organizando. Desmontei todas as caixas da mudança para que fossem recicladas e a cozinha está do jeito que eu gosto, com meu liquidificador na bancada ao lado da tigela de bananas. O armário está abastecido com manteiga de amêndoas, café de torra escura, macarrão e barrinhas de proteína. Além de, claro, chocolate.

Minha velha vida está de volta, mas numa versão melhor, estou pensando ao descer as escadas do metrô e chegar à plataforma. Eu empurro a catraca, feliz por meus batimentos cardíacos estarem equilibrados, as palmas das mãos secas. Abro um sorriso quando me lembro da piada de Anne sobre o vibrador. Meu pânico foi embora, tão eficazmente que é como se nunca tivesse existido.

Ajeito a alça da bolsa de ginástica no ombro enquanto me dirijo para as escadas e começo a subir. São quase seis e quarenta e cinco, horário em que devo encontrar Jane. Da última vez em que a vi, ela perguntou se poderia me acompanhar a uma aula de CrossFit.

— Tenho que fazer alguma coisa — disse ela, beliscando a barriga inexistente.

Eu ri e respondi que adoraria saber seu segredo, mas fiquei radiante por ela querer experimentar. A aula às sete da noite é difícil, mas sou boa nela. Consigo levantar halteres pesados e fazer agachamentos sem precisar de muitas pausas. Acho que estou ansiosa para que Jane me veja onde me sinto mais à vontade.

No entanto, assim que chego ao estúdio, recebo uma mensagem dela: *Sinto muito, tive um problema no trabalho. Vou ter que adiar! Enquanto isso, aqui vão as melhores fotos do outro dia. Estou louca para saber o que vai acontecer quando você terminar seu perfil.*

Tudo bem, e obrigada!, escrevo de volta, embora um pouco decepcionada.

As fotos estão boas: elas me pegaram rindo enquanto experimentava um chapéu de palha e um pouco mais séria admirando o rio. Mas são apenas quatro fotos, e Cassandra e Jane tiraram dezenas. Acho que devem ter me enviado somente as melhores.

Eu guardo o celular, troco de roupa no vestiário e entro na sala. Encontro um lugar na segunda fileira. A aula está lotada, como de costume, visto que esse professor tem uma legião de seguidores.

Quarenta e cinco minutos depois, estou encharcada de suor. Meus braços estão tremendo e sei que minhas pernas estarão doloridas amanhã. Meus pensamentos, no entanto, estão maravilhosamente organizados.

Entro no vestiário e vou até a pia para jogar um pouco de água fria no rosto e lavar as mãos. Quando levanto a cabeça de volta, noto a mulher à minha esquerda.

Ela se parece muito com a ruiva que vi no funeral de Amanda.

Nossos olhares se encontram pelo espelho e ela parece surpresa. Talvez seja porque me pegou olhando para ela.

Eu sorrio.

— Oi.

Ela apenas assente.

Pode ser a mulher errada, eu não cheguei tão perto no dia. Mesmo se for a mesma pessoa, ela não deve ter me reconhecido. Não estou mais usando óculos e meus cabelos estão mais claros e mais curtos.

Eu rapidamente me afasto e recolho minhas coisas.

Quando saio do estúdio, a mulher está bem na minha frente, abrindo a porta. Ela olha para trás automaticamente enquanto a segura, como as pessoas fazem para não deixar a porta bater na cara de alguém, e eu passo.

— Obrigada.

— Imagina. — O sotaque dela acentua a palavra.

Deve ser ela.

Ela ainda está me olhando de um jeito meio estranho, como se talvez ainda não conseguisse me identificar. Estou prestes a dizer alguma coisa, mas aí imagino como seria a conversa: *Eu te vi em um memorial fúnebre... Não, eu não conhecia a Amanda, mas fiquei amiga das amigas dela, que são suas amigas também?*

Seria esquisito demais.

Quando eu piso na calçada, ela ainda está na minha frente, mas não está indo para nenhuma direção: ela parece estar esperando. Então, viro à direita e vou para o metrô.

Eu não olho para trás, mas juro que consigo sentir os olhos dela em mim.

Quando estou subindo os degraus da estação da rua 33, já quase parei de pensar naquilo. Estou animada para hoje à noite: um jantar saudável e, depois, ativar meu perfil de encontros.

Converso com minha mãe enquanto desço a rua, contando mais sobre o cargo de pesquisadora na Quartz e prometendo visitá-la no Dia de Ação de Graças. Até me sinto pronta para passar um fim de semana com o Barry.

Entretanto, acontece a coisa mais estranha; imagino que seja memória muscular ou algum padrão cerebral que precisa ser redirecionado.

Eu entro em meu antigo prédio antes de me lembrar que não moro mais nele.

Eu nem tenho mais as chaves; dei as minhas para Jody.

Fico parada no saguão, olhando ao redor por um tempo antes de sair.

A mulher que eu era quando morava aqui não existe mais.

39

CASSANDRA E JANE

— GarotaDosDados — diz Jane, seus dedos pairando sobre o teclado do notebook. — Stacey disse que Shay ativou seu perfil há menos de uma hora.

As irmãs estão isoladas no apartamento de Jane, em Tribeca, a poucos quarteirões da residência de Cassandra. Elas ainda estão com as roupas de trabalho, embora tenham tirado os sapatos; o sushi que pediram para jantar está esperando na ilha de granito da cozinha, nenhuma das duas o tocou.

A calça preta e justa de Cassandra escorrega um pouco até seus quadris enquanto ela anda pela sala de estar, entra na cozinha e volta. A gata — a mesma que Amanda adorava — pula no sofá e esfrega a cabeça na perna de Jane. Hepburn tem sido excepcionalmente afetuosa nos últimos tempos, como se sentisse a angústia de sua dona.

— Encontrei — anuncia Jane.

Cassandra vai até o sofá e Jane inclina a tela para que a olhem juntas.

— Bela foto — observa Cassandra, sem emoção.

Shay está radiante na foto de perfil que carregou no site de relacionamentos. Ela está experimentando um chapéu de palha e rindo, seu rosto voltado para o sol.

Aquela foto é surpreendentemente semelhante a uma de Amanda na primavera passada, fazendo a mesmíssima pose, no mesmo quiosque e parque. Foi Jane quem tirou aquela foto também. Amanda postou-a em seu perfil em uma rede social alguns meses antes de morrer.

Foi fácil manobrar Shay: depois que a levaram para o parque, Cassandra parou no quiosque. Ela e Jane pegaram alguns chapéus, Jane empurrando um de palha para Shay antes de orientá-la sobre como posar.

No futuro, poderá ser valioso ter provas públicas do desejo implacável de Shay em reproduzir elementos da vida de Amanda, mas isso não será o suficiente.

Um elemento ainda mais urgente deve ser inserido no jogo: as demais mulheres do grupo devem ser levadas a acreditar que Shay está obcecada por Amanda, e que sua obsessão só fez crescer desde sua morte.

No início desta noite, as irmãs tentaram plantar as sementes para expor a fixação de Shay, manipulando-a para topar com Beth. Jane marcou encontros separadamente com as duas, de modo que elas estivessem na mesma aula de CrossFit. Depois, Jane cancelou com ambas, alguns minutos antes do começo da aula, alegando uma emergência de trabalho.

A melhor das hipóteses, concordaram as irmãs, teria sido Beth notar Shay, reconhecendo-a do serviço fúnebre ou da fotografia de Amanda que Cassandra distribuíra antes dele. Mesmo que Beth não se lembrasse de Shay, ainda poderia se espantar com a semelhança entre elas.

Parecia improvável que acontecesse o oposto, ou seja, que Shay se lembrasse de Beth e a abordasse. Contudo, se ela o fizesse, as irmãs também poderiam usar o acontecimento a seu favor: uma prova da perigosa obsessão de Shay.

Infelizmente, a mensagem que Beth enviou após o CrossFit não indicava nenhum acontecimento incomum: *Nunca vou te perdoar por me inscrever nessa tortura e depois desistir. Eu mal consigo andar!*

As irmãs precisam pensar em outra coisa, e logo. A polícia certamente detectou a discrepância entre a história que Daphne contou e a que ouviram de Kit. Daphne pode não aguentar a pressão se for chamada para responder mais perguntas.

Tudo o que elas construíram poderia desmoronar.

Cassandra desaba na almofada ao lado de Jane, que está de pernas dobradas. Ela lê o perfil de Shay:

— Procurando alguém que tenha uma vida ativa, mas que também fique feliz em relaxar no sofá, dividindo uma pizza e conversando ou vendo um filme. Seria ótimo se você tivesse pelo menos a minha altura (um metro e setenta, raramente uso salto)... Ela quer um cara como o Sean — comenta Cassandra. — Meus amigos dizem que sou gentil e inteligente: um achado. Quem sou eu para discutir com eles? =) Se quiser me conhecer, talvez possamos começar com um drinque sem compromisso e ver aonde as coisas vão...

— Acho que o termo "achado" é uma citação direta sua — ressalta Jane.

— Ela é bem maleável.

Cassandra olha para a foto de Shay novamente.

Existem tantas sobreposições misteriosas entre ela e Amanda agora. Contudo, o estilo das duas é diferente: nas fotos, Shay usa jeans e uma camisa de flanela xadrez que Amanda nunca usaria.

— O guarda-roupa de Shay precisa de alguns ajustes — pondera Cassandra. — Precisamos levá-la às compras.

Jane concorda lentamente com a cabeça.

— Ou sugerir que ela visite uma certa loja onde possa comprar roupas legais para quando começar a ter esses encontros.

Cassandra sorri.

— Genial. Vamos mandá-la para Daphne. Assim elas não têm como não se encontrar.

40

SHAY

SEGUNDO ESTATÍSTICAS DE ORGANIZAÇÕES DO TRABALHO, UMA PESSOA GERALMENTE PASSA POR DEZ EMPREGOS DIFERENTES ANTES DOS 40 ANOS. UM DOS MOTIVOS PARA ESSAS TROCAS DE EMPREGO É QUE, NA MAIORIA DAS PROFISSÕES, OS AUMENTOS DE SALÁRIO COSTUMAM SER DE APENAS 3% AO ANO – ENQUANTO MUDAR PARA UMA EMPRESA DIFERENTE PODE REPRESENTAR UM AUMENTO MAIS SUBSTANCIAL. MULHERES TÊM QUASE TANTOS EMPREGOS DIFERENTES QUANTO OS HOMENS AO LONGO DA VIDA, EMBORA NORMALMENTE TIREM MAIS TEMPO DE SUAS CARREIRAS PARA CUIDAR DOS FILHOS.

— DOSSIÊ DE DADOS, PÁGINA 51

Às 17h30, visto minha jaqueta e saio. A temperatura está começando a cair para doze graus ou menos e vai escurecer em breve, mas fiquei o dia todo dentro de casa e preciso de ar fresco.

Passei o dia preenchendo formulários para o departamento de recursos humanos da Quartz, depois comecei a realizar a minha primeira pesquisa: analisar os diferentes energéticos do mercado e delinear as semelhanças e diferenças entre eles.

As horas voaram enquanto eu me perdia compilando as características e participação de mercado de cada marca.

Eu deixara o celular no modo não perturbe para não me distrair, permitindo apenas chamadas e e-mails da Quartz. Se eu quisesse que aquela oportunidade se transformasse em um emprego de verdade, pensei, precisava tratá-la como um.

Agora, seguindo na direção sul pela Segunda Avenida, dou uma olhada em meus e-mails e mensagens de texto. Não vejo nada de interessante, então abro o aplicativo de relacionamentos.

Há um pequeno *emoji* de cupido com uma bolha em formato de coração saindo da boca dele com a palavra Quatro!

Clico nele e vejo quatro mensagens. Sinto um discreto calor no peito. Não vou a um encontro há meses, agora quatro caras podem estar interessados em mim?

Fico louca para ver quem entrou em contato. Olho ao redor e, na esquina à frente, vejo um novo bistrô que parece interessante, e é para lá que eu vou de celular na mão.

Como ainda está cedo, há mesas vazias de sobra, então peço uma perto de um dos aquecedores. Assim que o garçom anota o pedido de uma taça de vinho tinto e um prato de homus com verduras e pão árabe, abro o aplicativo.

Quase parece que é manhã de Natal e que estou prestes a desembrulhar os presentes misteriosos. Qualquer coisa — ou, mais precisamente, qualquer pessoa — pode estar lá dentro.

Desanimo um pouco ao ler a primeira mensagem. O nome de usuário é RaposaPrateada e a frase de abertura é: *Já pensou em um homem mais velho?*

Não velho o suficiente para ser meu pai, penso.

Próxima mensagem. O cara anexou uma foto, que clico para abrir.

Eu imediatamente a fecho. Não é nada muito explícito, só uma selfie sem camisa, mas é tão clichê e cafona. A mensagem não é melhor que a foto, ele escreveu apenas *Oi*. Eu o imagino fazendo isso com quase todas as mulheres do site.

O terceiro cara está de óculos escuros e boné de beisebol na única foto disponível. *Tenho uma rotina muito corrida, então não estou procurando nada sério, mas quer tomar alguma coisa um dia desses?*

Eu preferia que ele tivesse escrito mais sobre ele, então vou olhar seu perfil, um bocado vago. É difícil ter uma noção de quem ele é. Será que é casado? Penso um pouco sobre o assunto e resolvo escrever de volta: *Pode me falar mais sobre você primeiro?*

Antes de enviá-la, verifico a última mensagem. A primeira coisa que noto é a foto — um cara de cabelos castanhos, sorriso tímido e óculos de armação de tartaruga. Ele parece esguio e em forma. Atraente, mas não intimidante. Seu nome de usuário é TedTalk.

Sinto um frio no estômago.

Oi, GarotaDosDados, Ted aqui. Eu definitivamente sou ativo — adoro basquete e trilhas, mas também gosto de bons momentos com uma bela pizza.

— Com licença — diz o garçom, chegando com meu pedido.

— Desculpe.

Tiro os braços de cima da mesa, esperando que ele não tenha olhado para a tela do celular. Mesmo que todo mundo pareça namorar pela internet hoje em dia, prefiro que um estranho não saiba algo tão pessoal a meu respeito.

O garçom passa um bom tempo arrumando meus talheres e me oferecendo mais água, mas tudo o que quero fazer é voltar para o Ted.

Volto à mensagem assim que o garçom se afasta: *Sapatos de salto não serão um problema para mim, já que tenho um metro e oitenta e cinco. De qualquer forma, se quiser bater um papo, sabe onde me encontrar.*

Eu imediatamente clico em seu perfil.

As informações estão todas lá: 35 anos, nunca se casou, engenheiro mecânico, mora em Manhattan. O tipo de relacionamento que ele busca é *Sério*.

Estou radiante. Ele enviou a mensagem às onze e meia da manhã, então já se passaram mais de seis horas. Não vou parecer afoita demais se responder.

Não sou boa em flertar pessoalmente, mas aqui, no bar escuro, parece mais fácil. Eu penso um pouco, e então escrevo: *Oi, Ted. Tenho uma pergunta importante: massa grossa ou fina? GarotaDosDados (ou apenas Shay). Obs.: também gosto de trilhas, mas não há muitos lugares para explorar por aqui. A menos que você saiba de algum local secreto.*

Fiz duas perguntas de propósito, para estimular a conversa.

Ataco meu prato de homus, de repente faminta. Enquanto mordisco uma cenoura cortada em palitinhos, começo a conferir as fotos de outros usuários que atendem aos parâmetros que defini: entre 28 e 38 anos, solteiro, a no máximo trinta quilômetros de mim e em busca de um relacionamento sério.

É inacreditável quantos eu encontro; quantos caras que desejam a mesma coisa que eu. Provavelmente já passei por alguns na rua ou esperei ao lado de um monte na fila de um mercado ou no metrô. Pode até haver um neste bar.

Existem alguns sinais universalmente conhecidos indicando que alguém está comprometido — um anel de noivado, uma aliança de casamento —, mas não há nada parecido que revele quando a pessoa está procurando outro alguém.

Olho mais algumas fotos. Há muitos caras atraentes, mesmo depois de eu ter desconsiderado os que estão de camiseta justa demais, flexionando os músculos, ou os que parecem querer ostentar em fotos com carros de luxo ou barcos caros.

Leio dezenas de perfis. Alguns são engraçados, outros são diretos e muitos são tão vagos que não passam de detalhes biográficos.

No entanto, nenhum deles é atraente como Ted.

Assim que penso nisso, o ícone de cupido surge na minha tela: Uma!

Clico rapidamente no ícone e, assim que vejo que Ted respondeu, descubro que a resposta é exatamente o que eu esperava.

Oi, Shay. Essa é difícil, mas sou um grande apreciador de pizzas de todos os tipos. Tudo, menos anchovas. E você, de onde é sua pizza favorita? Sou meio novo em Nova York — me mudei do Colorado há poucos meses — e ainda estou tentando desbravar a cidade. Foi meio que um choque cultural, mas eu gostei, embora meu apartamento atual seja do tamanho do meu antigo closet, *haha.*

Sinto-me abrindo um sorriso involuntário. Ted só esperou cerca de quinze minutos para responder. Gosto disso; ele não está brincando. E se ele acabou de chegar do Colorado, provavelmente não conhece muita gente. Talvez também se sinta sozinho.

Eu também não vou fazer joguinhos. Ainda assim, termino o meu vinho antes de responder.

Concordo totalmente sobre as anchovas. Que tipo de gente põe peixe na pizza? ;) Minha pizza favorita é a do Grimaldi's, no Brooklyn — clássica massa fina. Se você ainda não conhece, precisa experimentar.

Hesito, pensando no que escrever depois. Eu poderia perguntar mais sobre o que ele faz, mas não quero dar a impressão de que sua ocupação ou renda importariam para mim.

Então eu continuo: *Só visitei o Colorado uma vez. Fui esquiar com minha colega de quarto da faculdade e a família dela. Achei tão lindo, eu adoraria voltar um dia.* Então me lembro de fazer outra pergunta. Olho as fotos de Ted novamente — ele parece ainda mais bonito agora — e percebo uma caneca de café em sua mão esquerda em uma delas.

Então escrevo: *Você é canhoto?*

Mas apago. Não quero que ele ache que fiquei analisando suas fotos tão a fundo. Eu sou tão nova nisso, não conheço as regras.

Prefiro optar por algo mais seguro: *Você esquia?*

Em seguida, clico em Enviar.

Eu pago minha conta e saio. Já esfriou e escureceu completamente, mas a cidade parece vibrar. Eu me pergunto onde Ted está agora; talvez no apartamento do tamanho de um *closet*. Ou talvez ainda esteja no trabalho. Ele pode estar em qualquer um dos edifícios por onde passo.

De alguma forma, saber que ele está por perto faz com que a cidade pareça menor, mas de um jeito bom.

Superstições não são sentimentos lógicos, mas não consigo evitar um joguinho comigo mesma: se eu não olhar meu celular até chegar em casa, Ted terá respondido.

Chego em casa e, assim que tiro o casaco e os sapatos, desbloqueio o celular.

Ele respondeu com duas perguntas:

Que tal continuarmos essa conversa pessoalmente? Quer tomar um drinque na sexta à noite?

41

AMANDA

Dois meses antes

Um fio de sangue escorreu pela canela de Amanda.

Ela praguejou e pegou a toalha, pressionando-a contra o pequeno corte enquanto desligava o chuveiro. Ela havia raspado as pernas correndo porque estava atrasada. Quando estava se preparando para encerrar seu plantão, um caminhão de entrega bateu na traseira de um ônibus de excursão escolar. Meia dúzia de crianças foram levadas às pressas para o pronto-socorro com ferimentos que iam de traumatismos cervicais e hematomas até os mais graves, como um pulso fraturado e uma possível concussão. Não dava para ir embora com crianças chorando enchendo as salas de exames esperando os pais chegarem.

Foi o pior dia possível para um acidente de ônibus.

Amanda ficou mais uma hora, consolando um menino com o braço enfaixado e em uma tipoia até o pai chegar. Ela deu um pirulito escondido para a criança antes de ir embora, sentindo-se culpada pela pressa ao preencher a papelada da alta.

Ela precisava estar em um bar chamado *Twist*, perto da parte norte do Central Park, em pouco mais de uma hora. Ela ia se atrasar.

Normalmente, se estivesse saindo para uma noitada, Amanda arrumava os cabelos, criando ondas suaves na altura dos ombros, mas agora ela apenas o secara rapidamente antes de prendê-lo num coque solto. Ela gastou um tempo precioso na maquiagem, aplicando hidratante com cor e escurecendo as sobrancelhas com um lápis marrom-claro. Felizmente, a roupa já estava escolhida: um vestido de verão claro com alças largas, brincos de argola de ouro, sandálias rasteiras e uma bolsa pequena.

Amanda guardou na bolsa um celular pré-pago, dinheiro, um cartão de crédito e um par de óculos de gatinho preto com lentes transparentes sem grau, considerando que sua visão era perfeita. Depois ela abriu o armário debaixo da pia do banheiro e tateou atrás do pacote de papel higiênico até tocar no pequeno frasco de enxaguante bucal. Amanda verificou se a tampa estava bem fechada antes de guardá-lo na bolsa.

Ela se endireitou e olhou no espelho, passando a ponta do dedo sob a sobrancelha direita para tirar uma mancha de rímel. Então ela arregalou os olhos. Como poderia ter esquecido justamente do brilho labial? Aquele simples erro poderia ter atrapalhado tudo. Ela pegou um lenço de papel e limpou o brilho rosa-pêssego.

Amanda não tinha comido nada o dia todo e sabia que era melhor beliscar alguma coisa, especialmente porque iria beber em breve, mas seu estômago estava embrulhado demais.

Por fim, ela deu uma última olhada no apartamento. Os utensílios e potes na bancada da cozinha continham as provas da insônia da noite anterior: muffins de limão cobertos por sementes de papoula, brownies com nozes e cookies de chocolate tradicionais. Fazer doces era sua terapia.

Amanda saiu para a noite sufocante.

Ela tinha imaginado aquele dia diversas vezes. Agora que finalmente chegara, ele tinha um ar surreal. Seus sentidos se intensificaram: Amanda tremeu de susto com a buzina estridente de um carro parado e torceu o nariz para o cheiro de uma poça deixada pelo labrador passeando alguns metros à frente.

O ar estava espesso e denso, como se quisesse detê-la.

Ela começou a transpirar, mas ainda não podia chamar um táxi — era preciso dar mais alguns quarteirões de distância entre seu endereço residencial e o local de partida. Parando na esquina movimentada da rua Park com a rua 32, ela levantou o braço. Era hora do rush e, mesmo em agosto, com muitas pessoas de férias, levou mais de quatro preciosos minutos para que um parasse.

Amanda se sentou no banco de trás, deu o endereço de destino ao taxista e abaixou a cabeça, fingindo estar mexendo no celular. Normalmente, ela conversava com os motoristas de táxi, gostava de ouvir suas histórias; motoristas que atravessavam as ruas de Manhattan há décadas e tinham o forte sotaque do Brooklyn para provar, imigrantes que trabalhavam como engenheiros em seus países de origem e taxistas que já tinham transportado celebridades e adoravam relembrar seus encontros com os famosos.

Hoje à noite, o único ruído no táxi vinha do *talk show* na pequena tela de TV do veículo.

Um ônibus entrou bruscamente na pista do táxi, fazendo o motorista pisar fundo no freio.

— Desculpe, senhora — disse ele, olhando-a pelo retrovisor.

— Tudo bem — murmurou ela, abaixando a cabeça novamente.

O bar estava cada vez mais próximo; o característico toldo vermelho a apenas dois quarteirões de distância.

— É aqui?

O taxista parou em frente a um restaurante mexicano. A corrida deu 15,60. Amanda entregou a ele uma nota de vinte dobrada e saiu.

Ela esperou o táxi sair do meio-fio e estar na metade do quarteirão antes de colocar os óculos comprados para aquela noite e começar a andar rapidamente.

Amanda entrou no *Twist* com vinte minutos de atraso. Ela parou na porta, ajustando os olhos à luz fraca. Estava tocando *Yellow*, do Coldplay, e o clique de um taco acertando uma bola de bilhar veio do fundo da sala.

Ela avistou Beth na outra extremidade do grande bar em forma de L, uma taça de vinho branco diante dela. Beth também viu Amanda, mas não fixou os olhos nela.

O bar estava razoavelmente cheio; era noite de quinta-feira. Se ela tivesse chegado a tempo, teria encontrado mais bancos vazios.

Mas os únicos lugares não ocupados estavam ao lado de Beth.

Ela olhou em volta novamente como se estivesse escolhendo um lugar. Alguns homens jogavam sinuca no fundo, outras pessoas estavam espalhadas pelas mesas.

Amanda respirou fundo e se dirigiu ao bar, sentando-se no pequeno banco entre outros dois, ocupados. Ela sorriu para o barman, que estava enchendo uma caneca de cerveja, mas gesticulou indicando que já voltava para pegar seu pedido.

Ela estava tonta. A noite sem dormir, as duas xícaras de café durante o plantão, o estômago vazio, tudo parecia conspirar contra ela.

Tensionando os músculos das pernas para impedi-las de tremer, ela se apoiou na bancada do bar, esbarrando de leve no homem à sua direita. Ele se virou instintivamente.

Amanda inclinou o corpo para a frente e pressionou os braços ao lado do corpo para evidenciar ainda mais o decote em V do vestido.

— Desculpe — disse ela assim que o barman voltou para anotar seu pedido —, mas o que você está tomando? Está com uma cara tão boa!

O cara no banco alto — final da casa dos trinta, ombros largos e cabelos louros ralos — ergueu o copo quase vazio.

— Uísque e soda.

Amanda assentiu para o barman e entregou-lhe uma nota de vinte dólares:

— Vamos querer dois.

— Puxa, obrigado.

O homem virou um pouco o corpo para encarar Amanda de frente. Ele a olhou de cima a baixo, parecendo gostar do que via.

— Prazer, James.

42

SHAY

> QUATRO INDICAÇÕES DE QUE AS PESSOAS PODEM ESTAR DESCONFORTÁ-
> VEIS NA SUA PRESENÇA:
> 1. ELAS TOCAM O PESCOÇO (SUAS TERMINAÇÕES NERVOSAS, PRESENTES
>   NESSA REGIÃO, PODEM, INCONSCIENTEMENTE, ACALMÁ-LAS);
> 2. OS PÉS DELAS ESTÃO APONTADOS PARA A DIREÇÃO OPOSTA À SUA;
> 3. ELAS EVITAM CONTATO VISUAL COM VOCÊ OU SE ENCOLHEM
>   LEVEMENTE;
> 4. ELAS CRUZAM OS BRAÇOS OU SE RETRAEM FISICAMENTE E POSICIO-
>   NAM UM OBJETO ENTRE VOCÊS (COMO APOIAR UMA ALMOFADA NO COLO).
>
> — DOSSIÊ DE DADOS, PÁGINA 53

Normalmente, eu jamais entraria em uma loja como esta. Pelo lado de fora já se vê que as roupas são caras e chiques. Consigo entender por que Cassandra e Jane fazem compras aqui, mas me sinto deslocada.

Quando entro, no entanto, meus ombros relaxam imediatamente. O lugar tem um cheiro delicioso de frutas cítricas frescas. Está tocando uma música animada e há minicupcakes com uma cara deliciosa em uma travessa. A loja tem um ar de pura felicidade.

Uma mulher se aproxima e a reconheço na hora: é a garota chique do memorial fúnebre de Amanda, aquela com cabelos, pele e unhas perfeitas. Hoje, ela está com uma calça jeans escura de boca larga e uma blusa de seda caramelo.

— Bem-vinda — diz ela ao se aproximar. Ela hesita, arregala os olhos e fecha um pouco o sorriso. — Daphne.

— Oi. Shay.

Eu espero uma reação, mas meu nome não parece despertar nada nela, talvez Cassandra e Jane tenham esquecido de avisar que eu viria aqui.

— Shay. Prazer...

Ela me olha de cima a baixo, talvez se perguntando por que alguém como eu estaria nesta loja chique.

— Procurando algo especial?

Agora tenho certeza de que ela não faz ideia de quem sou. Cassandra e Jane sugeriram que eu viesse escolher uma roupa para o encontro com Ted. *As roupas são caras, mas ela tem umas ofertas fantásticas. Você nunca sabe o que vai encontrar*, prometera Cassandra. *E você vai adorar a Daphne!*

— Humm, eu tenho um encontro em breve. Nós temos amigas em comum, Cassandra e Jane. Elas sugeriram que eu viesse aqui.

Daphne parece surpresa de novo, mas se recompõe rapidamente.

— Ah! Que maravilha. Elas são duas das minhas pessoas favoritas.

— Sim, elas são incríveis.

Daphne não consegue parar de me encarar. Ela sacode um pouco a cabeça como se quisesse pensar em outra coisa.

— Então, um encontro, hein — recomeça, energicamente. — Onde vocês marcaram?

— Eu ainda não sei. Na verdade, é um primeiro encontro. Vamos só tomar alguma coisa.

— Tenho umas blusas lindas aqui.

Ela me leva a uma prateleira e me mostra algumas blusas e camisas, segurando um modelo na minha frente. É de um azul forte com um decote baixo e assimétrico.

— Ficaria ótimo com seu tom de pele.

Daphne continua revirando a prateleira, escolhendo mais alguns itens para eu experimentar. Ela os leva para o provador, que tem uma poltrona macia e estofada, um espelho enorme e suportes de prata elegantes nas paredes. Daphne pendura os cabides nos suportes e fecha a cortina. Estou tirando o suéter quando escuto sua voz, ela deve estar do outro lado da cortina.

— De onde conhece Cassandra e Jane?

Preciso evitar essa pergunta. É impossível explicar nossa amizade complicada de forma simples.

— Ah, através de uma conhecida em comum.

Convenço-me de que aquilo não é de todo mentira. Então, continuo falando, evitando que ela peça mais detalhes.

— Nós temos saído muito ultimamente. Fomos tomar alguns drinques outro dia.

Daphne fica em silêncio por um instante. Eu me pergunto se ela ainda está do outro lado da cortina.

Experimento antes a blusa azul. Eu nunca a teria escolhido, mas Daphne tinha razão: caiu bem em mim.

Então vejo o preço: 280 dólares. Nunca paguei caro assim por uma blusa.

Confiro as etiquetas das demais peças, ainda mais caras. Não vou nem me dar ao trabalho de experimentá-las.

Eu me olho no espelho novamente e me imagino entrando com aquela linda blusa no bar para encontrar Ted. Eu o imagino sorrindo, feliz em me ver.

Além disso, agora sinto que preciso comprar alguma coisa.

Tiro a blusa, pendurando-a com cuidado no cabide acolchoado. Visto meu suéter cinza e comum de volta, e saio do provador.

Daphne está perto do caixa, digitando algo no celular. Ao me ver, ela o põe com a tela para baixo sobre o balcão.

— Que rápido. Gostou de alguma coisa?

Eu levanto o cabide com a blusa e o balanço um pouco.

— Você estava certa. Ficou perfeita.

Ela sorri de um jeito um pouco forçado e pega o cabide de mim.

— Que bom — responde, digitando o valor na registradora.

Daphne não está mais conversando comigo. Ela parece estar se concentrando em dobrar a blusa e colocá-la dentro do papel de seda. Encaixo meu cartão de crédito na máquina, contendo um estremecimento.

Há uma caneta prateada sobre um elegante caderno aberto sobre o balcão. Vejo que as pessoas escreveram seus nomes, endereços e e-mails em linhas bem delineadas. Ao lado, um pequeno comunicado: COMPARTILHE SEUS DADOS CONOSCO PARA SABER EM PRIMEIRA MÃO SOBRE NOSSAS OFERTAS E EVENTOS EXCLUSIVOS!

Daphne ainda está ocupada guardando o embrulho de papel de seda em uma sacola e amarrando as alças com um laço. Sem pensar muito, pego a caneta e escrevo meu nome na lista da mala direta.

Quando chego à coluna do endereço, automaticamente começo a escrever meu endereço antigo, mas paro.

Eu não moro mais lá; eu moro no apartamento de Amanda — um apartamento que Daphne provavelmente já visitou.

Ela deve reconhecer o endereço. Como explicar uma coisa dessas?

Com Cassandra e Jane, tudo se desenrolou em uma série de etapas: primeiro, confessei às duas como havia visto Amanda na plataforma do metrô e fui impactada por sua morte. Foi quando tomamos chá, após nos esbarrarmos naquele dia chuvoso em que eu estava no meu pior momento e pensei ter visto Amanda. Poucos dias depois, nos encontramos naquele bar para eu devolver a capa de chuva de Cassandra. Tomamos alguns drinques e expliquei como eu havia encontrado o cordão. Quando descobri que ele pertencia a Jane, quis devolvê-lo — o que levou a mais um encontro. Elas descobriram mais sobre minha vida quando conheceram Sean e Jody, levando à proposta para cuidar daquele apartamento e a me apresentarem sua amiga Anne. Depois, quando o apartamento de Amanda ficou disponível, elas me incentivaram a alugá-lo.

Tudo aconteceu de forma orgânica, mas, mesmo assim, não sei como explicar para Daphne; eu mal consigo entender tudo o que aconteceu por mim mesma.

Risco o que escrevi e anoto meu endereço de e-mail.

Quando levanto o rosto, Daphne está com os olhos verdes em mim novamente. Ela desliza minha sacola sobre a bancada.

— Obrigada — digo. — Espero rever você um dia desses. Talvez com Jane e Cassandra.

Ela está atrás da registradora com os braços para baixo, parecendo um pouco reservada. Talvez seja apenas sua personalidade, tento me convencer. Então me lembro dela no memorial, rindo e chorando e abraçando as amigas.

Daphne não responde ao meu comentário. Em vez disso, ela simplesmente diz:

— Divirta-se no seu encontro.

43

CASSANDRA E JANE

Cassandra e Jane chegam ao restaurante vinte minutos antes das outras.

Elas jantaram aqui no início da semana para ter uma noção do espaço. A melhor mesa, concordaram, é a redonda no canto direito do fundo. Ela acomoda cinco pessoas tranquilamente. Todas as integrantes do grupo estarão presentes esta noite, exceto Valerie, que tem outra obrigação.

A mesa oferece uma visão ligeiramente obstruída do bar. Qualquer pessoa sentada nele — voltado contra a parede esquerda de quem entra no local — fica de costas para o canto direito da sala. A iluminação é fraca, propiciando mais cobertura.

Beth é a primeira a entrar, o que é surpreendente, visto que costuma ser a última. A barra de sua camisa está para fora da calça e seu blazer está um pouco amassado.

As irmãs deslizam pelo banco para se levantarem e abraçá-la.

— Que semana longa. — Beth se joga no assento de couro e acomoda sua pasta pesada debaixo da mesa. Ela inclina a cabeça para trás e suspira.

Jane estica o braço e aperta sua mão.

— Vamos pedir um drinque pra você.

Beth parece um pouco esgotada, mas isso é normal pelo trabalho que realiza. Fora isso, ela parece animada. Ela venceu o câncer e seus cabelos ruivos flamejantes estão mais espessos e crespos do que nunca. Mais importante ainda, Beth está mais forte do que antes do diagnóstico.

Quando o garçom se aproxima e anota os pedidos, Cassandra vê Stacey chegando. Ela acena, feliz em ver que Stacey demora um pouco para vê-la. A mesa é realmente discreta.

Cassandra se levanta para Stacey ocupar um lugar de costas para a parede, como ela prefere. Enquanto Daphne não chega, as quatro colocam a conversa em dia. Beth fala sobre um novo caso e Stacey menciona que conseguiu um grande cliente corporativo, configurando o software para uma nova filial da empresa. Quando todas brindam àquilo, Stacey abre um de seus raros sorrisos, o que a faz parecer mais jovem do que nunca — especialmente com a camiseta de Mulher-Maravilha e a calça jeans que está usando.

Daphne chega às seis e quarenta, desculpando-se pelo atraso:

— Desculpem, minha vendedora precisou sair mais cedo, então tive que fechar a loja.

Uma taça de Pinot Noir espera por ela diante do espaço vazio no banco. Todas ali sabem qual é a bebida preferida de Daphne, assim como sabem que ela prefere se sentar na ponta da mesa. Sua leve claustrofobia é mais um legado do ataque de James.

Daphne pega a taça com gratidão e toma um gole. Cassandra e Jane lhe dão um tempo para se acalmar antes de dirigir a conversa para o motivo por trás daquela reunião.

— Valerie não pôde vir, mas a deixaremos a par do assunto depois — explica Cassandra. — Daphne, por que não conta o que aconteceu no outro dia?

Daphne põe a taça sobre a mesa e respira fundo. Ela começa do instante em que Shay entrou em sua loja, alegando que foi até lá por recomendação de Cassandra e Jane, e termina contando como Shay disse que esperava rever Daphne em breve, talvez com Cassandra e Jane.

Daphne não omite nenhum detalhe relevante, inclusive o que mais a impressionou:

— Ela é muito parecida com a Amanda.

Daphne estremece e pega sua taça de vinho novamente.

Beth olha de Cassandra para Jane e para Daphne.

— Espera aí, então vocês não falaram para ela ir lá?

Jane balança a cabeça. Ela puxa algo da bolsa e coloca sobre a mesa.

— Lembram dessa mulher? Vocês a viram na homenagem a Amanda.

É uma foto de Shay olhando para a câmera, seus olhos arregalados e um pouco hesitantes por trás dos óculos de tartaruga e algumas mechas dos longos cabelos castanhos caídos sobre os ombros.

— Foi ela quem visitou sua loja? — pergunta Cassandra para Daphne.

— Sim, sim! Eu não a reconheci até agora, mas esta é a parte mais louca: ela estava diferente. Ela mudou os cabelos e estava sem óculos. No memorial, ela parecia tímida e intimidada, mas quando entrou na loja estava sorridente, puxando conversa... Pelo menos no início. Quando viu que fiquei assustada, ela se retraiu um pouco.

— Sorridente e puxando conversa? — repete Stacey. — Então ela não está tentando apenas ser fisicamente parecida com a Amanda. Está tentando agir como ela.

Beth analisa a foto em silêncio. Ela a pega e a coloca na direção da luz.

— Vocês sabem que quando abordamos a Shay no memorial, ela nos disse que ia ao mesmo veterinário que Amanda, o que obviamente é mentira — diz Cassandra. — O que ainda não contamos para vocês é que topamos com Shay há algumas semanas. Na época, achamos que era coincidência. Nós a levamos para tomar um chá e ver se arrancávamos mais informações dela. E Shay admitiu uma coisa chocante. — Cassandra olha para o rosto atento das outras. — Ela estava com Amanda na plataforma do metrô pouco antes de Amanda morrer.

Daphne engasga e cobre a boca com a mão.

— Shay admitiu que é por isso que foi ao memorial — continua Cassandra.

— Mas o que... — começa Stacey.

— Agora já sei onde a vi! — interrompe Beth, virando-se para Jane. — Ela estava no CrossFit na outra noite, naquela aula que íamos fazer juntas.

Jane arregala os olhos.

— Tem certeza?

Beth aponta para a foto.

— Ela não estava de óculos e seus cabelos estavam mais compridos e presos num rabo de cavalo. Sua aparência não era exatamente como nessa foto, então ela não se parecia tanto com a Amanda, mas com certeza era um meio-termo.

Cassandra se recosta. Beth viu Shay, afinal. Está tudo funcionando perfeitamente. Mesmo que Cassandra e Jane não gostassem de enganar as outras, precisavam protegê-las. Se as mulheres do grupo forem interrogadas pela polícia a respeito de Shay — e se tudo correr bem —, darão respostas diretas e sinceras. Elas até passariam por um detector de mentiras, se necessário.

Quanto à Shay, ela deve ser sacrificada. Uma casualidade infeliz, mas necessária.

— Isso é ainda mais assustador do que pensávamos — declara Cassandra em voz baixa. Ela se debruça sobre a mesa, observando os semblantes sérios das outras. — Shay está tentando se envolver conosco. Cometemos o erro de dar a ela nossos números no dia em que tomamos chá. Ela parecia frágil, um pouco perdida. Disse que ficou muito abalada com o que assistiu no metrô. Acho que ficamos com pena dela. Mas agora... Ela envia mensagens e telefona, tentando inventar desculpas para nos encontrar.

— Por que ela tentaria se parecer com a Amanda? — pergunta Beth. — Por que estaria perseguindo a gente?

Cassandra sacode a cabeça, lançando, ao mesmo tempo, um olhar discreto para o relógio: 19h02. Está na hora.

Exatamente um minuto depois, a porta se abre e Shay entra.

Jane olha rápida e incisivamente para Cassandra. As irmãs Moore são as únicas na mesa que notaram a chegada.

Seria melhor outra pessoa comentar sobre a presença de Shay.

Cassandra pigarreia e diz:

— Acho que precisamos pensar em algumas hipóteses. Vamos começar com os fatos: sabemos o que Shay nos contou e como ela agiu. Precisamos aceitar sua história com ressalvas. Ela pode estar mentindo sobre algum detalhe específico ou sobre tudo. Suas ações, no entanto, falam muito mais alto do que qualquer coisa que ela tenha dito, e essas ações estão documentadas.

Todas concordam com a cabeça.

— O que as ações dela nos dizem? — pergunta Daphne.

— Não estou dizendo isso de forma leviana — responde Cassandra, olhando para suas amigas íntimas, as mulheres que considera irmãs. Por quem ela faria qualquer coisa. Por quem ela fez coisas que nunca teria imaginado apenas um ano antes. — Mas há algo profundamente errado com ela. Ela parece... desequilibrada.

146

— Eu concordo. Se você visse alguém se suicidar, por que tentaria parecer essa pessoa e se aproximar de suas amigas? — oferece Daphne. — Não faz sentido.

As mulheres continuam debatendo a respeito de Shay e suas possíveis motivações. De repente, Stacey estica o pescoço abruptamente e aponta para o bar.

— Aquela ali não é ela?

Stacey começa a deslizar do banco, mas Cassandra a impede.

— Meu Deus, é ela! — sussurra Daphne.

— Stacey, acalme-se. Precisamos pensar bem antes de agirmos. — Cassandra põe a mão no braço de Stacey. — Se Shay realmente é louca e aquela ali for ela, é melhor tomarmos cuidado.

Jane pega o celular e digita uma mensagem sob o tampo da mesa: *Elas viram Shay*. Ela manda a mensagem para Valerie, que está no mesmo quarteirão, mas escondida. Embora Cassandra e Jane tenham criado o perfil falso chamado TedTalk e se comunicado com Shay pelo site de encontros, nesta noite, quem vai interpretar Ted é Valerie.

Stacey ainda está metade de pé, respirando com dificuldade.

— Ela deve ter seguido uma de nós até aqui. Ela está nos seguindo!

— Ela nem está olhando para a gente — diz Daphne. — É como se estivesse fingindo estar aqui por outro motivo.

Naquele momento, Shay guarda o celular, desce do banco alto do bar, e pega o casaco e a bolsa. Ela sai rapidamente do restaurante, sem olhar para trás nem uma vez. No entanto, quando ela se vira para sair, todas no grupo conseguem vislumbrar seu rosto. Ela está a algumas dezenas de metros de distância e a iluminação não é boa, mas é, sem dúvida, Shay.

— Devíamos ir atrás dela — sugere Stacey, mas ela afunda de volta no banco.

Por alguns minutos, ninguém diz mais nada.

— Isso é muito estranho — diz Beth. — Não a vi tão claramente na academia, mas vocês têm razão. Ela está tentando ficar parecida com a Amanda.

Daphne estremece.

— Devemos ficar preocupadas?

— Não acho que ela seja violenta — diz Jane. — Somente... perturbada.

— Se ela me seguir de novo... — começa Stacey.

— Parece que ela está tentando viver a vida de Amanda. Será que a intenção é substituí-la de alguma forma? — insinua Beth.

Exatamente, pensa Cassandra, olhando nos olhos de Jane.

Em breve, Shay servirá como uma espécie de substituta. Só que não da maneira que as outras mulheres suspeitam.

44

SHAY

MAIS DA METADE DOS AMERICANOS ACREDITA EM AMOR À PRIMEIRA VISTA, PRINCIPALMENTE OS MAIS JOVENS. QUATRO EM CADA DEZ ALEGAM QUE JÁ SE APAIXONARAM À PRIMEIRA VISTA. UMA PESQUISA DESCOBRIU QUE QUASE 3/4 DOS AMERICANOS ACREDITAM EM "UM AMOR VERDADEIRO".

— DOSSIÊ DE DADOS, PÁGINA 54

Passo pela porta do restaurante alguns minutos depois das sete, Ted sugeriu que nos encontrássemos no bar, então dou uma olhada nos clientes já ocupando os bancos altos diante dele, mas não há nenhum cara alto e magro sozinho.

Escolho me sentar na extremidade oposta para ficar de olho na porta da frente. Deixei meu casaco e minha bolsa guardando lugar no banco ao lado do meu.

— O que você vai querer? — pergunta o barman, limpando a bancada na minha frente.

— Por enquanto, só água. Estou esperando uma pessoa.

Ele enche um copo, adiciona uma rodela de limão na borda e coloca-o sobre um porta-copos na minha frente. Eu sorrio e agradeço antes de tomar um pequeno gole.

Estou nervosa. Mais do que esperava. O último encontro que tive, alguns meses atrás, foi arranjado. O marido de Mel queria que eu conhecesse um de seus antigos colegas de faculdade. Eu não senti nenhuma química e tenho certeza de que ele também não. A conversa foi boa, mas, quando acabaram as histórias sobre Mel e seu marido, o assunto morreu. Não nos falamos mais depois daquilo.

Percebo que estou um pouco corcunda e endireito as costas. Passei o dia fazendo mais pesquisas para a Quartz — dessa vez sobre a variedade de produtos de beleza "limpos" atualmente à venda e a participação de mercado que cada um afirma ter —, mas às cinco em ponto comecei a me arrumar. Vesti minha nova blusa azul e meu jeans favorito. Borrifei uma amostra de perfume que ganhei quando comprei meu brilho labial e até passei um pouco de delineador e rímel. Fiquei com medo de ter exagerado no rímel — meus cílios não paravam de manchar uma das pálpebras — então limpei um pouco com um lenço de papel.

Olho para meu relógio de pulso: 19h07.

Ted e eu trocamos mensagens esporádicas a semana toda. Depois de me convidar para sair, ele se encarregou de encontrar um bom lugar. Também trocamos números de telefone.

Pego meu celular para ver se recebi alguma mensagem, mas não há nenhuma dele. A última chegou ontem: *Ansioso para te ver amanhã à noite.*

Rolo pelas mensagens anteriores para ter certeza de que estou no lugar certo. O nome e endereço que ele me passou estão nos menus empilhados na ponta do bar, e Ted definitivamente disse às sete da noite.

Tomo mais um gole d'água e respondo a uma mensagem que minha mãe enviara mais cedo perguntando sobre meu novo emprego.

Muito bom até agora!, respondo — o que é verdade. Já estou trabalhando em algumas campanhas e conversei algumas vezes por telefone com Francine, minha chefe. Ela parece sagaz e competente; acho que posso aprender muito com ela. Francine está vindo para Nova York no próximo mês e sugeriu um almoço.

O barman se aproxima novamente.

— Pronta para mais alguma coisa?

— Ainda não, estou bem.

Passo os olhos por outras mensagens recentes tentando parecer ocupada. Após as trocas de mensagens com minha mãe, Mel e Sean — que também perguntaram sobre o novo trabalho — vejo minha última conversa com Cassandra e Jane. Enviei às duas uma mensagem em grupo depois de ir à loja da Daphne: *Encontrei uma blusa linda! Estou louca para mostrar a vocês!*

Apenas Jane havia respondido: *Que ótimo!*

Não tive mais notícias das duas desde então, aposto que tiveram uma semana cheia, não é nada pessoal.

Penso em enviar uma mensagem rápida, algo despreocupado ou engraçado, mas alguma coisa me impede.

São 19h17.

O trânsito em Nova York é imprevisível e os metrôs estão sempre atrasados. Ted também pode ter ficado preso no trabalho. Ele provavelmente está correndo para cá agora mesmo.

Mas por que não enviar uma mensagem avisando do atraso?

Sinto um peso no estômago. Ted pareceu tão simpático e educado nas mensagens. Além disso, ele sempre respondia logo. Ele agiu como se estivesse verdadeiramente interessado em mim.

Será que ele conheceu alguém entre ontem e hoje? Ele parece ser um bom partido, não posso ser a única mulher com quem ele está conversando.

Ainda estou encarando a tela quando chega uma mensagem nova. É do Ted:

Eu sinto muito! Emergência de trabalho, vou ficar aqui mais algumas horas. Eu queria te enviar uma mensagem mais cedo, mas meu chefe me pegou quando eu estava saindo.

São 19h25.

Eu pisco algumas vezes para aliviar uma ardência nos olhos. Apesar de entender por que ele não pôde vir, estou decepcionada. Acho que gostaria que ele tivesse me avisado assim que seu chefe o abordou. Mas talvez ele não estivesse com o celular por perto e seu chefe seja um pesadelo.

Tudo bem, escrevo de volta. *Fica para a próxima!*

Eu deixo cinco dólares no balcão e pego minha bolsa e meu casaco, nem mesmo parando para vesti-lo.

Saio correndo pela porta da frente.

É sexta-feira à noite e, ao meu redor, as pessoas estão em pares e grupos — casais caminhando de mãos dadas, um grupo de jovens rindo em uma esquina enquanto esperam o sinal fechar, dois caras de terno se cumprimentando.

Pelo menos eu tenho meu próprio apartamento para onde voltar.

Só que eu não quero ficar sozinha esta noite, então pego o metrô até o meu restaurante grego preferido.

Está lotado quando entro, mas Steve acena para mim e me encaixa em uma mesinha no fundo.

— Não tenho te visto ultimamente, moça. Aonde vai toda arrumada e com esse cabelo novo?

— Ah, eu ia encontrar um amigo para um drinque, mas ele teve que remarcar — respondo despreocupadamente.

Steve me olha um pouco mais de perto e apoia a mão no meu ombro.

— Guarde espaço para a sobremesa. Tenho um pedaço de baklava fresquinho para você.

Não estou com tanta fome quando a comida chega, mas me esforço para comer um pouco mais da metade. Deixo uma gorjeta generosa para a garçonete — neta de Steve e que começou a trabalhar aqui há algumas semanas — e peço que ela embale para viagem o que sobrou.

Entro em casa por volta das nove, carregando uma sacolinha branca não apenas com o resto do meu falafel, mas com o grande quadrado de baklava que Steve insistiu em me dar.

Há um envelope branco simples no chão, logo após a porta, como se alguém o tivesse deslizado por baixo dela.

Parece o envelope que dei à detetive Williams, o que continha o cordão.

Meu nome está escrito do lado de fora em um rabisco tão bagunçado que mal consigo ler.

Eu o pego do chão. É leve, mas tem algo pequeno e duro dentro. Parece metal.

Eu o rasgo e encontro a chave da caixa de correspondências. Pelo visto, depois de mais uma mensagem minha cobrando, o proprietário finalmente decidiu deixá-la aqui.

Pego meu chaveiro e a coloco nele. Duvido que tenha algo importante me esperando lá embaixo, mas, mesmo assim, é melhor dar uma olhada.

Antes disso, troco de roupa, pendurando com cuidado a blusa azul. Visto um conjunto de moletom com capuz e calço chinelos, já que vou apenas descer e subir de novo.

As caixas de correio ficam em fileiras duplas, uma em cima da outra, totalizando vinte. Encontro a minha, 3D, e encaixo a chave. Preciso sacudir um pouco para a tranca girar, mas, quando abro a portinha de bronze, alguns envelopes caem no chão. Estava abarrotado de correspondências.

Retiro o catálogo do topo e vejo que foi endereçado a Amanda.

A correspondência dela ainda está chegando. Eu deveria ter imaginado. Como é que empresas e profissionais de marketing poderiam saber o que aconteceu?

Enfio a mão no pequeno espaço retangular diversas vezes, empilhando contas, cartas e mais catálogos nos braços. Há um envelope pardo grosso escondido bem no fundo, que foi empurrado até se curvar contra a parte de trás e a base da caixa. Preciso usar as unhas para soltá-lo.

Levo a montanha de correspondências para cima e deixo tudo na minha mesinha de madeira. Começo a separá-las em duas pilhas: uma de Amanda e uma minha.

É quase tudo para ela. Eu poderia enviá-las para sua mãe, visto que tenho o endereço — embora isso possa ser demais para ela. Então resolvo perguntar para Cassandra e Jane o que acham que devo fazer.

Quando termino, não tenho mais duas pilhas. Eu tenho três.

O envelope grosso de papel pardo que estava enfiado bem no fundo da caixa não tinha nome. Não há endereço, selo ou carimbo postal. Ele está completamente em branco.

Estava tão esmagado que devia estar naquela caixa há um bom tempo. Quando os carteiros entregaram as correspondências mais recentes, devem ter empurrado o envelope cada vez mais para o fundo.

Como um pacote não endereçado foi parar em uma caixa de correio? As únicas três chaves da caixa, de acordo com o senhorio, eram de Amanda, do carteiro e a chave-mestra, que o senhorio finalmente conseguiu copiar para mim.

Então uma dessas pessoas deve ter colocado o pacote lá. Como não há informações de postagem ou entrega, posso descartar o carteiro.

Talvez o senhorio tenha deixado o envelope para mim sem escrever meu nome nele. O cara não é dos mais responsáveis, afinal, levou uma semana para me arranjar uma cópia da chave.

Contudo, a hipótese mais provável é que Amanda o tenha deixado lá.

Por que ela guardaria alguma coisa na própria caixa de correio?

Pego o envelope e o viro. É macio e volumoso. Não está selado. Apenas uma cordinha passando no ilhós da aba.

Seria fácil espiar rapidamente o conteúdo e fechá-lo de volta. Talvez um dos vizinhos, como Mary, tenha entregado aquilo ao carteiro enquanto ele enchia minha caixa. Talvez seja para mim.

Só há uma maneira de descobrir. Eu desenrolo a cordinha do ilhós e levanto a aba.

Dentro, há um plástico grande, com mais alguma coisa dentro. Parece uma toalhinha azul, dobrada em um quadrado bagunçado.

Isso não faz o menor sentido. Talvez tenha algo enrolado dentro da toalha.

Eu o abro e uso as pontas dos dedos para retirar a toalha. Quando puxo a borda para abri-la, um estouro entra pela janela.

Eu recuo, me encolhendo.

Fico esperando outro som, um grito ou outro tiro. Então, escuto o barulho de um motor sendo ligado e percebo que foi apenas o escapamento de um carro.

Eu respiro fundo e me endireito. Eu já devia estar acostumada com os ruídos da cidade a essa altura, censuro-me.

Abro uma ponta, mas a toalha ainda está dobrada ao meio. Agora é um retângulo em vez de um quadrado. Há uma pequena gota, parecendo uma mancha cor de ferrugem, na borda inferior.

Os pelos dos meus braços se arrepiam. Alguma coisa me diz para enfiar a toalha de volta no plástico e jogá-la fora. Eu não quero ver o que tem ali dentro.

Mas não consigo evitar e meus dedos já estão nela novamente, segurando a ponta.

Eu abro a toalha e me encolho.

Não consigo parar de olhar para a mancha cor de ferrugem no meio da toalha e para o pequeno bisturi — como o que médicos usam em cirurgias — no meio. O bisturi também tem manchas cor de tijolo.

Parece sangue seco.

45

AMANDA

Dois meses antes

— Oi, James — disse Amanda. — Prazer em conhecê-lo.

O barman entregou os uísques com soda e Amanda tomou um pequeno gole. A bebida queimou sua garganta — ela raramente bebia e, quando o fazia, geralmente era só uma cerveja —, mas ela conteve uma careta.

— Nunca te vi aqui — constatou James, apertando o próprio copo.

Amanda registrou a imagem de seus dedos fazendo força e precisou se forçar a desviar o olhar.

— Ah, mas já estive aqui uma ou duas vezes — mentiu ela. — Você não devia estar, pois eu o teria visto.

As irmãs tinham avisado que James frequentava o bar *Twist* nas noites de quinta-feira. Ele geralmente aparecia por volta das seis, estava alegrinho às sete, e não parecia ter um tipo especial de mulher.

— Você vai ter que improvisar — instruiu Cassandra. — Brincar com o ego dele.

James se levantou.

— Sente-se no meu lugar.

Amanda sorriu e se sentou no banquinho de madeira, ainda quente do corpo dele. James usava uma camisa branca com as mangas dobradas. Seu blazer, azul, estava pendurado nas costas da cadeira. Ele apoiou o antebraço no blazer, envolvendo as costas dela. O lugar estava lotado, mas James não precisava ficar tão perto. Amanda teve que conter um leve estremecimento.

Até agora tudo bem.

Ela olhou pelo bar enquanto mexia nervosamente num dos brincos. Um cara estava debruçado sobre o bar agitando o cartão de crédito para chamar a atenção do barman.

Seu coração acelerou ao perceber que o cara estava bloqueando sua visão de Beth.

James pegou o copo novamente e o esvaziou. E então pegou o drinque que Amanda havia oferecido.

— Humm. Que cheiro bom você tem.

James estava tão perto que dava para Amanda ver os vasinhos nas laterais de seu nariz. A mãe dela tinha o mesmo legado do hábito de beber pesado.

O cara com o cartão de crédito se recostou, a cadeira de Beth estava vazia.

Amanda enrijeceu — ela não esperava que as coisas acontecessem tão rápido. Ela puxou a bolsa para o colo e disse:

— Então, me conta o que você faz.

Ela olhou para James enquanto deslizava a mão para dentro da bolsa e procurava o pequeno frasco de enxaguante bucal.

Amanda já conhecia o passado de James bem o suficiente para escrever uma biografia: divorciado há vários anos, uma filha no ensino fundamental, família rica de uma pequena cidade no interior do estado, torrou a maior parte da herança, passava a semana na cidade tentando construir um novo negócio de equipamentos esportivos personalizados.

Algumas das informações surgiram após observá-lo. As outras foram coletadas depois que Stacey rapidamente pegou o celular de James quando ele saiu de perto do aparelho, no qual foi instalado um *spyware*.

— Então é isso, eu tento me manter ocupado — James estava terminando de dizer.

Amanda assentiu para encorajá-lo a continuar, enquanto procurava na bolsa o pequeno frasco plástico.

Foi quando ela vislumbrou cabelos ruivos e crespos.

Ainda é cedo demais!, ela queria gritar. *Não estou pronta!*

Mas Beth já estava tocando no braço de James.

— Doug! — Ele se virou para ela. — Bem que achei que era você!

Amanda finalmente sentiu o frasco. Ela tentou apertar as laterais da tampa e torcê-la sob o balcão do bar para esconder o que estava fazendo.

Seus dedos estavam trêmulos e descoordenados; a tampa se recusando a ceder.

153

— Desculpe, mas meu nome não é Doug. Pegou o cara errado.

Beth riu.

— Tenho certeza de que é você! Aquela convenção em Dallas alguns anos atrás?

Amanda finalmente removeu a tampa. Ela precisava de mais tempo, mas James já estava começando a dar as costas para Beth.

O coração de Amanda foi na garganta. Ela estava com o frasco de enxaguante bucal aberto na mão esquerda. Se James olhasse para baixo, certamente o veria.

O pânico começou a se instalar.

— Talvez eu tenha errado o nome. Espera aí, tenho uma foto nossa naquele jantar!

Beth levantou o celular, atraindo a atenção de James de volta para ela. Isso não fazia parte do roteiro; Beth estava improvisando.

Amanda pegou sua bebida com a mão que estava livre, estremecendo quando os cubos de gelo tilintaram, e colocou-a sob a borda do balcão.

Será que o barman estava olhando? Beth estava falando alto, o único indício de como estava nervosa.

Aquela era a parte mais crítica. Amanda não podia vacilar ou errar; tudo precisava sair como o planejado. Ela despejou os sessenta miligramas de morfina líquida do frasco diretamente em seu uísque com soda, evitando derramar uma só gota do precioso medicamento.

Depois, ela enfiou o frasco vazio de volta na bolsa. Mas ainda não tinha terminado.

— Espere, espere, tenho certeza de que está aqui — insistia Beth.

James apenas repetiu *cara errado* e se virou. Beth olhou para Amanda, arregalando os olhos.

Amanda ainda estava segurando a bebida adulterada, mas não tivera tempo de girar o canudinho para misturar o conteúdo nem de trocar as bebidas.

Ela precisava de mais dez segundos. Beth deu um tapinha no ombro de James.

Ele a ignorou e ergueu uma sobrancelha.

— Juro que não estou usando um nome falso. Eu realmente não sou esse tal de Doug.

Beth sumiu em meio à multidão, voltando à sua posição anterior no bar.

Amanda estava por conta própria.

James pegou seu copo — o copo errado.

Ela poderia esbarrar nele para tentar derramar o uísque que ele segurava e oferecer o dela, ou...

A voz calma e autoritária de Cassandra invadiu sua mente: *Brinque com o ego dele.*

Amanda pôs a mão sobre a de James, prendendo-a no lugar.

— Esse tipo de coisa deve acontecer muito com você. Aquela loira linda lá atrás — ela ergueu o queixo para indicar um ponto atrás de James — está te encarando desde que cheguei.

James virou o rosto rapidamente. Amanda deu uma mexida rápida na bebida, colocou o copo no balcão, e o deslizou para perto dele. Os dois copos eram indistinguíveis,

154

mas se ela tivesse esquecido de remover o brilho labial, uma reveladora lua crescente estaria marcando a borda de um deles.

Ela puxou a bebida dele para si, concluindo a troca dos copos, e segurou com força o copo frio enquanto o levava aos lábios e fingia tomar um gole.

— Você é a única mulher para quem tenho olhos — disse James, voltando-se para ela de novo. — Você e esse ar de bibliotecária sexy.

O líquido ainda rodopiava ligeiramente no copo à frente dele, mas James não pareceu notar, ele bateu o copo no de Amanda.

— Saúde!

James tomou um generoso gole e, vinte minutos depois, a bebida tinha acabado.

— Mais uma rodada?

O medicamento estava começando a fazer efeito; sua fala estava ligeiramente arrastada. Ou seria apenas do álcool?

Amanda se aproximou e sussurrou em seu ouvido:

— Você se importa se formos para um lugar mais sossegado?

James fez um pequeno gesto para pedir a conta. O barman assentiu e entregou o total das bebidas que James consumira antes de Amanda chegar.

James pagou com cartão de crédito e estreitou os olhos para enxergar o recibo enquanto tirava uma caneta do bolso da camisa para assinar, piscando repetidamente. Amanda sabia que os braços dele deviam estar começando a pesar. Seu discurso estava prestes a ficar ininteligível. Logo, James teria dificuldade até para andar.

Ela precisava tirá-lo dali rapidamente.

Ela se levantou assim que ele assinou o recibo, mas ouviu um som minúsculo, quase imperceptível, um tilintar. Sua mão instintivamente foi até o lóbulo da orelha. Estava nu.

Não dava tempo de recuperar o brinco. Era só uma argola dourada básica; quase todas as mulheres em Nova York tinham um par. Provavelmente seria varrida no final da noite junto com os guardanapos amassados, os palitos e as migalhas, e jogada numa lata de lixo.

James tropeçou ligeiramente ao pisar na calçada, quase esbarrando em um homem falando no celular.

— Estou meio zonza — disse Amanda com uma risadinha, apoiando-se no braço dele.

— Vamos pegar um táxi? — sugeriu James, a voz já embargada.

— Importa-se de caminharmos um pouco primeiro para eu tomar um ar?

Amanda deu a mão para ele, mas era ela quem estava no comando.

Eles entraram no Central Park. Era aquele horário que precede a completa escuridão. Passeadores de cães, pessoas correndo e até mesmo algumas voltando tarde do trabalho atravessavam outras partes do parque, mas aquela área estava vazia. Uma brisa entrecortava a noite de verão, arrepiando seus braços.

Amanda conduziu James até um banco em uma área escondida sob galhos baixos de um carvalho gigante. Ela sabia exatamente para onde ir; ela havia praticado aquela rota antes.

Os joelhos de James cederam assim que os dois alcançaram o banco, e ele deixou o corpo cair pesadamente nele.

James ficou caído de lado, a cabeça pendendo para a frente, os olhos fechados. Amanda deu meia-volta e se afastou rapidamente, soltando os cabelos, tirando os óculos e enfiando-os na bolsa.

Em menos de dez minutos, Amanda entraria em um restaurante de frente para o parque e pediria uma mesa para um. Ela faria questão de se sentar no meio do salão — ela não queria ficar invisível esta noite. Conversaria com o garçom antes de fazer o pedido e pagaria com um cartão de crédito no próprio nome.

Ela começou a andar mais rápido, a respiração acelerada. Sua parte estava concluída.

Amanda estava quase na beira do parque quando o celular pré-pago tocou. Era Stacey na linha. Sua voz tinha um tom que Amanda nunca percebera vindo dela antes: medo.

Ela parou bruscamente.

— Tem algo errado — disse Stacey. — Volte aqui.

46

CASSANDRA E JANE

— Shay acabou de ler a nova mensagem de Ted se desculpando pelo bolo mais uma vez — relata Jane na manhã seguinte.

Ela mostra a Cassandra o celular pré-pago e continua:

— Ela não respondeu.

— Espere até hoje à noite. Ted pode se humilhar um pouco mais.

Cassandra toca a campainha do 3D. Segundos depois, elas ouvem a voz de Shay:

— Subam!

As irmãs sobem até o terceiro andar. Quando dobram o corredor, elas param.

Shay está parada na porta de Amanda com um sorriso largo no rosto.

O *déjà-vu* compartilhado pelas irmãs é avassalador. Elas encontraram Shay algumas vezes desde sua transformação, mas vê-la no lugar exato em que Amanda costumava ficar para recebê-las é chocante.

— Que bom te ver! — exclama Cassandra.

Shay as leva para o apartamento enquanto elas olham ao redor. A cozinha aberta está menos bagunçada do que quando Amanda morava ali: ela deixava panelas sobre todas as bocas de fogão, além da máquina de pão e das latas de farinha e açúcar na bancada. As duas escolheram a mesma posição para seus sofás, mas a mesinha de centro de Shay é quadrada, enquanto a de Amanda era redonda.

— Querem beber alguma coisa? — oferece Shay.

— Temos um presentinho para você primeiro — diz Jane.

Cassandra entrega a ela uma caixa pesada, embrulhada com um laço prateado. Jane está segurando uma sacola de compras simples, que apoia casualmente no chão perto do sofá, onde fica parcialmente escondida.

— É um presente para comemorar seu novo emprego e seu novo cantinho — explica Cassandra.

Shay olha para a caixa.

— Vocês não precisavam me trazer nada.

— Abra! — ordena Jane, rindo.

Shay solta o laço e levanta a tampa da caixa, deparando-se com uma bolsa de couro azul-marinho. É muito mais feminina e luxuosa do que a bolsa comum que ela usa.

— Meu Deus! — Shay encara o presente, sem nem conseguir tocá-lo. — Que linda!

— Tira da caixa — diz Cassandra. — Foi um de nossos novos clientes quem desenhou, então nós também temos uma.

Além das cores — a de Jane é rosa-escuro e a de Cassandra é preta — as bolsas são idênticas.

Shay tira a bolsa da caixa com o maior cuidado, levanta a alça, e a pendura no ombro.

O rastreador está escondido no forro, habilmente costurado.

— Fica perfeita com seu novo visual — opina Jane.

— Eu amei!

— Deixa eu tirar uma foto para mostrar ao nosso cliente — diz Jane.

Shay sorri sem jeito enquanto Jane pega o celular e tira uma foto.

— Agora olha dentro — instrui Cassandra.

Shay abre o zíper e encontra uma vela chique com notas de amêndoas, baunilha do Taiti e caramelo com infusão de *bourbon*.

— Só de olhar isso me dá fome! — Shay ri.

Dentro da bolsa ainda tem um par de óculos de sol, um lenço floral transparente e um brilho labial rosa-pêssego.

— Isso é demais... — protesta Shay.

Cassandra a interrompe:

— Temos um armário no escritório cheio desse tipo de coisa. Várias empresas nos enviam seus produtos para os nossos clientes usarem. Você está apenas nos ajudando a fazer uma pequena faxina.

— Prometa que vai usar tudo — diz Jane. — Principalmente a bolsa. Não adianta ter uma bolsa linda e deixá-la o tempo todo pendurada no armário.

— Isso, é para usar o tempo todo — acrescenta Cassandra. — É sua nova bolsa para o dia a dia.

Shay está um pouco perplexa — talvez por causa de todos os presentes, ou pelo esforço das irmãs em fazê-la aceitá-los.

— Eu vou usar. Estou com aquela bolsa velha desde sempre e vou passar todo o conteúdo dela para esta aqui hoje mesmo. — Ela abraça uma irmã de cada vez. — Muito obrigada.

Shay tira a vela da caixa e a coloca na bancada da cozinha.

— Querem um chá gelado?

— Eu adoraria — aceita Cassandra. — Você se importa se eu usar o banheiro?

— É claro. Fica bem no...

Shay se interrompe, lembrando-se claramente de que não é a primeira visita das irmãs ao apartamento.

Quando Cassandra abre a porta do minúsculo banheiro, Shay lança uma piada:

— Outro dia, deixei minha toalha cair lá dentro e, de repente, eu tinha um carpete de parede a parede.

As irmãs riem enquanto Shay corta algumas rodelas de limão e as coloca nas bordas dos copos altos junto com pequenos raminhos de hortelã. Ela também coloca um cacho de uvas em uma tigela pequena e uma porção de amêndoas ao lado.

Cassandra fecha a porta após ver aquela imagem. Ela abre a torneira da pia para encobrir qualquer barulho de sua movimentação e abre o armário da pia. Exatamente como suspeitava, o frasco de remédio que as irmãs viram quando vigiaram Shay no apartamento de Valerie está em uma das prateleiras. Cassandra torce a tampa de proteção para crianças; o frasco está quase cheio. Ela tira quatro cápsulas e as coloca no bolso da calça jeans.

Sua tarefa está concluída, mas ela ainda examina os outros itens no armário: pasta de dente de hortelã, solução para lentes de contato e os produtos de higiene pessoal de costume. Ela abre a porta do minúsculo chuveiro: nada de interessante. Depois, ela se agacha e abre o pequeno armário sob a pia. Está cheio de materiais de limpeza, rolos de papel higiênico e lenços de papel. Cassandra está prestes a fechá-lo quando algo chama sua atenção. Parece ser a ponta de um grande envelope de papel pardo.

Jane está falando alto, contando sobre um encontro terrível que teve na noite anterior.

— O cara não fez nenhuma pergunta sobre mim, mas eu fiquei sabendo de tudo sobre seus clientes chiques e a viagem de primeira classe que ele fez para Istambul. É tão difícil encontrar alguém que preste, né?

Sua voz dá cobertura aos movimentos de Cassandra.

Cassandra pega o envelope, solta a cordinha do fecho e espia dentro, respirando fundo quando vê a toalha azul manchada.

Ela abre a toalha e vê um bisturi manchado de sangue.

Cassandra recua, suas pernas bambas, mal conseguindo processar o que está vendo.

A voz de Jane é ouvida mais uma vez:

— Então, ainda está gostando do emprego novo? E como estão os encontros no site?

É impossível Shay ter simplesmente encontrado o envelope: as irmãs vasculharam cada canto do apartamento depois do suicídio e uma segunda vez antes que Shay o alugasse. Como ela chegou até aquilo?

Cassandra precisa tomar uma decisão imediatamente: pegar o envelope ou deixá-lo ali. Seria impossível sair do banheiro com ele; ela não teria onde esconder. Jane e ela podem voltar para pegá-lo, se necessário.

Ela coloca o envelope de volta onde estava, garantindo que uma das pontas esteja visível como antes. Depois, ela se levanta e abre a porta.

— Na verdade, levei o maior bolo ontem à noite — Shay está dizendo. — Bom, o cara disse que teve uma emergência no trabalho, mas eu já estava no bar.

Jane olha para Cassandra. Algo em seu semblante demonstra preocupação; Jane conhece a irmã bem o bastante para perceber que tem algo muito errado.

Cassandra toca em seu cordão com o pingente de sol: hora de ir embora.

— Ah, não — diz Jane. — Aquela crítica desastrosa saiu?

Cassandra confirma com a cabeça, esperando que Shay não perceba que ela não está com o celular.

Shay apenas entrega a ela um copo de chá gelado.

— Que crítica?

Cassandra olha para Shay, aumentando a mentira espontânea de Jane:

— Lamento, Shay, mas precisamos correr. É a natureza do nosso trabalho. Estamos representando um músico que acabou de ser massacrado. Mas vamos fazer um brinde rápido antes!

As irmãs olham para Shay, que levanta o copo. O vidro cobre parte do seu rosto, distorcendo ligeiramente o olho esquerdo, fazendo com que suas feições pareçam incompatíveis.

— Sim, um brinde rápido — concorda Jane. — À sua nova vida!

47

SHAY

ALGUNS USOS PARA UM BISTURI: CIRURGIA, DISSECÇÃO ANATÔMICA E PROJETOS DE ARTESANATO. CERCA DE 1.000 PESSOAS SE FEREM DIARIAMENTE AO PRESTAR CUIDADOS MÉDICOS, E FERIMENTOS POR LÂMINA DE BISTURI SÃO RESPONSÁVEIS POR 7 A 8 POR CENTO DOS CORTES ACIDENTAIS E FERIDAS DE PUNÇÃO.

— DOSSIÊ DE DADOS, PÁGINA 61

À minha nova vida.

As palavras parecem ecoar pelo apartamento mesmo depois que Cassandra e Jane saem às pressas para lidar com a crise no trabalho.

— Um músico temperamental e uma crítica ruim são uma combinação perigosa — explicou Jane, enquanto me dava um rápido abraço de despedida.

Só depois que elas saem percebo que esqueceram uma sacola de compras ao lado do sofá. Dou uma espiada dentro e vejo uma pilha de livros de uma autora chamada Sienna Grant. As irmãs mencionaram que estavam trabalhando em sua biografia e, ultimamente, tenho visto aquele livro em todos os lugares — inclusive ontem, em uma grande vitrine de uma livraria.

Eu rapidamente envio uma mensagem para Jane avisando sobre os livros esquecidos. A resposta chega quase imediatamente: *Putz, você tem como guardá-los? Não precisamos deles agora.*

Claro, respondo.

Começo a trocar o conteúdo da minha bolsa antiga para a nova. Vou seguir o conselho e usá-la todos os dias. Passo os dedos sobre o couro macio e sinto o cheiro forte, depois coloco-a sobre minha pequena mesa de jantar. É tão lustrosa e elegante que é quase como se as duas tivessem deixado um pedaço delas para trás.

Tenho quase certeza de ter visto uma bolsa igual na loja da Daphne. Dada a relação que elas têm, faz sentido que seja vendida lá também. Eu enrugo a testa, me perguntando se Daphne já mencionou minha visita. Não pretendo voltar à loja, mas talvez a veja novamente se um dia Cassandra e Jane me convidarem para sair com seu grupo de amigas.

Pego a sacola de compras esquecida e a deixo em uma prateleira da estante, ao lado de livros e bugigangas que colecionei ao longo dos anos, como a concha perfeita que achei na praia com meu ex-namorado e o globo do velho mundo comprado em uma venda de garagem quando eu estava no primário.

Termino de fazer mais algumas tarefas, colocando os copos usados na lava-louças — Cassandra só tomou um gole depois de brindarmos — e lavando a jarra à mão. Seco as mãos no pano de prato pendurado na alça do fogão.

Esta manhã, pensei em mostrar o envelope contendo a toalha azul manchada e o bisturi para as duas, mas elas saíram correndo tão rápido que não tive a chance. Talvez seja melhor assim. Eu já levei associações estranhas demais com Amanda para a vida delas.

Eu poderia simplesmente jogar o envelope no lixo e acabar logo com isso. Não preciso desse pacote contaminado e perturbador em meu apartamento.

Começo a ir até o banheiro para pegá-lo, mas paro e dou meia-volta.

Amanda deve ter guardado o envelope por algum motivo. Algo está me dizendo para guardá-lo também.

Naquela mesma noite, estou no sofá vendo uma série quando o meu celular toca.

O número não me é estranho — é o código de área local —, mas não o reconheço imediatamente.

— Shay?

Meu coração dispara. Eu conheço essa voz.

— É a detetive Williams.

— Oi.

Minha voz parece estrangulada, então limpo a garganta. De repente, fico com medo: será que ela está ligando porque sabe que roubei o cordão?

Roubo de correspondência é um crime punível com até cinco anos de prisão e multa de até 250 mil dólares.

— Só estava pensando em você, queria saber como está.

— Ah. Estou bem.

— Fico feliz em saber. Você estava muito abalada da última vez em que conversamos.

Não pode ser simplesmente uma ligação corriqueira, pode?

Ela deixa o silêncio se demorar. Minhas mãos estão suando; eu me levanto e começo a andar pela sala.

— Está tudo muito melhor agora — balbucio.

Outra pausa.

— Recebi um telefonema de alguém do hospital.

Eu fecho os olhos com força.

— Uma mulher muito parecida com você passou lá outro dia perguntando sobre a mãe da Amanda.

O tom de voz da detetive Williams é equilibrado e firme, como se ela estivesse me dando um boletim meteorológico.

— Você sabe alguma coisa sobre isso?

Como alguém no hospital poderia saber quem eu era? Estou tão confusa que é difícil pensar direito. Preciso contar a verdade. Ou pelo menos uma parte dela.

— Fui eu. Eu só queria mandar um bilhete de condolências para a mãe dela.

Williams suspira. Posso imaginá-la em sua mesa organizada, vestindo um de seus ternos simples, a testa enrugada.

— Você realmente acha que a mãe da Amanda quer uma carta da mulher que assistiu a sua filha morrer?

Eu engulo em seco. Se isso é tudo que a detetive sabe, ela não pode me prender.

— Só pensei nisso depois. E aí eu, hum, resolvi não deixar bilhete nenhum para ela.

Escuto-a suspirar novamente. Não dá para saber se ela acredita em mim.

— Você já parou de andar com as amigas da Amanda, certo?

Não posso contar outra mentira.

— Eu as vi algumas vezes. Elas são legais.

161

— Estou te dizendo pra parar com isso, Shay. Entendeu?

— Sim — sussurro.

— Espero não ter que falar com você de novo.

Então ela desliga.

Parece que escapei por pouco. Williams não sabe que fui à casa da sra. Evinger. Tampouco que roubei um pacote da sua varanda enquanto ela dormia a poucos metros de distância.

Então me lembro das flores. Será que se a detetive Williams falar com a sra. Evinger ela vai mencionar a visita misteriosa que recebeu enquanto estava dormindo? Meu estômago embrulha e cubro a mão com a boca, lutando contra a onda de náusea.

Talvez eu devesse ligar de volta para ela agora mesmo e confessar tudo. Ela pode ter pena de mim. Além disso, Jane pode confirmar que o cordão era dela.

Eu poderia até entregar à detetive o bisturi e a toalha suja de sangue. Belisco a ponte do nariz, tentando raciocinar. Não posso simplesmente contar tudo aquilo. Ela poderia me prender na hora.

Preciso de ajuda.

Por volta das sete da manhã de segunda-feira, já acordei e estou pronta para sair. Depois de falar com a detetive Williams, passei o resto do fim de semana atrás de um advogado que pudesse me aconselhar. Um deles respondeu meu recado ontem, e marcamos uma reunião de uma hora.

Estou com o lenço floral novo em volta do pescoço e a bolsa de couro pendurada no ombro com o envelope dobrado dentro. Se o advogado achar que é uma boa ideia, vou entregá-lo imediatamente à polícia.

Estou girando a chave na porta para trancá-la quando escuto:

— Bom dia.

Eu me viro e vejo Mary, a vizinha do outro lado do corredor com o gatinho cinza.

Antes que eu consiga responder, ela ofega e leva a mão ao peito como se tivesse visto um fantasma.

— Você está bem? — pergunto.

Ela me encara, seu rosto perdendo a cor.

— Shay — diz ela finalmente. — Eu... é que você se parece tanto com a...

O nome explode em meu cérebro quando ela continua:

— Amanda.

Na noite em que eu estava tomando conta daquele apartamento e me olhei no espelho, tentando identificar com quem eu ficava parecida sem óculos e de cabelos presos... era ela.

Ninguém nos veria como gêmeas, mas a semelhança é inegável. Pelo menos agora, com os cabelos mais claros e curtos e as lentes de contato.

Não acredito que não percebi isso antes.

Não sei o que dizer a Mary. Deve ser estranho para ela.

— Sinto muito — murmuro, finalmente. — Eu não queria te assustar.

Ela se aproxima um pouco e levanta o braço como se quisesse tocar os meus cabelos.

— A cor... o lenço... quando te conheci, você estava diferente. Você não usava óculos?

— Sim, sim. Eu tinha acabado de sair do chuveiro, então estava com eles.

Eu me lembro de como estava naquela noite: de moletom, cabelos presos num rabo de cavalo e óculos de armação de tartaruga cobrindo parte do rosto.

Mary sacode um pouco a cabeça e se abaixa para pegar um jornal que enfia debaixo do braço; ela devia ter acabado de abrir a porta para pegá-lo.

— Você me surpreendeu, só isso — responde ela, lançando, no entanto, um olhar desconfiado para mim antes de voltar para o apartamento. Escuto o clique da tranca.

Eu rapidamente abro minha própria porta e corro de volta para dentro. Vou até o banheiro e tiro as lentes de contato, guardando-as no estojo plástico que o optometrista me deu. Pego meus óculos de grau do armário de remédios, coloco-os no rosto, e procuro um elástico para prender os cabelos num rabo de cavalo baixo. Depois, tiro meu relógio e o deixo no armário embaixo da pia.

Eu me inclino para perto do espelho, respirando com dificuldade.

Se realmente quiser uma repaginada, precisa deixar a gente te ajudar! Jane e eu amamos fazer isso, dissera Cassandra.

Consigo imaginar você direitinho com esta cor aqui, dissera Jane, me passando uma página de revista com uma modelo de anúncio de shampoo para dar ao cabeleireiro — um cabeleireiro ao qual as irmãs Moore me levaram. Cassandra pediu que ele fizesse minhas sobrancelhas também.

Quando comentei que estava pensando em lentes de contato, elas me incentivaram e me pressionaram a marcar uma consulta.

Elas conheciam Amanda muito bem.

Seria apenas coincidência todas aquelas sugestões me deixarem parecida com sua amiga morta?

Mesmo que não fosse a intenção delas, é impossível não terem notado.

O estilo de Amanda combina mesmo comigo; sei que estou melhor agora. O mesmo acontece com seu antigo apartamento, que é perfeito para mim.

Então por que minhas mãos estão tremendo?

Cancelo o horário com o advogado, arcando com os 260 dólares dos honorários.

Como esperar que a polícia entenda todas as coisas estranhas que fiz? Virei amiga das amigas da Amanda. Entrei furtivamente na varanda da mãe dela e roubei sua correspondência. Estou morando em seu antigo apartamento. Estou até parecida com ela.

É mais seguro deixar tudo para lá.

48

VALERIE

Dois anos antes

— Senhorita?

Valerie se virou, esperando que o cavalheiro de cabelo prata que acabara de fazer seu pedido de almoço pedisse mais alguma coisa. Em vez disso, o homem estalou os dedos e apontou para ela.

— Acabei de descobrir quem você é!

Ela ficou ali com sua calça preta e camisa branca imaculada, a bandeja que usara para levar o chá gelado do cliente apoiada na palma da mão.

— *Lei e Ordem: SVU*. Acertei? Sou ótimo com fisionomias!

Valerie sorriu e convocou seu melhor sotaque do Brooklyn:

— Devolva esse salgadinho, garoto. Eu vi quando você os escondeu sob o casaco.

O cliente riu, mas logo depois seu semblante mudou. Valerie sabia o que ele estava pensando: mais uma atriz fracassada servindo hambúrguer na Sunset Strip.

— Volto já com o seu sanduíche, senhor.

Não era a primeira vez que Valerie era reconhecida, mas fazia anos que não acontecia. Quando ela estava com quase trinta anos, ganhou um pequeno papel recorrente em uma novela diurna que saiu do ar devido à baixa audiência. Ela gostou de dar autógrafos — uma vez — para duas mulheres de meia-idade fazendo um tour pelo estúdio.

Era difícil aceitar que aquele papel em uma única temporada fora o ápice de sua carreira.

Jovem demais, velha demais, baixa demais, alta demais, bonita demais, não bonita o suficiente, não exatamente o que procuramos...

Sua história não era o que se chama de original: aos dezessete anos, Valerie saltou de um ônibus na rodoviária com duas malas e algumas centenas de dólares em dinheiro, determinada a vencer em Hollywood. Mas ela não estava só perseguindo um sonho; estava fugindo ainda mais decidida de seu passado.

Não importava quantos quilômetros percorria no ônibus apertado cheirando a sanduíche de almôndegas que o cara, algumas fileiras à frente, estava comendo, Valerie ainda ouvia as provocações que a acompanhavam pelo comprido corredor da escola, cercada por armários para alunos.

Ouvi dizer que você gosta da posição cachorrinho!, gritou um dos jogadores de futebol, enquanto o cara que a traiu — o babaca engraçado e popular que parecia tão normal — sorria e cumprimentava o atleta idiota.

Não parou por aí. Não naquele dia, semana, nem mesmo na semana seguinte. As provocações e sussurros se espalharam pela escola como um vírus.

No refeitório, alguém — ela nem sabia quem — jogou um biscoito para cachorro na sua cabeça. Valerie ia interpretar Rizzo na produção escolar de *Grease*, mas largou a peça abruptamente. Ela sabia que assim que entrasse em cena, os latidos começariam, assim como quando o professor dizia seu nome durante a chamada na sala de aula.

Ela não podia contar a verdade a ninguém — dizer que as coisas não eram como eles imaginavam, que o amiguinho deles era um mentiroso canalha e que ela ainda era virgem.

Quem acreditaria nela?

Ninguém. Nem sua mãe, a quem ela tentou contar primeiro.

Valerie não aguentou terminar o ensino médio.

Portanto, Califórnia. Ficava do outro lado do país. Ninguém a conhecia por lá. Era uma chance de começar do zero — mostrar ao mundo quem ela poderia se tornar. Valerie fez artesanato e trabalhou como babá, *personal trainer* e bartender enquanto tentava tirar seu registro na Federação Americana de Artistas. Ela morou em apartamentos pequenos com duas ou três outras meninas amontoadas para dividir o aluguel — exceto logo após completar 21 anos, quando foi casada por um breve período.

Em se tratando de casamentos, o dela não foi dos piores: ela morava com Tony sem pagar aluguel e dormia no quarto enquanto ele dormia no sofá. Tony, nascido em uma pequena cidade perto de Madri, pagou a Valerie cinco mil dólares, a maioria em notas de dez e vinte que ele economizou de suas gorjetas, tudo para conseguir seu visto definitivo. Valerie ficou com algumas boas lembranças e o sobrenome, Ricci, o que lhe dava ainda mais distância de seu passado.

Valerie também tinha um talento especial para sotaques e uma memória formidável para suas falas, o que a ajudou a conseguir um agente. No entanto, à medida que seus vinte anos se tornaram trinta, as oportunidades ficaram mais escassas. Seu trabalho mais recente tinha sido em um comercial regional como uma jovem mãe com um problema com suas roupas sujas que não cobriu nem um mês de aluguel.

Seu agente não ligava há semanas, nem para avisá-la de um possível teste.

Valerie pegou o hambúrguer da cozinha e a jarra de chá gelado com a outra mão. O restaurante cobrava pelos refis — uma regra ridícula —, mas ela encheu o copo do homem de cabelos prateados e disse:

— Por conta da casa.

— Obrigado, querida.

Quando Valerie limpou a mesa um pouco mais tarde, encontrou uma gorjeta de vinte dólares e um recado rabiscado no recibo: *Aguente firme.*

Talvez o homem tenha percebido que ela estava pensando em desistir.

O problema era que não havia um plano B. Ela tinha menos de mil dólares na conta. Ela não tinha faculdade. Estava morando num pequeno apartamento com duas outras mulheres que também estavam tentando fazer sucesso, assim como ela quando se mudou para Los Angeles. A única diferença agora era que suas colegas de apartamento eram quase dez anos mais novas.

Naquela noite, sentada na beira da banheira com os pés cansados mergulhados na água quente, Valerie se deu um prazo: ela faria 34 anos em três meses. Se não aparecesse nenhuma perspectiva até lá, ela encontraria um emprego de verdade. Talvez permanecesse na indústria trabalhando como assistente pessoal de alguém que realmente vencera em Hollywood. Ela secou os pés, enfiou a mão no armário da pia atrás de um pouco do hidratante facial caro de sua colega de apartamento, Ashley, e desabou na cama, exausta pelo turno duplo.

Seis semanas depois, seu agente ligou. Ele lhe arranjara um teste para um papel coadjuvante como uma mulher traumatizada em um filme independente de um diretor promissor.

Valerie leu o roteiro de 116 páginas de uma vez. Depois, ela imediatamente voltou para a primeira folha e começou a marcar suas falas.

Não havia muitas. A maioria de suas emoções teriam que ser transmitidas por expressões faciais.

Valerie ensaiava em toda oportunidade que surgia, criando uma elaborada história de fundo para a personagem enquanto pegava o ônibus para ir e voltar do restaurante e visualizando as cenas em ricos detalhes quando se deitava para dormir. Ela traçou uma estratégia sobre o que vestir para o teste, optando por um jeans preto e uma camiseta preta básica: uma tela de fundo simples que não distrairia ninguém de sua atuação. Ela carregava o roteiro para todos os lugares, como um talismã.

Nos três minutos que teve para canalizar a personagem na frente do diretor de elenco e do produtor, Valerie deu tudo de si. Parecia que as emoções reprimidas por tantos anos — a fúria, a dor e a amargura que a consumiram nas semanas antes de deixar a escola — finalmente transbordaram na pequena e simples sala de audições.

Não era como se o papel tivesse sido feito para ela, pensou Valerie. Era como se ela tivesse sido feita para o papel.

Valerie viu o produtor olhar para o diretor de elenco e dar um discreto aceno de cabeça antes de ela sair da sala. Valerie soube, na mesma hora, que havia garantido um segundo teste. Ao sair do prédio, sob o sol forte da Califórnia, suas lágrimas ainda escorriam pelo rosto.

Sua colega de quarto, Ashley, estava fazendo ioga na sala quando seu agente avisou que Valerie passara mesmo para a próxima rodada, arrancando dela um gritinho de comemoração.

Ashley era loira, tinha pernas compridas e vinte e seis anos — o papel era para uma mulher na casa dos trinta —, e parecia mais uma surfista do que uma mãe solteira infeliz, de modo que Valerie e ela quase nunca disputavam os mesmos papéis. Ainda assim, Valerie foi evasiva quanto aos detalhes, mais por superstição e medo de dar azar do que por cautela.

Aquele segundo teste, marcado para nove da manhã da terça-feira seguinte, seria acompanhado pelo diretor. Valerie faria uma cena inteira com um dos atores já escalados. Nos dias que antecederam a audição, ela se transformou na personagem — vestindo-se como ela, andando como ela e pensando como ela. Valerie até teve um pesadelo relacionado ao trauma da personagem.

Mas Valerie não chegou ao estúdio naquela terça-feira. Antes que tivesse a chance de fazer o segundo teste, Valerie soube que o papel havia sido oferecido para outra atriz: Ashley.

Uma semana depois, Valerie rescindiu o contrato de aluguel e voou até o lado oposto do país, revertendo a viagem feita aos dezessete anos. Não era só que agora ela queria ficar o mais longe possível de Los Angeles. Ela estava correndo em direção a alguma coisa novamente.

Seus instintos lhe disseram para procurar Cassandra e Jane. Mesmo que só as tivesse visto algumas vezes desde que fugira de sua cidade natal, as duas foram os marcos de sua infância. As memórias que guardava delas pareciam ser as únicas partes boas de seu passado: as três deitadas lado a lado na cama de Valerie, folheando revistas para adolescentes. Na cozinha, preparando a massa para um bolo de chocolate — mas geralmente comendo a maior parte crua direto da tigela. No banheiro, fingindo que a escova de cabelos era um microfone e se aproximando umas das outras enquanto cantavam *Holiday*, da Madonna.

Além disso, Valerie não tinha outro lugar para ir.

Ela bateu na porta do apartamento de Cassandra e viu o choque estampado em seus olhos. Valerie sabia que estava péssima, como se o trauma que suportou tivesse causado estragos em seu corpo, roubando a cor e a vitalidade de seu rosto, marcando seus braços e pernas e envelhecendo-a. Ela andava de forma lenta e arrastada. Uma sobrevivente de um acidente de carro, um diretor de elenco observando-a poderia pensar. Ou alguém que escapou por pouco de um terrível desastre natural.

Sentada entre Cassandra e Jane no sofá, uma vodca com refrigerante intocada a sua frente, ela contou sobre os clientes que gritavam com ela quando a cozinha errava o pedido, sobre o diretor-assistente que passara a mão por baixo da sua saia, sobre os diretores de elenco que a olhavam de cima a baixo antes de finalmente cuspirem uma única palavra: Não. Alguns nem se davam ao trabalho de dizer nada.

Então Valerie respirou fundo e começou a contar sobre sua linda e animada colega de apartamento, Ashley, que lhe desejou sorte quando ela garantiu o segundo teste e depois roubou seu papel.

— Acordei no dia do teste me sentindo tão cansada e pesada que quase não conseguia me mexer. Dava para ver a luz do sol espreitando pelas cortinas. Estava claro demais para ser muito cedo. Procurei o celular na mesinha de cabeceira, onde sempre o deixava, mas não estava lá.

Valerie contou o resto da história; ela a havia reprisado na cabeça tantas vezes que quase podia se ver correndo até a cozinha e encarando o relógio do micro-ondas. Eram 9h07, sete minutos depois do horário agendado para o teste.

O celular sumido continha todas as peças de que ela precisava: o alarme deveria tê-la acordado; o calendário tinha o endereço do estúdio e as instruções para a sala de audição. Ela não tinha como chamar um carro, como havia planejado — nem ligar para avisar que estava atrasada.

— Minha mente estava tão confusa e pesada. Era como se eu tivesse bebido demais na noite anterior, mas eu só tinha bebido uma taça de vinho.

Quando ela pegou o telefone de um vizinho emprestado e falou com seu agente, estava hiperventilando. *Calma, vou ver se conseguem te encaixar mais tarde*, prometera ele.

— Mas minha chance já tinha passado — explicou, os soluços de choro sacudindo seu corpo.

Mais tarde, Ashley chegou em casa. Algumas horas depois, Valerie finalmente encontrou o celular preso entre o colchão e o estrado com o som desativado.

— Fui tão ingênua — disse Valerie, a voz rouca. — Pensei que Ashley era uma boa pessoa, mas ela me enganou. Se mostrou uma boa atriz no final das contas?

— Ela roubou seu celular? — perguntara Jane. — Será que ela colocou alguma coisa no seu vinho, como um sonífero?

Valerie deu de ombros.

— Eu só queria que alguém a fizesse pagar pelo que fez.

— Eu também — concordou Cassandra, fitando Jane.

O plano das irmãs foi traçado naquela mesma noite. Cassandra e Jane tinham passado a carreira cultivando contatos na mídia e conheciam inúmeras celebridades.

A campanha oculta que as duas lançaram contra Ashley foi uma das mais implacáveis e eficazes que já tinham feito: sussurros nos ouvidos de alguns clientes, ligações extraoficiais para jornalistas de entretenimento, divulgação de fotos terrivelmente desagradáveis tiradas por um fotógrafo escondido que contrataram — incluindo uma série em que Ashley parecia entrar discretamente no trailer de um diretor casado. A carreira de Ashley desmoronou antes que tivesse a chance de deslanchar.

A imensa satisfação em ver a justiça sendo feita com as próprias mãos despertou nas irmãs o doce sabor da vingança.

Logo, elas começaram a notar atrocidades em todos os lugares. Havia tantos crimes horríveis no mundo. Por que pessoas inocentes deveriam sofrer enquanto os responsáveis andavam livremente por aí, fazendo mais vítimas?

O método delas era mais eficaz do que o imprevisível — e muitas vezes decepcionante — sistema jurídico.

E muito mais rápido — para não dizer mais barato — do que terapia.

Mais inebriante do que correr uma maratona.

Elas não querem parar. Mais do que isso, elas não sabem se podem.

Seus sucessos são completamente viciantes.

49

SHAY

APAGÕES SÃO EPISÓDIOS DE AMNÉSIA, E PODEM RESULTAR DO CONSUMO EXCESSIVO DE ÁLCOOL. OS DOIS PRINCIPAIS TIPOS DE APAGÃO SÃO O TOTAL E O FRAGMENTADO. PESSOAS QUE EXPERIMENTAM APAGÕES FRAG-MENTADOS — A FORMA MAIS COMUM — PODEM SE DAR CONTA DE QUE NÃO SE LEMBRAM DE PARTES DE ACONTECIMENTOS QUANDO SÃO LEMBRADAS, POSTERIORMENTE, DESSES ACONTECIMENTOS.

— DOSSIÊ DE DADOS, PÁGINA 64

Pouco depois das 17h30, começo a me preparar para minhas convidadas: Jane e Cassandra devem estar chegando.

Elas têm um evento de trabalho mais tarde, mas sugeriram um drinque rápido antes no meu apartamento quando viessem buscar os livros que esqueceram da última vez.

— A gente leva o vinho — avisara Cassandra. — Uma tacinha antes do seu encontro vai te ajudar a relaxar.

Seu encontro.

Eu me pego cantando junto com a Pink, que escuto ao fundo, enquanto preparo a comida. Ted vai passar aqui às 19h30 e vamos sair para jantar.

Nada vai me impedir dessa vez, prometeu ele em sua última mensagem, depois que concordei em reagendar.

Após tantas noites sozinha, minha noite de sexta-feira promete.

Agora, já trabalhei naquela ansiedade boba sobre a mudança de visual que destacou minha semelhança com Amanda. Desde que nos conhecemos, Cassandra e Jane só tentaram me ajudar. Talvez seja um pouco estranho elas não mencionarem que eu estava parecida com Amanda quando saí do consultório do optometrista. Mas elas podem apenas ter ficado um pouco desconfortáveis e evitaram que eu também ficasse.

Elas não podiam estar tentando me deixar parecida com a Amanda, a menos que de forma inconsciente. É mais provável que estivessem só me ajudando a encontrar a minha melhor versão.

E fui eu que vi o apartamento de Amanda para alugar; elas não tiveram nada a ver com isso. Talvez até tenham se sentido um pouco incomodadas por eu ter me mudado para cá, mas esconderam porque sabiam como eu precisava achar um lugar.

169

Como pensar que haveria algo sinistro em todas as coisas boas que as duas fizeram por mim? Tenho me sentido tão menos solitária desde que as conhecera.

Comprei flores para a bancada da cozinha na mesma lojinha de esquina das últimas vezes: a da zínia amarela deixada na porta de Amanda e do buquê deixado para sua mãe adormecida.

Desta vez, escolhi um buquê de astromélias laranja.

Eu acendo a grande vela que as irmãs me deram e diminuo a luz ambiente, examinando a sala. Meu novo cantinho parece perfeito e aconchegante, e a vela de caramelo com pitadas de *bourbon* e baunilha dá a impressão de que acabei de assar algo delicioso.

Estou borbulhando de felicidade, sentindo meu corpo leve e formigando.

Mais tarde, quando Ted interfonar do saguão, não pretendo deixá-lo subir, vou descer direto. Mesmo que a noite corra bem, como espero, também não vou convidá-lo para subir depois do jantar, portanto, aquele esforço todo é apenas para Cassandra e Jane.

Quando o interfone toca, aperto o botão para que elas subam e abro a porta. Enquanto as vejo caminhando pelo corredor, lado a lado, fico impressionada mais uma vez com tamanha beleza. Cassandra está usando um vestido justo na cor vinho e botas na altura dos tornozelos. Jane está com um macacão preto e uma corrente dourada na cintura.

Eu me pergunto se elas algum dia se acostumaram com seus reflexos no espelho ou se ainda reconhecem como são estonteantes. Apesar disso, eu também me sinto bem — é como se a beleza delas fosse contagiante. Arrumei os cabelos e estou usando a blusa comprada na loja da Daphne. Também vou usar o lenço floral que elas me deram e minha jaqueta de couro.

— Entrem! — Aponto para a sacola com os livros ao lado da porta. — Para vocês não esquecerem de novo.

— Ah, obrigada — diz Jane enquanto fecho a porta. — Uau, essa roupa ficou perfeita para um primeiro encontro.

— Está chique sem parecer que se esforçou — acrescenta Cassandra.

— Obrigada. Na verdade, estou um pouco nervosa. O último cara que ficou atrás de mim estava tentando me vender um relógio falso.

Elas riem, então Cassandra diz:

— Bom, tenho uma coisa que pode te ajudar com seus nervos. — Ela mostra uma garrafa de champanhe. — Uma cliente acabou de nos dar isso e, acredite, estamos precisando depois do que ela fez a gente passar. Uma verdadeira diva. Tudo bem se eu abrir?

— É claro. Só não tenho taças de champanhe.

Olho para a bancada da cozinha, onde deixei três taças novas de vinho de um conjunto que comprei no início da semana. São bonitas e femininas, com bolas de vidro de diferentes cores — âmbar, azul-cobalto e esmeralda — na parte inferior das hastes. Ficaram bonitas ao lado das flores e do prato com alguns petiscos.

— Ah, Shay. — Jane me abraça e sinto seu perfume floral delicado, agora já familiar. Seus cabelos macios roçam minha bochecha. — Não precisava preparar tudo isso.

Tenho a impressão de detectar um tom melancólico em sua voz, mas é difícil confirmar, pois Cassandra interrompe:

— Mas que bom que preparou!

Ela vai até a bancada e abre o lacre de alumínio do champanhe importado, em seguida tira a gaiola metálica em volta da rolha. Quando o estouro alto ecoa pela sala, eu estremeço. A espuma começa a borbulhar da boca da garrafa e Cassandra habilmente faz com que escorra para uma das taças, enchendo as outras duas logo depois.

Eu tomo um gole da taça que ela me entregou. Nunca tinha tomado esse champanhe; o gosto é delicioso.

Observo Cassandra tomar um gole demorado da taça dela — a com a bola de vidro âmbar, combinando com seus olhos — e suspirar.

— Queria poder ficar aqui com você hoje em vez de ir nesse evento do trabalho. — Ela se serve de uma fatia de queijo. — Não há nada que eu gostaria mais do que desabar no sofá, beber, comer e ver um filme.

É difícil acreditar que elas gostariam mais de ficar aqui do que em qualquer evento fabuloso ao qual precisem comparecer. Talvez, quando se passa tanto tempo socializando, o programa mais atraente seja mesmo uma noite tranquila em casa.

Jane põe a mão sobre o braço de Cassandra e confessa:

— Passamos boas noites com a Amanda aqui neste apartamento.

Não sei o que dizer ao ouvir o nome de Amanda, então apenas abaixo a cabeça.

— Estamos felizes por estar aqui com você agora, Shay. — Cassandra pigarreia suavemente. — Por mais difícil que a morte de Amanda tenha sido, o lado bom é que ela te levou a nos encontrar.

Aquelas palavras chegam a doer em meu peito. Eu pisco para conter a ameaça das lágrimas.

— Sei como vocês a amavam.

— Pensamos nela todos os dias — afirma Cassandra.

Também posso ver as lágrimas nos olhos dela.

— Ainda penso nela naquele vestido de bolinhas verdes, caminhando para o metrô pela última vez — acrescenta Jane, um pouco melancólica. — Pensei em ligar para ela naquela manhã, perguntar como estava, mas fiquei ocupada, nem me lembro com o quê. Eu sempre me pergunto se isso poderia ter mudado o rumo das coisas...

Jane suspira e toma mais um gole de champanhe. Eu faço o mesmo. A única coisa que se pode ouvir é a música ainda tocando no pequeno alto-falante que conectei ao meu celular, mas agora Pink cedeu lugar à Alicia Keys.

— Querem se sentar? — Aponto para o sofá e a poltrona ao lado.

— Deixe-me encher as taças.

Cassandra pega minha taça e me dá as costas enquanto pega a garrafa de champanhe.

— E como foi a sua semana, Shay? — Jane pega o prato de petiscos da bancada e o leva para a mesinha de centro. — Espero que menos caótica que a nossa.

Antes que eu possa responder, Cassandra se vira:

— Aqui está.

Ela estende uma taça na minha direção e a aceito sem pensar.

Eu sei imediatamente que a taça não é a que eu estava usando antes. A que aceito tem a bola âmbar na parte inferior da haste; eu estava bebendo da esmeralda.

— Ah, eu estava bebendo dessa. — Aponto para a taça na outra mão de Cassandra.

Fico esperando que ela troque comigo, mas ela apenas sorri.

— Quem se importa? — Jane ergue a taça. — Saúde.

As duas tomam um gole, então, faço o mesmo.

— Humm, este é o melhor champanhe, não é? — pergunta Cassandra.

— É uma delícia — concordo.

As bolhas ocupam metade do copo e fazem cócegas no meu nariz. Eu me pergunto se todos os champanhes caros são tão espumosos.

Jane se joga na outra extremidade do sofá e Cassandra escolhe a poltrona, o que deixa para mim o espaço entre elas. Eu me sento, permitindo-me afundar nas almofadas. Quando comprei este sofá, num site de anúncios, achei macio e mole demais, mas agora ele parece um sonho.

Dobro as pernas sob o corpo e tomo mais um gole, pensando em como perdi contato com outras amigas, mas agora tenho Cassandra e Jane. Parece piegas, mas não consigo deixar de pensar em como essas duas me salvaram.

Conversamos um pouco sobre meu encontro com Ted, então pergunto sobre seus planos para a noite. Enquanto Jane explica que elas vão a um evento beneficente de um abrigo para vítimas de agressão, Cassandra enche nossas taças, vazias novamente.

Eu inclino a cabeça para trás e a apoio no sofá, me sentindo relaxada como não me sentia há meses, ouvindo Jane falar sobre o leilão de caridade.

— Nossa amiga Beth é advogada. Você deve tê-la visto no memorial fúnebre. De vez em quando ela faz uns trabalhos *pro bono* para o abrigo. Foi assim que nos conhecemos.

Beth, penso. Eu sabia que tinha visto uma amiga delas no CrossFit. Será que era ela? Mas preciso me esforçar demais para formular a pergunta.

Meus olhos estão tão pesados que é difícil reabri-los após piscar. Minhas pernas e braços parecem carregados, exatamente como ficam depois de uma longa corrida.

— Você está bem?

A voz de Cassandra soa tão distante.

— Só um pouco sonolenta — murmuro.

Jane dá um bocejo. E é contagiante: eu acabo fazendo o mesmo.

— Você teve uma semana muito longa. Por que não se deita e tira uma soneca antes do encontro? Precisamos ir, de qualquer maneira.

Jane se levanta e eu desdobro as pernas, descansando a cabeça no braço do sofá.

Minha exaustão é tão grande que nem fico envergonhada. *Sim, um cochilo rápido*, penso. *Só preciso disso.*

Jane está me cobrindo com a manta que deixo nas costas do sofá.

— Está meio frio aqui. Assim você fica mais confortável.

Obrigada, tento responder, mas só tenho forças para assentir lentamente.

Minha mente começa a divagar novamente. Escuto Cassandra e Jane se movimentando pelo apartamento enquanto cochicham. Elas estão tirando a travessa de petiscos e as taças e abrindo a torneira da pia da cozinha.

Sinto-me feliz naquele casulo. Uma delas — não tenho certeza quem — encosta a mão quente e macia na minha testa. É uma sensação boa, quase maternal.

Elas amavam Amanda. Talvez, em breve, elas me amem também.

— Quer que eu apague as luzes e feche as persianas? — oferece Cassandra.

Não, penso. *Ted deve chegar daqui a pouco.* Não tenho certeza se realmente digo isso, mas provavelmente não, pois a sala mergulha nas sombras. A única fonte de iluminação é a vela de cheiro doce tremeluzindo na mesinha de centro.

Minha porta se abre e fecha delicadamente. Está tão quieto agora.

Acordo com um sobressalto de um daqueles quase sonhos estranhos em que sinto que estou caindo.

Há uma mulher parada perto de mim.

Não consigo ver o rosto dela; ela se mistura às sombras, quase como um fantasma.

Amanda?, tento gritar, mas só consigo gemer. Depois de piscar algumas vezes, a figura desaparece.

Será que alucinei com ela de novo, como naquele dia perto do metrô?

Jane também disse que ainda pensa em Amanda caminhando com seu vestido de bolinhas pela última vez.

Mas Jane não estava lá aquele dia. Éramos apenas eu e Amanda, ouvindo o barulho do trem chegando, penso, confusa.

Alguma coisa não para de atiçar meu cérebro. Alguma coisa fica me puxando de volta à quase consciência. Algo a ver com Amanda no dia em que ela morreu.

A adrenalina luta contra meu profundo cansaço enquanto tento me lembrar da informação que está me escapando. O problema é que meus pensamentos estão lentos e embaralhados demais para competir com a exaustão esmagadora tomando conta de mim.

Então ouço uma voz sussurrada:

— Aproveite seu descanso enquanto pode, Shay.

Finalmente, o detalhe que eu estava procurando me vem à mente pouco antes de eu mergulhar em um buraco negro e profundo de sono: *Como a Jane sabia que Amanda estava usando um vestido de bolinhas quando morreu?*

50

VALERIE

Valerie está em pé, olhando para Shay.

As pálpebras de Shay tremem como se ela estivesse sentindo uma nova presença no apartamento.

Valerie permanece imóvel, observando a luz da vela refletir no rosto de Shay, e sussurra:

— Aproveite seu descanso enquanto pode, Shay.

Shay dá um suspiro suave e se rende ao sono.

A droga utilizada — uma dose dupla do remédio para dormir que Cassandra tirou do armário de Shay há poucos dias e triturou para adicionar ao champanhe de Shay — é definitivamente eficaz.

Cassandra e Jane estão num táxi, se afastando do apartamento com os livros em mãos, rumo ao leilão de caridade. Antes de sair, elas lavaram, secaram e guardaram as taças e a travessa que Shay preparou com tanto cuidado. Valerie passou pelas duas no corredor depois de tocar o interfone e as irmãs a deixarem entrar, seus olhares se cruzaram, embora sem dizer uma única palavra.

Valerie carrega um saco de papel comum com seus próprios suprimentos. Ela entra no minúsculo banheiro e se abaixa para espiar embaixo da pia, o envelope pardo está exatamente onde Cassandra disse. Ela o puxa com a mão enluvada e verifica o conteúdo.

Valerie encara o sangue seco de James, lembrando-se de sua silhueta esparramada naquele banco no Central Park. Deixar James sozinho e vulnerável para ser punido deu trabalho — incontáveis horas de reflexão, planejamento e criação de estratégias.

Agora, Valerie se pergunta como Shay encontrou o envelope com as provas do que ocorrera aquela noite. Cassandra e Jane vasculharam o apartamento todo assim que Amanda morreu e uma segunda vez vários dias depois.

Mesmo que relutante, Valerie sente uma espécie de respeito por Amanda, que deve ter encontrado um bom esconderijo.

Shay, entretanto, deixou o envelope quase à vista de todos.

A culpa é dela mesma, pensa Valerie. Shay — tão irritantemente obstinada — causou tudo isso a si mesma.

Valerie dá uma olhada no celular. Neste momento, Cassandra e Jane estão se misturando no lotado leilão de caridade. Garantindo seus álibis.

Valerie sai do banheiro, passando pela silhueta inerte de Shay, e coloca o bisturi e a toalha no chão perto da soleira da porta. Ela tira, da sacola de papel que trouxe, o vestido usado por Amanda na noite em que levou James ao Central Park. Depois, deixa mais dois itens no chão, ao lado do vestido: a carteira e o relógio de James.

174

Em seguida, ela dá uma boa sondada no apartamento, certificando-se de que não deixou passar nenhum detalhe. A jaqueta de couro de Shay está pendurada em uma cadeira junto com o lenço floral que combina exatamente com as roupas que Amanda costumava usar. Dentro de sua bolsa nova estão os óculos de sol — uma réplica exata dos favoritos de Amanda.

Shay nem imagina o que a espera.

Valerie sai, deixando a porta entreaberta, e desaparece no corredor com a cabeça baixa.

Ela sai do prédio e desce a rua sem pressa. Sorri para o lojista varrendo a calçada e se preparando para fechar sua loja. Inspira o ar fresco do final do outono. E sente-se melhor do que em muito, muito tempo.

PARTE TRÊS

51

SHAY

DUAS VEZES MAIS MULHERES DO QUE HOMENS USAM MEDICAMENTO CONTROLADO PARA DORMIR NOS ESTADOS UNIDOS; 77% DOS USUÁRIOS DESSE TIPO DE SONÍFERO O UTILIZAM DE FORMA INCORRETA.

— DOSSIÊ DE DADOS, PÁGINA 65

Não estou sozinha.

Escuto uma voz masculina chamando meu nome: *Shay Miller!*

Abro a boca para responder, mas só consigo resmungar. Minha língua parece inchada e enrolada. Um gosto horrível toma conta da minha boca.

Grogue, levanto a cabeça do braço do sofá. Está tudo embaçado e meus olhos estão terrivelmente secos. Pisco algumas vezes até a sala entrar em foco. Devo ter caído no sono sem tirar as lentes.

Por um instante, acho que a voz pertence a Sean. Então me lembro de que não estou no meu antigo apartamento.

Tento me sentar, mas uma onda de tontura me obriga a recuar. Minhas persianas estão fechadas, mas uma luz forte penetra pelas frestas. Já deve ser de manhã.

O que houve ontem à noite?

— Shay Miller!

Os chamados do homem estão mais insistentes.

Eu olho para a porta e vejo dois policiais uniformizados.

Um deles está com a mão no coldre da arma.

Eu lentamente me obrigo a me sentar.

— O que está acontecendo? — pergunto, rouca.

— Por que você não nos explica? — retruca o oficial com a mão na arma.

Seus olhos são escuros e duros e seu rosto é cheio de rugas.

Ainda estou usando o jeans e a blusa azul. A última coisa de que me lembro direito é Cassandra abrindo uma garrafa de champanhe.

Nunca desmaiei de tanto beber, nem mesmo na faculdade, mas minha cabeça parece estar se partindo ao meio de tanta dor e a noite passada é um grande branco.

— Eu estava com umas amigas... devo ter adormecido.

Então eu recuo.

O bisturi ensanguentado e a toalha que escondi embaixo da pia estão espalhados no chão da sala, assim como a carteira de um homem e um relógio dourado que não reconheço.

179

Ao lado da mesinha de centro, vejo um vestido amarrotado com uma mancha cor de ferrugem na bainha. Um vestido que nunca vi antes.

Os policiais estão me observando atentamente, sem se aproximar.

— O que é tudo isso? — gaguejo.

Eu começo a tremer. Passo os braços em volta do peito e me balanço para a frente e para trás.

— Respire fundo — diz o policial mais jovem, o que não está tocando a arma. — Só estamos aqui para tentar descobrir o que está havendo.

Como é que alguém entrou aqui e colocou todas essas coisas à minha volta?

Eu ia sair com Ted ontem. Ele estava vindo me buscar. Será que o deixei entrar? Será que ele foi o responsável por isso?

Olho para a carteira e o relógio novamente.

— Eu ia a um encontro. Essas coisas são dele?

— Com quem foi seu encontro? — pergunta o policial mais velho, o de cara mais fechada.

— Um cara chamado Ted. — Então me dou conta de que nem sei o sobrenome dele. — Eu o conheci na internet.

A vela de baunilha na mesinha de centro está quase completamente queimada; o apartamento está com um cheiro enjoativamente doce. Meu estômago embrulha.

— Posso pegar um pouco de água?

Então ouço o ranger de passos no corredor.

Segundos depois, uma mulher alta, magra e de cabelos crespos e curtos aparece atrás dos dois policiais.

Ela examina a sala, seu olhar parando no bisturi, na toalha e no vestido.

Então ela olha fixamente para mim e arregala os olhos de surpresa.

— Shay? — pergunta a detetive Williams.

Uma hora depois, estou em uma das pequenas salas azuis da delegacia onde estive há não muito tempo quando vim entregar o cordão à mesma detetive Williams.

Não consigo parar de tremer, mesmo depois que ela me passa um cobertor e uma xícara de café quente.

— Por que não começamos do início?

Ela puxa a cadeira à minha frente. Os pés de metal arranham o piso de linóleo.

— Você se importa se eu gravar? — Ela aponta para a câmera no canto da sala.

— Acho que tudo bem.

Enrolo o cobertor preto e fino mais apertado no meu corpo. Williams deve ter ficado surpresa ao me ver no antigo apartamento de Amanda e com minha aparência agora tão parecida com a dela. Ainda não entendi direito por que a polícia foi até lá, mas imagino que um vizinho tenha visto minha porta aberta, a toalha ensanguentada perto da soleira e ligado para eles.

Meu celular está enfiado na bolsa e a sala não tem relógio. Estou completamente desorientada.

— Hoje é sábado?

— Sim.

Pelo menos não perdi muito tempo.

Ela está me olhando com aquela expressão impassível, a que me faz pensar que ela está preparada para ouvir qualquer coisa. Então, finalmente confesso tudo, inclusive que fui à casa da mãe de Amanda e peguei o cordão de Jane.

A detetive faz algumas anotações enquanto falo. Quando menciono minha mudança de visual, ela para de escrever e volta a atenção para meu rosto. Ela parece estar examinando tudo, de como reparto meus cabelos até minha covinha no queixo.

Não faço ideia do que ela está pensando.

Tomo mais um gole de café. Já está morno, mas pelo menos a cafeína está eliminando a confusão mental. Estou com a mesma sensação de quando tomava o remédio para dormir, eu ficava muito lenta na manhã seguinte.

Será que tomei um ontem à noite?

Alucinações. Falta de memória. Consciência alterada. E as mulheres são mais suscetíveis aos efeitos colaterais. Tudo isso está em meu dossiê.

Já li casos raros de pessoas que dirigem, cozinham e até fazem sexo dormindo, sem nenhuma lembrança posterior dessas atividades.

Será que deixei Ted subir sem eu saber? Ou então abri a porta para outra pessoa?

Eu estremeço ao pensar naquilo. Parece-me impossível.

Tenho mais alguns lampejos da noite anterior, como fragmentos de um sonho: Cassandra enchendo minha taça. Jane me cobrindo com o cobertor. O barulho baixo de uma porta sendo fechada.

— Quer falar com minhas amigas?

A detetive Williams enfia a caneta na espiral do caderno. Ela me olha fixamente por um bom tempo.

— Quer dizer as amigas de Amanda Evinger?

Minha voz sai trêmula:

— Elas podem responder melhor o que aconteceu.

Em vez de responder, ela se levanta.

— Vou pegar mais um café. Precisa de alguma coisa?

Balanço a cabeça negativamente.

A detetive sai, fechando a porta.

Talvez ela não pretenda ligar para Cassandra e Jane, mas não significa que eu não possa. Pego o meu celular na bolsa e ligo para Cassandra primeiro, depois para Jane. Nenhuma das duas atende, então deixo recado:

— Por favor, me liguem de volta o mais rápido possível. É urgente.

Depois, mando uma mensagem igual para Ted.

Nenhum dos três responde imediatamente.

Tento pensar em meus próximos passos. Estou tentada a ligar para minha mãe, mas aí imagino o Barry atendendo e resolvo que é melhor não.

Olho ao redor daquela sala vazia e fria. Não há nada além da mesa, das cadeiras de metal, da câmera no canto e de um painel de vidro fosco na parede. Eu me pergunto se é um daqueles espelhos que a polícia usa quando um suspeito está sendo interrogado.

Pressiono levemente minhas têmporas, tentando juntar os cacos: Cassandra naquele vestido vinho... Jane me abraçando... O cheiro de seu perfume doce... Um champanhe delicioso e espumoso...

Minha cabeça está a mil.

A detetive já saiu há um bom tempo, a espera é uma tortura.

Eu finalmente vou até a porta, o cobertor ainda enrolado em meus ombros, e ponho a mão na maçaneta. Vou só por a cabeça para fora e ver se consigo vê-la.

Eu a puxo, mas a porta se recusa a sair do lugar. Estou trancada.

Eu me viro, olhando para as quatro paredes. Será que há outros policiais me observando agora?

Minha visão está turva, a respiração parece presa na garganta.

Não posso ter um ataque de pânico agora.

Estou trancada nesta sala porque a detetive Williams queria me dar alguma privacidade ou porque sou suspeita de um crime sobre o qual não sei nada?

52

AMANDA

Dois meses antes

Amanda tinha planejado correr até um restaurante após deixar James no banco do parque. Ela pretendia sentar-se o mais próxima possível do meio do salão, perguntar ao garçom sobre os especiais da noite e pagar com seu cartão de crédito. Ela queria que se lembrassem da presença dela ali.

Em vez disso, ela irrompeu pela porta de seu apartamento, tirou o vestido bege, o deixou amassado no chão do banheiro, ao lado da bolsa, e abriu o chuveiro.

Amanda ficou sob o jato quente, lavando-se compulsivamente, tentando tirar o sangue seco de debaixo das unhas.

E lutando para tirar aquelas imagens da cabeça: o corpo de James convulsionando no banco. O sangue escorrendo por seu rosto, pingando da letra E talhada acima de seu olho direito. Os lábios inchando. A pele pálida brilhando de suor. E Stacey encarando Valerie de pé, olhando-o de cima com o bisturi ensanguentado na mão enluvada.

Apesar da água quente caindo no corpo, Amanda estremeceu. Ela não conseguia se aquecer.

Ligue para a polícia!, gritara Amanda. *Ele está tendo uma reação à droga!*

Valerie simplesmente se debruçou sobre James novamente, enxugando o sangue de seu rosto com uma pequena toalha azul. Ela estava limpando a tela para terminar de gravar a palavra na testa dele, a palavra que contaria ao mundo o que ele fez com Daphne.

Para! Ele pode morrer!, implorara Amanda.

Agora, ela se abraçava, tremendo. Ela se lembrou do juramento que recitou na formatura da escola de enfermagem: *Juro, livre e solenemente... exercendo minha profissão com consciência e dedicação... não participar voluntariamente de atos que coloquem em risco a integridade física ou psíquica do ser humano...*

Elas iam punir James, não matar.

Amanda ouviu um toque ao fundo do barulho do chuveiro. O celular pré-pago que as irmãs Moore lhe deram ainda estava na bolsa, junto com a toalha ensanguentada. Embrulhado na toalha, estava o bisturi.

Amanda olhou para a frente, a água distorcendo sua visão.

— Ele demonstrou misericórdia pela Daphne? — perguntou Valerie, finalizando a letra E.

— Val, ele está espumando — disse Stacey.

Os movimentos de James começaram a desacelerar, seu corpo desistindo de lutar.

Do juramento que Amanda recitou enquanto subia no palco da formatura, sua postura ereta e orgulhosa, e o sol brilhando forte: *Juro dedicar minha vida profissional ao bem-estar do ser humano.*

Amanda tentou empurrar Valerie de cima de James. Se as vias aéreas dele estivessem fechando, não daria tempo de esperar uma ambulância chegar para salvá-lo. Mas havia uma chance: ela viu a caneta no bolso da camisa de James, a mesma que ele usou para assinar o recibo no bar. Amanda já tinha visto médicos realizando traqueostomias de emergência. Ela poderia fazer um buraco na traqueia com o bisturi e, depois, usar o tubo da caneta para manter o ar passando pela garganta inchada.

— Me dá o bisturi — ordenou ela.

Valerie a ignorou e começou a talhar a segunda letra, S.

Cassandra e Jane, que estavam de vigia, chegaram correndo.

— Tem alguém vindo. Precisamos sair daqui. — Cassandra puxou o braço de Valerie, fazendo com que ela derrubasse o bisturi.

Amanda pegou o instrumento.

— Preciso ajudá-lo!

James estremeceu uma última vez e parou de se mexer.

— Acho que ele está morto — disse Stacey.

183

Cassandra não hesitou.

— Isso precisa parecer um assalto.

— Com uma letra talhada no rosto?

Mesmo assim, Valerie enfiou a mão no bolso de trás de James e tirou sua carteira. Cassandra abriu e tirou seu relógio.

Jane pôs o dedo indicador diante da boca pedindo silêncio.

Do outro lado do enorme carvalho, um cachorro latiu.

— Precisamos ir. Agora — sussurrou Cassandra.

Amanda posicionou dois dedos no pescoço de James. Sua pulsação havia parado.

— Não — sussurrou ela.

Amanda já tinha visto a morte muitas vezes no hospital e lutava contra ela com suas mãos, seus instrumentos e suas habilidades. Perder essa luta nunca era fácil, mas isso era diferente.

Ela nunca tinha sido cúmplice de uma morte.

Ela pegou a toalha que Valerie deixara sobre o peito de James e embrulhou o bisturi, guardando tudo na bolsa enquanto Stacey a segurava pelo cotovelo, puxando-a bruscamente para longe.

— Vamos, Amanda. Anda!

As cinco correram para a saída do parque. À frente, as luzes brilhantes dos faróis, restaurantes e edifícios.

— Separem-se — instruiu Cassandra. Sob o brilho da rua, sua expressão facial era de indiferença, e seu tom de voz firme e uniforme. — Vamos nos reunir na minha casa.

Amanda observou enquanto as outras partiam em direções diferentes — Cassandra e Jane chamaram um táxi, Valerie se misturou às sombras pela lateral do parque e Stacey enfiou as mãos nos bolsos da calça jeans e seguiu para o metrô.

Mas Amanda ficou parada ali, sozinha.

Então ela começou a correr. Mas não na direção do apartamento de Cassandra.

Ela correu para sua casa.

53

SHAY

CERCA DE METADE DOS AMERICANOS DIZ CONFIAR EM SEUS INSTINTOS PARA DETERMINAR O QUE PARECE SER VERDADE E O QUE PARECE MENTIRA. UM EM CADA SETE ALEGA QUE CONFIA FORTEMENTE NOS PRÓPRIOS INSTINTOS PARA TOMAR DECISÕES, ENQUANTO UM EM CADA DEZ RARAMENTE CONFIA EM SEUS PRÓPRIOS INSTINTOS.

— DOSSIÊ DE DADOS, PÁGINA 66

Quando a detetive Williams finalmente volta para a sala, se desculpa pela porta trancada.

— Ela trava automaticamente quando fecha. Você pode ir embora quando quiser.

— Ah, tudo bem. — Sinto minha claustrofobia diminuir. — Você sabe me dizer o que aconteceu ontem à noite? De quem são aquelas coisas no meu apartamento?

— Não temos nenhuma informação sobre isso no momento.

A carteira devia conter algum documento que indicasse a quem pertencia — uma carteira de motorista ou um cartão de crédito. Antes que eu possa falar sobre isso, porém, Williams se senta e se inclina para a frente, apoiando os antebraços na mesa.

Seu tom não muda quando faz a próxima pergunta, mas sinto uma mudança na atmosfera, como se algum tipo de interruptor tivesse sido acionado:

— Onde você estava na noite de quinta-feira, 15 de agosto?

Eu pisco algumas vezes e balanço a cabeça ligeiramente. Isso foi há meses.

— Não sei de imediato — sussurro. Olho para meu celular em cima da mesa. — Posso olhar no meu calendário?

— Seria ótimo, se não se importa.

Abro o calendário. *Trabalho, dentista, corrida de 10 km.*

— Trabalhei no meu emprego temporário o dia todo, depois fui à dentista fazer uma limpeza. Fiz uma longa corrida naquela noite. Está vendo?

Volto a tela para ela, que assente, mas não olha. Ela está olhando para mim.

E o silêncio é opressivo.

— Desculpe por não ser muito interessante — digo, tentando amenizar a tensão.

Ela não sorri. É quase como se estivesse esperando que eu contasse algo mais.

— O que está acontecendo?

— Por enquanto, é só isso — diz ela finalmente.

Williams se levanta e eu faço o mesmo. Ela me acompanha até a saída.

— Entrarei em contato — avisa ela, enquanto eu saio.

Paro no meio da calçada movimentada, me sentindo desorientada. A última coisa que quero é ficar sozinha.

Então, ligo para Sean. Assim que escuto sua voz afetuosa e familiar começo a chorar de soluçar.

Fico feliz por, pela primeira vez, Jody não estar por perto. Ela está num trabalho que deve levar a tarde toda.

Estou sozinha com Sean no sofá novo dele — o que substituiu o sofá que levei embora — com grandes copos d'água a nossa frente. Ainda me sinto desidratada como sempre fico depois que tomo o remédio para dormir. Talvez eu tenha, sim, tomado um comprimido em algum momento durante a noite passada.

Já estamos conversando há muito tempo. Sean ficou tão surpreso com o que aconteceu que precisei contar a história toda duas vezes.

Ainda não parece verdade para mim também.

— O que você combinou com a detetive?

Estou curvada, os joelhos dobrados junto ao peito e os braços em volta das pernas.

— Ela perguntou se eu tinha planos de sair da cidade e eu respondi que não. Ela obviamente sabe onde moro. Não sei se posso voltar para aquele apartamento. Quer dizer, e se a pessoa que deixou aquelas coisas voltar?

Não consigo conter um estremecimento.

— Então você vai ficar aqui. Como nos velhos tempos. — Sean sorri, e dá para ver que ele está tentando me fazer sorrir também. — Só precisa ficar sabendo que Jody transformou seu quarto em um escritório.

Claro que ela transformou, penso. Quando levanto a cabeça novamente, Sean está me olhando com preocupação.

— Ei, você comeu alguma coisa hoje?

Balanço a cabeça. Quando entrei no banheiro da delegacia, recuei ao me ver no espelho: meu rímel estava borrado e meus cabelos estavam desgrenhados. Umedeci uma toalha de papel, passei sob os olhos e joguei água fria no rosto antes de tentar domar os cabelos. Troquei as lentes de contato pelos óculos, grata por ter pensado em pegá-los e guardá-los na bolsa antes de a detetive Williams me levar até a delegacia.

— Eu não estou com fome.

— Vamos. — Ele me dá um tapinha no joelho. — Você precisa se alimentar. Que tal se eu preparar uma das suas vitaminas de banana favoritas?

Eu o sigo pelo curto caminho até a cozinha.

— Quer tentar ligar pras suas amigas de novo?

Eu olho para o celular. Ted ainda não respondeu minha mensagem, e Cassandra e Jane não retornaram minhas ligações. Então, mando mais uma mensagem para as duas: *Por favor, me liguem assim que puderem. Aconteceu uma coisa horrível.*

Espero um pouco, olhando para a tela, mas não vejo indicação de uma delas digitando uma resposta.

— Elas devem estar com um cliente ou algo assim.

Sean tira uma banana da cesta de frutas e começa a fatiá-la.

— Elas trabalham com relações públicas, certo?

— Sim.

Dá para ver que, nas últimas horas, Sean tem tentado me distrair, me oferecer um porto seguro, mas não estou conseguindo conversar sobre trivialidades.

Sean pega a manteiga de amêndoas do armário e continua a conversa, me contando sobre um aluno novo para quem está dando aulas particulares.

— Aí a mãe controladora dele me liga no outro dia e diz que o garoto tirou 1.580 na prova. E ela quer que eu o ajude a tirar 1.600 redondos.

Sean tira o extrato de baunilha da gaveta de temperos. Percebo que as gavetas agora estão forradas com um papel adesivo de listras coloridas.

— Nossa — comento, sem emoção.

Ele põe a mão em meu ombro.

— Quer que eu pare de falar?

Recuso a oferta com a cabeça. Meus pensamentos são muito mais inquietantes em meio ao silêncio.

— Certo, eu continuo após este rápido intervalo.

O barulho alto do liquidificador me assusta e eu estremeço. Sean percebe e desliga.

— Desculpa.

Ele serve a vitamina em dois copos e adiciona canudos de metal reutilizáveis.

— Jody comprou esses canudos pra gente. São muito melhores para o meio ambiente.

Tenho um flash de Cassandra me entregando uma taça de champanhe na noite passada e da mão de alguém na minha testa. Contenho mais um estremecimento.

— Vamos, tome um gole — insiste Sean.

Ele toma um longo gole e eu faço o mesmo. É bom sentir o líquido frio descendo pela garganta, mas não sei se consigo tomar mais.

— O que foi que eu esqueci? O gosto não está igual ao que você faz.

— A canela.

Meu telefone vibra no bolso da calça jeans. É uma mensagem da minha mãe: *Querida! Purê de batata ou batata-doce para o dia de Ação de Graças? Ou ambos?*

Não consigo acreditar que o mundo ainda está girando em seu eixo normal — que as pessoas estão pensando em refeições de feriado, lendo o jornal de sábado e correndo no Central Park.

— Era de uma das suas amigas?

Balanço a cabeça dizendo que não.

— Lembro que elas gostavam das suas vitaminas também.

Sean toma outro gole enquanto enrugo a testa.

— Por que você está dizendo isso?

— Naquela noite, quando nos encontramos para tomar uma cerveja e você ligou para elas contando sobre o apartamento. Elas mencionaram suas vitaminas.

Sean vai até o sofá e dá um tapinha na almofada.

— Vem cá, você está um pouco pálida.

Eu lentamente caminho e afundo no sofá. Minhas pernas de repente parecem incapazes de sustentar meu peso.

Nunca fiz vitamina para Cassandra ou Jane. Também não me lembro de ter tocado no assunto.

— Shay?

— Você se lembra exatamente do que elas disseram?

Sean olha para cima e para a esquerda — o que muitas pessoas fazem quando estão tentando se lembrar de alguma coisa. Estou prendendo a respiração.

— Uma delas, não tenho certeza qual, disse que podia até te imaginar na cozinha nova fazendo sua famosa vitamina.

Minha pele se arrepia.

Ele olha para mim.

— Você está bem?

— Como as irmãs Moore sabiam das vitaminas que eu faço?

Assim que sussurro aquilo, penso em outra coisa de supetão. Um eco da pergunta que formulei vagamente na noite passada, quando estava deitada no sofá: *como Jane sabia que Amanda estava usando um vestido de bolinhas no dia em que morreu?*

Não existe explicação simples para isso. Jane disse que estava ocupada no trabalho; que pretendia ligar para Amanda, mas não ligou. E embora eu soubesse o que Amanda estava usando, nunca comentei com elas. Tenho certeza de que não mencionei o vestido quando as encontrei na estação de metrô da rua 33 após pensar ter visto uma sósia de Amanda. Lembro-me de ter pensado que incluir aquele detalhe me faria parecer maluca.

— Shay? — Sean pergunta. — O que está acontecendo?

Mais um fragmento de memória: Jane me dizendo para deitar no sofá e dormir. Aquela exaustão se abateu sobre mim tão repentinamente que não consegui resistir. Até nas noites em que eu tomava remédios para dormir, ele nunca batia forte ou rápido daquele jeito.

— Preciso ligar para Cassandra e Jane de novo.

Desta vez, ligo primeiro para Jane. A chamada cai direto na caixa postal.

— Jane, por favor, preciso de ajuda. — Minha voz está trêmula.

Em seguida, ligo para Cassandra. Quando finalmente ouço sua voz rouca do outro lado da linha, desabafo:

— Cassandra, graças a Deus. É a Shay. Aconteceu...

Ela me interrompe, seu tom de voz tão direto e frio que eu me encolho.

— Shay. Estou dizendo pela última vez: pare de ligar para mim e para a Jane. Pare de nos seguir. Você precisa de ajuda profissional. Há algo muito errado com você.

Então ela desliga.

Continuo com o celular no ouvido, chocada e imobilizada. É difícil respirar.

Por que Cassandra me diria uma coisa dessas? Será que fiz algo horrível na noite passada — algo de que não me lembro? Eu devo ter feito, para ela dizer palavras tão duras.

Meus olhos se enchem de lágrimas e, automaticamente, começo a ligar de novo, querendo implorar por perdão.

— O que ela disse? — pergunta Sean.

— Espere um segundo.

Minha cabeça está começando a latejar de novo.

Nada nas últimas dezoito horas faz sentido.

188

Cassandra quase parece me odiar agora. Ela me mandou parar de importuná-la, assim como a Jane.

Mas foram elas que visitaram meu apartamento ontem à noite e levaram champanhe. Cassandra até disse que preferia cancelar seus planos e ficar comigo lá.

Sou tomada pela mesma sensação misteriosa e surreal que experimentei no dia em que segui a mulher parecida com Amanda até o metrô.

Como elas podem ter se voltado contra mim tão rapidamente?

Meu estômago se contrai e corro para o banheiro, vomitando no vaso sanitário. Eu me levanto e abro a torneira da pia com as mãos trêmulas. Deixo escorrer água fria nos pulsos e enxáguo a boca.

Então me olho no espelho.

Não me pareço com a antiga eu, nem com a nova. A expressão em meus olhos pertence a uma estranha.

Os olhos de Amanda pareciam vazios quando a vi — como se ela não tivesse mais nada. Nem alegria, nem esperança, nem ninguém para se preocupar com ela.

Mas Cassandra e Jane juram que a amavam.

Elas agiram como se eu fosse importante para elas também — pelo menos até alguns minutos atrás, quando as palavras de Cassandra me dilaceraram.

Parece que está tudo saindo de controle.

Pense. Tento me lembrar de tudo que eu poderia ter dito para as duas que pudesse ter sido mal interpretado, algo que explicasse tamanha hostilidade.

Em vez disso, eu volto no tempo até o dia em que vi a sósia de Amanda logo após o suicídio. Cassandra e Jane estavam passando por aquela estação na hora em que eu me agarrava ao poste, tremendo e suando. Eu estava tão apavorada e desequilibrada como estou agora.

Na época, pareceu um milagre: quais as chances de as duas estarem naquele exato local, naquele exato momento? De me reconhecerem mesmo com meus cabelos grudados no rosto no meio da multidão de guarda-chuvas após nosso primeiro encontro, relativamente breve? De que a reunião delas tivesse sido cancelada, lhes dando uma hora livre para passarem comigo?

Quase zero.

Uma vez tentei descobrir quantas pessoas transitam por Manhattan durante o dia, quando chega mais gente dos arredores para trabalhar. Não é fácil confirmar os números, mas uma estimativa apontou para mais de 400 mil por quilômetro quadrado. E a cidade tem 472 estações de metrô.

Minha respiração fica mais acelerada e me apoio nas bordas duras e frias da pia.

Cassandra me disse para parar de segui-las. Mas foram elas que sempre apareceram onde eu estava, contra todas as probabilidades.

As irmãs Moore disseram que a sósia de Amanda não existia, mas agora elas me transformaram em uma.

Nada disso faz sentido.

54

AMANDA

Dois meses antes

Amanda, me liga!

Amanda, você está bem?

A cada poucas horas seu celular entrava em erupção com chamadas e mensagens das outras mulheres do grupo.

Amanda, por favor atenda! Estamos preocupadas com você!

Ela não conseguia parar de ver James se debatendo no banco do parque enquanto a vida se esvaía dele.

Amanda, estou na sua esquina. Posso passar aí?

A mensagem de Beth finalmente a fez pegar o aparelho e retornar sua ligação. Talvez Beth — a advogada inteligente e amável — também estivesse se arrependendo.

— Ei, o que está havendo? Por que você não está falando com nenhuma de nós?

— Estou pirando — sussurrou Amanda.

Amanda estava rouca; era sábado de manhã e ela não tinha falado com ninguém nas 36 horas seguintes à morte de James.

— Olha, eu sei que as coisas não saíram exatamente como planejamos. Mas precisamos nos unir.

— Nós o matamos, Beth — disse Amanda, a voz tremendo.

Ela ouviu Beth expirar lentamente.

— Não era nossa intenção. — O tom de voz dela mudou de acolhedor para autoritário. — E você sabe o que ele fez com a Daphne. Ele era cruel.

— Então ninguém mais se arrependeu?

— É tarde demais para isso.

Beth não era uma aliada; Beth queria colocá-la na linha.

— Por que a gente não se encontra e conversa? Nós podemos ir aí. Todas nós.

Antes, as sete estavam sempre alinhadas. Agora, seria ela contra as outras seis.

Amanda imaginou-as reunidas em sua pequena sala de estar: Jane esfregando suas costas; Stacey um pouco distante das outras com os braços cruzados e a mandíbula tensa; Cassandra inclinando-se para perto; Daphne e Beth falando junto com as outras — suas palavras se atropelando, sobrepondo e pressionando Amanda enquanto todas tentavam reprimir o que consideravam deslealdade da parte dela. E, por fim, Valerie, olhando-a com seus olhos castanhos e vazios.

— Não estou me sentindo bem — respondeu Amanda.

Amanda escutou Cassandra ao fundo, dizendo a Beth:

— Deixe-me falar com ela. Precisamos saber o que ela fez com o bisturi.

Amanda encerrou a chamada e desligou o celular.

Um pouco depois — talvez uma hora, talvez três — o interfone tocou.

Amanda se encolheu; elas estavam no saguão.

Ela andou na ponta dos pés com suas meias o mais silenciosamente possível, estremecendo quando uma tábua rangeu, mesmo sabendo que ninguém ouviria nada dois andares abaixo. Ela virou o corredor em L e subiu na cama, cobrindo-se com os lençóis amarrotados.

O interfone tocou novamente. Dessa vez, o barulho alto e insistente durou muito mais tempo. Ela cobriu os ouvidos com as mãos, mas ainda conseguia ouvir.

Então, ela ficou ali, seus olhos bem fechados, até o som finalmente parar.

Ao religar o celular naquela noite, havia 24 chamadas perdidas.

No dia seguinte, um domingo, Amanda estava escalada para trabalhar. Ela se levantou com os olhos vazios. Não tinha dormido muito nem comido nada além de uma banana e uma fatia de pão.

Amanda foi até o *closet*, seu corpo dolorido como se ela realmente estivesse doente. Ela alcançou o cesto de roupas sujas, lá estava o vestido bege com manchas de cor de ferrugem amarrotado no fundo. Ela pegou os sapatos de borracha e o uniforme cor-de-rosa enquanto pensava no juramento novamente: *Juro dedicar minha vida profissional ao bem-estar do ser humano*

Ela encontrou um corretivo no banheiro e o aplicou com tapinhas sobre as olheiras roxas. No armário debaixo da pia, estavam escondidos o bisturi e a toalha. Amanda não conseguia nem olhar para as lembranças do que elas fizeram, mas ainda sentia a presença dos objetos.

Se ela entregasse o bisturi para as outras, será que a deixariam em paz?

Não, pensou. *Elas nunca vão me deixar em paz.*

A cidade parecia diferente agora — quente e furiosa. Pedestres esbarravam nela na calçada; uma pasta balançando a atingiu dolorosamente no quadril. O sol estava implacável. Ela pisou na faixa de pedestres e um táxi virou a esquina, avançando o sinal e buzinando. Quando chegou ao hospital, Amanda se forçou a sorrir para o segurança enquanto desbloqueava a porta de acesso ao pronto-socorro.

Será que ele percebeu como ela estava diferente?

Durante a primeira hora ou um pouco mais, Amanda verificou sinais vitais, atendeu chamadas e ajudou a tratar um paciente com pneumonia. Mas quando foi pegar os antibióticos do armário na sala de remédios, ela congelou, olhando para os frascos de morfina e lembrando dela mesma derramando o líquido na bebida de James.

— Amanda?

Gina estava parada na porta da sala. Amanda não sabia há quanto tempo estava imóvel ali.

— O acesso do quarto cinco — disse Gina. — Você não o trocou.

— Ah, não, eu...

— Eu já resolvi — disse Gina, secamente. — Você está bem?

— Desculpa.

Amanda saiu correndo da sala. Ao longo do dia, ela sentiu Gina a observando várias vezes; ela colocara um paciente em perigo. Se Gina não tivesse feito alguma coisa, a idosa, vítima de derrame, poderia ter ficado perigosamente desidratada.

Seu turno pareceu demorar o dobro do normal. Quando Amanda finalmente chegou em casa, não conseguia parar de tremer.

O dia seguinte foi pior.

Ela estava no trabalho há apenas meia hora quando alguém lhe entregou um bilhete:

— Ei, acabaram de ligar para você. Ela não quis deixar o nome.

Amanda olhou fixamente para as palavras no pequeno pedaço de papel cor-de-rosa: *Que bom que você está se sentindo melhor. Nos vemos hoje à noite!*

Suas pernas ficaram bambas.

Ela conseguiu sobreviver ao turno, mas, pouco antes de terminar, estava correndo para ajudar um médico cuidando de uma vítima de tiro quando perdeu o equilíbrio — sua falta de sono e de comida combinada ao estresse a deixaram fraca — e caiu contra o paciente, tirando o tubo torácico que ajudava seus pulmões a se expandirem adequadamente.

O médico praguejou, tampando o buraco com as mãos.

Amanda encarou o sangue vermelho cobrindo as luvas de látex do médico. Ela não conseguia respirar. Por um instante, ela não conseguia nem se mexer.

— Droga, Amanda! — gritou o médico. — Chame uma equipe de emergência!

Gina entrou correndo na sala enquanto Amanda se afastava da maca. Em vez de ajudar seus pacientes, ela agora era um perigo para eles.

— Eu preciso ir — confessou ela para Gina.

Gina não respondeu; toda sua atenção estava voltada para o jovem com o peito dilacerado por uma bala.

Amanda correu pelo corredor comprido, seus sapatos rangendo contra o linóleo, e saiu do prédio. Ela tropeçou na calçada, sua respiração irregular.

Então ela viu uma mulher de cabelos escuros e sedosos brilhando ao sol parada do outro lado da rua.

Não. O coração de Amanda disparou. Ela deu meia-volta e entrou no hospital.

Ela tirou o celular do bolso do uniforme, tremendo, e pediu um carro. Ela esperou ao lado do segurança até o carro entrar na garagem circular do pronto-socorro, saiu correndo, e pulou para o banco de trás.

— Rápido, por favor!

Quando o carro parou em frente ao seu prédio, oito minutos depois, suas chaves já estavam na mão. Ela subiu correndo os degraus e irrompeu porta adentro, trancando-a duas vezes e prendendo a corrente por garantia.

O interfone tocou minutos depois.

Os dias seguintes foram como uma coisa só. No primeiro, Amanda ligou para o hospital dizendo que estava doente demais para trabalhar, depois desligou o celular.

Quando o religou, além de todas as ligações perdidas e recados do grupo, havia uma mensagem de Gina: *Amanda, precisamos conversar. Me liga.*

Mas o que ela poderia dizer?

Dormir tornara-se impossível; as outras mulheres do grupo eram implacáveis. Às vezes, Amanda ouvia batidas suaves em sua porta. Uma vez, no meio da noite, uma chave raspou a fechadura. Enquanto olhava para a tranca fixamente, seu corpo rígido, a porta se abriu e esticou a corrente até o limite.

Como elas conseguiram uma cópia da chave?

Às vezes, a voz que flutuava pela fresta da porta era gentil e bajuladora:

— Vamos conversar. Querida, só estamos tentando te ajudar. Vamos, destranque a porta.

Às vezes, o tom era mais agressivo:

— Você precisa sair dessa. Vai ficar tudo bem se continuarmos juntas como prometemos fazer. James teria machucado outras mulheres. Você as salvou, assim como salva pacientes no hospital. Você salvou tantas mulheres que nunca conheceu, Amanda. Abra a porta.

O pior eram os sussurros que pareciam rodopiar por sua mente como fiapos de fumaça:

— Foi *você* quem roubou o remédio. *Você* o drogou. *Você* é a única culpada por tudo isso. Se não começar a cooperar, *você* vai pegar prisão perpétua!

Aquilo era real ou eram vozes da sua cabeça?, ela começara a se perguntar. Amanda sabia do que as outras eram capazes e das punições que já tinham infligido, mesmo contra pessoas que não conheciam, como os pais que nunca se preocuparam em visitar o filho adolescente quando ele entrou em coma induzido depois de ser expulso de casa porque era gay. As mulheres esperaram meses, ganhando tempo, até as luzes da casa dos pais dele, em Long Island, se apagarem no final de um sábado à noite. Depois, elas desenrolaram a mangueira do jardim. Elas a deslizaram pela abertura da caixa de correio e giraram a torneira de metal para abrir a água. Milhares de litros d'água foram bombeados para o térreo enquanto o casal dormia — saturando o piso de madeira, infiltrando-se nos tapetes, vazando para o porão e danificando a estrutura da casa.

— Vamos ver só o que eles vão achar de não ter mais onde morar — sussurrou Valerie para as outras enquanto se afastavam da casa.

193

Colocar xarope emético na bebida do ex-marido de Beth, que a abandonara quando ela fora diagnosticada com câncer, ainda não tinha sido castigo suficiente, concluíram, embora tivessem gostado dos registros que Stacey fizera do desastroso evento. Brett correu do palco poucos minutos após começar sua leitura de poesia, mas não rápido o bastante para chegar ao banheiro. Elas também criaram um GIF dele vomitando no chão do café e o subiram nas redes sociais de vídeos vinculado ao nome dele, assim o registro poderia viver para sempre.

— Esse GIF vai aparecer sempre que o nome dele for pesquisado na internet — explicou Cassandra.

Elas também foram atrás da mãe abusiva que morava ao lado de Stacey, primeiro pagando aos vizinhos para chamarem repetidamente a assistência social. Mas isso era justiça, não a vingança pela qual ansiavam. Elas invadiram o apartamento da mulher e plantaram drogas suficientes para garantir que nem mesmo o melhor advogado pudesse poupá-la de uma sentença de prisão.

A ligação anônima para a polícia ficou por conta de Jane.

Amanda conhecia as irmãs Moore há menos de um ano, mas de alguma forma parecia ter sido arrastada para a órbita delas há muito mais tempo. Ela se deslumbrara com o carisma e o acolhimento das duas, com o espaço que abriram para ela naquele grupo tão unido.

Amanda não percebeu o quão solitária era antes de ser recebida por todas, preenchendo um vazio que a acompanhava desde a infância.

Mas, no final, ela não era uma delas. E elas também deviam saber disso agora.

55

SHAY

IDEIAS ERRÔNEAS COMUNS SOBRE AÇÕES POLICIAIS:
  VOCÊ PODE SE EXPLICAR PARA SE LIVRAR DE ALGUMA ENCRENCA.
  SE VOCÊ COOPERAR COM A POLÍCIA, NÃO SERÁ ACUSADO.
  VOCÊ ESTARÁ LIVRE ENQUANTO NÃO TIVEREM LIDO SEUS DIREITOS.
  — DOSSIÊ DE DADOS, PÁGINA 67

Sean tinha um trabalho de consultoria à tarde, que ele se ofereceu para cancelar, mas eu recusei.

Dava para ver que ele ainda estava preocupado comigo, mas o convenci de que eu só precisava tomar um banho quente e demorado e tirar uma soneca.

Sean me acomodou em meu antigo quarto — o novo escritório — abrindo o *futon* e deixando nele um travesseiro e algumas roupas de cama. Ele também me emprestou um moletom e uma escova de dentes nova.

— Jody está chegando daqui a pouco — observou ele, pouco antes de sair. — Eu já avisei para ela que você vai dormir aqui.

Depois de tomar banho, visto minha calça jeans e o moletom de Sean. Fecho os olhos brevemente quando sinto seu cheiro. Depois, vou para o escritório.

Jody transformou o espaço completamente, deixando-o quase irreconhecível. Uma parede foi pintada de amarelo-claro e um trio de gravuras em preto e branco foi pendurado acima de uma mesa estreita.

Sento-me na beirada do *futon* e abro meu dossiê, relendo todas as pontas soltas de que me lembro desde que conheci Cassandra e Jane:

Elas sabiam que Amanda e eu não tínhamos nos conhecido no veterinário. Sabiam o que Amanda estava usando no dia em que morreu, embora não estivessem lá. Apareceram logo depois que vi a mulher de vestido de bolinhas entrando no metrô, mas disseram que ela não existia. Deixaram-me parecida com a Amanda e me incentivaram a alugar seu apartamento. Indicaram que eu fosse fazer compras na loja da Daphne, mas não avisaram a ela que eu estava indo lá. Finalmente, caí naquele sono estranho e pesado depois que elas passaram na minha casa e me serviram uma taça de champanhe — que trocaram por outra.

Acrescento mais algumas linhas: *As irmãs saíram do meu apartamento, em que a porta só precisa ser batida para trancar automaticamente, assim como a da delegacia, e acordei na manhã seguinte com todas aquelas coisas estranhas no chão. Agora, de uma hora para a outra, elas se voltaram contra mim...*

Quando escuto a porta do apartamento abrir, meu coração vai até a garganta. Então Jody grita:

— Olá?

Antes que eu possa me levantar para cumprimentá-la, ela aparece na porta.

Fico chocada quando ela se aproxima e me abraça com força.

— Coitadinha.

— Obrigada — murmuro.

Suas palavras me deixam à beira das lágrimas novamente.

— Posso fazer alguma coisa para você? Chá? Algo mais forte?

— Não, eu estou bem. Obrigada por me deixar dormir aqui hoje.

Jody pega minha camisa azul, que deixei ao pé do *futon* junto da roupa de cama, e a desamassa antes de dobrá-la em um quadrado perfeito.

— O que aconteceu, exatamente? Sean me contou um pouco, mas...

Começo a contar a história de novo, mas uma versão mais curta da que contei a Sean.

— Aqui, deixe-me arrumar a cama para você — interrompe Jody.

Eu me levanto e caminho até a mesa, para deixar meu caderno e poder ajudá-la a esticar os lençóis sobre o *futon*.

Então eu o vejo.

Um vaso incomum: uma escultura de mão virada para baixo com um pulso oco onde ficam os caules da flor, só que Jody o encheu de canetas e lápis.

Eu reconheço aquele vaso, vi um igual quando tomei conta do apartamento da amiga de Cassandra e Jane.

Pisco com força, sem saber se é outra aparição. Depois, pego o vaso, sentindo a porcelana fria nas mãos. É real.

Eu o giro, ainda segurando:

— Onde você comprou isso?

Jody para de afofar meu travesseiro para responder.

— É legal, né? Vi um na cozinha de uma cliente e adorei, daí procurei na internet. É perfeito para esse escritório, não acha?

Este vaso. Mais uma coincidência. Tem havido muitas delas em meu relacionamento com as irmãs Moore.

— Qual era o nome dessa cliente?

Minha garganta está apertada, fazendo minha voz soar um pouco estrangulada.

— Er, Deena... — Jody diz. — Não me lembro do sobrenome agora. Ela pagou em dinheiro, dessa parte eu me lembro.

Eu nunca soube o nome da dona do apartamento de que cuidei, mas me lembro do endereço.

Quando o menciono, Jody pega o celular.

— Não me parece estranho. — Ela abre o aplicativo do calendário. — Espera aí, já sei, eu só preciso encontrar o dia. Foi há algumas semanas.

Jody me olha de volta assustada.

Minhas pernas ficam bambas e eu caio na beirada do *futon*.

— Como você sabia? — pergunta Jody.

Não consigo dormir aquela noite. Fico deitada por horas, olhando para o teto, repassando tudo na minha cabeça até ficar tonta. Quando amanhece, finalmente cochilo, mas o descanso é intermitente.

Eu me levanto o mais silenciosamente possível, já que a porta de Sean e Jody ainda está fechada, e visto o moletom de Sean e minha calça jeans novamente. Não quero usar a bolsa que as Moore me deram, então guardo meu celular e minha pequena carteira dobrável no grande bolso frontal do moletom. Depois, coloco meus óculos de sol na cabeça.

Saio do apartamento por volta das oito e meia de domingo, mesmo dia da semana e hora de quando tudo começou, há apenas alguns meses.

Naquela época, estava quente e abafado. Agora o céu está claro e o ar fresco, mas estou tão agitada que nem sinto o vento frio no rosto ou a falta de um casaco.

Novas peças do quebra-cabeça se embaralham em minha cabeça. *Jody esteve no apartamento na rua 12 menos de uma semana antes de Cassandra e Jane me pedirem para ficar lá.* Ontem, enchi Jody de perguntas sobre Deena, a cliente que precisava reorganizar o armário, mas Jody não sabia muito; elas tinham passado apenas algumas horas juntas. Ela me contou que a mulher parecia ter quase 30 anos, tinha acabado de se divorciar e quis conversar enquanto tomavam uma taça de vinho.

— Nunca bebo no trabalho, mas não quis ofender a cliente — explicou-se Jody.

Eu finalmente descobri que Deena tinha feito um monte de perguntas pessoais, algumas sobre o relacionamento de Jody com Sean, e até mesmo sobre a colega de apartamento de Sean. Eu.

Jody se esquivou quando insisti para que explicasse, especificamente, o que elas conversaram.

— Eu realmente não me lembro. — Jody evitou me olhar nos olhos. — Ela pode ter perguntado como você era... Er, foi basicamente isso.

— O que você disse? — perguntei, com urgência.

Eu não me importava com a opinião de Jody a meu respeito, mas precisava saber quais informações ela havia dado.

— Eu disse que você era legal! — respondeu Jody, um tanto indignada.

E não importa o quanto eu tentasse, ela não revelaria mais nada.

Dobro uma esquina, me aproximando do meu destino. Estou tão inquieta que andei muito mais rápido que o normal. A cidade está acordando. Um entregador de bicicleta grita com um taxista que o corta, uma mãe apressa seu filho sonolento, avisando que ele vai se atrasar para o treino de futebol. Um ônibus para em um ponto ao meu lado, fazendo barulho, e uma mulher de aparência cansada sobe.

Conheço bem esse bairro: já comprei bananas e morangos da vendinha na esquina pela qual acabei de passar. Anne, amiga de Cassandra e Jane, me encontrou naquela esquina também — antes de me ajudar a superar a fobia de metrô.

Sei que a situação não parece nada boa para mim, embora ninguém tenha me prendido e a detetive Williams tenha dito que eu podia ir embora a qualquer momento. Preciso de mais uma informação, que também pode convencê-la de que me envolvi, sem saber, em alguma história sinistra.

Finalmente chego ao meu destino, a floricultura.

Espero do lado de fora, tremendo, até a florista destrancar a porta. O que estou prestes a fazer parece arriscado, e talvez fosse melhor eu ter ficado quieta na casa do Sean.

Contudo, não arriscar parece a coisa mais perigosa a se fazer. Não posso simplesmente esperar mais alguma coisa horrível me acontecer.

— Procurando por algo especial? — pergunta a florista.

— Só um buquê simples. É um presente.

— Temos vários arranjos prontos na loja, mas também posso montar algo para você.

Tento descobrir qual seria a opção mais barata.

— Pode me ver meia dúzia de crisântemos?

Aponto para o balde com flores amarelas em uma vitrine refrigerada.

— Certo.

A vendedora abre a porta, seleciona as flores, as embrulha em celofane e amarra tudo com uma fita.

— Vinte e quatro dólares.

Eu enfio a mão no bolso e pego minha carteira dobrável, pagando em dinheiro.

Depois, caminho até o apartamento da rua 12, mais um elo entre as irmãs e eu.

Quando estou quase chegando, paro, cubro a cabeça com o capuz do moletom e coloco meus óculos de sol. Então entro no prédio.

— Bom dia — digo ao porteiro. — Entrega para... — Eu coloco as flores no balcão do saguão e olho para meu celular. — Não consigo ver o nome dela, mas é apartamento 6C.

— Valerie Ricci. Pode subir no elevador de serviço.

Mas já estou a meio caminho da saída.

— Desculpe, mas eu preciso ir.

Eu saio, apressada. Posiciono-me atrás de um poste de luz e espero. Não acredito que a farsa colou e que consegui o nome dela. Eu esperava que desse certo, mas teria me contentado em apenas ver seu rosto.

Será que a moradora do apartamento com o vaso em formato de mão está em casa? Ela pode estar viajando de novo, mas o porteiro me disse para subir, então estou otimista.

Seu nome verdadeiro pode nem ser Valerie Ricci, mas há grandes chances que seja. Ela precisaria de algum documento de identificação para assinar o contrato de aluguel, bem como de uma conta bancária para pagar.

Estou ansiosa para confirmar o nome dela, mas não antes de vê-la.

Não preciso esperar muito.

Poucos minutos depois, uma mulher sai do fundo do saguão e se dirige à mesa do porteiro. Não consigo ver seu rosto, mas seus cabelos são castanhos na altura dos ombros.

O porteiro entrega as flores e ela olha para o buquê, passando os dedos pelos caules. Provavelmente procurando um cartão, que não vai encontrar.

Quando ela levanta o rosto, está movimentando a boca, falando com o porteiro.

Então ela se vira e, pela primeira vez, vejo suas feições.

Desta vez, o choque que eu deveria sentir nem é registrado. Já me acostumei com as reviravoltas inacreditáveis que parecem se infiltrar em tudo que as irmãs Moore tocam.

Eu conheço essa mulher: ela segurou minha mão enquanto me ajudava a descer as escadas da estação de metrô e me fez rir com sua piada sobre o vibrador.

Segundo ela, *e* as irmãs Moore, seu nome era Anne. Ela ainda está olhando na minha direção, mas tenho esperanças de que não me reconheça com o capuz do moletom na cabeça e os óculos escuros.

198

Eu devia saber que precisava ficar invisível.

Quando ela se dirige de volta para o elevador, saio de trás do poste e começo a refazer o caminho até a casa de Sean e Jody.

Penso nos fatos que preciso adicionar ao dossiê. Achei que fossem três pessoas diferentes: Anne, do metrô; Deena, a cliente que contratou Jody; e a dona misteriosa do apartamento de que cuidei.

Mas devem ser todas a mesma mulher.

Eu estava morando no apartamento de Valerie Ricci quando ela fingiu ser outra pessoa e foi ao meu encontro a fim de me ajudar a superar o medo do metrô. É tão estranho que mal dá para acreditar. Cassandra e Jane obviamente também sabiam de tudo; foram elas que vieram com a história de tomar conta do apartamento, assim como aquela reunião.

Foi nesse mesmo apartamento que comecei a pensar em mudar de visual. Eu me olhei no grande espelho retangular da entrada, puxando os cabelos para cima e tirando os óculos.

Também fiz vitamina de banana lá todas as manhãs. Será que elas estavam me vigiando de alguma forma?

Eu quase tropeço no meio-fio, apoiando-me na lateral de uma lixeira para não cair.

Seria loucura, mas não maior do que tudo que aconteceu comigo nos últimos tempos.

Todo esse tempo, estive obcecada por Cassandra e Jane Moore. Pesquisei sobre sua empresa e seus clientes, tentei ser alguém com quem elas gostariam de sair e até as enxerguei como minhas salvadoras.

Valerie Ricci deve ter conspirado com elas para me colocar naquele apartamento. E deve ter sido ela que contratou Jody e ficou perguntando a meu respeito.

Valerie deve ser mais do que apenas a amiga casual que Cassandra e Jane alegaram que era, ela não é só parte disso como está no epicentro de seja lá o que está acontecendo.

56

CASSANDRA E JANE

Talvez, depois que Valerie ligou para a polícia fazendo uma denúncia anônima sobre a porta aberta e uma toalha ensanguentada no apartamento 3D, tenha sido exagero esperar que Shay fosse presa na mesma hora pelo assassinato de James.

Mas aquilo devia ao menos ter tirado o foco da polícia de cima de Daphne. A mensagem que ela mandou para James: *Espero que você apodreça no inferno.* A letra E arranhada na testa dele, com o início de um S ao lado. Será que um investigador astuto já teria adivinhado a palavra e seguido o rastro até Daphne?

Certamente a polícia já refizera os passos de James na noite de sua morte. Eles já deviam ter uma descrição da mulher vista saindo do bar com ele: alta, cabelos castanho--dourados, vestido bege. Talvez uma câmera de segurança afixada em um banco ou prédio próximo tenha registrado os dois indo para o Central Park naquela noite de agosto.

Poderia facilmente ter sido Shay. Especialmente depois que o vestido — o mesmo que as irmãs retiraram do cesto de roupa suja de Amanda poucas horas depois de sua morte — foi encontrado no chão do apartamento de Shay.

Neste momento, Shay provavelmente estava enfurnada no apartamento de Sean, ainda se recuperando não só dos soníferos como também do interrogatório policial e da rejeição cortante de Cassandra.

A última coisa que as irmãs esperavam era que a modesta e delicada Shay partisse para o ataque.

Imediatamente após Cassandra e Jane receberem o telefonema de Valerie — *Acho que Shay esteve aqui; e ela me enganou para que eu descesse até o saguão* —, as duas souberam que precisavam pressioná-la mais.

O rastreador na bolsa nova de Shay permanece no apartamento de Sean, mas quando Jane telefona para Jody, após Valerie receber as flores, Jody afirma que Shay saiu cedo de casa.

— Graças a Deus pegamos você sozinha — diz Jane, falando rápido para contornar possíveis perguntas de Jody, como, por exemplo, como as irmãs Moore têm o número dela. — Cassandra e eu estamos no seu bairro; podemos estar aí em dez minutos. Precisamos conversar com você.

Jody devia estar olhando pela janela quando as irmãs chegam, porque as deixa entrar antes que elas toquem o interfone.

Assim que as duas entram e Jody fecha a porta, Cassandra põe a mão no antebraço de Jody e fala em tom abafado e urgente:

— Não temos muito tempo. Olha, não existe maneira fácil de dizer isso, mas você pode estar em perigo. Temos motivos para acreditar que a ex-colega de apartamento do seu namorado está seriamente perturbada.

Jody se engasga e põe a mão sobre o peito.

— O quê? Shay deu a entender que era ela quem estava em perigo. Disse que tinha um encontro na sexta à noite e que acordou ao lado de um bisturi ensanguentado e da carteira de um homem! Sean acha que o cara pode ter colocado drogas na bebida dela.

Jane põe a mão no bolso do casaco e segura uma fotografia. As irmãs Moore já estiveram neste apartamento uma vez para buscar o cordão de Amanda que estava com Shay, mas só na sala de estar. Elas podem ver algumas portas; mas precisam que Jody as leve até o quarto que Shay está usando.

— Eu sei — continua Cassandra —, mas ela tem feito uma série de coisas loucas ultimamente, como nos seguir.

— Ela está perseguindo algumas amigas nossas também — acrescenta Jane. — Shay seguiu uma delas até sua academia e foi fazer compras na loja de outra.

— Meu Deus. Será que ela tem um daqueles transtornos de dupla personalidade? Vi um filme sobre isso uma vez... Não acredito que dormi no quarto ao lado do dela!

Uma chaleira apita e Jody corre para desligar o fogão.

— Pensei em tomarmos um chá.

Há três conjuntos de xícaras e pires de porcelana ao lado do fogão.

— Obrigada, Jody, mas acho que não dá tempo. É melhor verificarmos o quarto de Shay para ver se ela está armada ou algo assim — responde Cassandra. — Só por precaução. Tenho certeza de que você vai ficar bem. Isto é, você sobreviveu à última noite.

Jody concorda e se dirige para a porta mais distante, seus movimentos rápidos e um pouco espasmódicos. Ela está nervosa, exatamente como as irmãs queriam.

— Virou meu escritório agora — informa Jody, girando a maçaneta.

Jane só precisa de alguns segundos para esconder a foto — assim elas podem induzir Jody a encontrá-la.

Valerie sugeriu um compartimento na bolsa de Shay, mas se a bolsa não estiver acessível, Jane planeja enfiá-la entre as páginas de seu caderninho ou debaixo do colchão.

Jody está divagando.

— Eu simplesmente não consigo acreditar. Uma vez, havia uma joaninha na cozinha e Shay desceu com ela e a deixou num arbusto do lado de fora... Mas não é justamente esse o tipo de pessoa de quem ouvimos falar nos noticiários? Os suspeitos mais improváveis?

Cassandra assente enquanto examina o quarto. Está limpo e organizado, com um cobertor bem esticado sobre o *futon*.

Jody corre pelo quarto, espiando embaixo do *futon* e levantando os travesseiros um por um.

Jane se aproxima da bolsa. Quando está prestes a pegá-la, Jody levanta a cabeça.

— Será que devemos olhar a bolsa dela?

— Boa ideia! — exclama Cassandra.

Jody espia dentro da bolsa enquanto segura as alças abertas.

— Nada.

Jane desliza a foto entre as páginas do caderninho de Shay, que está na beira do *futon*. Jane abre a porta do armário.

— Nada aqui também.

— E se olharmos aquele caderninho bizarro para ver se ela escreveu alguma coisa recentemente? — sugere Cassandra.

Jane pega o caderno e começa a virar as páginas. A foto cai e Jody se abaixa para pegá-la de volta. Cassandra prende a respiração. As irmãs ficam observando Jody olhar para a fotografia de Amanda no parque High Line, usando um chapéu de palha e erguendo o queixo.

Jody levanta o rosto, claramente cheia de perguntas a serem feitas.

— Por que Shay faria esse X em cima dela mesma?

Então ela olha para a foto de novo e arfa.

— Não é ela! Pensei que fosse, mas é só uma mulher parecida!

Cassandra e Jane se aproximam de Jody, fingindo examinar a foto de Amanda — a foto que elas imprimiram e na qual rabiscaram com força o X preto alguns dias atrás.

Cassandra arfa bruscamente.

— É a Amanda, nossa amiga!

Jody olha de Cassandra para Jane e pergunta:

— Por que Shay teria uma foto dela?

— Shay também a conhecia, mas Amanda se suicidou em agosto — responde Jane, balançando a cabeça tristemente.

— Foi assim que conhecemos a Shay — explica Cassandra. — Ela foi a um memorial que fizemos em homenagem a Amanda.

— Espera aí, isso não faz sentido! — exclama Jody. Ela pressiona as pontas dos dedos da mão esquerda na testa. — Shay viu alguém se suicidar em agosto, numa estação de metrô.

— Meu Deus — diz Cassandra, dando um passo para trás.

Jane afunda na beira do *futon*.

— Foi a Amanda, na estação da rua 33 — sussurra Cassandra, enquanto Jane mergulha o rosto entre as mãos. — Shay nos contou que elas iam ao mesmo veterinário e que se conheceram assim. Está dizendo que Shay estava naquela estação de metrô quando Amanda morreu?

— Veterinário? — Jody encara as duas, boquiaberta. — Shay não tem animal de estimação! Então, por que ela...

Antes que Jody possa continuar, o celular de Jane apita com o toque especial atribuído a Valerie. Ela tira o aparelho do bolso esquerdo do casaco e olha para a mensagem na tela:

Ela está chegando.

Valerie está vigiando a entrada do prédio. O aviso significa que as irmãs têm apenas alguns minutos para sair do apartamento.

— Shay acaba de mandar uma mensagem dizendo que está chegando aqui e quer que Cassandra e eu a encontremos — inventa Jane, apressada. — Precisamos ir embora!

Jody sai da sala. Ela começa a pegar um casaco e botas do armário ao lado da porta de entrada.

— Não dá tempo de colocar isso! — sibila Cassandra.

Elas não têm tempo nem de descer.

As três sobem até o quarto andar. Elas escutam passos subindo as escadas menos de um minuto depois. Em seguida, o som distante de uma porta abrindo e fechando.

Jody está agachada no último degrau, ainda segurando a foto.

— Estou enjoada — sussurra. — Não acredito que esta é a mulher que Shay diz que viu se suicidar.

— Jody, você precisa contar para a polícia o que descobriu — incita Cassandra.

A história de perseguição de Shay já foi plantada. Ela foi despedida de seu último emprego e passou por uma rejeição amorosa arrasadora. Ela demonstrou um comportamento bizarro, inclusive tentando assumir a vida de uma mulher morta.

Seria tão difícil assim acreditar que Shay também pode ser capaz de matar?

Jody olha para o céu azul, a luz do sol no rosto de Amanda, o X rabiscado com força em seu rosto.

— Vou chamar a polícia agora mesmo — sussurra ela.

57

SHAY

> ALGUMAS PESSOAS AFIRMAM QUE EXISTEM DOIS MEDOS PRIMITIVOS: O PRIMEIRO, E MAIS BÁSICO, É O FIM DA NOSSA EXISTÊNCIA; O SEGUNDO É O ISOLAMENTO; TODOS NÓS TEMOS UMA NECESSIDADE PROFUNDA DE PERTENCER A ALGO MAIOR DO QUE NÓS MESMOS.
>
> — DOSSIÊ DE DADOS, PÁGINA 68

Logo depois de ver o rosto dela, pego meu celular e procuro "Valerie Ricci" na internet experimentando todas as variações possíveis da grafia em que consigo pensar. Não me sinto segura em continuar do lado de fora do prédio dela, então ando mais alguns quarteirões, entrando em uma lanchonete que vi quando cuidei do apartamento, e espero os resultados.

Eu me sento em uma mesa no fundo, escolhendo o lado que me permite ver a porta, e peço torradas. Ainda não estou com fome, mas sei que preciso comer alguma coisa para aliviar o ácido do meu estômago embrulhado.

A pesquisa traz milhares de resultados: uma blogueira de estilo de vida na Carolina do Norte, uma advogada em Palo Alto, professoras, corretoras de seguros e de imóveis, uma autora independente. Eu não posso pesquisar sobre cada uma delas.

Clico na aba das imagens e começo a olhar as fotos: Valeries loiras, de olhos azuis, algumas morenas e pelo menos duas ruivas. Valeries mais velhas e mais jovens, de todas as formas e tamanhos. Ao examiná-las, percebo que estou procurando a mulher que acabou de pegar as flores com o porteiro, mas Valerie pode ter se transformado em quem é agora. Então desacelero dedicando a cada foto um olhar mais atencioso.

É quando vejo um rosto oval familiar com sobrancelhas retas e cabelos castanhos. Encontrei.

Quando a garçonete desliza um prato de torradas cortadas em triângulos na minha frente, estou olhando uma antiga foto de Valerie no set de uma novela que fora cancelada. A partir dali, localizo alguns de seus endereços anteriores em Los Angeles. Ela era atriz, o que parece adequado: a mulher certamente me fez acreditar que era outra pessoa — e convenceu Jody também.

Também descubro que ela tem um ex-marido chamado Tony Ricci que ainda mora em Los Angeles. O número dele está listado e o anoto para poder ligar assim que inventar uma história qualquer — ou um papel, como os que Valerie interpreta.

Talvez ele me dê o nome de solteira de Valerie e a cidade em que ela cresceu. Se eu tiver essas informações, posso tentar rastrear seu trajeto ao longo do tempo.

Minha pesquisa não revelou nada sobre ela nos últimos anos, apenas o endereço que acabei de visitar na rua 12. Não consigo nem descobrir onde ela trabalha. Não existe uma única foto atual na internet. É quase como se ela tivesse desaparecido ao chegar a Nova York.

Consigo terminar uma torrada e meio copo d'água, me levantar da mesa e caminhar de volta para a casa de Sean e Jody, encolhendo os ombros por causa do frio. A cada quarteirão dou uma olhada para trás e até atravesso a rua duas vezes. No entanto, todo mundo parece absorto na própria vida e não parece haver ninguém me seguindo.

Sean e Jody estavam dormindo quando saí. Espero que Sean esteja sozinho em casa agora, mas ao subir as escadas para o segundo andar e usar a chave reserva que ele me deu ontem à noite, me deparo com o apartamento vazio.

Eu fico parada ali, olhando ao redor, me perguntando o que fazer. Estou com tanto frio que não consigo sentir os dedos dos pés.

Vejo três xícaras e pires de porcelana florida em uma pequena bandeja na cozinha, junto com um pequeno jarro de leite e uma caixa de chá de camomila.

Jody devia estar esperando companhia, penso. Sean só bebe seu amado café de torra escura. Talvez ela tenha saído correndo para comprar biscoitos ou algo assim.

Uma xícara de chá quente cairia bem, penso. Pego uma caneca grossa no armário e coloco um saquinho de chá. Quando vou pegar a chaleira e encosto as pontas dos dedos na alça de metal, puxo o braço de volta. Está tão quente que me queimei.

Abro a torneira da pia e deixo os dedos sob a água fria corrente.

Então eu olho novamente para a pequena bandeja deixada por Jody. Por que ela ferveria água para visitas que ainda não chegaram?

Eu fecho a torneira.

— Jody?

Todas as portas estão entreabertas — a do banheiro, a do quarto de Jody e Sean e a minha. Se ela ainda estivesse aqui, seria impossível não me ouvir.

Viro o rosto para a porta do meu quarto novamente quando me dou conta de uma coisa. A porta do escritório — o cômodo que estou usando — está escancarada.

Mas eu tenho certeza de que a deixei encostada.

Eu fico ali, uma toalha de papel molhada enrolada nos dedos, agora latejando, e encaro a porta aberta.

Déjà-vu. Quando estava hospedada no apartamento de Valerie Ricci, cortei o dedo ao fatiar um pimentão e pensei em abrir a porta do quarto para procurar um curativo. Só que não a abri; a porta estava bem fechada e preferi deixá-la assim.

No dia seguinte, porém, percebi que ela estava entreaberta.

Eu enviara uma mensagem para Cassandra e Jane, perguntando se o zelador havia ido ao apartamento, e Cassandra imediatamente respondeu que ele tinha passado lá para olhar um vazamento.

Na época eu aceitei a explicação, mas agora parece um pouco esquisito ela saber que o zelador esteve no apartamento de uma amiga.

Se não foi o zelador, quem entrou no apartamento de Valerie enquanto eu supostamente cuidava da casa?

Pode ter sido a própria Valerie. Cassandra e Jane também tinham uma chave, elas a usaram quando foram me mostrar o apartamento no primeiro dia. Ou Valerie poderia ter dado outra chave para uma pessoa completamente nova. Enquanto eu me sentia tão feliz por estar refugiada naquele lindo apartamento, alguém pode ter entrado e mexido nas minhas coisas — ou até me observado dormir.

Eu estremeço e deixo cair a toalha de papel no balcão. Então levanto a cabeça e lentamente farejo o ar.

Eu dou meia-volta e saio correndo.

Já senti muitas coisas na cidade onde moro há quase uma década: esperança, desânimo, alegria, irritação e uma profunda solidão.

Mas nunca senti o medo primitivo e dilacerante que experienciei instantes atrás, quando detectei leves traços do inconfundível perfume floral de Jane.

Eu fico ligada, o capuz do moletom na cabeça. Mesmo que as ruas estejam relativamente lotadas, ainda olho para trás de vez em quando para garantir que não estou sendo seguida.

Só tenho as roupas que estou usando, minha carteira e meu iPhone, mas sei que não posso mais voltar para a casa de Sean e Jody. Preciso encontrar um lugar seguro para ficar.

Enquanto penso naquilo, recebo uma mensagem de Jody: *Oi, minha avó está doente, então Sean e eu vamos sair da cidade por alguns dias.*

Fico olhando para a tela, pensando em como nunca ouvi Jody mencionar uma avó. É como se eu tivesse levado um soco no estômago.

Ontem mesmo eles estavam tão carinhosos e preocupados comigo. Por que a mudança abrupta?

Eu pisco para conter as lágrimas enquanto afundo as mãos nos bolsos. Tento me convencer de que talvez tenha interpretado mal o tom de Jody, uma coisa comum quando se trata de mensagens de texto.

Começo a andar sem rumo, pensando novamente nas três delicadas xícaras de chá na bandeja e na chaleira ainda quente. Jody usou a porcelana boa em vez de simplesmente pegar a louça habitual do armário.

É como se ela quisesse impressionar suas visitas. Agora entendo o motivo. Será que alguma coisa a fez mudar de carinhosa a ríspida daquele jeito? Ou alguém?

Cassandra e Jane conheceram Jody e Sean quando foram buscar o cordão de Jane. Será que elas foram ao apartamento para colocar Jody e Sean contra mim?

Alguém esbarra em mim e me viro para olhar, mas é só um adolescente distraído com o celular e uma mochila grande demais.

Eu olho para os edifícios observando-me do alto, tantas janelas, qualquer um poderia estar me vigiando.

Não posso ir para meu novo apartamento. Também não posso ficar com minha mãe ou Mel, Cassandra e Jane provavelmente sabem os endereços delas e não posso colocar ninguém de quem gosto em perigo — ou arriscar que aquelas duas coloquem mais pessoas que amo contra mim.

Não sei o que elas planejaram, mas duvido que já tenham acabado.

Eu ligo para o número da detetive Williams, mas ela não atende. Desligo antes de cair na caixa postal, preferindo não deixar recado. O que eu diria? *Sei que parece loucura, mas acho que Cassandra e Jane Moore — as amigas de Amanda com quem tenho saído — estão me vigiando. Elas sabem coisas sobre mim, como o que gosto de comer ou onde estarei. E elas colocaram meu antigo colega de quarto contra mim.*

Preciso reunir mais fatos antes de ir à polícia.

Eu perambulo pela cidade por horas até meus pés começarem a doer e meu corpo ficar dormente. Quando anoitece, já descobri onde posso passar a noite. Já vi filmes suficientes para saber que, se não quiser ser rastreada, preciso pagar as coisas em dinheiro. Então paro em um caixa eletrônico e retiro o limite diário de 800 dólares.

Depois, atravesso a Times Square. Vai ser mais fácil ficar invisível em um dos lugares mais movimentados da cidade.

Não demoro muito a encontrar o que estou procurando: um hotelzinho decadente com uma placa de neon piscando do lado de fora.

Tento abrir a porta, mas está trancada. Há uma campainha vermelha à esquerda que pressiono enquanto lanço outro olhar para trás.

Com o zumbido alto, eu instintivamente empurro a porta novamente. Entro no saguão escuro. O homem na recepção mal levanta os olhos da tela do computador. Ele tem uma mecha de cabelos grisalhos acima das orelhas e um bigode no mesmo tom.

— Reserva? — pergunta ele quando me aproximo.

— Eu não fiz, mas vi o sinal de vagas disponíveis...

— Temos um quarto com cama de casal no segundo andar.

— Tem algum quarto num andar mais alto?

— Não temos elevador. A maioria das pessoas prefere andares mais baixos.

— Eu não me importo.

— Tenho um no quinto andar. Oitenta por noite. Só preciso de um documento de identidade.

Eu puxo do bolso da calça jeans o maço de notas de vinte que acabei de tirar do caixa eletrônico e, por baixo do balcão, tiro cinco.

— Fui assaltada e levaram minha carteira. Estou sem documento.

Deslizo as notas para ele, certificando-me de que estão espalhadas para ele notar os vinte a mais.

— Tem problema?

— Para mim, não. Uma noite então?

— Por enquanto.

Ele mal fez contato visual comigo. Além disso, se as Moore — ou qualquer outra pessoa — estiverem atrás de mim, podem não saber exatamente como me descrever. Estou usando óculos de novo e prendi os cabelos com um elástico que peguei emprestado do estoque de Jody no banheiro.

— Nome?

Ele digita em um computador velho.

Uma vez, pesquisei os nomes de bebês mais populares para meninas nascidas no meu ano de nascimento. Eu imediatamente me lembro de um nome muito popular no final dos anos oitenta e início dos noventa.

— Jessica. Jessica Smith.

Smith é um dos sobrenomes mais comuns nos Estados Unidos.

Ele me entrega uma chave.

— Há máquinas de refrigerante lá atrás.

Ele aponta para os fundos do saguão.

— Obrigada.

Eu olho para a pesada chave de metal. O atendente já está de volta ao computador, jogando paciência.

Não há nada que eu queira mais do que me esconder num quarto, mas não tenho comida nem roupas. Precisarei sair de novo.

Encontro tudo de que preciso no primeiro quarteirão: um pacote com três calcinhas, uma camisa de manga comprida e um casaco na promoção por vinte dólares. Em seguida, entro numa farmácia e compro produtos de higiene pessoal tamanho viagem, alguns potes de macarrão instantâneo, barrinhas de proteína e um celular descartável com acesso à internet e um chip pré-pago.

Estou quase no caixa quando me lembro de uma coisa, dando meia-volta e indo para o fundo da loja, onde ficam os suprimentos de escritório. Escolho um caderno com espiral barato e uma caneta esferográfica antes de voltar para o caixa. Pago em dinheiro e volto para o hotel.

Toco o interfone novamente para entrar, e o funcionário assente levemente quando passo por ele rumo às escadas.

Percorro o cansativo trajeto, destranco a porta do meu quarto e olho ao redor. O cômodo é minúsculo e prático, com apenas uma cama de casal, uma cadeira e duas mesinhas de cabeceira. Eu verifico embaixo da cama e no banheiro minúsculo antes mesmo de deixar as sacolas de compras no chão. Prendo a corrente de aparência frágil e bloqueio a porta com a cadeira, encaixando-a sob a maçaneta.

Finalmente, afundo na beirada da colcha desbotada. Respirando com dificuldade, olho pela janela, que dá para um prédio de tijolos a um metro de distância.

Se eu não ocupar minha cabeça, acho que a pressão dos meus medos vai acabar comigo. Então, mãos à obra.

Começo pegando meu celular e digitando "bisturi", "Nova York" e "Cassandra e Jane Moore" em um mecanismo de busca.

Eu examino dezenas de artigos e fotos, a maioria eu já tinha visto em minhas pesquisas anteriores sobre as irmãs.

Então amplio a busca, tentando imaginar as páginas do meu caderninho contendo todas as informações que registrei sobre elas: o nome do estúdio de ioga que Cassandra frequenta. O bar onde tomamos Moscow Mules. A loja de Daphne. O suicídio na estação da rua 33. O clube onde as irmãs realizaram o memorial fúnebre de Amanda.

A pesquisa gera toneladas de resultados. Eu leio até meus olhos arderem, mas não consigo encontrar a pecinha faltando para me ajudar a entender tudo.

Quando escuto passos pesados atravessando o corredor, eu recuo. Mas o som passa pela minha porta sem parar e, um segundo depois, ouço alguém entrar no quarto ao lado e ligar a televisão. As risadas gravadas de uma série de comédia atravessam as paredes finas.

Não quero ligar minha televisão por medo de mascarar o som de alguém tentando abrir minha porta. Também não quero sair do quarto. Não estou com fome, apenas com sede. Eu devia ter imaginado que um lugar desses não teria uma garrafinha de água de cortesia na mesinha de cabeceira.

O recepcionista mencionou uma máquina de refrigerantes no saguão. Imagino-me atravessando aquele corredor escuro e descendo os quatro lances de escada. Em vez disso, opto por ir até o banheiro e tomar água da pia.

Seria bom se eu comesse alguma coisa, penso, mas meu estômago está apertado demais para segurar até o macarrão instantâneo que comprei.

Deito na cama, ouvindo o uivo distante de uma sirene. Deixei a luz do banheiro acesa para não ficar no escuro.

Eu já me sentia sozinha antes de conhecer Cassandra e Jane, quando meus maiores problemas eram um emprego temporário sem futuro e a risada de Jody vindo do quarto de Sean.

Agora vejo como as coisas podem piorar.

Tenho certeza de que as irmãs armaram para mim. Mas o quê?

O cansaço começa a tomar conta do meu corpo, é como se alguém tivesse colocado um cobertor pesado sobre mim. Eu me lembro de Jane ajeitando a manta do sofá sobre meu corpo, dizendo: *Assim você fica mais confortável.* Passei o dia num estado frenético, mas agora estou perdendo as forças. Meu corpo e cérebro não aguentam mais o estresse e a tensão. Sinto-me completamente entorpecida. Eu só quero desaparecer.

Enquanto encaro a escuridão do quarto, me pergunto: *Será que Amanda estava se sentindo assim no dia em que morreu?*

58

AMANDA

Dois meses antes

Passaram-se dez dias desde que James morreu. Não — desde que *ela* matou James. Aquela voz sibilante tinha razão: a culpa era dela.

Gina deixou várias outras mensagens, mas Amanda não respondeu. O que ela poderia dizer?

Depois veio o telefonema final do hospital, dessa vez do departamento de recursos humanos para avisar que ela havia sido demitida.

A vida que Amanda levava não existia mais. No entanto, pelo menos ela poderia fazer a coisa certa.

Na manhã de domingo, Amanda vestiu a primeira peça de roupa que encontrou no armário — um vestido verde de bolinhas. Ela encontrou um envelope pardo e guardou nele as provas que estava escondendo embaixo da pia.

Então, ela parou atrás da porta, ouvindo atentamente, nenhum som, destravou a corrente e olhou pelo corredor: vazio.

Amanda correu para as escadas, descendo de dois em dois degraus até o saguão.

Estava completamente deserto, nenhum outro morador estava buscando os jornais de domingo ou voltando com um café na mão, o que não significava que não havia alguém esperando-a do lado de fora. Amanda olhou para o volumoso envelope pardo em sua mão.

O que elas fariam se soubessem que seu plano era entregar aquilo à polícia?

Elas a impediriam.

Elas destruiriam as provas.

Elas a destruiriam.

Amanda pensou a fundo, concentrando-se o máximo possível em meio ao cansaço e confusão que sentia. Então, ela deu meia-volta e se dirigiu à caixa de correio, usando a chave para abri-la e empurrando o envelope até o fundo.

Ela pegou o celular e discou o número da polícia, mas não o de emergência. Ela não contaria tudo; pelo menos não ainda, mas queria avisá-los que estava a caminho, só por precaução.

— Meu nome é Amanda. — Sua voz tremia. — Posso falar com alguém do departamento de homicídios? Tenho provas de um crime.

Enquanto andava pelas ruas, Amanda examinava continuamente os arredores. O som de seu celular estava desligado, mas o aparelho não parava de vibrar como uma vespa furiosa no bolso do vestido. Não eram nem nove da manhã, mas já estava tão quente que seus cabelos estavam começando a grudar no pescoço.

A delegacia ficava a menos de quinze minutos a pé. Amanda dissera à policial que estava a caminho, embora não tenha deixado seu sobrenome nem quaisquer detalhes sobre o crime que testemunhara.

— Disse que seu nome é Amanda? — perguntou a mulher. — Peça para me chamarem quando chegar aqui. Detetive Williams.

Mas a detetive parecia cansada e distraída, como se aquela não fosse, nem de longe, a primeira ligação de alguém aparentemente paranoico afirmando ter informações grandiosas.

Enquanto Amanda percorria as ruas, os cheiros rançosos da cidade queimada pelo verão se intensificavam ao redor. Seu telefone tocava toda hora, quase sem parar.

Finalmente, Amanda não aguentou mais e atendeu uma chamada. Ela permaneceu completamente muda, mas não conseguia esconder sua respiração pesada.

— Amanda — disse Jane num tom de voz suave e gentil —, estou tão feliz por você finalmente ter atendido. Estou aqui com a Cassandra.

— Fala com a gente. Nós vamos superar isso. Vamos nos ajudar, como sempre fizemos.

— Não aguento mais — sussurrou Amanda. — Eu preciso ir à polícia. Vou manter vocês fora disso. Vou assumir a culpa toda.

— Não seja tola — interrompeu uma voz ríspida, agora de Valerie. — Você vai apodrecer em uma cela.

— Sinto muito — disse Amanda, engasgada.

— Escute-me! — ordenou Valerie. — Fique aí mesmo nessa esquina. Não atravesse essa rua.

Amanda sentiu arrepios nos braços. Ela olhou ao redor.

— Como sabe que estou em uma esquina?

210

Corra.

O instinto foi mais forte que seu lado racional. Amanda desligou e correu para uma mercearia. Um homem arrumava verduras e legumes em cestos do lado de fora — ela poderia pedir ajuda a ele. Talvez ele pudesse escondê-la num armário enquanto ela ligava para a polícia novamente, pensou, desesperadamente.

Mas as Moore a encontrariam.

Para onde mais ela poderia ir? Ela estava quase entrando na mercearia quando ouviu o familiar sibilo sob os pés: um trem do metrô se aproximando, expelindo ar pelas grades na calçada.

Amanda olhou para os lados, parando no poste verde-floresta que indicava a estação da rua 33. Ela desceu correndo as escadas e se dirigiu para as catracas, o cartão do metrô já na mão.

Mas a primeira máquina que ela tentou usar não funcionou, recusando-se a ler o cartão. Amanda tentou outra.

Seis segundos, foi o tempo de atraso que essa falha lhe custou.

Ela correu para a plataforma, as pernas bambas, o braço esticado para impedir que as portas do vagão se fechassem, chegando a tocá-las com as pontas dos dedos. Amanda não conseguiu entrar a tempo.

O trem partiu, a brisa soprando seu rosto.

Ela olhou ao redor, sua mente rugindo de pânico. O display de LED mostrava que o próximo trem chegaria em poucos minutos.

Ela começou a andar na direção da boca do túnel, onde estaria mais perto do trem.

Elas sabiam que ela estava em uma esquina. Como?

Stacey instalara um *spyware* no celular de James antes da morte dele; talvez ela estivesse sendo rastreada da mesma forma. Amanda jogou o celular nos trilhos, o próximo trem o destruiria.

Ela não possuía mais nada que as irmãs pudessem usar para localizá-la. Ela não estava de bolsa. Ela não...

Amanda prendeu a respiração.

Sua mão foi até o pescoço, onde um amuleto de ouro descansava entre suas saboneteiras. Desde que as irmãs lhe deram o cordão, meses atrás, Amanda nunca o tirara; ela esquecia que o estava usando. Ela o arrancou e deixou a delicada corrente deslizar dos dedos para o chão de concreto. Então, ela correu para uma pilastra que a manteria escondida.

Uma mulher de short cáqui e camiseta vermelha desceu as escadas e, por um instante, o coração de Amanda disparou, mas ela percebeu que era uma estranha.

Amanda olhou para o mostrador novamente: o tempo estava se comportando de forma incomum; ele parecia estar parado.

211

A mulher começou a caminhar na direção de Amanda.

Uma lâmpada fluorescente do teto piscou. Havia lixo transbordando de uma lata.

Amanda podia sentir o barulho do trem se aproximando; ele vibrava por seu corpo através do concreto sob seus pés.

A mulher de camiseta vermelha estava perto dela agora. Ela era alta e parecia atlética, tinha um rosto agradável. Sua presença era, de alguma forma, reconfortante.

Então Amanda olhou para o que havia atrás dela.

Valerie estava parada na parte inferior da escada, seus cabelos escuros brilhando sob as luzes, como quando ela esperara Amanda do lado de fora do hospital.

Se fosse Jane vindo atrás dela, ou mesmo Cassandra, as coisas poderiam ter sido diferentes. Jane teria abraçado Amanda e pedido que ela fosse conversar com as outras. A voz rouca de Cassandra teria sido mais severa, mas ela ainda teria tentado argumentar.

Mas elas enviaram Valerie. Elas estavam tirando Amanda de cena.

Valerie começou a encurtar a distância entre as duas, seu passo quase vagaroso, a atenção fixa em Amanda.

Amanda se aproximou da beira da plataforma.

— Não!

Amanda se virou e viu a mulher de camiseta e short olhando para ela, o braço esticado.

Mas Valerie estava cada vez mais perto.

O rugido do trem chegando ensurdeceu Amanda. Ela não tinha família de verdade, não tinha um emprego, e agora também não tinha amigos.

Você vai perder tudo, dissera Cassandra.

Eu já perdi, pensou Amanda.

Ela saltou, abrindo os braços durante o voo. Por um breve momento, Amanda se sentiu livre.

59

SHAY

> NO ÚLTIMO ANO, A TAXA DE HOMICÍDIOS NOS ESTADOS UNIDOS CAIU. A CIDADE DE NOVA YORK NEM ESTÁ ENTRE AS 30 MAIS PERIGOSAS DO PAÍS. ALÉM DISSO, SEGUNDO UM ESTUDO, SE VOCÊ MATAR ALGUÉM NOS ESTADOS UNIDOS, AS CHANCES DE SER PEGO É DE 60%. JÁ EM NOVA YORK, ESSA PROBABILIDADE SOBE PARA 85%.
>
> — DOSSIÊ DE DADOS, PÁGINA 70

Acordo desorientada pela terceira manhã consecutiva.

No sábado, quando tudo começou a dar terrivelmente errado, acordei em meu sofá. Domingo, acordei num *futon*, em meu antigo quarto, na casa de Sean e Jody. Agora, estou acordando neste hotel estranho.

A noite passada pareceu interminável. Cada vez que o radiador zumbia ou a máquina de gelo no corredor fazia barulho, eu levava um susto. Finalmente, consegui adormecer por uma ou duas horas, mas ainda sinto o fantasma do pesadelo que se tornou minha vida.

Eu tateio a mesinha de cabeceira até encontrar meus óculos.

Meu celular pré-pago está conectado ao carregador. Quando o desbloqueio, vejo que Tony Ricci ainda não retornou minha ligação.

Levanto-me da cama e vou até o banheiro, tomando um banho rápido antes de vestir a calça jeans e o moletom de Sean novamente. Depois, mando um e-mail para Francine, minha chefe na Quartz, avisando que estou doente e não posso trabalhar hoje. O contrato exige que eu trabalhe quarenta horas por semana. *Tudo bem se eu repuser as horas depois?*, pergunto. Como agora são três horas a menos na Costa Oeste, sei que ela ainda não está no trabalho.

Eu volto para a cama — não há nenhum outro lugar para sentar, já que a cadeira ainda está presa sob a maçaneta — e pego meu caderninho novo. Abro na primeira página em branco. Começo a preenchê-la com tudo de que me lembro sobre Cassandra e Jane. Tento recriar nossas conversas — começando com o momento em que as conheci, naquela homenagem à Amanda.

Foi sorte, de certa forma, eu ter ficado tão encantada com as duas. Elas deixaram uma impressão tão forte em mim que minhas lembranças são quase tridimensionais.

Entre em contato se quiser conversar. Uma das coisas mais essenciais que podemos fazer é conversar com alguém, dissera Cassandra naquele primeiro dia.

O calor de sua mão em meu antebraço nu. Aqueles hipnotizantes olhos âmbar. A covinha de Jane afundando enquanto sorria para mim.

Sinto um nó na garganta quando me lembro de Cassandra colocando sua capa de chuva em volta dos meus ombros. Vejo Jane com um sorriso reluzente se levantando para que eu fosse até a mesa no bar em que me encontrei com elas e, mais tarde, enquanto caminhávamos pelo High Line, me fazendo rir para tirar uma foto minha com o chapéu de palha. *Por mais difícil que a morte de Amanda tenha sido, o lado bom é que ela te levou a nos encontrar*, comentara Cassandra na última noite que passamos juntas.

Lágrimas quentes fazem meus olhos arderem. Elas partiram meu coração.

Eu chuto a lata de lixo com raiva.

Achei que vocês fossem minhas amigas. Confiei em vocês, e vocês me traíram, quero gritar.

213

O que as irmãs fizeram foi pior que a demissão do meu último emprego, pior que os insultos de Barry e pior até que ver o homem com quem eu morava e a quem eu amava secretamente se apaixonar por outra mulher.

Respiro fundo e me obrigo a me concentrar. Enchi as páginas do meu novo dossiê com o que lembrei sobre Cassandra e Jane, mas são, em sua maioria, detalhes superficiais — como o fato de que Cassandra gosta de chá de jasmim e Jane usa um perfume floral.

Não tenho muitos dados concretos sobre elas, não como elas têm sobre mim. Elas visitaram minhas duas últimas residências, três se incluirmos o apartamento de que tomei conta. Conheceram Sean e Jody. Sabem sobre minha fobia de metrô, meu novo emprego na Quartz e até o que eu como no café da manhã. Sabem que quero um relacionamento sério e têm fotos minhas em seus celulares.

O que eu sei sobre elas? Nunca entrei em suas casas ou locais de trabalho. Não sei o que tira o sono delas todas as noites. Principalmente, não tenho a mínima ideia de por que elas agiram como minhas amigas e depois como minhas inimigas.

Eu nem sei se elas realmente gostam de pastilhas de canela ou de ioga ou de Moscow Mules.

Talvez fosse tudo teatro.

Depois de registrar todas as minhas recordações, digito o nome das duas na internet, leio o site da empresa e anoto os nomes de seus clientes. Surpreendentemente, há pouca coisa sobre elas na internet, e a maior parte eu já tinha lido. Mesmo assim, anoto tudo que encontro.

Eu não tenho a menor ideia do que fazer em seguida.

Ando de um lado para o outro ao lado da cama no minúsculo quarto de hotel, me sentindo um animal enjaulado. Tento entender os fatos que documentei, mas é um quebra-cabeça com peças a menos. As irmãs devem ter um motivo para suas ações bizarras, mas não consigo nem imaginar qual poderia ser.

No início da tarde, minha cabeça está latejando, provavelmente pela falta de café. É difícil ignorar o som de um homem e uma mulher discutindo em voz alta num quarto no final do corredor. Eu verifico minhas mensagens, mas não tive retorno de Francine. Ted também não me respondeu, então mando mais uma mensagem para ele.

Estou com menos de seiscentos dólares em dinheiro, mas há mais na minha conta. Posso me dar ao luxo de ficar neste hotel por mais algum tempo.

Mas e depois?

Ligo para o número do trabalho de Francine para ter certeza de que ela recebera meu e-mail. A ligação cai na secretária e penso em deixar uma mensagem, mas desligo antes do bipe. Prefiro falar com ela diretamente para avaliar sua reação.

Eu me pergunto se ela ficou irritada por eu já ter tirado uma folga tão cedo. Sou *freelancer*; seria fácil me substituir.

A ansiedade me atormenta.

Eu folheio meu caderno para tentar me distrair, mas isso só piora as coisas: imagens de Cassandra e Jane jogando os cabelos sedosos para trás, dobrando as pernas torneadas para entrar em um táxi, mostrando os dentes perfeitos quando riem parecem saltar de cada página.

Eu preciso sair deste quarto.

Só que se Francine ligar de volta e eu atender, os sons da cidade ficarão mais audíveis. Se eu atender na rua ela pode duvidar de que estou tão doente assim.

Esfrego a testa. Eu poderia ficar presa aqui o dia todo esperando um retorno dela.

Finalmente, procuro o número principal da Quartz para deixar um recado com algum colega. Quando a recepcionista atende, peço para falar com alguém do departamento de recursos humanos.

— Transferindo — diz ela.

Segundos depois um homem atende:

— Allen Peters.

— Olá, senhor Peters. — Não falo nada desde que cheguei ontem à noite, então minha voz está um pouco rouca. — Desculpe incomodá-lo. Sou Shay Miller, *freelancer* da cidade de Nova York.

— Quem?

— Shay Miller. Fui contratada recentemente... Eu me reporto a Francine DeMarco.

— Quem? Você deve estar com o número errado. Não há ninguém aqui com esse nome.

Atiro o celular na cama e me afasto dele como se o objeto fosse perigoso.

Eu nunca trabalhei na Quartz.

Lembro-me da primeira mensagem que recebi de Francine. A Quartz fazia parte de seu endereço de e-mail e o número começava com o código de área de onde a empresa está realmente localizada.

Após a entrevista ser marcada, pesquisei sobre a Quartz — não sobre Francine DeMarco, a mulher que me contatou no LinkedIn.

Eu começo a tremer. Cassandra e Jane também devem estar por trás disso.

Elas estão por toda parte, penso.

E agora sabem muito mais sobre mim. Preenchi meia dúzia de formulários e os enviei para "Francine". Elas têm os dados do meu documento de identidade, minha data de nascimento, meu nome do meio, o celular da minha mãe, que é meu contato de emergência. O que mais elas pretendem fazer comigo?

O chão do quarto parece inclinar; estou hiperventilando.

Eu desabo na cama, lutando para controlar minha respiração. Em quantas outras áreas da minha vida as irmãs Moore se infiltraram e eu não sei?

As paredes parecem estar se fechando à minha volta.

Dou um salto abrupto, visto meu casaco e enfio carteira, celular e uma barrinha de proteína no bolso. Pego meu novo caderninho e encosto o ouvido na porta antes de

215

abri-la, prendendo a respiração para ouvir atentamente. O homem e a mulher do quarto no final do corredor ainda estão brigando, embora mais baixo agora. Eu abro a porta.

O corredor está vazio.

Eu expiro lentamente. Penso em ter que atravessar este corredor sujo e assustador na volta, daí me lembro de um truque que uma vez vi em um filme. Volto correndo para o banheiro e pego um quadrado de papel higiênico. Eu arranco um pequeno pedaço.

Fecho a porta, mas pouco antes de trancar, coloco o pedaço de papel entre o batente e as dobradiças, exatamente na altura dos meus olhos. O sinal de NÃO PERTURBE está pendurado na maçaneta externa. O papel está quase totalmente escondido; dá para ver apenas uma pequena lasca de branco na fenda. Ninguém poderia notá-lo, a não ser que estivesse procurando.

Se ainda estiver no lugar quando eu voltar, saberei que ninguém invadiu o quarto. Se alguém abrir a porta, terá caído no chão. Mesmo que seja visto caindo, a pessoa não saberá exatamente em que altura eu o deixara.

É tudo o que consigo pensar em fazer para me proteger.

Eu desço as escadas para o saguão, me abaixando e verificando cada corredor antes de continuar.

Quando chego ao saguão, há outro funcionário na recepção. Entrego a ele oitenta dólares.

— Mais uma noite. Quarto 508, por favor.

— Sobrenome?

Hesito por uma fração de segundo.

— Smith. Obrigada.

Então eu saio em meio ao vento forte.

60

VALERIE

Shay desapareceu.

Apesar de Jody ter chamado a polícia para informá-los sobre aquela foto inquietante de Amanda, Shay não foi presa. Beth, cujo trabalho como defensora pública lhe dá acesso aos bancos de dados da polícia, verificou.

Jody disse a Jane que Shay não vai mais ficar no quarto de hóspedes. Ela contou que Shay mandou uma mensagem para Sean na noite anterior dizendo que passaria a noite com outro amigo e que buscaria suas coisas em breve. Stacey confirmou que Shay não vai ficar na casa de Mel, no Brooklyn, nem na casa da mãe, em Nova Jersey. Cassandra e Jane pararam no antigo apartamento de Amanda, agora ocupado por Shay, e entraram com a chave reserva que fizeram antes de Shay alugá-lo, mas ela também não estava lá.

É como se Shay tivesse sido engolida pela cidade.

Valerie, que chegou ao escritório de Relações Públicas Moore, na rua Sullivan, ao amanhecer, massageia as têmporas. Sua cabeça está latejando e é como se as luzes brilhantes do escritório perfurassem seus olhos. Nas últimas noites, ela dormiu apenas algumas horas.

Talvez seja pior para Shay se a polícia também não conseguir encontrá-la, pensa.

Valerie pula de susto quando o telefone em cima da mesa toca. É só um colunista de revista, na esperança de alguma novidade sobre uma celebridade.

— Vou pedir para Cassandra ou Jane te ligarem de volta — promete Valerie, mantendo a voz leve e calma.

As irmãs ainda têm clientes que precisam delas e um escritório para administrar, mas estão cancelando compromissos desnecessários para abrir espaço na agenda. Contudo, estão mantendo os mais importantes, incluindo a artista Willow Tanaka, que vai ao escritório no final do dia assinar contratos para uma lucrativa parceria.

Elas planejam fazer Willow entrar e sair o mais rápido possível. Depois, sob o pretexto de ir para uma reunião tarde da noite, Cassandra, Jane e Valerie voltarão mais uma vez ao apartamento de Shay.

As três têm outra coisa para plantar lá. Precisam encontrar um bom esconderijo, um que a polícia certamente vá encontrar se obtiver um mandado de busca para virar do avesso a residência de uma suspeita de assassinato.

Não *se* a polícia obtiver o mandado de busca, corrige-se Valerie, mas *quando*.

Não deve ser difícil encontrar o local perfeito. Elas conhecem bem o apartamento, e a prova final é leve e menor do que uma fotografia.

Quando seu telefone pessoal toca novamente, Valerie pensa em deixar cair na caixa postal — ela está surpresa por sua aflição com o sumiço de Shay —, mas após o terceiro toque ela atende e cumprimenta calorosamente a pessoa que ligou.

— Tony! Que diabos você anda fazendo?

Valerie manteve contato esporádico com Tony ao longo dos quinze anos, desde que ele recebera seu visto e ela saíra do apartamento dele, mas os dois não se falam desde que Valerie veio para Manhattan.

Tony vai direto ao ponto:

— Recebi uma mensagem estranha de um código de área de Nova York. Há uma mulher perguntando sobre você.

Valerie fica imóvel.

— Ela deixou o nome?

— Não. — A voz de Tony é aguda de ansiedade.

— Você não tem com que se preocupar. No que diz respeito à imigração, seu caso foi resolvido há muito tempo.

Considerando os habituais nervos à flor da pele de Tony, foi uma surpresa ele ter passado nas exaustivas entrevistas de imigração.

— Pode me passar o número que ligou?

Valerie não reconhece a combinação de números que Tony fala, mas os anota.

— Se ela ligar de novo, deixe cair na caixa postal.

Valerie desliga e se levanta, estreitando os olhos.

Só pode ser a Shay.

Ela está rondando e se aproximando cada vez mais. Se ela tivesse pego Tony desprevenido, ele poderia ter revelado informações que Valerie conseguiu manter bem escondidas por toda sua vida adulta.

Valerie toma um gole de café e coloca a caneca de volta no tampo de vidro da mesa com tanta violência que quase o quebra.

Por que a polícia ainda não prendeu Shay? Onde ela se enfiou?

Talvez elas não devessem esperar a polícia agir, pensa Valerie. Talvez Shay deva desaparecer para sempre.

61

SHAY

ESTIMA-SE QUE 1.800 PESSOAS DESAPARECEM TODOS OS DIAS NOS ESTADOS UNIDOS — EMBORA A MAIORIA DOS RELATOS SEJA CANCELADA POSTERIORMENTE. HÁ CERCA DE 90 MIL CASOS ABERTOS DE PESSOAS DESAPARECIDAS NO PAÍS.

— DOSSIÊ DE DADOS, PÁGINA 72

Abaixo meu rosto para me proteger do vento enquanto caminho pela Times Square, passando por uma pessoa fantasiada de Cookie Gigante posando para uma foto com um menino, um guia de ônibus turístico que tenta me vender um passeio de um dia para a Estátua da Liberdade e Ellis Island, e as luzes de neon piscando sem parar.

Sem perceber, meus passos estão me levando para o escritório de Cassandra e Jane Moore, na rua Sullivan. Preciso ver algo concreto sobre as duas, mesmo que seja apenas seus nomes no painel do saguão.

Meu trabalho era falso, então talvez o delas também seja.

Eu caminho até o prédio, tentando espantar o nervosismo e espairecer um pouco. Depois de oitocentos metros, meu rosto e minhas mãos começam a ficar dormentes, mas pelo menos estou fazendo alguma coisa.

Chego ao endereço informado no site da empresa de relações públicas e olho para a estrutura de seis andares com uma fachada simples, mas elegante. Uma bandeirinha do lado de fora diz: MOORE RELAÇÕES PÚBLICAS. Pelo menos uma parte da história delas é real.

É uma segunda-feira comum em Manhattan: homens e mulheres apressando-se pelas calçadas, falando ao celular, muitos carregando copos de café ou seus almoços em sacolas de papel. É difícil acreditar que, apenas uma semana atrás, eu era uma das 1,6 milhão de pessoas na cidade fazendo o mesmo.

Talvez eu veja Cassandra ou Jane saindo do prédio, eu poderia tentar segui-las e descobrir o que estão fazendo.

Eu as imagino andando pelo escritório com suas roupas elegantes, seus telefones tocando constantemente com pessoas competindo por sua atenção.

Eu espero e observo, assim como suspeito que elas tenham feito comigo.

Não demora muito para eu começar a tremer. O frio sobe pela calçada e se infiltra pelo meu corpo. Fico com vontade de comprar uma xícara de café para me aquecer, mas não quero sair do meu posto nem por alguns minutos. Eu apoio meu peso em uma perna, depois na outra, tentando fazer o sangue circular.

Pouco antes das 16h30, vejo uma mulher se aproximando do prédio. Ela está de calça de couro vermelha, uma capa de lã preta e botas altas de plataforma. Seus cabelos platinados têm um corte irregular até o queixo e sua franja parece palha.

Mas não é sua aparência marcante que chama minha atenção. Eu a reconheço imediatamente pela foto no site da Moore Relações Públicas: Willow Tanaka.

Continuo observando até Willow desaparecer pela porta giratória. Quando ela voltar, posso tentar puxá-la para uma conversa, talvez ela me conte algo sobre Cassandra e Jane.

Sei que estou me agarrando a qualquer fio de esperança, mas é o desespero falando mais alto.

O sol começa a se pôr atrás dos edifícios mais altos da cidade, lançando sombras gigantescas sobre as ruas. Enfio as mãos nos bolsos e bato os pés dormentes no concreto.

Cerca de vinte minutos depois, vejo aquele cabelo inconfundível e um borrão de couro vermelho.

Willow está saindo do prédio. Eu me afasto do poste em que estou encostada e dou um passo na direção dela, então vejo uma mulher saindo pela porta giratória atrás de Willow.

Eu recuo, Valerie Ricci.

Valerie está usando uma calça cinza, um suéter justo e os cabelos presos num coque torcido. Ela parece arrumada e eficiente — como se tivesse assumido uma nova persona para a mulher calorosa, falante e ligeiramente obscena que conheci como Anne. Valerie chama um táxi, levantando o braço com um movimento rápido, e Willow entra no veículo.

Valerie dá meia-volta e entra no prédio.

Quando Cassandra e Jane disseram que Valerie me ajudaria a superar a fobia do metrô, descreveram-na como uma amiga, usaram a mesma palavra para se referir à inquilina do apartamento que me arranjaram para "tomar conta". Quando a conheci, ela me disse ser uma dona de casa.

Agora me pergunto se Valerie realmente trabalha para as irmãs Moore, embora eu não tenha visto nenhuma menção ao seu nome no site da empresa.

Parece loucura elas pagarem alguém para me levar no metrô, usar um nome falso e sair temporariamente de casa para que eu dormisse em seu quarto de hóspedes. Ou não; as irmãs Moore fizeram coisas muito mais absurdas comigo.

Enquanto estou digerindo aquilo, as três — Cassandra, Jane e Valerie — saem do prédio. Eu me encolho atrás do poste.

Acho que elas não têm como me ver; a rua entre nós está movimentada. Eu as observo se aproximando do meio-fio, mas quando um caminhão de entrega passa fazendo barulho, as perco de vista. Quando meu campo de visão é novamente desobstruído, vejo um táxi parando para elas.

Eu começo a correr, mantendo os olhos fixos no táxi amarelo enquanto ele volta para o meio do trânsito e começa a se misturar com dezenas de outros. Quando ele para em um sinal vermelho, olho pela rua, levantando a mão, mas todos os táxis que se aproximam estão ocupados. Preciso correr mais três quarteirões até conseguir um vazio.

— Pode seguir aquele táxi, por favor. — Eu aponto. — Com o anúncio do perfume no teto.

Passamos pelo Washington Square Park, depois seguimos para o norte, passando pela Union Square, o carro sacolejando e ziguezagueando no trânsito. Não desgrudo os olhos do frasco de perfume em cima do veículo que estou perseguindo. Nós o perdemos brevemente ao parar num sinal vermelho na Park Avenue, mas o táxi das três para no semáforo seguinte, nos permitindo alcançá-las.

Por fim, meu motorista consegue ficar diretamente atrás delas. Posso ver três cabeças elegantes no banco de trás. Por um instante, é difícil dizer quem é quem, mas então percebo que Valerie está entre Cassandra, à direita, e Jane, à esquerda.

Estamos nos aproximando do apartamento que eu dividia com Sean e Jody, já passamos pela estação de metrô da rua 33 e pela cafeteria na minha antiga esquina.

Alguns quarteirões depois, viramos para leste, e meu corpo enrijece. Conheço bem esta rota; já a percorri muitas vezes.

É surreal, mas sei exatamente para onde elas estão indo.

O táxi encosta e todas descem — primeiro Cassandra, depois Valerie e, por último, Jane.

Elas vão até a porta da frente do prédio bem em frente e usam uma chave para entrar. Eu afundo em meu banco para não ser vista caso uma delas de repente se vire.

— Senhora? — A voz alta do taxista me assusta. — Vai descer aqui?

As três estão no meu novo prédio, o do apartamento que pertencia a Amanda. Elas têm a chave da entrada principal. Será que também têm a do apartamento?

Jane e Valerie desaparecem lá dentro, mas Cassandra fica na entrada como se estivesse de guarda.

— Pode continuar até o final do quarteirão?

Procuro na carteira uma das minhas preciosas notas de vinte.

Entrego-a ao motorista e desço do carro. Há gente suficiente na calçada para me camuflar, mas ainda caminho o mais colada possível à farmácia da esquina, feliz por estar escuro o suficiente para me misturar às sombras.

O que elas estão fazendo no meu apartamento? Será que estão me procurando?

Menos de cinco minutos depois, as três se aproximam do meio-fio novamente e chamam um novo táxi. Entro na farmácia e tento olhar pela vitrine para ver para qual direção estão indo, mas não consigo saber qual táxi elas pegaram.

Espero mais alguns minutos e volto para a calçada, desejando ter pensado em usar meu pré-pago para tirar uma foto das três com meu prédio ao fundo como prova.

Quando estou a poucos metros da entrada onde Cassandra ficou esperando há poucos minutos, faço uma pausa. Estou com medo de entrar.

Então, um jovem casal que reconheço vagamente se aproxima com um bebê amarrado ao peito do homem. Tenho certeza de que moram no andar de cima ao meu. Esse pequeno momento de normalidade me traz a segurança de que preciso para seguir adiante. Eu os sigo para dentro do prédio.

Quando chego ao meu andar, a forte lâmpada do teto ilumina o corredor, e posso ouvir risadas vindo da casa de Mary, a minha vizinha.

Minha porta está fechada. Não há nada do lado de fora que pareça incomum. Além disso, a polícia certamente levou embora o bisturi ensanguentado e aqueles outros objetos estranhos.

Mesmo assim, eu ficaria ainda mais relutante em entrar se não ouvisse a voz alegre de Mary ressoando do outro lado do corredor. Destranco a porta e entro, levantando imediatamente o interruptor de luz.

Eu examino meu apartamento rapidamente, fecho a porta, e a tranco com a corrente. Não quero ficar muito tempo aqui, mas quase todas as vezes que estive com as irmãs Moore, elas me deixaram com alguma coisa delas ou tiraram alguma coisa de mim: o cartão de visita. A capa de chuva. O cordão que recuperaram. As fotografias no High Line. A sacola de livros que Jane esqueceu na primeira noite em que as recebi aqui. A bolsa extravagante e os outros presentes.

E, é claro, o relógio, a carteira de homem e o vestido que agora estou convencida de ter sido plantado por elas no meu apartamento.

Se elas vieram pegar ou deixar algo novo, preciso descobrir o que foi.

Começo na cozinha, vasculhando metodicamente cada gaveta e armário. Eu olho até no freezer e nas prateleiras do forno. Felizmente, sou organizada por natureza e, desde que me mudei há poucas semanas, mantive tudo em seu devido lugar. Procuro da entrada até o fundo. Dentro de uma hora, estou na parte em L onde dormia, olhando embaixo da cama e sacudindo os lençóis.

Abro a gaveta da mesinha de cabeceira, onde guardo fones de ouvido reserva, um elástico e um iPad antigo que uso para assistir a filmes.

Os itens estão todos intactos.

Mas tem algo novo embaixo do iPad: um pequeno pedaço de papel. Quando pego, vejo que é um recibo de um bar do qual nunca ouvi falar, chamado *Twist.*

O número de telefone e endereço do lugar estão impressos na parte superior, ao lado do logotipo de rodela de limão. No recibo constam dois uísques com soda.

Eu estremeço, imaginando Valerie ou Jane abrindo a gaveta da mesinha de cabeceira, suas mãos levantando meu iPad...

Não tenho tempo de descobrir por que elas plantaram isso aqui. Dobro o recibo com cuidado e o guardo na carteira. Termino de olhar o quarto, movendo-me o mais rápido possível, mas não vejo mais nada de diferente.

Pego um moletom limpo, uma calça jeans e meias, guardando os itens em uma mochila. Estou a meio caminho da porta quando me lembro de que estou com frio, corro de volta para o *closet* atrás da minha jaqueta preta, que visto no lugar do atual casaco fino.

Eu olho pelo olho mágico. O corredor parece vazio. Abro a corrente e saio apressada, ouvindo a porta bater enquanto corro para as escadas, descendo dois degraus de cada vez, e saio porta afora. Continuo correndo até o próximo quarteirão, então finalmente desacelero e volto a caminhar.

Eu olho para trás a cada minuto. Atravesso a rua e dou meia dúzia de voltas. Entro em uma pequena mercearia e fico olhando para os passantes, em busca de um rosto familiar, mas não vejo ninguém que pareça estar me seguindo.

É como se eu estivesse em uma máquina de pinball serpenteando pela Times Square, esquivando-me da cambista vendendo ingressos para o teatro, do cara me empurrando óculos falsos e murmurando *dez dólares*, e de um homem enfiando folhetos nas mãos de turistas.

Finalmente, chego ao hotel. Antes de destrancar a porta, procuro a pontinha do papel higiênico branco.

Não está mais lá.

62

SHAY

> QUANDO SE TRATA DE CRIMES VIOLENTOS, ESPECIALMENTE ASSASSINATO, AMERICANOS CORREM UM RISCO MUITO MAIOR DE SEREM VÍTIMAS DE ALGUÉM QUE CONHEÇAM, TALVEZ ALGUÉM QUE CONHEÇAM INTIMAMENTE. DE ACORDO COM UM ESTUDO FAMOSO DO DEPARTAMENTO DE JUSTIÇA, DE 73 A 79 POR CENTO DOS HOMICÍDIOS EM UM PERÍODO DE QUINZE ANOS FORAM COMETIDOS POR ALGUÉM QUE A VÍTIMA CONHECIA.
>
> — DOSSIÊ DE DADOS, PÁGINA 73

Estou encolhida atrás de uma mesa numa lanchonete a um quilômetro do hotel. Fiz o trajeto até aqui correndo, o coração batendo forte e a sacola de viagem batendo contra meu quadril.

Pode ter sido apenas a arrumadeira ignorando o sinal de NÃO INCOMODAR, mas também não consigo ignorar o medo de que Cassandra, Jane e Valerie estivessem me esperando naquele quarto.

— Mais café? — pergunta a garçonete de sombra azul, me assustando.

Ela enche a caneca antes que eu possa responder.

Já bebi duas e me forcei a comer metade de um queijo-quente para me justificar por estar ocupando a mesa há tanto tempo.

Sentei-me de frente para a porta do restaurante e posicionei o corpo de lado, as costas na parede, embora as únicas pessoas ali sejam um casal de idosos na mesa atrás de mim.

Não tenho ideia do que fazer ou para onde ir, nenhum lugar parece seguro.

Começo a estremecer com os soluços que venho segurando. É como se houvesse uma corda apertando meu pescoço lentamente.

Eu tiro os óculos, seco as lágrimas com a manga e coloco-os de volta. Não posso me dar ao luxo de ceder às emoções agora.

Pego meu caderninho de dentro da mochila e retiro o recibo da carteira. Começo a registrar novos dados: bar *Twist*, dois uísques com soda, 15 de agosto.

O burburinho ao meu redor parece sumir, como se eu tivesse mergulhado debaixo d'água.

Quando me sentei naquela sala fria da delegacia de polícia, a detetive Williams me perguntou: *Onde você estava na noite de quinta-feira, 15 de agosto?*

Meus dedos tremem quando pego o celular pré-pago.

Insiro 15 de agosto no mecanismo de busca do navegador, a pesquisa traz intermináveis resultados.

Tento filtrá-los adicionando Nova York, mas ainda obtenho centenas de milhões de resultados.

Algo importante aconteceu naquela data. Deve ser por isso que a detetive me perguntou a respeito no interrogatório. Fecho os olhos e vejo o bisturi ensanguentado. Quando o vi pela primeira vez, achei que Amanda o tivesse roubado do trabalho. Eu havia criado diferentes teorias, uma mais perturbadora que a outra: talvez Amanda tivesse pensado em usar o instrumento em uma tentativa anterior de suicídio, mas mudara de ideia. Ou o item podia ser a prova de alguma má conduta no hospital — talvez um cirurgião tivesse operado o paciente errado com o objeto.

No entanto, há outras possibilidades.

Eu adiciono mais um termo de pesquisa para filtrar os resultados: Bar *Twist*.

Uma manchete surge na tela: EMPRESÁRIO ENCONTRADO MORTO NO CENTRAL PARK.

Meus olhos percorrem freneticamente a tela: um homem chamado James Anders foi assassinado no Central Park há apenas alguns meses — precisamente na quinta-feira, 15 de agosto.

Ele parecia ter sido retalhado, relatou uma fonte da polícia ao jornal.

Retalhado, a palavra parece saltar da tela.

Pego o caderno e começo a registrar os fatos. Minhas mãos estão tremendo tão violentamente que as palavras são quase ilegíveis: 37 anos. Divorciado. Um filho. Nascido em uma cidade chamada Mossley, no interior do estado de Nova York. Nenhum suspeito.

Clico em mais alguns links, anotando tudo que encontro sobre James Anders. O obituário do jornal de sua cidade natal, contou que James frequentou a Universidade de Syracuse e se casou com a namoradinha da faculdade. Após o divórcio, James começou a dividir seu tempo entre Mossley e Manhattan, tentando estabelecer um negócio de equipamentos esportivos personalizados.

O artigo também tem uma foto. Observo o retrato granulado de um homem de terno e gravata.

— Ei, queridinha, estamos fechando em alguns minutos.

A garçonete deixa minha conta na mesa. Está assinado com o nome dela — Shirley — e uma carinha sorridente.

Eu me recosto no banco e fecho os olhos brevemente. Depois dos eventos dos últimos dias, eu já devia estar acostumada a choques, mas o que acabei de descobrir foi como levar um soco no estômago.

Escuto a porta da lanchonete bater e abro os olhos, é só um cliente saindo.

Ainda assim, isso me lembra o quão vulnerável estou. Continue em movimento.

Em algumas horas, a cidade começará a esvaziar. Não quero ficar vagando atrás de bares que fecham tarde e lanchonetes que abrem cedo. Hotéis não parecem mais seguros.

Preciso de um lugar diferente para me esconder. Um lugar onde não serei incomodada, um lugar em que possa pensar. Um lugar inesperado.

Verifico o horário no celular: são quase nove da noite e estou com 68% de bateria. Agora tenho algumas centenas de dólares a menos em mãos.

Também sei de mais uma coisa: estão armando para jogar em mim a responsabilidade por um assassinato.

O metrô balança sobre os trilhos, as rodas fazendo barulho, enquanto sigo para o Queens pela segunda vez na mesma noite. Quando eu chegar ao fim da linha, vou cruzar a plataforma e percorrer os trinta e um quilômetros de volta até a rua 207, no extremo norte de Manhattan.

Pretendo repetir o trajeto até amanhecer.

O metrô de Nova York nunca dorme.

Fiz um telefonema pouco antes de descer as escadas para as catracas. Liguei para o número no cartão da detetive Williams. Ela não atendeu, talvez porque eu tenha usado o celular pré-pago e ela não reconhece o número, ou, talvez estivesse ocupada com um caso.

Minhas palavras se atropelaram na mensagem que deixei:

— As amigas da Amanda estão armando para me culpar pelo assassinato de James Anders, mas não fui eu! Elas plantaram aquelas coisas e várias outras no meu apartamento. Você tem que acreditar em mim, por favor. Eu sou inocente!

Devo ter soado completamente perturbada, podendo, inclusive, ter piorado as coisas para mim.

Agora estou olhando pela janela do trem e observo o grafite pintado nas paredes dos túneis da cidade dando lugar a uma paisagem suburbana assim que saímos dos túneis subterrâneos: passamos zunindo por árvores, residências grandes e lâmpadas acesas na varanda. Por uma bicicleta de criança apoiada em um corrimão. Por uma casinha de cachorro.

Estou sentada na frente do trem, o mais próxima possível do condutor, que não me dá atenção. Sei exatamente onde ficam os botões de emergência do vagão. Minha mochila contém minha muda de roupa, carteira, celular pré-pago, uma barrinha de proteína e meu dossiê e caneta. Estou abraçada nela e meus olhos não descansam conforme passageiros entram e saem do trem. Eu examino cada um dos rostos.

As pessoas que aparecem e depois desaparecem ao meu redor são como um microcosmo da cidade: funcionários de Wall Street em ternos caros se misturam a faxineiros de aparência cansada em aventais azuis. Uma mulher carregando um estojo de violão sentada do outro lado do corredor de um cara com uma jaqueta dos Jets. Um grupo barulhento voltando de uma festa — mulheres de saias de paetê rindo enquanto tiram selfies e um grupo de caras importunando a amiga bêbada do grupo, que caiu quando o trem avançou, eclipsando todos os outros sons.

Mas à medida que a noite avança, as multidões ficam mais raras.

Agora estou sozinha no vagão. Olho para o condutor novamente e me agarro à mochila com ainda mais força.

Deviam ser duas ou três da manhã, mas desliguei o celular para economizar bateria quando ela atingiu 26 por cento. O sinal é tão irregular no metrô que eu estava gastando bateria demais lendo tudo que podia encontrar sobre James Anders, e meu carregador ficou no quarto do hotel, junto com meu iPhone.

Um jovem usando roupas sujas e puídas entra no vagão na parada seguinte. Fico tensa, sentindo-me arregalar os olhos quando ele começa a vir na minha direção. Ele sorri, revelando alguns dentes a menos, e rapidamente levanta as mãos como que para me mostrar que não pretendia fazer nada. Então ele dá meia-volta e se senta na extremidade oposta.

Eu me sinto mal com minha reação automática; espero não ter magoado o homem. Ele é alto e corpulento e, na verdade, me sinto até um pouco mais segura com ele por perto. Nós viajamos juntos enquanto o som hipnótico e acelerado do metrô enche meus ouvidos novamente.

Sei que as coisas não parecem nada boas para mim. Não tenho álibi para a noite de 15 de agosto. Fiz uma longa corrida — estava na agenda do meu celular, mostrei à detetive. Só que não consigo lembrar a rota exata, o que eu estava ouvindo, nem que horas cheguei em casa.

Eu não matei James Anders. Então quem matou?

Alguém que o conhecia. As estatísticas que encontrei no início desta noite mostram que de 73 a 79 por cento dos homicídios são cometidos por um conhecido da vítima.

Um dos artigos que li ressaltou que a carteira e o relógio de James foram roubados, mas que ele pagou seus drinques no bar *Twist* antes de sair.

Portanto, a mesma pessoa que o matou deve ter roubado esses itens.

Ainda consigo ver a carteira de couro marrom e o relógio de ouro no chão, junto do vestido bege com manchas de sangue seco na barra.

Cassandra e Jane estiveram em meu apartamento mais cedo naquela noite, além disso, elas — ou Valerie — têm uma chave. Agora estou convencida de que plantaram aqueles objetos. Cada pedacinho de informação que reuni me diz que elas também devem ter matado James.

Mas por qual motivo?

Preciso descobrir como suas vidas se relacionam à dele.

Eu ligo o celular de volta e uso um pouco da bateria cada vez mais rara para pesquisar seus nomes todos juntos novamente — Cassandra e Jane Moore, Valerie Ricci e James Anders — mas não descubro nada.

Parece lógico que o grupo tenha se cruzado em Nova York. James morou aqui na metade de seu tempo, voltava para casa só nos finais de semana.

Elas poderiam tê-lo conhecido em qualquer lugar da cidade — em um bar ou restaurante, na academia, na rua. Será que ele era amante de uma delas? Nesse caso, certamente a polícia as teria investigado.

Já repassei tudo mil vezes na minha cabeça, mas não consigo descobrir como conectá-los. Sublinho o endereço de James em Nova York e o nome de sua empresa, a caneta pressionando a página com força. Talvez o sobrenome Moore seja familiar para algum colega de trabalho dele.

O trem para em outra estação e as portas se abrem com um chiado, mas ninguém entra. A essa altura, o cara na outra extremidade do vagão está roncando baixinho. As portas se fecham e seguimos em frente.

Eu olho para a tela do celular novamente e leio outro obituário para James Anders, dessa vez contendo alguns breves parágrafos da funerária que cuidou do serviço. Já anotei os nomes das pessoas que James deixou: Abby, a filha, Sissy Anders, a mãe, e Tessa, a ex-esposa. O pai faleceu antes dele, dizia o obituário. Exceto pelos quatro anos que estudou em Syracuse, James morou em Mossley a vida toda.

Clico em algumas abas, uma por uma: a primeira permitia que as pessoas comprassem arranjos de flores para ficarem expostos na igreja durante o funeral. A segunda dava informações sobre doações para os estudos de Abby. A última servia como um espaço onde as pessoas podiam escrever mensagens de condolências.

Começo a ler as mensagens. Alguém citou uma frase da Bíblia sobre anjos, outra expressou indignação porque o assassino de James ainda não tinha sido capturado e uma escreveu as letras de uma música do Billy Joel, dizendo que somente os bons morrem jovens.

Infelizmente, algumas homenagens são anônimas, mas anoto os nomes de todos que assinaram.

Quando o trem mergulha de volta no subsolo, perco o sinal. Prendo a respiração quando as luzes piscam, mas elas se acendem de volta rapidamente.

Quando estamos fora dos túneis novamente, anoto o máximo possível de assinaturas nas homenagens. A internet cai toda hora, mas quando a bateria acaba, já registrei algumas que parecem ser pistas promissoras.

Um homem assinou seu comentário como Diretor Harris — o que imagino ter a ver com a escola em que James estudou. Alguns amigos falaram de jogos de pôquer, churrascos e festas épicas no rio. Um deles assinou com nome e sobrenome, Chandler Ferguson — um nome incomum o bastante para ser encontrado. Ele pode levar a outros amigos de James, ou talvez eu possa pedir para ver o anuário do colégio a fim de reunir mais pistas. Uma mulher que assinou apenas como Belinda escreveu: *Você sempre foi como um filho para mim. Deus o abençoe.* Talvez seja uma vizinha ou parente.

Se eu conseguir convencer as pessoas que conheciam James a responderem minhas perguntas, elas podem revelar o vínculo entre ele e as irmãs Moore.

Quando a bateria finalmente acaba e o telefone fica escuro, minha mão dói de tanto escrever e meus olhos estão pesados.

Eu não conhecia as Moore quando James foi assassinado. Eu só as conheci depois de outra morte violenta: a de Amanda. Elas não podem ter planejado armar para mim desde o começo.

Por que elas resolveram mirar em mim, então?

Foi a mais pura das coincidências que cruzou o meu caminho com o de Amanda em um momento tão terrível. Elas não poderiam ter arquitetado aquilo; se eu não tivesse parado naquela manhã abafada de agosto para prender o cabelo e perdido 22 segundos, teria entrado no trem anterior.

Eu inclino a cabeça para trás, tentando imaginar o que a polícia quis dizer com retalhado. Não consigo ver Cassandra ou Jane matando alguém, muito menos de forma tão brutal.

Estamos chegando ao fim da linha; reconheço o tronco retorcido de uma árvore na esquina de uma rua após vê-la mais cedo. Eu me levanto, minhas articulações estalando.

O jovem com as roupas ligeiramente puídas ainda está dormindo. Pego minha última barrinha da mochila, ando silenciosamente pelo meio do trem e a deixo no assento vazio ao lado dele.

O trem para. Eu verifico a plataforma para ter certeza de que é seguro. Então eu saio, atravesso para o outro lado e espero pelo trem no sentido de volta para Manhattan.

63

CASSANDRA E JANE

Dezenove anos antes

Nada parecia fora do comum naquela noite de quarta-feira.

Cassandra e Jane comeram frango assado e vagens na mesa da cozinha, enquanto a mãe bebia um vinho branco e preparava um prato que chamou de "crudités" para a chegada do padrasto. O dever de casa das duas estava feito; as mochilas esperando no armário da frente por um novo dia de aula.

Elas já moravam na casa do padrasto há mais de um ano e a rotina silenciosa estava firmemente estabelecida: quando ele chegava em casa, elas se tornavam invisíveis.

Normalmente, isso ocorria por volta das 19 horas nos dias da semana.

228

No entanto, Cassandra mal tinha engolido a última garfada de vagem quando a porta da frente se abriu e o som de passos se aproximou da cozinha.

Sua mãe pegou a bolsa da bancada e passou uma nova camada de batom cor-de-rosa fosco, usando a porta brilhante da geladeira como espelho.

— Chegou cedo! — exclamou ela quando o padrasto apareceu, usando um de seus ternos de três peças.

Era sua falsa voz feliz; Cassandra e Jane já tinham ouvido aquele tom um milhão de vezes, como quando Jane deu a ela um colar de macarrão seco colorido que fez na escola, ou quando Cassandra a avisou que a inscrevera para cuidar dos biscoitos caseiros para a festa de Natal da escola, ou ainda quando o vizinho aposentado puxava conversa sobre sua horta de tomates.

— Eu estava ansioso para te ver — respondeu o padrasto, embora houvesse alguma coisa diferente em sua voz.

Quando sua mãe se aproximou para beijá-lo, as meninas notaram que ele virou o rosto.

— Terminaram?

Ela tirou os pratos das meninas. Jane não tinha terminado — ela estava guardando a pele crocante do frango para o final —, mas não protestou.

O clima estava estranho, Cassandra também sentiu.

— Vamos lá, vamos subir — disse ela, pegando na mão de Jane.

A voz anasalada do padrasto podia ser ouvida claramente atrás delas:

— Então, como foi seu dia?

— Foi bom — respondeu a mãe. — Vou pegar uma bebida para você.

Enquanto as meninas subiam as escadas, ouviram o estalo dos cubos de gelo pulando da bandeja.

— E a aula de aeróbica? — perguntou o padrasto.

Silêncio. Em seguida, os cubos batendo no vidro de um copo.

— Espere — sussurrou Cassandra, apertando a mão de Jane.

Elas se agacharam no último degrau da escada. As meninas sentiram o cheiro do limpador multiuso de limão que a governanta usara no corrimão naquele dia; seus pés cobertos por meias, plantados no tapete macio e felpudo que cobria de uma parede à outra, o mesmo tapete sobre o qual sua mãe as proibira de andar de sapato.

— Foi boa — respondeu a mãe. Houve uma pausa. — Algo errado com a bebida?

Outra pausa. Uma estranha corrente de ar percorreu a casa, dando às irmãs a impressão de que tinham entrado em um filme de terror.

Algo estava pairando no ar, prestes a atacar.

— Ele está com raiva? — sussurrou Jane.

Cassandra deu de ombros e levou o dedo indicador aos lábios.

— Então, frango para o jantar, hein? — perguntou o padrasto. — Achei que você estaria a fim de um bife.

Cassandra apertou a mão de Jane.

— Querido, do que você está falando? — Seu tom de voz era estridente agora. — Não comemos carne vermelha... Não se lembra do que o seu médico disse?

— Sim, mas eu pensei que talvez você quisesse variar um pouco hoje.

Jane olhou para Cassandra com uma expressão estranha. Seu padrasto estava falando em código, mas sua mãe parecia entender.

— Meu amor...

Ele a cortou.

— Tive uma surpresinha esta manhã. Recebi uma carta. Alguém a passou por debaixo da porta do escritório.

— De quem era?

— Não estava assinada.

— O que... O que dizia? — gaguejou a mãe.

— Aqui, vou lê-la para você.

As garotas ouviram um farfalhar, então ele pigarreou.

— Verifique onde sua esposa realmente vai às quartas-feiras quando finge estar na aula de aeróbica.

Houve um silêncio mortal.

De repente, a voz de ambos ficou mais alta, com a dele se sobrepondo à dela. Ele usou alguns palavrões que as meninas conheciam, e um que elas nunca tinham escutado. A mãe começou a chorar.

A última coisa que o padrasto disse foi:

— Quero vocês fora daqui amanhã de manhã.

Nada mais foi normal depois daquela noite de quarta-feira. A família se separou e agora eram apenas as três — Cassandra, Jane e sua mãe — morando em uma casinha alugada. Elas voltaram para a antiga escola pública e a mãe começou a trabalhar em período integral novamente. Não havia mais linguado de Dover ou paredes em tons pastéis.

Mas elas não precisavam mais tirar os sapatos e guardá-los com cuidado no armário toda vez que entravam na casinha decadente com a cerca de arame ao redor. Não precisavam mais ficar invisíveis às sete da noite. Cassandra e Jane voltaram a dividir um quarto, onde poderiam cochichar até tarde da noite e se sentirem seguras com o som da respiração uma da outra depois de um pesadelo.

Às vezes, especialmente depois do jantar, quando estava fumando seus cigarros finos com os pés cansados para cima, a mãe especulava sobre o autor da carta anônima.

— Quem teria enviado aquilo? — perguntava, apagando no cinzeiro mais uma bituca manchada de batom cor-de-rosa fosco. — É como se alguém quisesse me punir.

Cassandra e Jane se olhavam sem dizer nada.

64

SHAY

ATÉ RECÉM-NASCIDOS DEMONSTRAM GRANDE INTERESSE POR ROSTOS E RAPIDAMENTE DESENVOLVEM A CAPACIDADE DE RECONHECÊ-LOS. HÁ DIVERSAS ÁREAS DO CÉREBRO ENVOLVIDAS NO RECONHECIMENTO FACIAL, E O LOBO FRONTAL DESEMPENHA UM PAPEL IMPORTANTE NESSA FUNÇÃO.

— DOSSIÊ DE DADOS, PÁGINA 75

Quando as portas da Biblioteca Pública de Nova York, na Quinta Avenida com a rua 42, são destrancadas, às dez da manhã em ponto, sou a primeira a entrar. Fiquei esperando entre os dois leões de mármore que flanqueiam a entrada. Há muito tempo, o par foi apelidado de Paciência e Fortaleza, pois o então prefeito de Nova York, Fiorello La Guardia, sentiu que os cidadãos precisavam possuir essas mesmas qualidades para sobreviver à Grande Depressão.

Respiro fundo enquanto percorro a imponente sala de leitura principal, iluminada por lustres no teto e pequenas luminárias de mesa. Há janelas graciosamente arqueadas e enfileiradas nas paredes, e o teto é como uma obra de arte, com murais e curvas e torções douradas. Em meio a toda essa grandeza dos velhos tempos, estão os computadores, disponíveis para qualquer um que tenha um cartão da biblioteca.

No início da manhã, após sair do metrô e encontrar uma loja de eletrônicos que abria às sete, comprei um novo carregador para o celular. Depois, fui a uma lanchonete, onde pedi para me sentar perto de uma tomada e pedi café e ovos mexidos. Enquanto esperava a tela do aparelho ganhar vida, cochilei, acordando com o solavanco do peso da minha cabeça pendendo para a frente. Depois das poucas horas de descanso intermitente no quarto do hotel, não durmo há duas noites.

Meu cansaço é entorpecente. Quando uma garçonete deixa cair um prato que se espatifa no chão, eu quase não me mexo. Meu corpo está pesado e lento, e sou obrigada a piscar sem parar para desembaçar a vista.

Bebo uma xícara de café puro antes de ouvir a única mensagem deixada em algum momento durante a noite.

A detetive Williams parecia ainda mais brusca do que o normal.

— Shay, onde você está? Precisamos que venha à delegacia. Ligue-me de volta assim que ouvir esse recado.

Há duas chamadas perdidas dela. Williams está determinada a falar comigo. Quando ela me disse para ir até a delegacia, parecia uma ordem.

Não sei o que as irmãs Moore e Valerie fizeram desde que saíram do meu apartamento, mas podem ter arquitetado mais uma para me fazer parecer ainda mais culpada.

Elas podem ter influenciado Williams de alguma forma, assim como parecem ter influenciado Jody e Sean.

Sou tomada por uma onda de náusea quando percebo que preciso reconhecer a possibilidade real de ser presa.

Estou com medo de a polícia me rastrear pelo aparelho pré-pago agora que a detetive Williams tem o número. Sendo assim, minha intenção é mantê-lo desligado o máximo de tempo possível, mas como tenho mais pesquisas para fazer, vim para a biblioteca pública usar os computadores.

Escolho uma cadeira diante de um notebook ligado e posiciono os dedos acima do teclado, é um alívio não precisar mais olhar para uma tela minúscula. O primeiro nome que pesquiso no mecanismo de busca é o da mãe de James, Sissy Anders. Preciso explorar vários sites para conseguir um número ligado a ela, mas finalmente o localizo nas redes sociais. Também copio um número listado para a ex-mulher de James, Tessa, embora eu duvide que ela soubesse detalhes sobre a vida dele em Manhattan. Por fim, não é difícil encontrar o telefone da empresa de James em Nova York, seu endereço residencial em Mossley e a empresa que administra seu prédio na rua 91.

Uma mulher mais velha com óculos de leitura presos a uma corrente em volta do pescoço e uma pilha de livros se senta na cadeira ao lado. Eu automaticamente examino seu rosto. Depois, prossigo para os nomes que encontrei na página de homenagens da funerária. Eu insiro Harris junto com os termos Mossley e diretor. O resultado que procuro é o primeiro a aparecer: Mossley Prep Academy. Entro no site da escola e vejo um Harris Dreyer listado como ex-diretor. Imagino que ele já deva ter se aposentado.

Continuo buscando os nomes na página da funerária. Não encontro nenhuma Belinda Anders, o que parece reduzir a possibilidade de ela ser parente de James, mas localizo Chandler Ferguson, um corretor imobiliário em Mossley. Talvez, como James, ele nunca tenha saído de sua cidade natal. Rabisco um asterisco ao lado do nome de Chandler no caderno; os dois podiam ser próximos.

Quando verifico o cronômetro na tela do computador, vejo que tenho só mais quatro minutos antes que ele encerre minha sessão e libere o sistema para outros usuários. Esqueci do limite de 45 minutos, mas talvez seja o suficiente.

Pelo menos agora posso começar a fazer algumas ligações.

Junto minhas coisas e vou para o banheiro. Estou com as mesmas roupas há dias e a sujeira do metrô parece entranhada em mim. Entro em uma cabine, tranco a porta e visto meu moletom. Estou desabotoando a calça jeans quando escuto o clique de saltos altos no chão.

Alguém está parado a poucos passos do meu reservado, com os dedos dos pés apontados na direção oposta. Vejo escarpins de crocodilo, pés graciosamente arqueados, tornozelos finos...

Meu coração começa a martelar.

A torneira da pia é aberta.

Eu me inclino o mais silenciosamente possível e espio pela fresta da porta. Um casaco justo, cabelos loiros num corte chanel... Vislumbro o rosto da mulher quando ela fecha a torneira e seca as mãos enquanto se olha no espelho.

É uma desconhecida.

Solto a respiração quando o barulho de seus saltos cessam indicando que ela já saiu.

Minhas pernas estão tão fracas e trêmulas que, quando me apoio em um dos pés para tirar a calça, preciso me segurar na lateral do reservado para não cair.

Dobro as roupas que tirei e as coloco na mochila, vestindo as limpas em seguida. Saio da cabine, abro a torneira da pia e enxáguo a boca. Jogo um pouco de água fria no rosto e lavo as lentes dos óculos.

Eu me vislumbro no espelho e rapidamente me afasto. Meus cabelos estão escorridos e um pouco oleosos, e minha pele está amarelada.

Saio da biblioteca e começo a andar, grata por meu casaco acolchoado agora estar me mantendo aquecida. Meu corpo está pesado e um pouco desajeitado; vejo tudo duplicado antes de piscar e balançar a cabeça para espairecer.

Preciso descansar desesperadamente, senão meu corpo e mente não funcionarão por muito mais tempo. Minha concentração já está falhando e estou demonstrando sinais de profunda falta de sono. Após três noites sem dormir, as pessoas podem começar a ter alucinações. Não estou muito longe desse ponto.

Quando chego ao Bryant Park, encontro um banco vazio e começo a fazer minhas ligações pelo celular pré-pago.

O número da empresa de equipamentos esportivos personalizados de James foi desconectado. Eu rastreio um ex-colega de trabalho dele, mas o sujeito diz que nunca ouviu James mencionar nenhuma Cassandra ou Jane Moore, tampouco uma Valerie. O síndico do prédio onde James alugou um quarto diz que não há nenhuma mulher com esses nomes morando lá. Quando ligo para a imobiliária Mossley e pergunto por Chandler Ferguson, minha pista mais promissora, a ligação cai na caixa postal. Estou deixando uma mensagem para ele quando uma chamada faz meu telefone vibrar.

É a detetive Williams novamente, eu não atendo.

Em vez disso, desligo o celular por alguns minutos enquanto saio do parque e caminho alguns quarteirões até um ponto de ônibus. Sento-me no banco de espera coberto e religo o aparelho. Ligo para um dos números da lista cada vez mais curta — Tessa, ex-mulher de James. Ela não atende, então desligo.

Em seguida, ligo para a mãe, Sissy Anders, que atende no segundo toque.

Começo contando a mentira que criei: estudei na Mossley Prep com James, e nós, ex-alunos, queremos homenageá-lo com uma pequena cerimônia.

Dizer aquilo me deixa enjoada; meu estômago fica tão apertado que dói. A sensação é ainda pior que a de ter roubado o cordão de Jane da mãe de Amanda.

Quando a sra. Anders descobrir que não há cerimônia nenhuma planejada, será como jogar sal numa ferida. Talvez ela me perdoe se eu descobrir quem matou seu filho.

Estou prestes a iniciar a próxima etapa da história que ensaiei. Preciso mencionar os nomes de Cassandra, Jane e Valerie e observar a reação da sra. Anders. Se ela os reconhecer — se James alguma vez tiver mencionado um encontro com uma mulher linda chamada Jane, ou um evento de trabalho onde conhecera uma tal de Cassandra de uma empresa de relações públicas sofisticada, terei todas as provas de que preciso.

Antes que eu possa dizer mais uma palavra, a sra. Anders esbraveja:

— Abutre.

— O-oooiii?

— O que você quer, dinheiro ou o quê? A Mossley Prep já realizou uma cerimônia e plantou uma árvore em homenagem ao meu filho no mês passado.

Ela bate o telefone, deixando-me sem fôlego.

Uma lágrima escorre pelo meu rosto e limpo o nariz com a manga. Tudo o que faço parece dar errado e estou afundando cada vez mais num buraco de onde receio nunca mais conseguir sair.

Resta apenas um contato: Harris Dreyer, o ex-diretor.

Ele atende a chamada com uma voz grave e efusiva, dando seu nome completo como se estivesse num escritório, não posso contar a verdade a ele também.

— Oi, desculpe incomodá-lo. É sobre James Anders. Eu esperava que você pudesse me dizer algo sobre ele para a revista de ex-alunos da faculdade em que ele estudou.

— Ah, James, que tragédia. — Harris suspira. — Infelizmente, não posso falar sobre um ex-aluno a não ser para lhe dizer que tenho boas lembranças daquele jovem maravilhoso.

— Seus melhores amigos — solto. — Poderia apenas me dizer de quem ele era mais próximo?

É difícil encontrar estatísticas sobre quantas pessoas ainda falam com seus colegas do ensino médio, mas devido aos fortes laços de James mantém com a cidade em que nasceu, é possível que tenha mantido contato com os melhores amigos da escola — talvez até com os que se mudaram para longe.

— Eu adoraria ajudar, mas não posso dar nenhuma informação sobre antigos alunos, espero que entenda.

Agradeço e desligo. Então esfrego meus braços e balanço para a frente e para trás no banco de madeira duro.

Aquele trabalho todo não deu em nada.

Preciso continuar tentando encontrar a relação. Sinto ser a única coisa que pode me salvar.

Eu me levanto e começo a caminhar na direção do prédio de James, na rua 91. Talvez eu encontre um de seus vizinhos, ou, talvez, veja algo que finalmente vai encaixar as peças, como quando vi a Valerie saindo da empresa de relações públicas.

Enquanto caminho, ligo para o departamento de ex-alunos da Universidade de Syracuse, pois não tenho ideia de onde as irmãs Moore ou Valerie fizeram faculdade.

Explico que estou tentando rastrear alguns graduados, mas a mulher que atendeu me informa que nenhuma das três estudou lá.

Por fim, chego ao prédio onde James ficava quando estava em Nova York. Eu espero na entrada, a mochila aos meus pés, esperando que alguém entre ou saia.

Mas estamos no meio de um dia de trabalho e, embora eu esteja lá há três horas, as únicas pessoas que entraram no prédio são um passeador de cães e um entregador de cartas, ambos me olhando com curiosidade quando pergunto se conheciam um James Anders que morou ali.

Talvez a abordagem esteja errada, penso. James estava em Nova York há menos de um ano. Ele provavelmente não criou laços fortes em tão pouco tempo. As pessoas que o conheciam melhor estão todas em Mossley.

Pego meu dossiê e olho para os nomes rabiscados, mas não sei os sobrenomes e, com exceção de Belinda, são todos bastante comuns: Kevin, Sam, Robin, Kathy, Matt. Se algum deles for ex-colega de escola, talvez eu possa encontrá-los num anuário da Mossley Prep.

Eu me levanto com dificuldade dos degraus da porta do prédio, onde estava sentada. Desço a rua, parando na lavanderia a seco alguns metros adiante e mostrando a foto de James na minha tela minúscula para a mulher atrás do balcão. Ela não reconhece nem o nome dele, mas deixo meu número e ela promete que vai pedir para o gerente me ligar mais tarde. Também paro na lanchonete da esquina e na loja de bebidas do outro lado da rua. É improvável que alguém nesses lugares conheça James, muito menos o tenha visto com uma das irmãs Moore, mas preciso tentar.

Eu retomo a caminhada em direção a uma loja de telefones. No caminho, ligo de novo para Tessa, a ex-mulher de James, mas ela não me atende. Ela pode estar viajando. Chandler é outro que também não atende.

A loja está lotada — o novo modelo deles acaba de ser lançado —, então sou obrigada a esperar alguns minutos para conseguir usar um computador. Encaixo minha mochila apertada entre os tornozelos e entro no site da Mossley Prep, tentando encontrar um link para anuários antigos.

Não existe nenhum, mas descubro que o jornal do colégio, chamado *Tattler*, está arquivado no site, e que as edições datam de exatamente vinte anos. James teria dezessete anos na época e provavelmente estava no último ano.

Começo a examinar as páginas, procurando nomes nas manchetes e legendas de fotos que correspondam aos nomes da minha lista. Percorro dezenas de páginas antes de encontrar o primeiro, na edição sobre a formatura: um cara chamado Kevin O'Donnell foi eleito o rei do baile. Pode ser o mesmo Kevin que escreveu sobre as festas épicas no rio.

Continuo examinando as páginas em preto e branco e, em seguida, vejo a foto de um grupo de jogadores de futebol sob a chamada OS LIONS SE PREPARAM PARA MAIS UMA VITÓRIA!

Eu inspeciono a foto dos jogadores, mas não dá para saber se James está nela. Ele poderia ser o cara loiro perseguindo a bola, mas o rosto está de perfil e eu só vi uma foto granulada em preto e branco dele quando adulto.

Esfrego os olhos, que já estão ardendo de novo, e continuo a procurar pelas fotos e artigos. Encontro duas meninas chamadas Kathy — uma que escreveu um artigo sobre a equipe de debate e outra que ganhou uma competição de corrida. Anoto os sobrenomes de ambas.

— Senhorita? Precisa de ajuda?

Quando levanto a cabeça, vejo um cara de camisa azul-marinho com o logo da empresa parado ao meu lado. De repente me dou conta da minha aparência: passei a noite no metrô, não escovei os cabelos, muito menos tomei banho. Mais do que isso, o nervosismo e o medo que emanam de mim devem ser palpáveis.

— Só dando uma olhadinha — respondo, voltando minha atenção para a tela.

Cinco páginas depois, encontro uma grande foto do grupo de teatro ensaiando para o espetáculo de outono do último ano. Há uma dúzia de alunos no palco, mas apenas dois são mencionados na legenda: Lisa Scott, interpretando Emily Webb, e Andy Chen, no papel de George Gibbs, preparam-se para impressionar a plateia na noite de abertura!

Eu anoto os nomes e observo mais de perto o rosto dos outros adolescentes, procurando por James.

Meus olhos cansados pulam para uma garota de cabelos escuros sentada na beira do palco, balançando as pernas. Então afasto a cabeça.

Sobrancelhas retas. Traços não exatamente memoráveis, mas, de alguma forma, familiares. Um olhar intenso para a câmera.

Minha visão periférica fica preta; sinto-me prestes a desmaiar. Eu respiro fundo, lutando contra a sensação.

Parece Valerie Ricci.

Se ela e James estudaram juntos na Mossley Prep, encontrei a relação que procurava.

Valerie era atriz, eu me lembro, meus batimentos cardíacos acelerando. Ela morou em Los Angeles antes de morar em Nova York. É lógico que devia atuar nas peças da escola.

Eu aproximo o rosto da tela. A foto tem vinte anos. Pode ser, sim, a jovem Valerie, mas eu não apostaria todas as minhas fichas nisso.

Existem mais de três mil condados nos Estados Unidos. Quais são as chances de Valerie ter crescido no mesmo que James?

Essencialmente impossível. As pessoas também têm quase uma chance em três mil de serem atingidas por um raio ao longo da vida, e nunca conheci ninguém que tivesse passado por essa experiência.

Começo a vasculhar os arquivos do jornal de novo, uma onda renovada de energia me alimentando enquanto procuro por qualquer outra indicação da presença de Valerie na Mossley Prep. É isso que eu estava desesperada para encontrar — isso pode provar minha inocência e fazer a detetive Williams investigar as verdadeiras criminosas.

A edição final do ano letivo contém uma página dupla com os formandos e seus nomes.

Começo a tremer ao ler cada um.

Ela não seria Ricci naquela época, mas também não há ninguém chamado Valerie.

Examino o rosto de cada um, mas a garota que vi no palco do teatro sumiu, será que foi imaginação minha?

As alucinações só começam depois de três noites sem dormir, ainda não cheguei lá.

Volto para a primeira página do jornal, determinada a encontrar algum vestígio de Valerie na escola.

Quando meu celular toca, olho para baixo por reflexo, é a detetive Williams novamente.

Fico tentada a atender e contar logo o que acho que encontrei, mas seria muito melhor retornar a ligação com provas concretas. Deixo cair no correio de voz.

Cogito ligar para a Mossley Prep, mas já está tarde; muito além do horário de fechamento de qualquer escola, e também duvido que me passem informações sobre ex-alunos.

Estou tão perto de descobrir tudo.

Meu celular toca um segundo depois, mas agora é um número com o código de área de Mossley. Eu atendo.

É Chandler Ferguson, o corretor imobiliário.

— Muito obrigada por retornar! — exclamo. Estou quase histérica. — Você estudou na Mossley Prep, certo?

— Sim? — diz ele, transformando a resposta em uma pergunta.

— Eu... Eu... estou reunindo algumas informações sobre uma de suas ex-colegas de turma, Valerie Ricci. Mas ela teria um sobrenome diferente naquela época. Você a conheceu? — Minhas palavras se atropelam.

Ele demora a responder.

— Eu realmente preciso encontrar a Valerie — sussurro. — Por favor.

— Com licença — diz uma mulher. — Estou esperando para usar o computador, se não o estiver usando.

Eu me afasto, deixando a mochila no chão.

— Valerie? — repete ele.

Ele parece estar no viva-voz do carro; consigo ouvir um eco metálico. Eu prendo a respiração.

— Se é quem estou pensando, sim, ela estudou na nossa escola por um breve período. — Ele dá uma risadinha. — Uma figura...

Estou vendo tudo embaçado, o chão parece estar inclinando...

Cassandra e Jane não conheciam James. Chandler acaba de confirmar que é Valerie quem tem uma relação com a vítima de assassinato. Eles provavelmente cresceram na mesma cidade. Frequentaram a mesma escola no ensino médio.

237

— O que quer dizer com "figura"? — pergunto baixinho.

Eu sinto alguém me cutucar.

— Isto é seu?

A mulher que ocupou o computador aponta para minha mochila. Eu a recolho com a mão que está livre e me afasto. Está tão barulhento que é difícil ouvir Chandler quando ele pergunta:

— Desculpe, quem você disse que era?

— Sou apenas uma velha amiga dela.

Eu o ouço buzinar e xingar baixinho.

— A rodovia está cheia de idiotas esta noite. Não quis te ofender. Desculpe, eu realmente não conhecia Val e não a vejo há vinte anos. Agora, se você estiver interessada em comprar uma casa... — Ele dá uma risadinha. Escuto um clique na linha como se ele estivesse recebendo outra chamada. — Olha, se quer mesmo encontrar a Valerie, acho que a mãe dela ainda trabalha na Ribeye. Tenho certeza de que foi ela quem serviu meu bife na última vez que estive lá. Poderia perguntar a ela.

— Como se chama a mãe dela? — pergunto, com urgência.

— Belinda. Preciso ir nessa, boa sorte.

Estou parada no meio da loja, o celular ainda no ouvido, a multidão de clientes girando ao meu redor.

Belinda é a mãe de Valerie.

Estou tão confusa agora que quase não consigo fazer a conexão. Folheio meu caderninho, que normalmente é organizado, mas agora tem rabiscos e setas conectando pedaços de informação. Eu procuro o nome de Belinda: *Você era como um filho para mim*, escreveu ela no site.

Será que Valerie e James eram namorados na escola?

Preciso falar com Belinda. Ela tem a peça final do quebra-cabeça.

— Quem você disse que era mesmo? — pergunta Belinda.

Fiquei andando pelas ruas, celular na mão, esperando que ela me ligasse de volta no final de seu turno, como o gerente da churrascaria prometeu que ela faria.

São quase nove da noite, o cansaço e a adrenalina estão causando um estrago em meu corpo. Estou tão fraca que quase cambaleio. Só comi algumas garfadas de ovos mexidos o dia todo e estou gravemente desidratada. Mesmo assim, não consigo parar de me mexer; parece que, se parar, eu vou desmaiar.

— Oi. Eu me chamo Lisa Scott e estudei na Mossley Prep com sua filha, Valerie — digo, usando o nome da garota que aparecia no palco com Valerie. — Estou tentando encontrá-la.

— Ah, Valerie está morando em Nova York.

Eu aperto o telefone com mais força.

238

— É que estou organizando uma homenagem para James Anders na nossa próxima reunião, e me lembro que os dois eram amigos...

Morda a isca, penso, desesperada.

Mas ela não responde de imediato.

— Hum, então eu estava... Eu estou procurando a Valerie para enviar um convite...

— Amigos? — responde Belinda finalmente, parecendo surpresa. — Valerie não era apenas *amiga* de James. Fui casada com o pai de James por um tempo. Eles eram meios-irmãos.

Estou atordoada e sem palavras.

— Mas Valerie provavelmente não iria a uma homenagem a James — continua Belinda.

É isso. Consegui a prova que preciso dar à polícia.

A detetive Williams certamente investigará Valerie agora.

Meu corpo começa a tremer e sinto as lágrimas escorrendo pelo meu rosto.

— Eles não eram tão próximos, sabe? E Valerie estava sempre fora, ensaiando para alguma peça ou com os amigos dela. Sabe como são as garotas nessa idade.

Eu mal estou ouvindo, mas Belinda continua. Só quero desligar e ligar para Williams.

— Se alguma das minhas filhas compareceriam, seriam as outras duas.

Os pelos de meus braços se arrepiam e uma carga elétrica percorre meu corpo.

— As outras duas? — sussurro.

— Sim. — Belinda parece surpresa. — Cassandra e Jane.

Eu fecho os olhos com força, vendo aquelas três cabeças elegantes lado a lado, no banco de trás do táxi.

— Obrigada, senhora Moore — consigo finalmente responder.

— Onde disse que será essa homenagem para Trey? Quer dizer, James. Trey é seu apelido antigo, então é assim que sempre penso nele. Enfim, é só para colegas de classe ou...

A voz de Belinda está sumindo.

— Alô? — escuto-a dizer, um pouco antes de eu desligar.

65

VALERIE

Dezenove anos antes

Foi o melhor dia que Valerie tivera desde sua transferência para Mossley Prep, a escola das crianças ricas da cidade.

Ela ainda não conhecia ninguém muito bem — entrar em uma escola nova no último ano era um saco —, mas, antes do almoço, a professora de teatro divulgou a lista do elenco para a produção de primavera de *Grease* e Valerie conseguira o papel de Rizzo com seu solo espetacular.

— Parabéns — disse Lisa Scott, a loirinha mimada que sempre ficava com os papéis principais. Ela ia interpretar a Sandy.

— Obrigada — respondeu Valerie, pensando: *Vou fazer todo mundo esquecer que você está no palco.*

Valerie estava voltando para casa, respirando o ar cristalino e cantarolando a música em que estava pensando, quando seu meio-irmão parou seu Audi conversível ao lado dela.

— Quer carona?

Trey era bonito de um jeito meio mauricinho, mas não fazia o tipo de Valerie. Além disso, era nojento pensar nele assim. Os dois eram parentes agora, mesmo que mal se vissem em casa. Ele só ia pra lá em finais de semana alternados, e Valerie passava o mínimo de tempo possível naquela casa abafada com seu padrasto estranho. Sempre que tinha tempo livre, ela ia visitar os amigos da antiga escola, aqueles de quem fora separada quando sua mãe se casou novamente.

Ainda assim, quando Trey os visitava e os dois se cruzavam, ele, de vez em quando, oferecia a ela um baseado, subia e descia as sobrancelhas, e fugiam juntos para a floresta atrás do quintal. Trey imitava os colegas de classe e, às vezes, entregava a Valerie a cópia de uma prova que ele havia obtido de alguma forma. Trey sabia ser divertido.

Ela entrou no carro.

Havia um baseado no cinzeiro do Audi hoje também.

— Vamos parar perto do rio.

Ele deu um trago e passou o baseado para ela, que tragou também, segurando a fumaça nos pulmões.

— Melhor não, preciso ir para casa.

Valerie queria começar a decorar suas falas.

— Qual é! — Trey girou o volante na direção que queria ir. — Tá todo mundo lá.

Ela deu de ombros.

— Beleza.

E todo mundo estava no rio naquela tarde — incluindo um cara de quem Valerie gostava, outro veterano chamado Mateo, que curtia fotografia em preto e branco e tocava baixo, o que era legal.

Estimulada por seu triunfo em conseguir o papel na peça e pelo baseado, Valerie foi sentar-se ao lado de Mateo, deixando Trey com os amigos dele. Ela sentiu que Trey estava de olho nela e, em certo momento, ele gritou para Valerie vir buscar uma cerveja, mas ela se recusou com um movimento de cabeça.

Quase meia hora depois de chegarem, Trey se aproximou e ficou olhando para ela.

— Hora de ir.

Ela estava encostada em Mateo, admirando na tela de sua Nikon as fotos que ele havia tirado.

Valerie teve que proteger os olhos quando olhou para Trey. O sol estava atrás dele, transformando-o em uma silhueta escura.

A perna de Mateo estava encostada na dela e seu calor era delicioso.

— Ainda não — respondeu ela.

Trey ficou lá mais um minuto, depois declarou:

— Estou indo embora.

Valerie revirou os olhos para Mateo, mas ele estava olhando para o relógio.

— Droga, eu também preciso ir.

Então Valerie se levantou, limpando a parte de trás da saia.

— Espera aí, estou indo — chamou ela, correndo para alcançar o meio-irmão.

Assim que Valerie se sentou no banco do passageiro, Trey ligou o motor e saiu. A porta do carona nem estava totalmente fechada ainda.

— Credo, Trey. Por que tanta pressa?

Ele não respondeu. Em vez disso, ele fez uma curva.

— Você está indo pro lado errado.

Ele girou o volante com força, entrando num beco sem saída.

— Você é uma puta — bradou ele.

Valerie o olhou, incrédula; será que isso era algum tipo de piada? Trey estava todo vermelho, as veias em seu pescoço saltando.

Quase sem perceber, ela movimentou a mão na direção da maçaneta. Mas antes que pudesse abri-la, Trey se debruçou sobre o câmbio tão rápido que estava em cima de Valerie antes que ela percebesse o que estava acontecendo.

— Trey! O que você tá fazendo?

Trey montou em cima dela enquanto puxava a alavanca ao lado do banco para recliná-lo.

Valerie estava chocada demais para reagir.

— Sai de cima de mim!

James a beijou à força. Ele subiu a saia de Valerie e arranhou sua pele. Seus dedos entraram nela com força, de uma só vez.

Ela reagiu, contorcendo-se para tentar se afastar de seus dedos, mas o corpo atlético de Trey era tão grande e forte que ele a dominou sem esforço.

— Puta — murmurou ele novamente, prendendo os pulsos dela com uma das mãos e levantando-os. Trey pressionou a virilha contra a dela.

Ele estava abrindo o zíper da calça jeans quando Valerie pegou impulso com o joelho e o atingiu. Trey parou de se mexer e deu um grito estridente e agudo. Ela, de alguma forma, conseguiu empurrá-lo e abrir a porta, deslizando por debaixo do meio-irmão para sair.

Valerie caiu bruscamente no chão de cascalho e se levantou, cortando caminho por alguns quintais e correndo para um local seguro.

Um pouco depois, Valerie empurrou a porta da frente da casa do padrasto, ainda respirando com dificuldade. Era possível sentir o cheiro do frango assado que sua mãe — agora uma dona de casa fajuta — havia preparado para o jantar.

Ela irrompeu pela cozinha e pegou uma lata de refrigerante diet na geladeira, abrindo-a e derramando algumas gotas no chão de ladrilhos brancos.

Valerie estremeceu. Ela ainda sentia a língua de Trey invadindo sua boca e seus dedos invadindo seu corpo. Ela queria socá-lo, machucá-lo novamente. Valerie tomou um longo gole da bebida, tentando eliminar da boca o gosto da língua do meio-irmão.

— Está atrasada — repreendeu sua mãe. — E sabe que não é pra tomar meu refrigerante.

Valerie fitou a mãe e tomou mais um gole. Suas irmãs mais novas, Cassandra e Jane, estavam sentadas à mesa de madeira, os guardanapos no colo, copos de leite a postos, ainda com os uniformes da escola.

— Oi, Val — cumprimentou Cassandra.

— Adivinha? Tirei cem no meu teste de soletrar! — exclamou Jane.

— Bom trabalho — murmurou Valerie.

Normalmente ela iria até as duas e as abraçaria, mas ela não suportava ser tocada agora.

— O jantar está pronto — disse a mãe.

— Não estou com fome.

Se sua mãe apenas desse uma boa olhada nela, em vez de mexer na salada que estava preparando para o marido novo, perceberia o que certamente estava estampado no rosto de Valerie.

Ele me machucou.

Seus joelhos doíam e ainda havia sangue seco nas palmas de suas mãos da queda forte na estrada de cascalho.

Sua mãe respirou fundo, abaixando-se para limpar as gotas de refrigerante do chão.

— Não estou com paciência para isso hoje, Val.

Valerie deu meia-volta e subiu as escadas correndo, batendo a porta. Ela estava desesperada por um banho e já estava tirando a jaqueta jeans, que atirou pelo quarto, atingindo um abajur e derrubando-o.

Sua mãe empurrou a porta segundos depois sem nem bater.

— Mocinha! Seu pai vai chegar em casa a qualquer momento! Você precisa se controlar.

— Ele não é meu pai!

O corpo inteiro dela estava quente, exaltado e de alguma forma estranho, como se Trey o tivesse alterado. Valerie precisava tirar tudo aquilo com um banho.

Sua mãe ficou parada no meio do quarto, nem mesmo enxergando-a.

— Se não mudar esse comportamento agora mesmo, está de castigo.

Valerie respirou fundo.

— Você não entende. — Ela se tapou com os próprios braços. — O Trey... Ele me agarrou. — Ela sentiu o queixo tremer. As lágrimas arderem em seus olhos. — Ele queria... Ele subiu em cima de mim...

Sua mãe pegou a jaqueta jeans jogada e começou a dobrá-la.

— Valerie, deixe de ser dramática. Isso é ridículo.

— Ele não queria parar! — gritou Valerie. Finalmente conseguindo dizer o que havia acontecido: — Ele tentou me estuprar!

Sua mãe colocou a jaqueta na cama e alisou o edredom.

— Trey pode ter a garota que ele quiser.

Seu tom de voz era tão casual que ela poderia estar falando sobre o tempo, mas uma frieza distante surgiu em seus olhos pouco antes de desviá-los dos de Valerie.

— Tenho certeza de que você o interpretou mal — continuou sua mãe, fingindo leveza. — Por que não toma um banho e tenta se acalmar? Vou deixar seu jantar no forno, caso queira comer mais tarde.

Ela saiu do quarto, fechando a porta silenciosamente.

— Mãe... — sussurrou Valerie.

Mas sua mãe já tinha ido embora.

Algumas semanas depois, após suportar os olhares maliciosos de Trey e os rumores que ele espalhara, fazendo seus amigos na escola latirem quando ela passava, e ainda por cima assistir a sua mãe sorrir para Trey cada vez que ele aparecia como se fosse o filho perfeito que ela sempre sonhara ter, Valerie foi embora.

Trey adorava jogar charme, era um atleta famoso e um bom aluno que chamava os professores de "senhor" e "senhora". Ela era uma adolescente que usava minissaia, lápis de olho preto e lutava para conseguir tirar um B, tendo passado mais do que algumas tardes de castigo por matar aula. Garotos como James Scott Anders III — com seus pedigrees e fundos fiduciários — sempre venciam. Quem acreditaria na palavra dela ao invés de na dele?

Nem sua própria mãe.

Valerie roubou todo o dinheiro que havia na carteira do padrasto e na bolsa da mãe e comprou uma passagem de ônibus para Hollywood.

Na manhã em que fugiu da cidade, ela fez uma última coisa: escreveu uma carta anônima para o padrasto, usando a mão esquerda para disfarçar a caligrafia, dizendo que sua esposa estava dormindo com o gerente de uma churrascaria às quartas-feiras, quando fingia estar na aula de aeróbica.

Cassandra e Jane levaram anos para finalmente descobrir a verdade sobre Valerie.

Sua irmã mais velha não havia fugido de Mossley porque não se importava mais com as duas. Ela não escreveu aquela carta ao padrasto por rancor como as irmãs mais novas suspeitaram.

Na noite em que Valerie foi embora de Los Angeles, depois do que descreveu como a segunda pior traição da sua vida, ela finalmente contou seu segredo a Cassandra e Jane. Ela explicou que escrevera a carta anônima na esperança de que aquilo fizesse o padrasto se divorciar da mãe e isso as afastasse de Trey.

No fundo, Valerie sabia que Cassandra ou Jane seriam os próximos alvos. Ela precisava tirá-las daquela casa.

Ela tinha protegido as irmãs em segredo o tempo todo.

66

SHAY

> SEGUNDO UMA EXTENSA PESQUISA, A PROBABILIDADE DE TER TRÊS FILHAS MULHERES EM UMA FAMÍLIA É DE 21%. NA DÉCADA DE 1920, ALFRED ADLER – ELE PRÓPRIO O SEGUNDO, DE SEIS FILHOS – ESTUDOU A ORDEM DE NASCIMENTO E COMO AQUILO MOLDAVA PERSONALIDADES. ELE TEORIZOU QUE O FILHO MAIS VELHO PODE DESENVOLVER UM "GOSTO PELO PODER" E QUERER DOMINAR OS IRMÃOS MAIS NOVOS.
>
> – DOSSIÊ DE DADOS, PÁGINA 75

Três irmãs Moore; não duas.

Pareço estar vendo a cidade debaixo d'água, com seus postes e carros lançando raios de luz compridos e ondulados. Uma sirene começa a tocar, o barulho ecoando na minha cabeça.

Cassandra, Jane e Valerie tiveram um meio-irmão. Seu apelido era Trey, mas ele passou a usar James depois de adulto. Ele foi assassinado em Nova York há alguns meses. As revelações são como explosões em meu cérebro, uma após a outra.

Preciso ir para um lugar seguro.

Eu paro no meio-fio e chamo um táxi. Quando um para, dou à motorista o endereço da delegacia.

Se a detetive Williams não estiver lá, vou esperá-la a noite toda sentada num daqueles bancos velhos de madeira — pelo menos haverá um policial armado a poucos metros de distância.

Quando me sento no banco de trás do táxi, o cansaço se apodera de mim. Sinto-me quase tão tonta e fraca quanto depois que bebi aquele champanhe. Agora tenho certeza de que as irmãs Moore me drogaram. A motorista me olha pelo espelho retrovisor, ela não sorri.

Será que ela está envolvida nisso também?

Não ponho o cinto de segurança e verifico as portas para ter certeza de que não estão travadas. Segundos depois, ela para de me olhar. Vejo uma foto de seus filhos no painel, estou sendo paranoica.

Ainda assim, me pergunto se devo ligar para Williams e avisar que estou a caminho.

Abro numa página em branco do meu caderno e começo a escrever exatamente o que pretendo dizer a ela, pois preciso parecer convincente e verossímil. Eu mal escrevi duas frases quando meu telefone toca, uma chamada de um código de área de Nova York, mas um número desconhecido. Eu hesito, mas aperto o botão para aceitar a ligação.

— Shay Miller? — A mulher parece estar na meia-idade e tem um forte sotaque nova-iorquino.

— Sim.

Escuto muito barulho ao fundo, um estrondo mecânico e estalos e vozes distantes.

— É a detetive Santiago, polícia de Nova York.

A próxima coisa que ela diz cai como uma bomba.

— Sou a detetive de homicídios encarregada do caso James Anders. Olha, sei que você se envolveu em alguma maluquice. As coisas estão avançando rápido. Estamos reabrindo a investigação sobre o suicídio de Amanda Evinger.

— O quê?

— Não temos dúvida de que ela pulou nos trilhos: o ato foi claramente registrado pelas câmeras de segurança do metrô. No entanto, temos motivos para acreditar que alguém estava perseguindo a moça. E temos investigado as irmãs Moore desde o suicídio.

— James... elas eram...

— Irmãs postiças dele. Nós sabemos. Desculpe, um segundinho só.

Eu ouço os sons de um trem do metrô parando em uma estação e um homem gritando:

— Santiago!

— Um minuto! — grita ela de volta. — Shay?

— Estou aqui.

— Precisamos que vá até a estação de metrô da rua 33 o mais rápido possível para nos mostrar exatamente onde você estava em relação a Amanda e como aconteceu. Em quanto tempo consegue estar aqui?

Eu me pergunto se ela também escuta os ruídos do meu lado da linha, o som de um motor pesado e o zumbido do trânsito.

Tudo o que ela diz parece verdade, além disso, estou a poucos quarteirões da estação. Eu poderia chegar lá em cinco minutos, mas vou verificar sua identidade primeiro.

E definitivamente não vou fazer nada até falar com a detetive Williams. A mentira escapa de meus lábios com tanta facilidade que fico surpresa.

— Na verdade, ainda estou voltando para a cidade. — Sei que ela provavelmente está ouvindo o ruído do carro. — Eu estava visitando minha mãe em Nova Jersey, mas não estou muito longe.

— Ah. Você está perto de qual saída da autoestrada?

Eu faço uma pausa.

— Vou passar por Newark; estou a 45 minutos de distância. Estarei aí o mais rápido possível.

Assim que desligo, ligo para Williams.

Bato as pontas dos dedos na capa do meu dossiê enquanto a espero atender.

67

VALERIE

Valerie está ao lado do poste verde que marca a estação da rua 33, observando os passageiros, a maioria homens e mulheres de rostos pálidos, presos no tipo de vida sem graça e sem cor que Shay leva, subindo e descendo as escadas.

Em menos de uma hora, Shay chegará de Nova Jersey e virá correndo para este local exato, esperando encontrar a detetive Santiago. Ela estará sem fôlego, mas esperançosa, convencida de que finalmente foi mais esperta que as irmãs Moore e de que a justiça prevalecerá.

Shay não se mostrou muito boa em prever as ameaças que enfrentou, embora tenha sido inteligente da parte dela rastrear Belinda — Valerie não pensa mais nela como "mãe" — e descobrir sobre a relação entre as irmãs e James. A jogada garantiu a Shay algum respeito, ainda que relutante, por parte da mais velha das três irmãs.

Mas Shay pisou na bola ao não imaginar que Belinda contaria sobre a estranha ligação encerrada no meio depois de descobrir sobre a ligação entre Valerie e James. *Ela já não saberia disso se realmente tivesse estudado na turma da Val?*, Belinda perguntara a Cassandra.

Cassandra e Jane estão indo para um novo e badalado restaurante. Quando Shay chegar à estação, as irmãs mais novas estarão sentadas, pedindo drinques e rodeadas por outros clientes — garantindo seus álibis.

Valerie acha que poderia ter orquestrado tudo sem as duas, mas sente-se agradecida por aquilo não ter sido necessário.

Quando crianças, Cassandra e Jane eram inseparáveis, as duas tinham quase a mesma idade e temperamento. Às vezes, Valerie permitia que elas ignorassem a placa de NÃO ENTRE! presa na porta de seu quarto e deitassem em seu edredom. A mais velha contava

246

como era beijar de língua ou mostrava como raspar as pernas. As irmãs mais novas eram uma ótima plateia; elas sempre foram impressionáveis.

A lealdade delas se intensificou muito depois que Valerie se mudou para Nova York e finalmente revelou o que a levou a sair da cidade natal. Ela nunca as rejeitara, explicou Valerie. Ela se afastou porque se lembrar do passado doía demais.

A história que Valerie contou sobre Trey era verdade — cada pedacinho, até a sensação dos dedos dele machucando-a e o olhar ligeiramente zombeteiro no rosto de Belinda ao cometer a traição final contra sua filha mais velha.

Mas a outra história que Valerie contou na noite tempestuosa em que reencontrou Cassandra e Jane — a noite em que interpretou o papel da vítima inocente e enganada pela própria colega de apartamento traiçoeira — foi ajustada e alterada para um efeito dramático.

Afinal, Valerie é uma atriz.

Ashley não tinha drogado Valerie ou escondido seu celular na noite anterior ao segundo teste. Esses detalhes foram completamente inventados. Ou, como Valerie prefere pensar, ela se utilizou de licença poética.

Valerie não compareceu ao teste porque Ashley ganhou o papel, de forma justa e honesta, em seu próprio segundo teste, realizado na tarde antes do teste de Valerie. Ashley nem sabia que Valerie estava concorrendo ao mesmo papel.

Em seu coração, porém, Valerie acreditava que o papel pertencia a ela, e ela a ele. Sua enorme decepção foi genuína.

Talvez Valerie devesse ter se sentido culpada quando suas irmãs mais novas, tão solidárias, usaram de sua influência para arruinar a carreira de Ashley. A jovem atriz poderia ter sobrevivido às fotos terrivelmente desagradáveis que vazaram para os tabloides, mas os rumores sobre suas perversidades sexuais foram tão depravados e vis que ninguém na indústria poderia ignorá-los.

Hoje, Ashley é casada e mora no Vale de São Fernando, um papel muito mais adequado a ela.

Talvez Valerie devesse sentir culpa pelo que aconteceria a Shay, outra mulher inocente que cruzou o caminho dela.

Mas ela não sente.

Valerie tem um novo propósito agora, mais significativo do que atingir suas metas ou criar um personagem, e ainda mais gratificante do que ouvir os aplausos do público.

Ela voltou a se sentir totalmente viva ao ver Trey — ou James, já que ele dispensara o apelido de infância quando foi para a faculdade — morrer naquele banco de parque.

No futuro, quem sabe quais atrocidades ela poderia induzir as irmãs e as outras mulheres a cometerem como vingança?

Desde que as três se reuniram, Valerie tem influenciado Cassandra e Jane de forma furtiva, mas poderosa, conduzindo-as para uma empolgante nova direção. Valerie é a arquiteta invisível de cada ato de vingança que o grupo cometeu. Após ficar sozinha por tanto tempo, ela adora ter as irmãs por perto.

E agora só resta mais uma ponta solta para amarrar.

Valerie levanta a cabeça levemente ao avistar uma mulher de casaco preto se aproximando da estação de metrô e sorri.

Shay finalmente chegou.

As outras mulheres do grupo acham que Cassandra e Jane são as protagonistas e que Valerie desempenha um papel coadjuvante.

Mas Valerie sempre foi a estrela. E este palco é dela.

68

SHAY

A CLÁUSULA DE RISCO DUPLO, NA 5ª EMENDA DA CONSTITUIÇÃO DOS ESTADOS UNIDOS, DIZ QUE NINGUÉM PODE SER JULGADO DUAS VEZES PELO MESMO CRIME. NÃO HÁ PRESCRIÇÃO QUANDO SE TRATA DE HOMICÍDIO. EXISTE ATUALMENTE 54 PENITENCIÁRIAS EM NOVA YORK, ONDE FICAM CERCA DE 47 MIL PRISIONEIROS.

— DOSSIÊ DE DADOS, PÁGINA 78

Já são quase dez da noite quando entro na estação da rua 33.

Um som surdo de rugido inunda meus ouvidos. Estou tão tonta que preciso me concentrar para simplesmente andar em linha reta.

Procuro a polícia enquanto seguro o corrimão e, lentamente, começo a descer os degraus, mas não vejo ninguém.

Sou tomada pela aflição.

Embora haja pessoas na rua, acima de mim, as escadas estão vazias.

Mesmo que isso não seja incomum a esta hora da noite durante a semana, minhas pernas estão bambas e quase perco um degrau.

Quando chego ao andar das catracas, uma mulher corre em minha direção, como se para sair da estação.

Mas, em vez de passar por mim, ela agarra meu braço acima do cotovelo com força, fazendo com que a dor dispare até o antebraço. No mesmo instante, sinto algo duro cutucar minha cintura.

Eu sei, antes mesmo de ver seu rosto, que é Valerie.

Estávamos aqui, neste exato local, poucas semanas atrás. Valerie segurou meu braço naquele dia também, enquanto ria e brincava e me ajudava a superar o medo do metrô.

Mas ela estava se passando por amiga na época. Agora, vejo quem ela realmente é.

Seu semblante é de uma pessoa sob controle, mas seus olhos castanhos brilham.

— Venha comigo, nós vamos dar uma voltinha.

Meu coração começa a bater forte. Estou fraca de tanto medo.

— A polícia está aqui! Eu vim encontrá-los!

— Desculpe, mas precisei te enganar de novo para que viesse até aqui, Shay.

Só que não é a voz de Valerie vindo de sua boca. É o forte sotaque nova-iorquino da detetive Santiago.

Ela sorri.

Se eu tinha medo de Valerie antes, agora estou apavorada.

Valerie começa a caminhar para a plataforma, mantendo a pressão dolorosa na articulação do meu cotovelo. Não tenho escolha a não ser acompanhá-la. Ainda não olhei para baixo, mas tenho certeza de que ela está com uma arma apontada para mim.

Um homem carregando uma pasta passa por nós na direção contrária e tento chamar sua atenção, mas ele está olhando para o celular. De qualquer forma, mesmo se ele nos olhasse, o que veria? Parecemos duas amigas, talvez aninhadas por causa do frio, indo jantar ou a um show tarde da noite.

Chegamos mais perto da plataforma.

— Olha, Shay, eu não vou te machucar.

Há meia dúzia de pessoas circulando — alguns homens de terno, uma jovem usando fones de ouvido grandes e uma mãe balançando distraidamente um carrinho de bebê cor-de-rosa para a frente e para trás. Todas parecem perdidas nos próprios pensamentos.

Valerie agora fala de forma delicada; eu quase acreditaria nela se não soubesse do que é capaz.

— Cassandra, Jane e eu só queremos conversar com você.

Entre a agitação de um trem e outro, é assustadoramente silencioso aqui embaixo.

— Sei que vocês três são irmãs e que tinham um meio-irmão chamado James. — Meus lábios estão tão secos e rígidos que é difícil formar as palavras. — Mas por que tentar me incriminar pelo assassinato dele?

— Cassandra e Jane querem que você saiba que não foi nada pessoal.

Valerie me leva mais para o final da plataforma, passando pela pilastra. Ela me faz parar não muito longe de onde Amanda estava quando a vi pela primeira vez, depois se posiciona diretamente atrás de mim.

O tempo parece estar desacelerando. Estou perfeitamente ciente da minha respiração trêmula entrando e saindo dos pulmões e o que deve ser uma arma contra minhas costelas quando Valerie a desliza um pouco para cima.

Eu poderia me afastar bruscamente e tentar subir as escadas correndo. Li em algum lugar que é difícil atirar em um alvo em movimento, mas estou tão fraca e minha mente tão nebulosa que não posso arriscar. Eu nunca conseguiria fugir dela. Além disso, aquele carrinho de bebê está em algum ponto atrás de mim... Se Valerie disparar, a bala pode ir em qualquer direção. Com tanto metal aqui embaixo, ela poderia ricochetear.

Os cabelos de Valerie roçam minha bochecha quando ela se inclina para mais perto.

— Venha. Cassandra e Jane estão esperando a gente. Vamos resolver tudo assim que as encontrarmos.

O *display* de LED na estação mostra que o próximo trem deve chegar em dois minutos.

Uma mulher com roupas de ginástica caminha em nossa direção, parecendo entediada, uma das mãos no bolso e a outra livre.

— Nem uma palavra — sussurra Valerie, seu hálito quente contra meu ouvido.

Mas a mulher nem está olhando para nós. É como se ninguém nesta cidade me visse. Eu olho ao redor. Não há escapatória. Sinto uma leve vibração sob os pés.

Um minuto, anuncia o painel.

A mulher está mais perto agora, embora esteja olhando para algo nas sombras sob a saliência da escada. Ela levanta casualmente a mão direita, passando-a pelo alto da cabeça como se estivesse ajeitando seu rabo de cavalo.

Meu corpo enrijece por completo quando ouço o barulho do trem. Valerie dá um passo largo, forçando-me a me aproximar da plataforma.

Perto demais.

De repente, entendo o que ela pretende fazer. Cassandra e Jane não estão nos esperando. Valerie quer que pareça que cometi suicídio; ela está reproduzindo os últimos momentos de Amanda.

Ela está realmente tentando me transformar na Amanda.

Sua arma está cravada em mim e o trem que se aproxima está quase na minha frente. Estou presa entre dois destinos horríveis.

O estrondo do trem enche meus ouvidos.

Então escuto um grito:

— Polícia! Valerie Ricci, mãos ao alto!

O comando vem de trás de nós. Valerie gira a cabeça para trás enquanto se afasta um pouco de mim e abaixa a arma momentaneamente.

Naquele instante, meus instintos assumem o controle. Reúno cada pedacinho de força que ainda tenho enquanto pernas e tronco se tensionam e continuam girando e puxando Valerie em um semicírculo comigo. Então, dou uma cotovelada em seu peito, empurrando-a para longe.

O trem aparece na boca do túnel assim que Valerie cai de costas nos trilhos.

O trem passa rapidamente, ocultando-a, e eu desabo na plataforma. Fecho os olhos bem apertado enquanto os vagões freiam, fazendo barulhos estridentes que soam terrivelmente humanos.

Há pessoas gritando e correndo em minha direção, mas eu apenas fico ali, entorpecida. Quando finalmente abro os olhos, vejo o carrinho de bebê cor-de-rosa caído com uma boneca de plástico pendurada para fora.

A mulher que o empurrava era uma policial à paisana, assim como a outra nas roupas de ginástica, percebo.

Eu não estava sozinha na plataforma, exatamente como a detetive Williams prometeu quando liguei para ela do táxi.

Alguém põe a mão em meu ombro, sua voz firme e familiar em meu ouvido:

— Está tudo bem agora, Shay.

É bom que ela tenha ouvido tudo, penso. Ela abre com cuidado o zíper do meu casaco e verifica a escuta que escondeu em mim pouco antes de eu entrar na estação.

Afinal de contas, ainda há duas irmãs que precisam ser punidas.

EPÍLOGO

SHAY

Dois meses depois

TRÊS COISAS QUE ME SALVARAM:

QUANDO VALERIE, A EX-ATRIZ DE LOS ANGELES, FINGIU SER A DETETIVE SANTIAGO CANALIZANDO O FORTE SOTAQUE DO BROOKLYN, PERGUNTOU EM QUE SAÍDA DA "AUTOESTRADA" EU ESTAVA. ESSE TERMO É USADO NA COSTA OESTE, COMO OBSERVEI CERTA VEZ EM MEU CADERNO NUMA ENTRADA SOBRE TERMOS REGIONAIS, ASSIM COMO "FONTE" ÀS VEZES É USADO PARA "BEBEDOURO" E "MOLHO VERMELHO" PARA "MOLHO DE TOMATE". QUALQUER PESSOA NASCIDA E CRIADA EM NOVA YORK TERIA DITO "RODOVIA".

A MULHER QUE ESTAVA COM JAMES ANDERS NA NOITE EM QUE ELE FOI ASSASSINADO — A ESTA ALTURA IDENTIFICADA COMO AMANDA EVINGER — USAVA BRINCOS DE ARGOLA E DEIXOU UMA CAIR AO SAIR DO BAR. O BARMAN VIU NA HORA E A CHAMOU, MAS ELA NÃO OUVIU. APÓS A DESCOBERTA DO CORPO DE JAMES, A VERDADEIRA DETETIVE SANTIAGO RECOLHEU O BRINCO NO DEPOIMENTO DO BARMAN. ELA SABIA QUE NÃO PODERIA TER SIDO EU QUE ESTIVERA COM JAMES NO TWIST. MINHAS ORELHAS NÃO SÃO FURADAS COMO AS DE AMANDA ERAM.

QUANDO A DETETIVE SANTIAGO PEDIU A JODY QUE LEVASSE A FOTO DE AMANDA PLANTADA EM MEU CADERNO, SEAN A ACOMPANHOU. ELE CONTOU COMO AS IRMÃS ME ARRANJARAM AQUELE TRABALHO PARA CUIDAR DE UM APARTAMENTO, COMO FIQUEI CHOCADA POR ELAS SABEREM SOBRE MINHAS VITAMINAS E COMO ELE OUVIU MINHA CONVERSA COM ELAS ENQUANTO ME INCENTIVAVAM A OCUPAR O APARTAMENTO QUE ERA DE AMANDA — EM UM LOCAL E COM UM ALUGUEL BONS DEMAIS PARA SEREM VERDADE. ELE TAMBÉM DISSE À POLÍCIA QUE APOSTARIA A PRÓPRIA VIDA NA MINHA INOCÊNCIA, QUE EU ERA UMA VÍTIMA EM SEJA LÁ O QUE ESTIVESSE ACONTECENDO. QUANDO FINALMENTE PEGUEI MEU CELULAR DE VOLTA DO HOTEL BARATO, VI QUE SEAN HAVIA DEIXADO UMA SÉRIE DE MENSAGENS.

— DOSSIÊ DE DADOS, PÁGINA 84

Eu entro no vagão do metrô pouco antes de as portas se fecharem e seguro na barra de metal do teto, meu corpo balançando enquanto o trem ganha velocidade.

Minha velha bolsa, contendo meu dossiê, está pendurada em meu ombro novamente.

Eu olho em volta, registrando detalhes como sempre. Há mais 35 pessoas no vagão. Portanto, de 36 de nós, 12 — ou 33% — se consideram muito felizes, ou pelo menos é isso que diz uma pesquisa sobre as emoções dos americanos. Já um estudo diferente afirma ser provável que quatro dessas pessoas, ou cerca de 11%, consideram-se profundamente infelizes.

Quando entramos na estação da rua 42, ocupo um assento vago. Estou voltando para casa do meu novo emprego na Global Metrics. A pessoa que eles contrataram logo depois que arruinei minha entrevista não ficou muito tempo, então tentei de novo e, dessa vez, consegui a vaga. Estou ansiosa para passar uma noite tranquila em meu novo cantinho no Upper West Side. Não tem o charme do apartamento que era de Amanda, mas pelo menos as lembranças nele são todas minhas.

No espectro da felicidade, estou em algum ponto entre os 56% restantes.

Há um homem na minha frente me encarando, mas não acho que seja porque eu seja o tipo dele. Meu rosto foi estampado na capa de um grande jornal quando este divulgara as prisões das irmãs Moore como cúmplices de homicídio. Cassandra e Jane estão detidas sem direito a fiança enquanto aguardam o julgamento, junto com as outras do grupo. Elas serão condenadas, garantiu-me a detetive Williams, há provas de sobra contra elas.

Minha aparência mudou um pouco. Estou deixando o corte em camadas crescer — embora tenha decidido manter as mechas —, e alterno entre lentes de contato e óculos, dependendo do meu humor. É como se eu tivesse assumido algumas partes de Amanda; a *nova eu* é uma mistura de nós duas.

Embora eu pense cada vez menos nas irmãs Moore, ainda me lembro delas com frequência. Como quando vejo um trio de mulheres dividindo uma garrafa de vinho e rindo, quando me lembro de endireitar as costas, ou quando vejo amigas de braços dados caminhando pela rua.

É difícil admitir, mas mesmo depois de tudo o que elas fizeram, uma parte minha sente falta delas também. Quando elas estavam por perto, eu nunca me sentia sozinha.

Também me lembro das três sempre que entro na plataforma do metrô.

Quais são as chances de testemunhar duas mortes violentas no mesmo exato local com apenas alguns meses de intervalo?

No entanto, tento não pensar demais nessas probabilidades.

Mas há uma estatística em que tenho pensado muito ultimamente: a de que uma pessoa comum passará por dezesseis assassinos ao longo da vida.

Eu observo uma mulher atravessar o corredor do vagão.

Continuo olhando enquanto ela passa pelo meu banco. Então me pergunto se ela vai mesmo passar por outros quinze durante sua vida.

Nunca contei a ninguém como, depois que a policial gritou para Valerie levantar as mãos e ela se virou por reflexo, continuei me contorcendo, forçando-a a ficar entre mim e a plataforma. O corpo que eu costumava minimizar, sempre me encolhendo, foi meu maior aliado naquele momento; eu precisei de minhas pernas e meus braços mais fortes, meus músculos mais treinados e meus centímetros a mais de altura para dominá-la. Depois, usei minha última gota de força para empurrá-la para longe de mim.

Olhei em seus olhos enquanto ela caía nos trilhos. Eles estavam arregalados, cintilando com uma acusação silenciosa.

Algumas pessoas podem me ver como uma assassina, mas espero que a maioria considere que agi em legítima defesa.

O vagão do metrô para e as portas se abrem. Algumas pessoas descem e outras se aglomeram a bordo.

Eu as observo entrar, e sair, e sumir. Algumas receberão aumentos durante o próximo ano, outras terão que pedir o divórcio. Uma porcentagem sofrerá fisicamente — desde um osso quebrado até o diagnóstico de uma doença terrível — enquanto outras se apaixonarão. Os números me dizem isso.

Quanto a mim, não sei o que o futuro me reserva. Mas prefiro acreditar que, agora, as estatísticas estão a meu favor.

ASSINE NOSSA NEWSLETTER E RECEBA INFORMAÇÕES DE TODOS OS LANÇAMENTOS

www.faroeditorial.com.br